TOD AM SEMMERING

Beate Maly wurde 1970 in Wien geboren, wo sie bis heute mit ihrem Mann und ihren drei Kindern lebt. Zum Schreiben kam sie vor rund zwanzig Jahren. Zuerst verfasste sie Kinderbücher und pädagogische Fachbücher. Seit rund zehn Jahren widmet sie sich dem historischen Roman und liefert mit »Tod am Semmering« ihren ersten Kriminalroman.

Die Gegenwart kann man nicht genießen, ohne sie zu verstehen,
und nicht verstehen, ohne die Vergangenheit zu kennen.

Sigmund Freud

PROLOG

Isonzotal, Herbst 1917

Hell und verheißungsvoll kämpfte sich die Sonne durch das milchige Weiß des Morgennebels. Ihr Licht hatte die kräftigen Orangetöne des Sommers verloren, und mit jedem Tag wich die erbarmungslose Hitze der letzten Wochen einer sanften, angenehmen Wärme.

Nun lösten sich nach und nach die Nebelschwaden auf, und ein weiterer wolkenloser Herbsttag kündigte sich an. Einer jener Tage, die zum Spielen im Freien einluden und wie dazu geschaffen waren, ein letztes Mal die Zehen in den eiskalten Gebirgsbach zu stecken, der über schroffe Felswände schoss und im Tal den Isonzo speiste.

An einem Tag wie heute konnte man einfach nicht im Dorf bleiben. Mutter musste verstehen, dass Mario mit seinem Bruder zum Fluss lief. Die Staumauer aus grauen Granitsteinen war immer noch nicht fertig. Morgen würde es vielleicht schon regnen, und dann wäre der Sommer für dieses Jahr ein für alle Mal vorbei. Tage wie diesen durfte man nicht verschwenden. Sie waren ein Geschenk, ein letztes Aufbegehren des Sommers, bevor Kälte, Nieselregen und schließlich Schnee ihn endgültig für die nächsten sieben Monate ablösten.

Wenn Mutter nichts von ihrem heimlichen Ausflug erfuhr, konnte sie nicht schimpfen. Sie hatte einfach zu viel Angst. Ja, es war Krieg, und die feindliche Armee hockte hinter einem der Berggipfel, die neben ihrem Dorf steil in den Himmel aufragten. Aber die fremden Männer in den grauen schmutzigen Uniformen waren auch nur Menschen und keine Ungeheuer, wie Großmutter es ihnen versuchte einzureden. Die Soldaten waren Männer wie Vater, sie dienten bloß einer Armee auf der anderen Seite der Berge. Diese Männer waren genauso abgemagert und müde wie die Italiener, und in ihren Augen lagen Heimweh und Schmerz. Mario wusste es, denn er hatte sie gesehen. Letzte Woche war er einer Gruppe Österreicher begegnet. Zuerst hatte er davonlaufen wollen, aber dann war er stehen geblieben. Einer der Männer hatte ihn zu sich gewunken und Mario eine Haselnusswaffel geschenkt. Sie war in rosarotes Papier, das eine riesige Kirche zierte, eingewickelt gewesen, und sie hatte besser geschmeckt als alle Süßigkeiten, die Mario je gegessen hatte. Wer Haselnusswaffeln verschenkte, schoss auf keine Kinder. Mutter und Großmutter hatten unrecht. Ein Grund mehr, diesen Vormittag zu nutzen.

»Komm schnell!« Mario boxte seinen Bruder in den Oberarm. »Wir haben nicht viel Zeit. Wenn Mutter vom Dorf zurück ist, müssen wir auch wieder da sein, sonst stellt sie Fragen und dann gibt's Ärger, und den wollen wir doch nicht. Oder?«

Francesco schüttelte ernst den Kopf. Er war zwei Jahre jünger als sein Bruder, hatte hellblonde Locken und ein pausbackiges Gesicht. An manchen Tagen war Mario davon überzeugt, dass Gott bei der Geburt seines Bruders eigentlich einen kleinen Engel hatte erschaffen wollen. Aber irgendetwas war schiefgelaufen, und dann war Francesco auf die Welt gekommen. Er sah aus wie eine jener Figuren, die den Altar der Dorfkirche flankierten, aber er hatte den Willen eines kleinen Teufels, und wenn er sich etwas in den hübschen Kopf setzte, versuchte er es mit allen Mitteln durchzusetzen. Mit Marios Vorschlag war er auf jeden Fall einverstanden.

Die Kinder warfen einen letzten Blick in den Stall. Im niedrigen Holzverschlag kaute die Ziege friedlich am frischen Heu. Die Hühner hockten auf ihren Stangen, und dort, wo sonst die Kühe standen, war der Platz leer. Die beiden Tiere würden erst am Abend wieder zurückkommen. Es war alles, wie es sein sollte. Auch im Haus war es still, die Großmutter arbeitete in der Küche. Es roch sauer nach Brotteig. Heute war Backtag. Die alte Frau würde den ganzen Vormittag vor dem Ofen verbringen und kein einziges Mal nach ihren Enkelsöhnen schauen.

Einen besseren Zeitpunkt konnte es nicht geben. Auf ein vereinbartes Zeichen liefen sie los, barfuß über die taunasse Wiese vor dem Hof. Die Wassertropfen waren kalt, und die Grashalme kitzelten zwischen den Zehen. Es war ein herrliches, befreiendes Gefühl, und mit jedem Schritt, den sie sich vom Hof entfernten, wuchs die Vorfreude auf den Fluss.

Mario sprang über einen der Felsbrocken, die in unregelmäßigen Abständen in der Wiese lagen. Er landete auf weichem Moos und lief weiter. Bereits von Weitem konnte er das Gurgeln und Glucksen des Wassers hören, und aus lauter Vorfreude auf das glitzernde Türkisblau beschleunigte er sein Tempo. Zu spät bemerkte er, dass Francesco ihm nicht mehr folgte. Er musste irgendwo stehen geblieben sein. Merkwürdig, das tat er sonst nie. Im Gegenteil, meistens überholte Francesco ihn, weil er ebenso schnell rennen und klettern konnte wie die Gämsen, die sie manchmal in den Felswänden beobachteten.

Mario hielt an, drehte sich um und suchte nach dem Bruder. Er legte seine Hand schützend über die Augen und blinzelte gegen die Sonne, die nun vollständig aufgegangen war.

»Francesco?« Seine Stimme klang unnatürlich laut und schreckte einen Vogel im Gebüsch neben ihm auf. Aber nichts rührte sich.

»Francesco, wo bist du?«

Verärgert stampfte Mario mit dem Fuß auf. Manchmal war Francesco wirklich anstrengend. Konnte er nicht einfach tun, was man ihm sagte? Es war doch nicht so schwer, hinter ihm herzulaufen. Widerwillig ging Mario ein paar Schritte zurück, wieder den Hang hinauf, dabei wollte er viel lieber hinunterlaufen. In der Ferne konnte er das nicht mehr ganz weiße Hemd seines Bruders erkennen. Es blitzte in der hellen Morgensonne vor den Bäumen auf der Waldlichtung auf. Francesco war in die völlig falsche Richtung gelaufen. Was hatte er sich dabei nur gedacht? Nun hockte er am Boden und stocherte mit einem Stock in einem Gegenstand herum, den Mario nicht erkennen konnte. Vielleicht hatte er ein totes Tier gefunden, vielleicht einen alten Eimer oder Kanister.

Mario wollte sehen, worum es sich handelte, und lief los. Deutlich langsamer als zuvor, denn der Weg führte nun steil bergauf. Vor einem Felsbrocken machte er kurz Halt, und genau in dem Moment hörte er die Explosion. Der Knall war so heftig und laut, dass die Erde unter ihm bebte und die Bäume ins Wanken gerieten. Als der entsetzliche Lärm nachließ, hielt ein hoher, surrender Ton in Marios Ohren an. Sicher war er nun taub und würde es für den Rest seines Lebens bleiben. Erschrocken blieb er stehen, presste seine Handflächen fest gegen die Ohren. Wo war Francesco? Dort, wo er eben noch gehockt hatte, lag nur noch ein Teil von ihm im blutverschmierten Gras. Francescos Hemd war nun nicht mehr weiß, es war dunkelrot. Ein weiterer Teil seines Bruders lag unter einem abgeernteten Holunderbusch, sein Bein neben einer Fichte.

Rauch stieg vom Boden auf und mit ihm ein entsetzlicher, stechender Gestank. Unfähig, sich Francesco zu nähern, blieb Mario wie angewurzelt stehen. Er musste husten. Es war, als verätzte jeder Atemzug seine Lungen. Er schnappte nach Luft, griff sich an den Hals. Ihm wurde schlecht. Das Surren in seinen Ohren wurde wieder lauter. Atmen, ich muss atmen, dachte er verzweifelt. Aber es ging nicht. Seine Kehle war wie zugeschnürt, so als würde jemand ein Seil um seinen Hals legen und beide Enden fest zuziehen. Was würde Mutter sagen, wenn sie sähe, was passiert war? Sie würde ihm die Schuld geben, und sie würde ihn hassen. Die Bilder vor seinen Augen verschwammen. Langsam ging er in die Knie, sackte kraftlos zusammen und hockte sich ins immer noch feuchte Gras. Mit den Fingern krallte er sich in den Halmen fest.

Aufstehen, dachte er. Ich muss aufstehen und Francesco von dort wegholen. Aber er konnte nicht, er war wie gelähmt.

Die Rauchwolke, die vom Unglücksort ausging, senkte sich nun über die Wiese und hüllte Mario in einen hellen Nebel. Das Rauschen in seinen Ohren wurde unerträglich, ihm wurde schwarz vor Augen, und er legte den Kopf ins Gras. Es sollte nach Erde riechen, aber das tat es nicht. Alles stank süßlich faul, wie kaputtes, feuchtes Heu. Es war der Tod, der so roch. Vor seinem inneren Auge sah er das Bild seines Bruders. Francesco hatte das Antlitz eines Engels verloren, sein Gesicht war bloß noch ein zerfetzter Klumpen aus Fleisch und Blut. Mario sah seine Mutter weinen. Vielleicht würde sie nie wieder damit aufhören. Er wollte auch weinen. Die Tränen saßen hinter seinen Augen, salzig und schwer, aber es fehlte ihm die Kraft, sie zu vergießen. Endlich umhüllte ihn weiche, erlösende Dunkelheit, und die schrecklichen Bilder verschwanden für immer.

EINS

Semmering, 1922

»Wie schade, dass wir die Landschaft nicht sehen können. Es heißt, dass man vom Zug aus einen atemberaubenden Ausblick auf die Berge hat.« Ernestine Kirsch, Lehrerin im Ruhestand, hielt ihr Gesicht so dicht an die Scheiben des Waggonfensters, dass ihr Atem sie beschlug und ihre spitze Nase darin einen Abdruck hinterließ. »Nicht einmal die Umrisse eines Berges. Nichts außer Dunkelheit«, seufzte sie enttäuscht und ließ sich in den weich gepolsterten weinroten Sitz des Erste-Klasse-Waggons plumpsen.

Trotz ihrer neunundfünfzig Jahre war sie eine neugierige und unternehmungslustige Frau geblieben. Weder die entbehrungsreichen Jahre des Krieges noch die schwere Lungenkrankheit, die sie kurz danach für Monate ans Bett gefesselt hatte und für ihre frühzeitige Pensionierung verantwortlich war, hatten ihre Lebenslust schmälern können. Jeder Tag war ein neues Abenteuer, dem sie voller Freude entgegenblickte, wie die Kinder, die sie jahrelang unterrichtet hatte.

»Sie werden noch genug Möglichkeiten haben, sich am Panorama der Berge zu erfreuen«, meinte Anton Böck.

Er schaute aus dem Fenster, wo helle Flocken in rasend schnellem Tempo an den Scheiben vorbeizogen und sich am unteren Rand des Fensters in einer dicken Schicht sammelten. Er konnte immer noch nicht fassen, dass er gerade mit der Südbahn in Richtung Semmering unterwegs war, um dort in einem Luxushotel an einem Tangotanzkurs teilzunehmen. Er, der zwei linke Füße hatte, wenn es ums Tanzen ging, einen Walzer von einer Polka nicht unterscheiden konnte und sich sein ganzes Leben lang vor dem Tanzen gedrückt hatte.

Schuld an seinem Entschluss war Ernestine. Sie war die außergewöhnlichste Frau, der Anton in den letzten dreißig Jahren begegnet war. So lange war es nun schon her, dass seine Frau bei der Geburt ihrer einzigen Tochter gestorben war. Ernestines Talent, Menschen zu begeistern, und der plumpen Überrumpelung seiner Tochter und seiner Enkeltochter hatte er es zu verdanken, dass er nun zwei Tage lang seinen alten, steifen Körper zu argentinischen Rhythmen bewegen musste. Noch vor einer Woche hätte er jeden ausgelacht, der ihm davon erzählt hätte. Immer noch war ihm nicht ganz klar, wie es den drei Frauen gelungen war, ihn zu dieser unseligen Unternehmung zu überreden. Anton lehnte sich zurück, verschränkte die Arme vor der Brust, schloss die Augen und ließ den Nachmittag in seiner Apotheke noch einmal Revue passieren.

Es war einer jener eiskalten grauen Januartage gewesen, die man am liebsten mit einem guten Buch und einer Tasse Tee hinter dem Ofen verbrachte. Aber statt einen ruhigen Nachmittag zu genießen, hatte Anton in seiner Apotheke gestanden, die er seit vielen Jahren gemeinsam mit seiner Tochter Heide führte. Heide war im vorletzten Kriegsjahr schwanger und in den letzten Kriegstagen Witwe geworden. Nun war sie, wie viele andere junge Frauen, eine Mutter, die ihr Kind ohne Vater großziehen musste. An diesem Nachmittag war sie mit Rosa, Antons geliebter Enkeltochter, beim Friseur gewesen. Anton hatte allein im Verkaufsraum gearbeitet. Er hatte Unmengen von Lutschtabletten und Hustensaft verkauft, was in dieser Jahreszeit ganz normal war. Dabei hatte er nicht bemerkt, dass es draußen bereits dunkel geworden war. Als er auf seine alte Wanduhr schaute, stellte er überrascht fest, dass es kurz vor sechs war und er bald Feierabend machen konnte. Aber dann öffnete sich noch einmal die Eingangstür. Wie immer läutete die helle Glocke, und Ernestine Kirsch, seine Untermieterin, trat mit rosigen Wangen und Begeisterung in den Augen ein. Ungefragt nahm Anton die Dose mit den Pfefferminzbonbons vom Regal, öffnete sie, leerte die weißen Bonbons auf seine präzise Apothekerwaage und füllte zehn Dekagramm in eines der gestreiften Papiersäckchen, die er seit Kriegsende von einem befreundeten Papierwarenhersteller bezog. Seit fünfzehn Jahren wohnte Ernestine in der kleinen Mansardenwohnung über seiner Apotheke, und genauso lang kaufte sie bei ihm Pfefferminzbonbons. Bis auf die Zeit ihrer Lungenkrankheit konnte Anton sich nicht daran erinnern, dass sie jemals etwas anderes gekauft hätte.

Ernestine zog ihre braunen Lederhandschuhe aus, nahm ihren kleinen gefütterten Hut ab und legte beides auf die hölzerne Theke vor sich. Ihre gelockte Kurzhaarfrisur stand ihr wirr vom Kopf ab, aber so etwas kümmerte die pensionierte Lehrerin nicht.

»Sie können sich nicht vorstellen, was mir gerade passiert ist«, sagte sie aufgeregt. Ihre hellblauen Augen strahlten ihn an, und wie immer, wenn sie das taten, fühlte Anton, wie sein Herz eine Spur schneller schlug. So als hätte es vergessen, dass es mit seinen sechzig Jahren zu alt für romantische Schwärmereien war.

»Sie wissen doch, dass ich die Kinder des Süßwarenherstellers Rosenstein unterrichte«, sagte Ernestine.

Natürlich wusste Anton davon. Die winzige Pension, die Ernestine vom Staat bekam, reichte kaum für die Miete, die sie ihm jeden Monat bezahlte, auch wenn er bloß eine lächerlich kleine Summe verlangte. Deshalb verdiente sie Geld mit Nachhilfestunden.

Bevor Anton die Dose mit den Bonbons wieder verschloss, hielt er sie Ernestine entgegen. Sie griff dankend hinein, steckte ein weißes Bonbon in den Mund und redete etwas undeutlicher weiter.

»Das Ehepaar hat eine Einladung zu einem Tangotanzkurs erhalten, der unter dem Motto ›Wir tanzen für die gute Sache‹ steht. Ein Teil der Einnahmen soll einer Wohltätigkeitseinrichtung zugutekommen, die Kriegswaisen unterstützt.«

Anton hatte davon gehört. Die Bankierswitwe Rosalia Schwarz hatte die Veranstaltung organisiert. Sie war bekannt für ihr soziales Engagement, das sie jedoch immer mit eigenen Interessen und guter Unterhaltung kombinierte.

»Frau Rosenstein hat sich gestern den Knöchel gebrochen und liegt jetzt mit einem dicken Verband im Bett.«

»Die Arme«, sagte Anton mitfühlend. Er selbst hatte sich als Kind das Schienbein gebrochen und wochenlang furchtbare Schmerzen gelitten.

»Ja, das ist traurig.« Ernestine nickte. Aber ihre emphatischen Worte passten so ganz und gar nicht zu ihrem glücklichen Gesichtsausdruck. Sie hatte noch mehr zu erzählen. »Damit die Karten nicht verfallen, hat Frau Rosenstein sie mir geschenkt.«

Vertraulich beugte sie sich über die Theke. Ihr Atem roch nach Pfefferminz. »Herr Rosenstein ist über die Entwicklung nicht unglücklich. Er wollte nicht an dem Tanzkurs teilnehmen und wirkte richtig erleichtert, als er mir die Karten überreichte.«

Falls Ernestine Unverständnis und Betroffenheit erwartete, musste Anton sie enttäuschen. Er konnte den Mann sehr gut verstehen. Wer wollte schon freiwillig ein ganzes Wochenende tanzen? Doch er bemühte sich, seine Gefühle zu verbergen, und schwieg.

»Zwei der berühmtesten Tanzlehrer aus Argentinien reisen an. Ist das nicht wunderbar?«

»Hm.«

Offenbar entging Ernestine die steile Falte auf seiner Stirn, denn sie fuhr unbeirrt fort: »Jetzt habe ich diese wertvollen Karten für ein luxuriöses Wochenende im feinsten Hotel in den Bergen und brauche einen Tanzpartner.«

»Ich bin sicher, Sie werden jemanden finden«, sagte Anton voller Zuversicht. Er sah sich selbst nicht als potenziellen Tanzpartner. Nie im Leben hätte er gedacht, dass sie ihn meinen könnte.

Aber genau in dem Moment betraten Heide und Rosa den Verkaufsraum. Wieder ertönte die Glocke. Die beiden hatten die letzten Sätze mitgehört.

»Papa, das ist doch eine wunderbare Gelegenheit für einen Urlaub im Schnee«, sagte Heide. Sie schüttelte den gefrorenen Regen von ihrem Mantel und nahm den Hut ab. In den letzten zwei Jahren hatte sie einen Teil ihrer Traurigkeit abgelegt und ihre alte Lebensfreude wiedergefunden. Sie war eine sehr attraktive Frau mit dem dichtesten blonden Haar, das Anton je gesehen hatte.

Rosa und sie glichen sich wie ein Ei dem anderen. Auch Rosa hatte eine wilde blonde Mähne, die selbst die allerkräftigsten

Haarspangen nicht bändigen konnten. Mit jedem Tag, den Rosa älter wurde, wuchsen ihre Neugier und ihre Energie. Beides hatte eine ansteckende Wirkung auf alle, die sich in ihrer Nähe aufhielten.

»Opa, lernst du dort tanzen?«, fragte die Fünfjährige, umarmte Anton und versuchte ihn dazu zu bewegen, sich mit ihr zu drehen.

»Nun ja. Ich weiß nicht …«

»Wir haben hier alles im Griff. Du brauchst dir keine Gedanken um die Apotheke zu machen und kannst einfach nur ausspannen«, erklärte Heide.

Anton runzelte die Stirn. Hatte er eben etwas überhört? Soweit er sich erinnern konnte, hatte Ernestine ihn nicht gefragt, ob er sie begleiten wollte. Außerdem passten die Worte »tanzen« und »ausspannen« nicht zusammen. Sie schlossen einander aus.

Nun schlüpfte Heide aus ihrem Mantel. »Das Panhans ist berühmt für gutes Essen. Angeblich kocht dort einer der berühmtesten Köche Europas. Er hat jahrelang in Paris gelebt und versteht sich auf die Haute Cuisine. Der Tanzkurs findet doch im Panhans statt? Habe ich recht, Fräulein Kirsch?«

Sie nahm auch ihrer Tochter den Mantel ab und trug nun beide Kleidungsstücke zur Garderobe im hinteren Teil der Apotheke. Als sie zurückkehrte, blinzelte sie Ernestine verschwörerisch zu. Wieder hatte Anton das Gefühl, etwas verpasst zu haben.

»Ja, das stimmt«, sagte Ernestine rasch. »Der Koch im Hotel Panhans am Semmering soll wahre Wunder in der Küche vollbringen. Jeden Abend bereitet er ein fünfgängiges Menü zu und kredenzt die erlesensten Weine.«

Es war kein Geheimnis, dass Anton ein leidenschaftlicher Koch und Genießer war. Anzusehen war es ihm nicht. Er war sein ganzes Leben lang groß und hager gewesen. Seit über dreißig Jahren passten ihm dieselben Hosen und Hemden. Zum Leidwesen seiner Tochter, die ihn gern in moderneren Kleidungsstücken gesehen hätte.

»Fräulein Kirsch«, begann er etwas unbehaglich. »Sie suchen einen Tanzpartner, und ich muss Ihnen gestehen, ich kann nicht tanzen.«

»Niemand dort kann Tango tanzen«, beruhigte ihn Ernestine. »Es ist ein Anfängerkurs. Alle nehmen daran teil, um den Tanz kennenzulernen.«

»Opa, tanzt du dann auch mit mir?«

Anton sah seine Enkeltochter an. Die hüpfte aufgeregt auf und ab und fand die Vorstellung eines tanzenden Großvaters ganz wundervoll. Offenbar fegte sie in ihrer Phantasie mit ihm bereits zu exotischen Klängen übers Tanzparkett.

»Fräulein Kirsch, nehmen Sie meinen Opa mit auf den Semmering?«

Eine Stimme in Antons Kopf schrie laut und alarmiert: Nein! Doch eine andere sagte mindestens genauso laut und hartnäckig: Das ist die Gelegenheit. Wann wirst du jemals wieder von einer Frau wie Ernestine Kirsch zu einem gemeinsamen Wochenende eingeladen? Aber hatte sie ihn überhaupt gefragt?

»Natürlich nehme ich deinen Opa mit!«, sagte Ernestine bestimmt.

Damit war die Sache wohl ausgemacht.

Sie beugte sich noch weiter über die Theke und ergriff voller Begeisterung seine Hand.

Wieder schlug Antons Herz einen ungewohnten, aber nicht unangenehmen Rhythmus, und mit einem Mal fand er die Aussicht, ein Wochenende lang Tango zu tanzen, gar nicht mehr so schrecklich.

»Wie schön, Papa, das Wochenende wird dir gefallen«, sagte Heide. »Wir helfen dir beim Packen. Du brauchst einen guten Anzug und ein Paar ordentliche Tanzschuhe.«

»Ich habe einen guten Anzug.«

Heide verdrehte die Augen und versicherte Ernestine: »Keine Sorge, Fräulein Kirsch. Rosa und ich werden das Packen übernehmen.«

»Ich kann gut allein packen«, wehrte sich Anton.

Aber da hatten die drei Frauen schon beschlossen, dass Heide in den nächsten Tagen einen Termin beim Schneidermeister Fritsch ausmachte.

»Du brauchst zwei neue Hemden.«

Anton schüttelte empört den Kopf, jedoch ohne Erfolg.

Zwei Tage später war er gemeinsam mit Heide, Rosa und Ernestine im Ankleideraum von Meister Fritsch gestanden und hatte nicht nur zwei Hemden, sondern auch einen sündhaft teuren Anzug bestellt.

Dieser Besuch lag nun zwei Wochen zurück, und die Kleidungsstücke befanden sich ordentlich zusammengefaltet in seinem Koffer, der in der Gepäckablage über ihnen lag.

Das Rattern eines Geschirrwagens holte ihn aus seinem Halbschlaf und seinen Erinnerungen zurück in den Waggon. Etwas benommen rappelte er sich auf. Ein rundlicher Mann schob einen niedrigen Wagen vor sich her. Darauf befanden sich mehrere silberne Kannen und Becher aus teurem Porzellan.

»Darf ich Ihnen etwas zu trinken anbieten?«, fragte er höflich. Dabei verrutschte die steife Mütze seiner weinroten Bahnuniform, die noch aus der Zeit vor dem Krieg stammte. Man hatte bloß das kleine Wappen an der Stirnseite der Mütze ausgetauscht: Statt des Doppeladlers der Monarchie zierte jetzt der einköpfige Greifvogel der Republik den Beamten der Südbahn.

Anton nahm den Geruch von Kaffee wahr.

»Eine Tasse heiße Schokolade mit einer Prise Zimt und reich lich Zucker für mich«, bestellte Ernestine.

»Für mich auch, bitte«, sagte Anton.

Kurz darauf hielt Anton eine dampfende Tasse mit der cremigsten Trinkschokolade in der Hand, die er je probiert hatte. Reisen im Waggon der ersten Klasse war purer Luxus.

»Habe ich Ihnen je von meiner Verletzung am linken Knie erzählt?«, fragte Anton vorsichtig. »Seit gestern spüre ich sie wieder. Es muss mit dem Wetterumschwung zu tun haben.« Um seinen Worten mehr Gewicht zu verleihen, griff er an sein Knie.

»Nein, das haben Sie nicht, und ich hoffe sehr, dass die Verletzung Sie beim Tanzen nicht behindern wird«, sagte Ernestine mit dem Ton einer Lehrerin, die sofort erkannte, wenn ein Schüler sich vor etwas drücken wollte. Ihre rechte Augenbraue rutschte amüsiert nach oben, sie verkniff sich ein Lächeln.

»Ja, das hoffe ich auch«, murmelte Anton verlegen. Ernestine hatte ihn durchschaut. Zwar stimmte es, dass er eine alte Knieverletzung hatte, aber sie beeinträchtigte ihn nur, wenn er auf allen vieren krabbelte. Er musste sich etwas Besseres einfallen lassen. Leider blieb ihm nicht mehr viel Zeit.

Seufzend holte er die alte, verbeulte Taschenuhr seines Vaters aus der Brusttasche und klappte sie auf. »Wenn der Zug pünktlich ist, erreichen wir in wenigen Minuten Gloggnitz.« Noch während die Uhr wieder zuschnappte, verlangsamte die Lokomotive ihr Tempo und blieb wenig später stehen.

Kaum, dass das monotone Rattern der Räder über den Gleisen verstummte, hielt Ernestine ihr Gesicht wieder dicht an die Scheiben. »Wo ist der Bahnhof?«

»Ich denke, das ist der Bahnhof.« Anton zeigte auf ein winziges Häuschen, das im wilden Schneetreiben nur schwer auszumachen war. Aus kleinen Fenstern drang Licht, und über einer Tür hing eine Gaslaterne, die im Wind hin und her schaukelte. Vom Zug lief ein untersetzter Bahnbeamter zu dem Häuschen, ergriff die Laterne und öffnete die Tür. Drei vermummte Gestalten traten heraus.

»Ob das auch Gäste sind, die zum Panhans wollen?«, fragte Ernestine neugierig.

Anton hob die Schultern, was Ernestine aber nicht sehen konnte, da sie sich den Hals verrenkte und beobachtete, wie die drei Passagiere zum Zug liefen und rasch in einen der Waggons kletterten. Ein schweres, metallenes Geräusch verriet, dass die Tür hinter ihnen wieder zugeworfen wurde. Wenig später erklang ein schrilles Pfeifen, und schon setzte der Zug sich wieder schnaufend und ratternd in Bewegung. Trotz geschlossener Fenster drang der Geruch nach Kohle ins Abteil. Bevor Ernestine eine weitere Frage über die neuen Fahrgäste stellen konnte, öffnete sich die Tür zu ihrem Abteil, und die drei Passagiere, die eben noch zum Zug gelaufen waren, standen nun vor ihnen.

»Gestatten, dass wir uns zu Ihnen setzen, aber dies sind die letzten Plätze im Waggon der ersten Klasse. Es scheint, als wäre halb Wien auf dem Weg zum Semmering.« Der Mann klopfte sich ein paar Schneeflocken von seinem teuren, schweren Pelzmantel und schlüpfte umständlich heraus. Er hängte ihn auf, bevor er auch den beiden Damen aus ihren Pelzmänteln half.

Zu spät bemerkte Anton, dass sein Verhalten unhöflich war, denn statt aufzustehen und behilflich zu sein, war er sitzen geblieben und hatte auf den mächtigen Schnurrbart des Mitreisenden gestarrt. Er war goldbraun und an den Enden zu kleinen runden Schnecken zusammengerollt. Wie lange der Mann wohl vor dem Spiegel gestanden hatte, um dieses kleine Kunstwerk zu erschaffen?

So als hätte Ernestine Antons Gedanken gelesen, stieß sie ihn sanft mit der Spitze ihres Fußes an und schüttelte leicht den Kopf. Ihre Lippen zuckten kaum merkbar, und sie wirkte amüsiert, gleichzeitig aber auch mahnend.

Wieder sah Anton die Lehrerin in ihr. Sicher korrigierte sie ihre Schüler auf die gleiche Weise.

Bei den Frauen handelte es sich ganz offensichtlich um Mutter und Tochter, denn die beiden glichen einander auf verblüffende Weise. Sie hatten dieselbe klassische Nase, hohe Wangenknochen und ungewöhnlich große dunkelbraune Augen mit langen Wimpern. Doch während die junge Frau offen und freundlich grüßte, wirkte ihre Mutter verschlossen. Vielleicht war sie auch bloß schüchtern. Beide Frauen hatten moderne, wadenlange Kleider an, deren Röcke kurz unter der Brust ansetzten und fließend den Körper umspielten. Während die Mutter eine goldene Kette mit einer aufklappbaren Uhr um den Hals trug, schmückte die Tochter eine lange Perlenkette, die auf Höhe ihrer Brust nach letzter Mode geknotet war.

»Darf ich mich vorstellen, mein Name ist Fritz Zuckerberg, und das hier sind meine Frau Helene und meine Tochter Clara.«

Clara Zuckerberg lächelte gewinnend, während ihre Mutter bloß nickte und dann unbeteiligt zur Seite schaute.

Zuckerberg ließ sich neben Ernestine in den gepolsterten Sitz fallen.

»Sehr erfreut«, sagte Anton und stellte sich selbst und Ernestine vor.

»Fahren Sie auch auf den Semmering, oder geht es weiter in den Süden nach Triest? Dort ist es jetzt sicher freundlicher. Am Meer ist das Klima immer wärmer«, sagte Zuckerberg. Er faltete selbstgefällig seine Hände vor seinem mächtigen Bauch.

Auf seinem Zeigefinger prangte ein dicker Goldring mit einem auffällig großen roten Edelstein. Vielleicht ein Rubin. Offenbar hatte der Mann Gefallen daran, seinen Reichtum zur Schau zu stellen.

»Wir fahren ins Panhans«, informierte ihn Ernestine. Sie rückte näher zum Fenster, um neben dem mächtigen Mann halbwegs bequem sitzen zu können. Seine Frau und seine Tochter hatten neben Anton Platz genommen.

»So ein Zufall«, sagte Clara Zuckerberg erfreut. »Wir fahren auch dorthin. Nehmen Sie ebenfalls an dem Tangotanzkurs teil?«

»Ja, das tun wir. Sie etwa auch?«

»Ja.«

»Ich habe Ihre Namen nicht auf der Teilnehmerliste gesehen«, meinte Zuckerberg, und Ernestine erzählte ihm rasch, wie sie zu den Karten gekommen war.

»Ach so, Sie sind die Lehrerin der drei Rosenstein-Kinder.« Er musterte sie vom Scheitel bis zur Sohle und schien rasch zu dem Schluss zu kommen, dass er sich trotz ihres niedrigen gesellschaftlichen Rangs mit ihr abgeben würde.

Ernestine war eine jener Lehrerinnen, die über eine natürliche Autorität verfügten. Man konnte sie nicht ignorieren oder abfällig behandeln. Anton begann die Unterhaltung zu interessieren. Zuckerbergs Frau schien weder an ihren Mitreisenden noch an dem Gespräch Gefallen zu finden. Sie knetete ihre schmalen Hände und starrte aus dem Fenster. Ihr Gesicht wirkte völlig emotionslos.

»Was machen Sie beruflich?« Zuckerberg richtete seine Frage an Anton.

»Ich bin Apotheker und Sie?«

»Ich habe Ihnen doch schon gesagt, dass ich Fritz Zuckerberg bin«, erklärte er, so als müsste sein Name als Antwort reichen.

»Papa, nicht alle Menschen kennen sich im Farbgeschäft aus«, tadelte ihn seine Tochter.

»Ach so. Natürlich. Ich besitze die Farben- und Lackfabrik Zucker und Zuckerberg.«

Nun war Antons Interesse vollauf geweckt. Sein Wohnzimmer benötigte dringend einen neuen Anstrich, aber während des Krieges waren Farben knapp gewesen, und seither hatte er nicht die Zeit gefunden, das richtige Material zu kaufen. Immer wieder gab es andere Dinge, die dringlicher waren.

»Meine Tochter liegt mir seit Jahren in den Ohren, dass wir unser Wohnzimmer neu ausmalen lassen, aber während des Krieges wurde die Produktion von Farbe eingestellt.«

»Wir haben auch während des Krieges produziert«, sagte Zuckerberg stolz.

Für einen Moment drehte seine Frau ihren Kopf zu ihm, aber bevor Anton erkennen konnte, ob es Abscheu war, die in ihrem Blick lag, wandte sie sich wieder dem Fenster zu und beobachtete weiter die vorbeiziehenden Schneeflocken.

»In den letzten Kriegsjahren haben wir unsere Produktion sogar aufs Doppelte steigern können. Jetzt sind wir erfolgreicher denn je und exportieren bis nach Amerika.« Er plusterte die ohnehin breite Brust noch weiter auf.

Sein Verhalten erinnerte Anton an einen Hahn. Er bereute seine Bemerkung rasch, denn die nächste halbe Stunde verbrachte Zuckerberg damit, über die Vor- und Nachteile verschiedener Farben zu referieren. Anton unterdrückte ein Gähnen und hörte ihm nach einigen Sätzen nur noch mit einem Ohr zu, mit dem anderen war er bei Ernestine, die ein Gespräch mit Zuckerbergs Tochter begonnen hatte.

»Was halten Sie als Lehrerin von Otto Glöckels Schulreformen?«, fragte Clara Zuckerberg interessiert.

Anton wusste, dass sie mit ihrer Frage offene Türen bei Ernestine einlief. Als Lehrerin und überzeugte Sozialistin war sie eine glühende Befürworterin des Reformprogramms, das ein Ergebnis der neuen Stadtregierung Wiens war.

»Ich bin davon begeistert und würde mir wünschen, dass die Reformen noch tiefer greifen könnten. Aber bereits jetzt ist viel Gutes passiert. Endlich werden auch Kinder aus Arbeiterfamilien in Schulen gefördert und bekommen die Möglichkeit einer fundierten Bildung. In wenigen Jahren wird es ganz natürlich sein, dass Arbeiterkinder neben denen von Akademikern studieren. Außerdem werden die Lehrer gezwungen, umzudenken. Lernen muss Spaß machen, und die Kinder sollen vor dem Lehrer Respekt, aber keine Angst haben.« Ernestines Augen glänzten, ihre Wangen waren vor Aufregung rosig.

Anton liebte diesen Anblick. Am liebsten hätte er sie einfach nur beobachtet und ihr kommentarlos zugehört. Aber er musste sich auf sein Gegenüber konzentrieren und dem Vortrag über Farben folgen.

Zuckerberg holte gerade zu den neuesten Entwicklungen in der Lackherstellung aus, als auch er Gesprächsfetzen zwischen seiner Tochter und Ernestine aufschnappte. Er hielt mitten im Satz inne und drehte sich abrupt zu Clara Zuckerberg. »Wie oft habe ich dir schon gesagt, dass ich es nicht gutheiße, wenn du dich über die unsinnigen, gesellschaftsgefährdenden Ideen der Sozialisten äußerst oder gar mit ihnen sympathisierst? Wir sind Unternehmer, und als solche sind die Sozialisten unsere Feinde.«

»Papa, der Krieg ist vorbei. Wir haben keine Feinde mehr.«

»Pah, natürlich haben wir Feinde. Sie sitzen im eigenen Land und versuchen uns zu ruinieren. Arbeiterkampf, das ist es, was uns gefährdet. Dabei sollten die Sozialisten sich darum kümmern, dass ihre Arbeiter sich nicht vor ihren Aufgaben drücken. Statt andauernd zu jammern, sollen die Männer Leistung bringen. Ohne uns Unternehmer würden sie in ihrem eigenen Dreck verhungern und ihre riesigen Kinderscharen dazu.«

Anton sah, wie sich Ernestines rundes, rosiges Gesicht verfinsterte. Schon setzte sie zu einer Antwort an, aber Clara Zuckerberg kam ihr zuvor. »Papa, ich will mich nicht mit dir streiten«, sagte sie versöhnlich. »Außerdem hat der Doktor gesagt, du sollst dich nicht aufregen. Das ist schlecht für deinen Blutdruck.«

»Wie soll ich mich nicht aufregen, wenn meine eigene Tochter zum Feind überläuft?« Zuckerbergs Gesicht hatte einen gefährlich dunkelroten Farbton angenommen. Die Enden seines Schnurrbartes vibrierten.

Sicher hatte Ernestine schon passende Worte auf den Lippen, aber diesmal stieß Anton sie sachte mit der Fußspitze an und warf ihr einen warnenden Blick zu. Zu seiner großen Überraschung beherzigte sie ihn und schwieg.

Nun mischte sich Frau Zuckerberg in das Gespräch ein. Müde

griff sie sich an die Stirn und massierte ihre Schläfen. »Ich will nicht, dass ihr streitet. Ich bekomme davon Kopfschmerzen«, sagte sie mit leidender Stimme.

Zuckerberg presste die Lippen zusammen und schwieg für eine Weile. Etwas leiser sagte er schließlich: »Seit du zu diesem merkwürdigen Scharlatan von einem Doktor gehst, bekommst du ständig Migräne.«

»Papa, Dr. Kurz ist ein Nervenarzt und kein Scharlatan. Sigmund Freud und seine Kollegen haben längst bewiesen, dass es das Unterbewusstsein gibt. Akzeptiere das endlich. Seit Mama zu Dr. Kurz geht, hat sie viel seltener Kopfschmerzen, und sie braucht deutlich weniger von den starken Tabletten. Die Therapie tut ihr gut.«

»Leider nimmt sie immer noch viel zu viel von dem Zeug. Wenn du mich fragst, sind diese Psychoanalytiker lauter Gauner, die mir mein sauer verdientes Geld aus der Tasche ziehen und meiner Frau nicht helfen können.«

Frau Zuckerberg saß unbeteiligt neben ihrer Tochter, so als ginge sie das Gespräch nichts an. Dagegen schauten Anton und Ernestine betroffen zum Fenster hinaus. Auch wenn sie dort nichts sehen konnten außer Dunkelheit und Schneeflocken, die gegen die Scheibe geschleudert wurden.

In diesem Augenblick steckte der Schaffner, ein hochgewachsener Mann mit derselben weinroten Bahnuniform wie der Kellner zuvor, seinen Kopf ins Abteil.

»In wenigen Minuten erreichen wir den Semmering. Wenn sich die Herrschaften bitte auf das Verlassen des Zuges vorbereiten wollen.«

Anton war froh über die Unterbrechung des Gesprächs. Er wollte nicht die intimen Geheimnisse einer ihm fremden Familie erfahren. Als der Zug langsamer wurde, bemerkte er bestürzt, dass der Schneefall zugenommen hatte. Sicher war es eiskalt draußen. Hier im Abteil sorgte eine Heizung für angenehme Wärme, vielleicht wäre es klüger, doch bis nach Triest zu fahren. Sie könnten sich in einem der wundervollen Hotels auf dem Hauptplatz, der Piazza Grande, einmieten, mit direkter Sicht auf den Hafen und das Meer, und mit einer Kutsche einen Ausflug zum Schloss Miramare machen, das einst für den Bruder des Kaisers Maximilian errichtet worden war. Auch wenn die Stadt nun nicht mehr zu Österreich gehörte, so sprachen immer noch viele Menschen Deutsch, und es war ein Leichtes, sich dort zurechtzufinden.

Aber schon war Ernestine aufgestanden und wickelte ihren roten Wollschal um ihren Hals. »Ich bin ja so aufgeregt«, flüsterte sie Anton zu. »Ich war noch nie in einem so vornehmen Hotel wie dem Panhans. Wie es dort wohl aussieht?«

»Wir werden es gleich herausfinden«, sagte Anton. Seine Träume vom Meer zerplatzen wie eine Seifenblase. Nur mühsam schaffte er es, ein bisschen Begeisterung in seine Stimme zu legen. Dann half er Ernestine in ihren dunklen Wollmantel und zog seinen eigenen über. Aus der Gepäckablage holte er seinen und Ernestines Koffer. Die Familie Zuckerberg bereitete sich ebenfalls aufs Aussteigen vor.

»Man sieht sich später«, sagte Zuckerberg und verließ mit schnellen Schritten das Abteil. Seine Frau und seine Tochter folgten ihm.

Mit lautem Quietschen rollte der Zug in die Station ein. Ein kleines Gebäude aus Stein stand seitlich vom Bahnsteig. Daneben befand sich ein Monument mit der Büste des verstorbenen Kaisers, darunter prangte das Wappen der Monarchie. Eine Gaslaterne flackerte im Wind und warf diffuses Licht darauf. Offenbar hatte hier, nur eineinhalb Stunden von Wien entfernt, der Krieg nichts verändert. Die Station sah immer noch so aus wie 1854, als sie feierlich für den Personenverkehr eröffnet worden war.

Als der Schaffner die Waggontür öffnete, wehte Anton ein unfreundlicher Windstoß eiskalte Schneeflocken ins Gesicht, die trotz ihrer weichen Beschaffenheit die Haut durchbohrten wie winzig kleine Messer. Er fröstelte.

Ernestine betrat das Bahngleis und versank knöcheltief im frischen Schnee. Sie lachte.

Anton war ganz und gar nicht nach Lachen zumute. Am liebsten wäre er auf der Stelle zurück ins Abteil geklettert und hätte einen weiteren Becher cremiger Trinkschokolade mit Zimt bestellt.

Der Schaffner half ihnen, die Gepäckstücke aus dem Zug zu heben. Erst als alle Passagiere und Koffer im Schnee standen, ertönte seine schrille Pfeife erneut. Die Türen wurden mit lautem Krachen geschlossen, und der Zug setzte sich langsam ratternd in Bewegung. Wehmütig sah Anton der dampfenden Lokomotive nach. Der Geruch brennender Kohle lag auch dann noch in der Luft, als der Zug längst hinter den Bergen verschwunden war.

Unterdessen hatten die anderen Gäste die Zeit genutzt und waren zu den wartenden Pferdeschlitten gelaufen.

Anton konnte sehen, wie Zuckerberg seiner Frau die Hand reichte und ihr in einen der überdachten Schlitten half, in dem bereits zwei Gäste saßen. Seine Tochter folgte ihr, und zuletzt kletterte er selbst hinterher. Nun war der Schlitten voll. Der Kutscher rief seinen Pferden etwas zu. Gleichzeitig setzten sich die Tiere in Bewegung. Anton konnte die Glocken hören, die auf ihrem Geschirr befestigt waren. Der helle Klang drang nur leise zu ihnen, denn der Wind übertönte alle anderen Geräusche. Eine weitere Böe trieb ihm eine Handvoll Eiskristalle ins Gesicht, die sich erneut in die ungeschützte Haut seiner Wangen bohrten.

»Wir sollten uns auch nach einem Schlitten umsehen«, sagte er und zog seinen Schal enger um Hals und Kinn. Ernestine pflichtete ihm bei. Im Nu kam ein junger Bursche auf sie zugelaufen. Er hatte eine dicke Fellmütze auf dem Kopf und bunte Wollfäustlinge an den Händen.

»Wolln Sie ins Panhans oder ins Südbahnhotel?«, schrie er laut. Seine Stimme überschlug sich, er war mitten im Stimmbruch.

»Ins Panhans«, antwortete Ernestine freundlich.

»Dann kommen S' mit.« Der Junge schnappte sowohl Ernestines als auch Antons Koffer und trug beide mit einer Leichtigkeit, als handelte es sich um zwei Daunendecken, zu einem der Schlitten, der fürs Gepäck bestimmt war. Eine Unzahl von Koffern und Taschen lag bereits darauf.

»Sie können hier warten, bis der überdachte Schlitten wieder zurückkommt. Oder gleich mit mir fahren.« Er wies auf die schmale Bank im hinteren Teil des Schlittens.

»Wie lange dauert es denn, bis der Schlitten wiederkommt?«, wollte Anton wissen.

»Vielleicht a halbe Stund, vielleicht länger. Kommt drauf an, ob da Ferdinand a Pauserl macht.«

Anton nahm an, dass Ferdinand der Kutscher des überdachten Schlittens war.

»In dem Fall fahren wir lieber mit dir«, sagte Ernestine, ohne Antons Antwort abzuwarten.

»Unter der Bank liegn a paar Decken«, sagte der Junge. Er verstaute die beiden Koffer auf dem Schlitten und kletterte auf den Kutschbock.

Anton reichte Ernestine die Hand, doch die hatte bereits die Röcke gerafft und stieg beherzt auf ein schmales Brett, eine Art Aufstiegshilfe am Schlitten.

»Könnten Sie mir einen kleinen Schubs geben?«

»Wie bitte?«

»Geben Sie mir bitte einen Schubs auf mein Hinterteil, damit ich da hinaufkomme.« Mit einer Selbstverständlichkeit zeigte sie auf den Schlitten.

Trotz der Kälte wurde Anton heiß. Es war viele Jahre her, dass er dazu aufgefordert worden war, das Hinterteil einer Frau zu berühren. Verlegen stand er neben ihr, ohne sich zu bewegen.

»Nun stellen Sie sich nicht so an«, sagte Ernestine ungeduldig. »Es ist kalt.«

Unsicher fasste Anton an ihren Hintern und schob sie in den Schlitten.

»Na bitte, es geht doch«, sagte sie zufrieden. »Noch vor ein paar Jahren wäre ich gelenkig wie ein kleines Reh in den Schlitten gesprungen.«

Anton verehrte Ernestine, aber er konnte sich beim besten Willen nicht vorstellen, dass die kleine rundliche Frau jemals Ähnlichkeit mit einem Reh gehabt hatte. Er nahm auf der Bank neben ihr Platz. Das Holz war eiskalt. Hoffentlich holte sie sich keine Blasenentzündung. Als Apotheker wusste er, wie unangenehm und hartnäckig solche Entzündungen für Frauen sein konnten.

Gerade als der Schlitten sich in Bewegung setzte, rief eine Männerstimme vom Bahnhof aus: »Halt, warte!«

Der Junge hielt die Pferde zurück und drehte sich um.

»Wir müssen ins Panhans. Fährst du dorthin?«

»Ja, gnä' Herr. Steigs auf. Es geht glei los.«

Hinter dem breiten Rücken des eingemummten Mannes tauchte noch eine Frau auf. »Hast du noch Platz für zwei?«

»Wenn d' Herrschaften zsammenrücken!« Der Junge warf einen fragenden Blick nach hinten.

»Selbstverständlich«, sagte Ernestine und rückte näher zu Anton.

Der Mann mit dem Schal vor dem Mund und dem gefütterten Hut auf dem Kopf kletterte auf den Schlitten. Die Frau, die genauso dick eingepackt war wie er, folgte ihm. Dicht an dicht saßen alle vier nun aneinander. Man begrüßte sich, aber für eine Unterhaltung war es definitiv zu kalt.

Unterdessen breitete Anton die schwere, nach Pferde und Stall riechende Decke über ihnen allen aus. Der Stoff hielt die Kälte ein wenig ab. Dann wickelte er seinen Schal dicht ums Gesicht, sodass nur noch die Augen sichtbar waren. Anton schloss sie bis auf einen kleinen Schlitz, kauerte sich so gut es ging unter die Decke und hoffte inständig, dass er die Fahrt zum Hotel überleben würde.

Zum Glück war der Weg kurz und führte durch einen tief verschneiten Wald. Die Glocken am Geschirr der Pferde klingelten, der Schlitten glitt über den Schnee. Die dicht stehenden Bäume hielten den Sturm ein wenig ab. Dennoch rauschte der Wind durch die hohen Nadelbäume. Es war eisig kalt. Erst ein Mal hatte Anton derart gefroren. Weihnachten 1915. Damals hatte er gemeinsam mit einem Sanitäter und einem Priester Gräben an der Westfront nach verwundeten Soldaten abgesucht und sich gefragt, wie Gott es hatte zulassen können, dass machtgierige Männer diesen sinnlosen Krieg angezettelt hatten, in dem junge Soldaten sich gegenseitig abschlachteten. Der Priester hatte keine Antwort gehabt. Seither besuchte Anton keine Sonntagsmesse mehr. Er schüttelte den Kopf, um die unangenehmen Erinnerungen wieder loszuwerden, dabei fielen die Schneeflocken, die sich bereits auf seiner Mütze abgelegt hatten, auf Ernestines Schulter.

»Entschuldigung!«

Ernestine lächelte, zumindest glaubte Anton ein Lächeln in ihren Augen zu erkennen, der Rest ihres Gesichtes war von dem roten Wollschal verdeckt.

Wenig später hielt der Schlitten vor einem prächtigen Gebäude an. Die Säulen der Vorhalle erinnerten mit den gusseisernen Blumengirlanden an die Jugendstilgebäude auf der Ringstraße. Es stürmte nun so heftig, dass Anton seinen Hut festhalten musste.

Kaum stand der Schlitten, lief ein Bursche in der Livree des Hotels aus dem Foyer und verbeugte sich so tief, dass Anton Angst hatte, er würde kopfüber nach vorne purzeln. Der Junge half zuerst dem fremden Paar aus dem Schlitten, dann Ernestine und schließlich ihm. Rasch liefen alle auf die Eingangshalle zu. Eine Sturmböe erfasste Anton, zerrte an seinem Mantel und trieb ihn regelrecht ins Innere des Hotels.

Augenblicklich schlugen ihnen angenehme Wärme und der frische Geruch von Zitronenwasser entgegen. Anton wickelte seinen Schal vom Gesicht und öffnete seinen Mantel. Er stampfte fest auf, um den Schnee von seinen Schuhen und den Schultern zu schütteln. Die Flocken fielen auf den weichen Teppichboden im Eingangsbereich, wo sie geradewegs schmolzen und Wasserflecken zurückließen. Anton atmete erleichtert durch.

Alles in der Halle schien zu glänzen. Der dunkle Marmorboden, die hellen Wände, die frisch geputzten Marmorsäulen und unzählige Spiegel. Das Licht der Gaslampen spiegelte sich in den fein geschliffenen Kristallen, die in Ketten von den Lüstern hingen. Ein schmaler roter Teppich führte vom Eingangsbereich zur Rezeption. Es war ein merkwürdiges Gefühl, über diesen Teppich zu gehen. So mussten sich Kaiser und Prinzen fühlen. Bloß, dass es für die zur Normalität gehörte, während Anton zum ersten Mal über einen roten Teppich lief. Hinter einer Theke aus dunklem, ebenfalls glänzendem Kirschholz erwartete sie ein lächelnder junger Mann. Wie der Gepäckträger hatte auch er die Livree des Hotels an: Einen dunkelgrünen Anzug mit goldenen Knöpfen und einem roten Halstuch. An der Brusttasche des Anzugs heftete ein goldenes Schildchen, auf dem der Name »Herr Sebastian« stand.

»Herzlich willkommen im Panhans«, sagte Herr Sebastian,

während er ein dickes, in dunkelgrünes Leder gebundenes Buch aufschlug.

Das Paar, mit dem sie gemeinsam im Schlitten gefahren waren, wartete bereits auf den Zimmerschlüssel. Der Mann lehnte sich lässig gegen die Theke, während die Frau aufrecht danebenstand und nervös mit dem Fuß wippte.

»Mein Name ist Dr. Hubert Schöller. Meine Schwester und ich haben zwei Einzelzimmer gebucht.«

Er richtete sich wieder auf und zog seinen Mantel aus. Etwas umständlich faltete er ihn zusammen und hängte ihn über seinen Unterarm. Er hatte ein angenehmes Äußeres und war etwa fünfzig Jahre alt. Seine Schwester war deutlich jünger. Anton schätzte sie auf Mitte dreißig. Gerade als Anton darüber nachdachte, ob die steile Falte zwischen ihren Augenbrauen auf Traurigkeit oder Strenge schließen ließ, wandte der Doktor sich an Ernestine und reichte ihr freundlich die Hand.

»Es tut mir leid, dass ich mich eben im Schlitten nicht vorgestellt habe, aber es war schlicht zu kalt für eine Unterhaltung.«

Ernestine stimmte ihm zu. »Ja, das war es wirklich. Aber hier ist es wunderbar warm.«

Der Doktor reichte auch Anton die Hand. Er hatte einen festen, resoluten Händedruck.

»Nehmen Sie auch am Tangotanzkurs teil?«, fragte Anton.

»Ja, aber meine Schwester ist von der Idee nicht so begeistert wie ich. Sie tanzt nicht gern. Ich habe sie zu der Veranstaltung überreden müssen. Seit Stunden liegt sie mir mit angeblichen Ausreden in den Ohren.«

Seine Schwester verdrehte die Augen. Ihr dunkles Haar war modern auf Kinnlänge geschnitten. Offenbar war ihr die Geschwätzigkeit ihres Bruders unangenehm. Doch der schien ihre Reaktion nicht zu bemerken und grinste von einem Ohr zum anderen. Dabei legte er eine Reihe perfekter Zähne frei. Seine Haut war eine Spur zu dunkel für diese Jahreszeit. Wie seine Schwester hatte er dunkles Haar, das jedoch von deutlich mehr grauen Strähnen durchzogen war als ihres.

»Nun, ich muss zugeben, dass auch ich kein begeisterter Tänzer bin«, gestand Anton. Einen kurzen Moment hoffte er, der Doktor könnte mit Ernestine tanzen, während er selbst und Fräulein Schöller zusahen, aber dann unterbrach Herr Sebastian ihr Gespräch, und die Gelegenheit, einen Vorschlag in diese Richtung zu machen, war dahin.

Der junge Mann reichte dem Doktor zwei Schlüssel. »Zwischen den Zimmern gibt's eine Verbindungstür«, sagte er. »Die Zimmer sind im zweiten Stock. Sie können den Aufzug nehmen. Der Kofferträger bringt Ihnen 's Gepäck auf die Zimmer!«

»Vielen Dank!«

Dann wandte er sich an Anton. »Dearf ich fragn, wer Sie sind?«

»Anton Böck und Ernestine Kirsch. Wir haben auch zwei Einzelzimmer gebucht.«

»Ohne Verbindungstür«, ergänzte Ernestine.

Herr Sebastian suchte in seinem Buch nach ihren Namen. Offenbar konnte er sie nicht finden. Erneut fuhr sein Finger die Listen der aufgeschlagenen Seite entlang.

»Ursprünglich war ein Doppelzimmer für das Ehepaar Rosenstein reserviert«, erklärte Ernestine. »Aber Frau Rosenstein hat sich bedauerlicherweise verletzt und uns ihre Karten überlassen. Ich habe Ihnen gestern ein Telegramm geschickt und darum gebeten, statt des Doppelzimmers zwei Einzelzimmer für uns zu reservieren.«

Auf Dr. Schöllers Gesicht machte sich Neugierde breit, als er den Namen Rosenstein hörte.

»Ach ja …« Herr Sebastian lief rot an. Offenbar gab es Schwierigkeiten. Auf seiner Stirn bildeten sich winzige Schweißtropfen. Seine Haut glänzte. »Oje, i glaub, da is uns a klanes Missgeschick passiert«, sagte er verlegen.

»Und das wäre?« Anton trat näher an die Kirschholztheke. Vor ihm stand eine goldene Druckglocke. Er musste den Impuls unterdrücken, mit der flachen Hand auf das glänzende Gerät zu schlagen. Nicht weil er ungeduldig war, sondern einfach, weil es dazu einlud. Schade, dass Rosa nicht hier war, gemeinsam mit ihr hätte er bestimmt geklingelt. Stattdessen drehte er sich zur Seite. Dr. Schöller und seine Schwester standen immer noch neben ihnen. Warum bezogen sie ihre Zimmer nicht? Aufmerksam verfolgte Dr. Schöller die Unterhaltung.

»Wir ham a Doppelzimmer mit separaten Betten im dritten Stockwerk für Sie vorgsehn.«

»Wir brauchen aber zwei Einzelzimmer«, beharrte Ernestine.

Bedauernd schüttelte Herr Sebastian den Kopf. »Des is leider net mehr möglich.«

»Warum denn nicht?«, fragte Anton neugierig. Er hatte nicht den Eindruck, dass das riesige Hotel voll belegt war. Ganz im Gegenteil, es herrschte eine merkwürdige Stille. Sicher gab es eine Reihe unbesetzter Zimmer.

»Frau Schwarz hat 's ganze Wochenende exklusiv für ihre Gsellschaft gbucht. Außer ihre Gäst san kane weiteren im Hotel. Alle Zimmer der ersten, zweiten und dritten Etage des Westflügels san reserviert und hergrichtet. Würdn S' jetzt ein Zimmer in der vierten oder fünften Etage oder im Ostflügel beziehen, würd's Stunden dauern, bis die Temperaturen angenehm warm san. Glauben S' mir, des wär net fein.«

Die Vorstellung, zu frieren, fand Anton nach der eisigen Fahrt mit dem Schlitten alles andere als erfreulich. Lieber freundete er sich mit dem Gedanken eines Doppelzimmers an, was ja durchaus Vorteile hatte. Wann hätte er je wieder die Gelegenheit dazu, gemeinsam mit Ernestine in einem Zimmer zu übernachten?

Doch da meldete sich Dr. Schöller zu Wort. »Wir können gern die Zimmer tauschen.«

Seine Schwester, deren Ungeduld mit jedem Augenblick, den ihr Bruder länger stehen blieb, wuchs, nickte genervt. Es schien, als wollte sie nur noch in ein Zimmer, egal, in welches. »Selbstverständlich!«, sagte sie schnell und eine Spur ungehalten.

»Das ist sehr freundlich von Ihnen!« Ernestine ergriff die Hand des Doktors und drückte sie, während Anton sich nicht sicher war, ob er jetzt eine große Chance verpasst hatte. Noch bevor er seine Frage beantworten konnte, hielt er den Schlüssel von Dr. Schöllers Einzelzimmer in der Hand.

»Des Abendessen findet in aner hoibn Stund im Speisesaal im Erdgeschoss statt, gleich nebn dem Wintergarten, der grad leider gschlossen is, weil die Schneelage es net erlaubt, ihn zu benutzn.«

»In einer halben Stunde schon?«, fragte Ernestine entsetzt.

Herr Sebastian warf einen Blick auf die große goldene Standuhr hinter sich und nickte.

»Ach du Schreck!«, sagte nun auch die Schwester des Doktors. »Da bleibt ja kaum noch Zeit, die Koffer auszupacken.« Sie wandte sich an Herrn Sebastian. »Würden Sie sich bitte beeilen, damit wir unser Zimmer beziehen können?« Sie wippte von den Zehenspitzen zu den Fersen und wieder zurück.

»Ja, sicher«, murmelte dieser. Er war erleichtert, dass sich das Zimmerproblem so schnell gelöst hatte.

»Gerhard wird 's Gepäck auf die Zimmer bringen.« Gerhard war der junge Bursche, der ihnen aus dem Schlitten geholfen hatte. Er mühte sich bereits mit Antons und Ernestines Koffern ab. Auch er trug ein goldenes Namensschildchen mit seinem Namen an der Brust. Im Gegensatz zu seinem Kollegen war er nur »Gerhard«, kein »Herr«. Offenbar stand er im Rang unter ihm.

Unterdessen zog Ernestine Anton am Ärmel. »Kommen Sie, nutzen wir die halbe Stunde, damit wir nicht zu spät zum Abendessen kommen.«

Die Aussicht auf ein köstliches Essen überzeugte Anton. Rasch folgte er Ernestine zum Aufzug.

Sie weigerte sich aber, ihn zu betreten. »Ich habe in diesen fahrenden Schränken immer ein mulmiges Gefühl.« Sie ging entschlossen daran vorbei, weiter zu den Stiegen. Es gab zwei verschiedene. Eine breite, die mit einem dicken dunkelgrünen Teppich ausgelegt war, und eine weitere, deutlich schmälere, die hinter einer Tür versteckt lag und aus einfachen Holzbrettern bestand. Die zweite war offenbar dem Personal vorbehalten. Ernestine entschied sich für die erste. Langsam stieg sie hoch und blieb immer wieder stehen, um die Landschaftsbilder zu betrachten, die an den Wänden hingen. Es handelte sich um Darstellungen der Berge in gedämpften Ölfarben, die mit üppigem, vergoldetem Holz gerahmt waren.

»Wie schade, dass wir nichts davon gesehen haben«, seufzte sie.

»Ich fürchte, dass Sie sich mit den Bildern zufriedengeben müssen«, sagte Anton. »Dem Wetterbericht zufolge sollen Sturm und Schneefall noch zunehmen.«

»Das ist ärgerlich. Aber leider nicht zu ändern«, seufzte Ernestine. »Zum Glück werden wir uns beim Tanzen nicht langweilen.«

Anton schluckte die Antwort, die ihm auf der Zunge lag, herunter.

Als sie das zweite Stockwerk erreichten, verließ Gerhard es gerade wieder. Er hatte die Koffer mit dem Aufzug transportiert und in die Zimmer gebracht. Elektrische Lampen beleuchteten den Gang. Alles hier strotzte vor Geld.

»Wir haben die Zimmer 8 und 9. Die müssten dort vorn liegen«, überlegte Ernestine. Sie richtete ihre Aufmerksamkeit auf die Tür vor sich, auf der ein Nummernschild mit der Zahl 4 hing. Dann schritt sie energisch aus. Ihre Schritte wurden vom dicken Teppich geschluckt. Vor der Tür zu ihrem Zimmer reichte Anton ihr einen der beiden Schlüssel. Während er selbst aufsperrte, hatte Ernestine ihre Tür bereits geöffnet.

»Um Himmels willen«, entfuhr es ihr. Sie schlug ihre Hand vor den geöffneten Mund. »Dieser Luxus ist unglaublich. Nun verstehe ich, dass nur noch wenige Menschen ins Panhans fahren. Wer kann sich diese Pracht leisten?«

Anton öffnete nun auch seine Tür. In einem riesigen, mit cremefarbener Samttapete ausgestatteten Zimmer stand ein mächtiges Himmelbett. Ein Schwedenofen sorgte für behagliche Wärme. Die Fensterläden vor dem Balkon waren verschlossen und die geblümten, schweren Vorhänge vorgezogen. Auf einem kleinen Tisch befand sich eine Schale mit frischem Obst. Sicher hatte es ein Vermögen gekostet, die Früchte aus dem Süden nach Österreich zu transportieren, denn hier konnten sie zu dieser Jahreszeit nicht wachsen. Neben dem Tisch standen zwei tiefe, mit rotem Samt bezogene Lehnstühle.

Ein Schrank und eine weitere Kommode waren für die Garderobe vorgesehen. Eine Tür führte in ein Badezimmer, in dem es eine Badewanne gab. Die goldenen Hähne waren der Beweis für fließendes Wasser. Außerdem verfügte das Bad über eine eigene Toilette mit Wasserspülung. Eine weitere Tür war die zuvor angesprochene Verbindung zu Ernestines Zimmer.

»Offenbar gibt es Menschen, die genug Geld für einen Urlaub hier besitzen und ihr soziales Gewissen beruhigen, indem sie ein paar Münzen an eine wohltätige Organisation abgeben«, sagte Anton, der hin- und hergerissen war zwischen Staunen, Verwunderung und Entsetzen.

»Ich hätte Frau Rosensteins Karten nicht annehmen dürfen«, sagte Ernestine betroffen. »Die Summe, die an diesem Wochenende eingenommen wird, kann nie den Ausgaben gerecht werden. ›Wir tanzen für die gute Sache‹, dieser Spruch ist lächerlich angesichts dieser Verschwendung.«

»Nun, daran können wir jetzt nichts mehr ändern«, sagte Anton. »Und wir beide wissen nicht, was die reichen Herrschaften für die Teilnahme bezahlt haben.«

Ernestine schüttelte den Kopf. »Wie unglaublich dumm von mir. Ich habe mich so auf diesen Tanzkurs gefreut, dass ich alles andere verdrängt habe. Ich hätte mich intensiver mit den Schriften Sigmund Freuds beschäftigen sollen. Mit unterdrückten Wünschen und diesen Dingen.«

»Nehmen Sie es nicht so tragisch.« Anton wollte Ernestines Stimmung wieder aufhellen. Ein schlechtes Gewissen zu haben, half niemandem weiter. Vor allem nicht den Kindern, für die dieses Wochenende veranstaltet wurde. »Wir wollen uns die Freude nicht wegen ein bisschen geschenktem Luxus, gutem Essen oder anderen Annehmlichkeiten verderben lassen«, versuchte er zu beschwichtigen.

Ernestine musterte ihn durch zusammengekniffene Augen, was bewies, dass sie den bösen Unterton seiner Worte gehört hatte. »Ich freue mich wirklich auf das Tanzen«, sagte sie entschuldigend.

»Ich weiß«, seufzte Anton leise. Er ergriff Ernestines Hand und drückte sie einen kurzen Moment lang.

Sie lächelte ihn dankbar an. Dann meinte sie mit ihrem gewohnten Enthusiasmus: »Dann wollen wir uns rasch frisch machen, damit wir nicht zu spät zum Essen kommen. Es soll Lammrücken mit Fisolen im Speckmantel geben.«

»Das klingt verlockend.« Anton griff mit beiden Händen auf seinen Magen, der bei der Aussicht auf dieses köstliche Essen zu knurren begann.

»Nach dem Abendessen beginnt die erste Tanzeinheit.«

»Nun, ich hoffe, es gibt guten Wein zum Essen, der entspannt.«

»Mit Sicherheit!«

Ernestine zog die Tür hinter sich zu. Kaum war sie in ihrem Zimmer verschwunden und Anton in seinem, hörte er, wie ein Schlüssel sich in einem Schloss drehte. Die Verbindungstür zwischen den beiden Räumen öffnete sich.

»Oh, sehen Sie nur«, sagte Ernestine begeistert. »Die Tür lässt sich mit unserem Zimmerschlüssel sperren. Wir können uns unterhalten, sooft wir wollen.«

»Das ist in der Tat sehr erfreulich.«

»Bis gleich.« Ernestine schloss die Tür wieder, nur um sie gleich darauf wieder zu öffnen. »Soll ich ein dunkelblaues Kleid anziehen oder lieber ein pastellfarbenes?«

»Äh …«

»Sie haben recht, ich nehme das dunkelblaue!«

Anton nickte verunsichert. Hatte er eben geantwortet, ohne es zu bemerken? Er fragte sich, wie oft Ernestine die Tür noch öffnen würde, bis sie sich zum Abendessen fertig machte. Aber die Tür blieb bis sieben geschlossen. Erst als der Zeiger von Antons Uhr die volle Stunde anzeigte, klopfte sie erneut. Sie hatte sich umgezogen und trug nun doch ein pastellfarbenes bodenlanges Abendkleid, dessen Schnitt vor dem Krieg ganz sicher sehr elegant gewesen, jetzt aber eindeutig aus der Mode gekommen war. Anton fand sie trotzdem sehr hübsch. Das Kleid war am Hals und an den Ärmeln mit Spitze versehen. Eine feine Silberkette zierte Ernestines Hals, und ihr Haar wirkte trotz der silbernen Kämme, die darin steckten, ungebändigt und wild.

»Ich bin fertig«, sagte sie zufrieden und hakte sich bei Anton unter. Wie immer roch ihr Atem nach Pfefferminzbonbon, und Anton spürte, dass er sich nicht nur auf den Lammrücken, sondern vielmehr auf den gemeinsamen Abend freute.

ZWEI

Der Geruch von frisch gebratenem Fleisch und mediterranen Gewürzen wies den beiden den Weg zum Speisesaal. Hier sorgten unzählige Kerzenständer und moderne Lampen, die mit Elektrizität funktionierten, für ausreichend Licht. Es gab aber auch noch ein paar Gaslaternen. Die Wände waren mit goldenen Tapeten und Spiegeln ausgestattet. Trotz der kalten Jahreszeit gab es frische Schnittblumen in hohen Bodenvasen und in Form von Gestecken auf jedem Tisch.

»Sehen Sie nur, Anton«, sagte Ernestine beeindruckt. »Narzissen und Tulpen und das bei einem Meter Neuschnee seit heute Morgen.«

Die Blumen waren nicht das Einzige, was Anton ins Staunen versetzte. Die Tische im Speisesaal waren mit feinstem weißen Leinen bedeckt, das bis zum Teppichboden reichte. Die Teller und Schüsseln stammten aus der Wiener Porzellanmanufaktur. Angeblich wurde das feine Porzellan bis nach Japan verschifft, so begehrt war es in aller Welt. Die Wein- und Sektgläser am Tisch waren in Böhmen hergestellt worden, zu einer Zeit, als das Land noch zur Monarchie gehört hatte. Das Licht der Kerzen brach sich im wunderschön geschliffenen Bleikristall zu märchenhaft anmutenden Regenbögen auf den weißen Tischtüchern.

»Herr Böck und Fräulein Kirsch, ’nen schönen guten Abend. Darf ich Sie zu Ihrm Tisch begleitn?« Die Frage kam von dem jungen Herrn Sebastian, der sie vor knapp einer halben Stunde empfangen hatte. Er schien über ein ausgezeichnetes Namensgedächtnis zu verfügen, um das ihn Anton beneidete. Er selbst merkte sich zwar die Gesichter seiner Kunden, aber die dazu passenden Namen blieben oft erst Monate, nachdem sie bei ihm einkauften, im Gedächtnis hängen.

Herr Sebastian trug jetzt den schwarzen Anzug eines Obers. Auch hier steckte das Namensschildchen an der Brusttasche. »Bitte, hier geht’s lang.« Er wies sie mit einer einladenden Geste an einen Tisch, der für sechs Leute gedeckt war. Ein Pärchen saß bereits dort. Auf kleine Namenskärtchen aus Porzellan waren die Namen der Gäste mit verschnörkelten Buchstaben eingebrannt.

»Ob es auffällt, wenn ich unsere Kärtchen nach dem Essen in meiner Handtasche verschwinden lasse?«, flüsterte Ernestine hinter vorgehaltener Hand.

Anton errötete.

Falls Herr Sebastian Ernestines Worte gehört hatte, so zeigte er keinerlei Reaktion. Er rückte einen Stuhl für sie zurecht, sodass Ernestine bequem darauf Platz nehmen konnte. Noch bevor er dasselbe für Anton tun konnte, hatte der sich ohne Hilfe hingesetzt.

»Wünschen Sie 'nen Aperitif?«

Anton sah Ernestine etwas ratlos an, doch auch sie schien mit dieser Frage wenig anfangen zu können.

»Vielleicht a Glaserl Champagner? Das passt immer«, meinte Herr Sebastian etwas nervös. Seine Aufmerksamkeit war bereits beim Nebentisch. Ein Mann in weißer Festtagsuniform hatte dort gerade Platz genommen und schon nach wenigen Augenblicken des Wartens seine Geduld verloren.

»Wenn nicht bald jemand kommt, hole ich mir selbst eine Flasche von der Bar«, polterte er so laut, dass alle im Saal es horen konnten.

Herr Sebastian lächelte verkrampft und winkte seinem Kollegen zu. Es war der Bursche, der gerade noch als Kofferträger agiert hatte, Gerhard. Jetzt trug er den gleichen dunklen Anzug wie sein Kollege Herr Sebastian und lief schnell zu dem Tisch mit dem ungeduldigen Gast.

Die Frau, die neben Ernestine saß, schielte genervt zur Decke. »Manche Männer glauben, sobald sie eine Uniform anhaben, können sie der ganzen Welt Befehle erteilen. Ich kann diese Sorte Mann nicht ausstehen.« Sie machte sich nicht die Mühe, ihre Stimme zu senken. Es war ihr anscheinend egal, ob der unangenehme Mann am Nebentisch sie hörte. Aber der war ohnehin zu sehr mit sich selbst beschäftigt.

Sie hielt ein Champagnerglas in der Hand und prostete Ernestine zu. Ihren roten Wangen und den glasigen Augen nach zu schließen, war es nicht ihr erstes Glas an diesem Abend. »Der

Champagner ist gut«, sagte sie mit leicht verlangsamten Worten. »Falls der Tanzkurs nicht den Erwartungen entspricht, kann man sich an der Bar erfreuen, das Hotel verfügt über eine reichliche Auswahl an wundervollen Getränken, was das Wochenende erträglicher machen wird.«

Ernestines Tischnachbarin war um die fünfzig, aber ein exzessiver Lebensstil hatte sie frühzeitig altern lassen. Trotz einer dicken Schicht Puder und Rouge wirkte sie verbraucht und müde.

Neben ihrem Ellbogen befand sich ein kleiner Aschenbecher mit einer Zigarette an einem langen Stiel. Sie griff mit einer fein manikürten Hand danach, führte ihn zu ihren dunkel geschminkten Lippen und nahm einen tiefen Zug. Ohne Ernestine anzusehen, blies sie den Rauch in gekonnten Kringeln in Richtung ihres Sitznachbarn, den dieses Verhalten nicht zu stören schien.

»Freuen Sie sich denn nicht aufs Tanzen?«, fragte Ernestine neugierig.

Die Frau warf ihr einen belustigten Blick zu. Dann musterte sie ihr leer gewordenes Glas in der anderen Hand und hielt es dem Mann neben sich auffordernd entgegen.

»Nicht im Geringsten«, sagte sie gelangweilt. Um ihren Kopf war ein Samtband gewickelt, das mit glitzernden Perlen und bunten Federn besetzt war. Zwei der Federn wippten in ihre Stirn, sodass sie niesen musste. Sie schob eine der Federn nach hinten und fixierte sie unter dem Band.

»Gustav, bitte!«, sagte die Frau nun ungehalten. Sie hielt ihr Glas immer noch wartend in der Hand.

Der Mann griff mit seiner linken Hand nach einer Flasche in einem Eiskübel auf einem kleinen Tischchen neben sich und füllte das Bleikristallglas seiner Begleiterin bis zum Rand auf.

»Fräulein Alma Schönwald war so freundlich und sprang für ihre Schwester und meine Verlobte Eugenia Schönwald ein, die leider wegen einer beruflichen Angelegenheit unpässlich ist. Es wäre schade gewesen, wenn wir die Karte hätten verfallen lassen«, sagte er, ohne das Glas aus den Augen zu lassen. Die prickelnde Flüssigkeit schäumte in der hohen Sektflöte. Er hielt die Flasche Ernestine fragend entgegen.

Doch da kam Herr Sebastian wieder. Er schob einen Getränkewagen vor sich her, auf dem ebenfalls eine Flasche in einem Kübel voll Eis stand. Gekonnt öffnete er den Korken der Flasche, hielt sie schräg, sodass kein Schaum überlief, und füllte sowohl Ernestines als auch Antons Glas.

»Vielen Dank!« Ernestine prostete zuerst Anton, dann den beiden Tischnachbarn zu.

Der Mann war in etwa im Alter seiner Begleiterin. Obwohl er einen dunklen, neutralen Anzug trug, wirkte dieser wie eine Militäruniform. Vielleicht lag es an der aufrechten Haltung mit den übertrieben nach hinten gedrückten Schultern, vielleicht an den zackigen Bewegungen, der Mann sah auf jeden Fall aus wie ein Soldat, der gerade eine Truppenübung absolvierte. Er trug sein graublondes Haar streng nach hinten gekämmt. Sein Schnurrbart war exakt geschnitten, und die harten Linien rund um seinen Mund ließen darauf schließen, dass er nur äußerst selten lachte.

»Mein Name ist Oberleutnant Gustav Staudinger«, stellte er sich vor, stand auf und reichte zuerst Ernestine, dann Anton die Hand, dabei schlug er die Fersen zusammen.

Anton fand sein Verhalten absurd. Nichts war ihm beim Militär unsinniger erschienen, als all die merkwürdigen Begrüßungsrituale. Manchmal hatte er sich vorgestellt, die Vorgesetzten hätten statt der Orden rote Pappnasen und statt der Waffen billige Jahrmarkttröten. Die Männer hätten als kuriose Gaukler jede Menge Applaus erhalten.

Alma Schönwald schienen ähnliche Gedanken durch den Kopf zu gehen. »Gustav, wir sind in einem Speisesaal und nicht am Truppenübungsplatz.«

Staudinger tat so, als hörte er ihre Worte nicht.

»Sehr erfreut«, sagte Ernestine in ebenfalls schneidigem Ton und stellte sich und Anton vor. An Fräulein Schönwald gerichtet meinte sie freundlich: »Herr Böck und ich stehen ebenfalls nicht auf der Gästeliste. Wir sind statt des Ehepaars Rosenstein hier.«

»Haben Sie sich also auch überreden lassen«, sagte Alma Schönwald. Sie musterte zuerst Ernestine, dann Anton.

Ihre Miene verunsicherte Anton. Er fühlte sich wie Ware, die auf ihren Wert geprüft wurde.

Dann stieß Fräulein Schönwald eine neuerliche Rauchwolke aus. Diesmal gerade zur Decke, indem sie ihren Kopf weit nach hinten neigte und ihre Federn erneut in die Stirn fielen. »Würde es sich um kein Wochenende handeln, hätte ich niemals zusagen können. Denn unter der Woche kann ich meinen Modesalon in Wien nicht allein lassen.«

»Sie sind in der Modebranche tätig?«, fragte Ernestine sehr interessiert. »Ich liebe schöne Kleider.«

Alma Schönwald betrachtete amüsiert das deutlich aus der Mode gekommene Stück von Ernestine. Sie selbst trug ein Kleid mit glänzenden Fransen, die an einem breiten Samtband unterhalb ihres Busens ansetzten und bis zu ihren Waden reichten.

»Ich besitze den ›Salon Alma‹ in der Annagasse neben dem Palais Esterhazy.«

Voller Begeisterung nickte Ernestine. »Ich kenne den Salon!«, rief sie entzückt. »Jedes Mal, wenn ich daran vorbei gehe, frage ich mich, ob mir wohl eines Ihrer Kleider passen würde.«

Das Lächeln auf Alma Schönwalds Gesicht wurde immer breiter. Es ließ erahnen, wie attraktiv sie einmal gewesen war. »Kommen Sie doch einfach vorbei«, schlug sie vor. »Wir finden ganz sicher etwas Schickes für Sie.«

Anton versuchte sich Ernestine mit einer Feder am Kopf und langen, glänzenden Fransen am Kleid vorzustellen. Es wollte ihm nicht gelingen, doch bevor er weiter darüber nachdenken konnte, kam ein weiteres Paar an den Tisch. Anton kannte die Frau von Bildern aus der Klatschpresse. Es war die Bankierswitwe Rosalia Schwarz, die dieses Wochenende organisiert hatte.

Sie trug ein elegantes, dunkles Abendkleid, das bis zu ihren Knöcheln reichte. Eine wertvolle glitzernde Diamantenbrosche und ein ebenso beeindruckendes Armband an ihrem rechten Handgelenk legten Zeugnis von ihrem Reichtum ab. Frau Schwarz' weißes Haar war zu einem festen Knoten nach hinten gebunden. Die Frisur betonte ihre hohen Wangenknochen und ihren strengen Gesichtsausdruck. Kalt und berechnend wanderten ihre Augen zuerst durch den Raum, dann zu den Personen am Tisch. Der Blick, mit dem sie Ernestine und Anton bedachte, ließ keinen Zweifel aufkommen: Sie war mit ihrer Anwesenheit ganz und gar nicht einverstanden. Viel lieber hätte sie das Ehepaar Rosenstein in ihrer ausgesuchten Runde wohlhabender und einflussreicher Gäste begrüßt.

»Sie müssen die Privatlehrerin der Familie Rosenstein sein«, sagte sie abfällig.

»Ja, die bin ich. Ich unterrichte seit fast vierzig Jahren, und ich liebe meinen Beruf.«

»Nun ja. Jeder soll das tun, wozu er sich bestimmt fühlt.«

Ernestine hielt dem Blick der Bankierswitwe stand und sagte freundlich: »Ja, Sie haben völlig recht. Ich für meinen Teil freue mich jeden Tag aufs Neue, Kindern Wissen zu vermitteln und sie Respekt vor ihren Mitmenschen zu lehren. Auch wenn es nicht immer in dem Ausmaß gelingt, wie man es sich wünscht. Aber Lehrer sind eben auch nur Menschen.«

Falls Frau Schwarz die Kritik in Ernestines Worten erkannt hatte, ließ sie sich nichts anmerken.

Anton konnte ein Lächeln nicht unterdrücken. Er hielt sich schützend die Hand vor den Mund, damit Frau Schwarz es nicht sehen konnte.

»Meine Mutter und ich freuen uns, dass Sie so spontan anstelle der armen verletzten Frau Rosenstein einspringen konnten. Es wäre jammerschade gewesen, wenn die Karten verfallen wären, schließlich hatten die Rosensteins ja schon bezahlt, und eine Stornierung wäre seitens des Hotels nicht mehr möglich gewesen«, mischte sich nun der junge Mann neben Frau Schwarz ein.

Gut, dass er seinen Verwandtschaftsgrad angesprochen hatte. Ohne seine Worte hätte Anton keinerlei Ähnlichkeit zwischen den beiden erkannt. Während Frau Schwarz überheblich und arrogant wirkte, machte ihr Sohn einen sehr umgänglichen und sympathischen Eindruck. In seinen großen grauen Augen lagen eine Verletzlichkeit und zugleich eine Traurigkeit, die Anton rührte. Unwillkürlich fragte er sich, was der junge Mann wohl erlebt hatte, glaubte aber, die Antwort zu kennen. In den letzten Jahren war er vielen jungen Männern begegnet, die der Krieg gezeichnet hatte. Die Geschichten und Schicksale waren alle verschieden, und dennoch glichen sie sich, denn es ging immer um Verlust, Tod und Gräueltaten, die den menschlichen Verstand überstiegen.

Gerade als der junge Herr Schwarz gegenüber von Anton Platz nahm, trat erneut jemand an den Tisch.

Dr. Schöller stand neben ihnen, auch er suchte das Gespräch mit der Gastgeberin. Seine Schwester befand sich etwas abseits. Ihr ohnehin blasses Gesicht war nun fast weiß. Es sah so aus, als würde sie jeden Moment in Ohnmacht fallen. Besorgt stand Anton auf, um ihr einen Stuhl anzubieten, aber sie schüttelte ablehnend den Kopf.

»Liebe Frau Schwarz«, begann Dr. Schöller. »Bei der Tischordnung muss ein Fehler unterlaufen sein. Meine Schwester und ich haben ausdrücklich darauf hingewiesen, dass wir nicht mit dem Ehepaar von Rauch an einem Tisch sitzen wollen«, erklärte er mit gesenkter Stimme, aber dennoch sehr aufgeregt.

»Wie bitte?« Frau Schwarz schien nicht gleich zu begreifen.

»Franziska und ich werden uns nicht an einen Tisch mit dem Generaloberst Johann Hermann von Rauch setzen«, sagte Dr. Schöller entschieden. »Als wir erfahren hatten, dass von Rauch an diesem Wochenende teilnehmen wird, haben Sie uns persönlich versichert, dass wir nicht mit ihm an einem Tisch sitzen werden.« Er warf seiner Schwester einen besorgten Blick zu, die sich an den Rand des Speisesaals zurückgezogen hatte und sich dort gegen die Wand lehnte.

»Bitte bewahren Sie Haltung, Herr Doktor. Wir sind alle erwachsene Menschen«, sagte Frau Schwarz leise. Die Angelegenheit schien ihr lästig, aber sie wollte kein Aufsehen erregen, daher senkte sie die Stimme noch weiter. »Es kann doch nicht so schlimm sein, einen Abend gemeinsam an einem Tisch zu verbringen. Morgen werden wir eine andere Lösung finden, das verspreche ich Ihnen.« Aber der Versuch, Schöller zu beruhigen, misslang.

»In diesem Fall sehen meine Schwester und ich uns gezwungen, auf unserem Zimmer zu speisen und morgen vorzeitig abzureisen.«

»Der Generaloberst wird morgen nicht mehr mit Ihnen am

Tisch sitzen. Das versichere ich Ihnen.« Frau Schwarz' Stimme klang ungehalten.

Aber Dr. Schöller sah nicht so aus, als wäre er gewillt, so lange zu warten. Starrsinnig wie ein trotzendes Kind blieb er stehen. »Sie werden ihn jetzt umsetzen!«

»Herr Böck und ich tauschen gern mit Ihnen die Plätze«, mischte sich Ernestine hilfsbereit ein. »Schließlich waren Sie so freundlich und haben uns Ihre Zimmer überlassen.«

Anton ahnte, dass es nicht nur Nächstenliebe, sondern auch Neugier war, die Ernestine zu ihrem großzügigen Vorschlag veranlasste. Ihre Wangen glühten förmlich, sicher brannte sie darauf, zu erfahren, warum Dr. Schöller nicht an einem Tisch mit dem Generaloberst sitzen wollte.

Dankbar wandte sich Dr. Schöller an Ernestine. »Das ist sehr freundlich von Ihnen«, sagte er ernst. Dann ergriff er Ernestines Hand und deutete einen Kuss nicht nur an, sondern setzte tatsächlich seine Lippen auf ihren Handrücken.

Frau Schwarz wirkte erleichtert. Noch bevor einer der anderen Gäste den Vorfall bemerken konnte, bat sie Dr. Schöller, hierzubleiben, während sie selbst Ernestine und Anton zu den Plätzen am Nebentisch führte.

Hastig ergriff Anton sein Glas sowie das von Ernestine und folgte ihr zum Nachbartisch. »Wir sehen uns später«, verabschiedete er sich lächelnd.

»Das will ich hoffen.« Alma Schönwald zwinkerte Anton zu, was ihn einigermaßen irritierte.

Die ganze Szene erinnerte ihn an seine Schulzeit. Er hatte das Glück gehabt und war von verständnisvollen Lehrern unterrichtet worden, die auf Sympathien und Antipathien der Schüler Rücksicht genommen hatten.

»Ich bin sicher, dass meine Enkeltochter Rosa einsichtiger ist als dieser Arzt«, flüsterte er Ernestine ins Ohr.

»Ach, Anton. Wir haben doch beide keine Ahnung, was den armen Mann zu dieser Handlung treibt.« Sie drehte sich kurz um und fügte hinzu: »Noch nicht.«

Hatte Ernestine ihn eben beim Vornamen genannt? Er blickte ihr verwundert in die hellblauen Augen, die vor Lebensfreude schier überzugehen schienen. Sie hatte gerade ein Rätsel entdeckt, das es zu lösen galt, und Ernestine liebte Rätsel, das wusste Anton. Sie riss jeden Tag das Literaturrätsel aus der Presse und das Kreuzworträtsel aus der Kronenzeitung.

»Es stört Sie doch nicht, wenn ich Sie beim Vornamen nenne«, sagte sie beiläufig.

»Nein … natürlich nicht.« Wäre die Situation entspannter gewesen, hätte er ihr das Du angeboten. Aber dazu war nun weder der Ort noch der richtige Zeitpunkt. Schon standen sie am Nachbartisch, wo der ungehaltene Mann in Uniform saß, der zuvor von Frau Schwarz als Generaloberst Johann Hermann von Rauch vorgestellt worden war.

»Die ganze Organisation hier ist eine einzige Farce!«, polterte er aufgebracht. »Zu wenig Personal, kein ordentlicher Service. Lauter Dilettanten.«

Von Rauch war um die fünfzig, vielleicht etwas älter. Trotz seines Alters verfügte er über einen durchtrainierten Körper und eine aufrechte Körperhaltung wie viele hochrangige Militaristen, die Anton kannte. Leider konnte man von der aufrechten Haltung nicht auf einen aufrechten Charakter schließen. Anton war in den schrecklichen Kriegsjahren einer Reihe rückgratloser Männer beim Militär begegnet, die buckelnd vor ihren Vorgesetzten zu Kreuze gekrochen waren, um selbst auf Soldaten in niedrigeren Rängen zu treten. Anton wollte über dieses unglückliche Kapitel seines Lebens nicht länger nachdenken. Aber die Kriegsjahre holten ihn ständig ein, und er traf ununterbrochen auf Menschen, die Erfahrungen im Krieg gesammelt hatten und ihn somit an seine eigenen erinnerten. Jetzt beobachtete er von Rauch und fragte sich, ob er die Soldaten, deren Kommando er innehatte, genauso schikaniert hatte wie das Personal im Hotel.

Von Rauchs Gesicht war ebenmäßig, die Nase gerade, der Mund wohlgeformt und die Augen groß und klar. Eigentlich hätte man ihn als attraktiven Mann bezeichnen müssen. Aber die Kälte in den blauen Augen und der humorlose Mund machten es Anton unmöglich, ihn als gut aussehend zu beschreiben. Es war, als hätten von Rauchs Lippen sich seit ewigen Zeiten zu keinem Lächeln mehr geformt, ähnlich wie die von Oberleutnant Staudinger. Vielleicht war es die Schuld des Militärs, dass die Männer, die dort arbeiteten, das Lachen verlernten.

Neben von Rauch saß eine Frau, die in etwa so alt wie ihr Begleiter war. Sie trug ihr Haar in geflochtenen Zöpfen, die zu einem eleganten Kranz um ihren schmalen Kopf gewunden waren. Die Frisur hatte etwas Bodenständiges, aber sie selbst wirkte ätherisch, fast durchsichtig. Die Frau war so dünn, wie viele der Kinder gegen Ende des Krieges es gewesen waren. Man hatte die Kinder in die Schweiz und nach Schweden geschickt, damit sie dort wieder genug Nahrungsmittel bekamen und sich erholen konnten. Mehr Essen hätte auch dieser Frau nicht geschadet. Anton fand sie nicht bloß dünn, sondern regelrecht dürr. Ihr helles Kleid bestärkte den Eindruck ihrer Zerbrechlichkeit. So als wäre sie eine kleine filigrane Glasfigur, die man in kostbaren Vitrinen zur Schau stellte.

»Lieber Generaloberst, liebe Frau von Rauch. Zu meinem großen Bedauern hat das Personal des Hotels die Tischkarten vertauscht.« Frau Schwarz hatte einen Tonfall angeschlagen, der so süßlich klang, dass Anton Angst hatte, purer Zuckersirup würde von ihren schmalen Lippen tropfen, und jeder, der an ihr vorbeiging, würde Gefahr laufen, darauf auszurutschen.

»Fräulein Ernestine Kirsch und Herr Anton Böck, der eine Apotheke in der Neubaugasse besitzt, werden mit Ihnen am Tisch sitzen.«

»Ein Apotheker?«, fragte von Rauch.

Anton nickte und wartete darauf, dass Frau Schwarz auch Ernestine näher vorstellte, aber sie sagte nichts, und so ergänzte Ernestine selbst: »Und eine Lehrerin im Ruhestand!«

»Ach ja?« Der Generaloberst musterte sie mit einer kritischen Miene vom Scheitel bis zu den Sohlen, was Ernestine mit einer Gelassenheit über sich ergehen ließ, die Anton beeindruckte.

Unterdessen war Frau Schwarz wieder zu ihrem eigenen Tisch zurückgekehrt.

»Der Krieg hat unsere Welt auf den Kopf gestellt«, murrte von Rauch.

Kurz darauf wurde die erste Vorspeise serviert. Eine cremige Pastete aus Petersilienwurzeln und Sauerrahm mit knusprigen

Stangen aus feinstem Blätterteig. Ernestine aß mit Begeisterung, und Anton wähnte sich im kulinarischen siebten Himmel.

»Das schmeckt –«, setzte Anton an.

»Abscheulich«, ergänzte der Generaloberst. »Aber was kann man schon erwarten, wenn die Hälfte des Personals nicht anwesend ist. Wenn ich das gewusst hätte, hätte ich mich niemals zu diesem fürchterlichen Wochenende überreden lassen. Alles hier ist unter meiner Würde. Dass wir hier sind, ist ganz allein deine Schuld!« Er warf seiner Frau einen bösen Blick zu.

»Abscheulich« war ganz sicher nicht das Wort, nachdem Anton gesucht hatte.

»Ich finde, die Pastete ist sehr gut gelungen«, meinte Ernestine freundlich und wandte sich fragend an Frau von Rauch. Aber die dünne Frau hatte den Teller bereits mit gerümpfter Nase von sich geschoben und begnügte sich mit einem Blatt der Petersiliengarnitur.

Als Nächstes folgte eine Knoblauchschaumsuppe. Noch nie zuvor hatte Anton etwas derart Köstliches gegessen. Aber wieder fand der Generaloberst etwas auszusetzen. Er rief den Ober und ließ dem Koch ausrichten, dass er lernen solle, wie man eine Suppe wirklich cremig aufschäumte. Unterdessen wäre Anton am liebsten unter dem Tisch verschwunden. Die Vorstellung, dass der Kellner in die Küche ging und eine Beschwerde vom Tisch 5 meldete, fand er unerträglich. Hoffentlich spuckte der Koch nicht aus Wut in die Hauptspeise.

»Ich mag die Suppe«, sagte er eine Spur zu leise, sodass nur Ernestine es hören konnte. Sie lächelte ihm zu.

Die Hauptspeise war ein Gedicht. Lammrücken in Speckmantel mit Fisolen und gerösteten Buttererdäpfeln. Anton schloss bei jedem Bissen die Augen, um den nörgelnden Generaloberst an seinem Tisch nicht ansehen zu müssen.

Doch der empörte sich nun so laut, dass Anton ihn zwar nicht sehen, aber hören musste.

»Ich weigere mich, so etwas zu essen. Es ist eine Schande für ein Hotel wie das Panhans. Wenn wir den verdammten Krieg nicht verloren hätten, wäre so etwas nie möglich geworden. Die neuen Politiker haben unseren Adel zum Teufel geschickt, und nun sehen Sie sich die Folgen an. Unsere Kultur verfällt. Die vornehmsten Hotels verkommen zu billigen Hütten, in denen einem ungenießbarer Fraß vorgesetzt wird.«

Auch das Dessert, eine Vanillecreme mit Veilchensirup, wurde vom Generaloberst unberührt zurückgeschickt. Stattdessen trank er fast im Alleingang eine ganze Flasche schottischen Whisky aus.

Seine Frau naschte ein paar Löffel von der Creme, den Rest ließ sie stehen. Anton spürte, wie sein Ärger über die unangenehmen Tischnachbarn wuchs. Obwohl jeder Bissen ein Genuss war, sehnte er das Ende des Abendessens herbei, und daran war allein der Generaloberst schuld. Ernestine schien es ähnlich zu ergehen. Ihre sonst so freudig geröteten Wangen hatten einen gefährlich dunklen Ton angenommen. Auf ihrem Hals hatten sich weiße Flecken gebildet. Anton fürchtete, dass sie gleich zu einer verbalen Attacke schreiten würde.

Aber statt ihre Worte an den Oberst zu richten, wandte sie sich an dessen Frau. »Tanzen Sie gern?«

»Ich –«

»Wir sind hier, weil meine Frau das unbedingt wollte. Sie hat früher Ballettstunden genommen, aber sie hat es nie bis zur Staatsoper geschafft, dazu fehlten ihr Talent und Ehrgeiz«, fuhr von Rauch dazwischen.

Frau von Rauch schwieg. Ihrem Gesichtsausdruck war nicht abzulesen, was sie fühlte.

»Ich denke, dass man die Größe eines Talentes nicht allein daran messen kann, ob jemand an der Wiener Staatsoper tanzt«, fuhr ihn Ernestine, nun mit deutlicher Schärfe in der Stimme, an.

»Schauen Sie sich meine Frau doch an, sieht so eine erfolgreiche Primaballerina aus?« Von Rauch lachte verächtlich. Spott lag in seinen Augen.

Angesichts dieser Respektlosigkeit verschluckte sich Anton am letzten Löffel seiner Creme. Er musste husten. Nun konnte er Dr. Schöllers heftige Reaktion von zuvor verstehen. Vielleicht würde er morgen genauso agieren.

»Habe ich nicht recht, Josefa-Schatz?« Aus von Rauchs Mund klang der vermeintliche Kosename wie eine Beschimpfung. »Du bist als Tänzerin bloß durchschnittlich gewesen. Und wenn du mich nicht kennengelernt hättest, wärst du heute so arm wie eine Kirchenmaus!« Er wandte seiner Frau das Gesicht zu und meinte mit einem kalten Grinsen: »Nicht wahr, Josefa-Schatz?«

Frau von Rauch presste ihre blutleeren Lippen gegeneinander. Für einen Moment hatte es den Anschein, als würde sie die beleidigenden Worte schweigend erdulden, aber dann rang sie sich zu einer Antwort durch. »Du vergisst, dass du deinen eigenen Reichtum meinem Vater zu verdanken hast«, sagte sie leise, doch der eisige Tonfall ließ erahnen, dass sie nicht immer so schweigsam war wie während des Abendessens. »Der Erlös, den der Verkauf seiner Hutfabrik gebracht hat, ermöglichte dir einen Neubeginn.«

Anton tupfte sich die Lippen mit der feinen Stoffserviette ab, aus den Augenwinkeln sah er, dass Ernestine das Gespräch genauso neugierig verfolgte wie er selbst.

»Das ist doch lächerlich«, polterte von Rauch. »Dieser bescheidene, kleine Betrag hätte nicht einmal dazu gereicht, die Kleider zu bezahlen, die du für dieses Wochenende eingepackt hast.«

»Es war genug, um ein Grundstück am Wolfgangsee zu kaufen.«

»Ein Grundstück, das ich ohne meine Beziehungen zu wirklich einflussreichen Familien mit Vergangenheit und Ruhm niemals hätte kaufen können. Ich stamme aus einer Familie, deren Vorfahren zurück zu Maria Theresia reichen, falls du es vergessen hast«, sagte der Generaloberst.

Josefa von Rauch warf ihrem Mann einen Blick zu, den Anton nicht sofort deuten konnte. Eine ganze Ladung von Gefühlen war darin zu erkennen. Hass, Verachtung, aber auch Mitleid und Spott.

»An manchen Tagen wünschte ich, du wärst tot«, flüsterte sie so leise, dass Anton hinterher nicht mehr wusste, ob sie die Worte tatsächlich gesagt hatte.

Er konnte nicht länger darüber nachdenken, denn nun stand Frau Rosalia Schwarz auf, ergriff ein Glas und schlug mit einem Löffel dagegen. Das Gemurmel erstarb, und alle Augen richteten sich auf die elegante Frau in ihrer dunklen Abendrobe. Ihre Diamantbrosche funkelte im Kerzenlicht des sechsarmigen Leuchters vor ihr.

»Ich freue mich sehr darüber, dass Sie alle es geschafft haben, trotz des unfreundlichen Wetters heute Abend hier einzutreffen. Dank sei unserem verstorbenen Kaiser, der diese wunderbare Bahn hat erbauen lassen. Viele der besten Errungenschaften unserer modernen Gesellschaft haben wir ihm zu verdanken.«

Anton wartete darauf, dass nun alle aufstehen, ihre Gläser erheben und »Lang lebe der Kaiser« rufen würden. Aber sie blieben sitzen. Dennoch klangen Frau Schwarz' Worte, als hätte der Krieg niemals stattgefunden und als wäre Österreich immer noch eine riesige Vielvölkermonarchie. Ihr Sohn neben ihr hatte den Kopf gesenkt und betrachtete eingehend die Tischdecke vor sich. Waren die Worte der Mutter ihm unangenehm?

Frau Schwarz wies mit ausgestreckter Hand zu den hohen Glasscheiben der Fenster, gegen die mit heftigen Sturmböen immer mehr Schnee geschleudert wurde. So als wollte das ungewöhnliche Wetter ihre Worte bestätigen, flackerten für einen Moment die Glühbirnen der elektrisch betriebenen Lampen. Aber sofort hörte das Flackern wieder auf, und die Lampen gaben ruhiges, helles Licht ab.

»Leider schaut es auch nicht so aus, als würde das Wetter sich in den nächsten Stunden beruhigen. Ganz im Gegenteil, laut Wetterbericht werden die Schneefälle weiter zunehmen, sodass morgen der Betrieb der Semmeringbahn vorübergehend eingestellt wird. Aber das muss uns alle nicht weiter beunruhigen, schließlich haben wir es in den ehrwürdigen Wänden dieses wunderschönen Hotels gemütlich und komfortabel. Der Koch ist ein Genie und wird uns die nächsten Tage verwöhnen. Das Personal wird das ganze Wochenende für uns bereitstehen.«

»Pah«, grunzte von Rauch. »Das kann bestenfalls eine Handvoll Leute sein.«

Falls Frau Schwarz seinen Kommentar hörte, ignorierte sie ihn geflissentlich. »Wie Sie alle wissen, habe ich diese Veranstaltung aus einem ganz besonderen Grund organisiert. Die nächsten Tage stehen unter dem Motto ›Wir tanzen für die gute Sache‹. Ein

Teil der Einnahmen dieses Wochenendes wird dem Fond für verwaiste Kriegskinder zugutekommen. Leider ist es immer noch so, dass unzählige Kinder unter prekären Lebensbedingungen groß werden müssen. Die Waisenhäuser des Landes sind zum Bersten voll.«

Leises, zustimmendes Murmeln war zu vernehmen, nur Clara Zuckerberg, die sich jetzt direkt in Antons Blickfeld befand, weil Frau Schwarz stand, verdrehte die Augen zur Decke. Offenbar glaubte sie nicht an die großartige Hilfe für die Kinder. Auch Anton hatte seine Zweifel daran. Viel eher befürchtete er, dass das bisschen Geld, das übrig bleiben würde, in irgendwelchen Taschen korrupter Bankbeamter versickerte.

»Wir werden dieses Wochenende nicht tatenlos dem schlechten Wetter zusehen, sondern wollen uns mit dem modernsten und leidenschaftlichsten Tanz der Welt beschäftigen. Wir werden Tango tanzen lernen, und zwar nicht mit irgendwem: Es ist mir eine große Freude, Ihnen sagen zu dürfen, dass es mir gelungen ist, zwei der begehrtesten Tangotanzlehrer der Welt für dieses Wochenende zu organisieren. Die beiden sind eigens aus Buenos Aires angereist und werden das nächste halbe Jahr in ganz Europa unterwegs sein, um zu unterrichten. Jede Minute ihres Aufenthalts ist seit Monaten ausgebucht. Aber wir haben das seltene Glück und dürfen die beiden die nächsten zwei Tage erleben: Carmen Morales und Frederico Gonzales.« Frau Schwarz klatschte in ihre schmalen Hände, ihr Diamantenarmband rutschte ihren Unterarm hoch, und sie wies auf ein dunkelhaariges Paar an einem der Tische in der Mitte des Speisesaals.

Die beiden erhoben sich und nickten wohlwollend in die Runde. Die Frau war schlank und drahtig, sie hatte den klassischen, durchtrainierten Körper einer Profitänzerin. Ihre Haut war olivbraun und ihre Augen von einem ungewöhnlichen Bernsteinton. Ihr dunkles Haar trug sie zu einem hohen Knoten am Kopf gebunden. Vereinzelte graue Strähnen verrieten, dass sie die dreißig bereits deutlich überschritten hatte. Ihr Partner war um gut einen Kopf größer. Auch er war schlank und wirkte athletisch. Für Antons Geschmack waren seine Bewegungen eine

Spur zu feminin. Die Art, wie er sein glänzendes schwarzes Haar, das fast dunkelblau aussah, hinter die Ohren schob, hatte die Grazie einer Prinzessin.

»*Buenas tardes*«, sagte der Mann mit einer sonoren, wohlklingenden Stimme. »Es uns sehr freut, dass wir sind eingeladen hier, um zu tanzen mit Ihnen.« Bei jedem Wort, das er sagte, rollte er das R im hintersten Teil seiner Kehle.

»*Vamos a empezar*, wir werden beginnen mit unsere Stunde in *noventa minutos*!«

»In eineinhalb Stunden«, verbesserte ihn seine Tanzpartnerin. Sie sprach mit deutlich weniger Akzent und einer einwandfreien Grammatik.

»*Si*, in eine halbe und eine ganze Stunde! Wir einander treffen in die Tanzsaal.«

Dann beteuerten beide, dass sie sich sehr auf den Unterricht freuten, und setzten sich wieder.

»Ach, wie schön«, sagte Ernestine. »Da bleibt genug Zeit, um eine Tasse Kaffee zu trinken.«

»Ganz sicher«, meinte Anton. »Und wenn Sie zwei trinken wollen, ist es auch nicht schlimm.«

Wie immer hatte Ernestine ihn sofort durchschaut. Mahnend hob sie den Zeigefinger ihrer rechten Hand und schüttelte den Kopf. »Das würde Ihnen so passen, lieber Anton. Wir werden keine Minute der Tanzstunde verpassen.«

»Das habe ich befürchtet«, seufzte er ergeben.

DREI

Zum Glück waren von Rauch und seine Frau gleich nach dem Abendessen auf ihre Zimmer gegangen. Ernestine und Anton genossen in Ruhe eine Tasse herrlichen Bohnenkaffee. Danach wollte Ernestine sich noch rasch frisch machen.

»Ich würde gern meine Frisur überprüfen und mir die Nase noch einmal pudern.«

»Ich kann Ihnen versichern, dass Ihre Frisur einwandfrei und die Nase genauso perfekt ist«, sagte Anton.

Ernestine kicherte. »Danke, lieber Anton.«

»Ich möchte unbedingt in die Küche gehen und dem Koch für das wunderbare Abendessen danken. Den Gedanken, dass er glauben könnte, ich hätte sein Essen ständig bemängelt, finde ich unerträglich.«

»Sie haben recht, Anton. Wir sollten dem Koch sagen, was für ein Künstler er ist. Lob und Anerkennung führen dazu, dass Menschen noch mehr leisten als zuvor.«

Irritiert schaute Anton sie an. »Nach diesem Abendessen geht das doch gar nicht mehr.«

Ernestines Mund verzog sich zu einem wissenden Lächeln. »Glauben Sie mir, es gibt immer eine Steigerung.«

Dann liefen sie gemeinsam einen schmalen, mit rotem Teppich ausgelegten Gang Richtung Küche entlang. Sie ahnten, dass man ihnen den direkten Weg, den die Kellner genommen hatten, verweigern würde, und tatsächlich, auf der Flügeltür befand sich ein großes Schild, auf dem zu lesen war: »Zugang verboten!« Ernestine holte dennoch aus, um die Tür aufzudrücken.

Anton hielt sie zurück. »Wir wollen das Küchenpersonal doch besänftigen und nicht noch mehr gegen uns aufbringen.«

»Wie Sie meinen.« Ernestine zuckte ergeben mit den Schultern. »Ein kleiner Verdauungsspaziergang kann nicht schaden.«

Dann folgte sie Anton, der den Weg bereits zurückging. Diesmal über die Haupttreppe in den ersten Stock, um über die Holztreppe wieder hinunter in die Küche zu gelangen. Das Hotel glich einem riesigen Labyrinth, von dem zurzeit nur ein winzig kleiner Teil in Betrieb war.

Im ersten Stock ließ sie die Stimme von Generaloberst von Rauch innehalten. Diesmal schien er noch aufgeregter als zuvor zu sein. Er schimpfte lauthals. Anton erkannte ein paar deftige Ausdrücke, die er bisher nur von Menschen gehört hatte, die über keinerlei Bildung verfügten und in den schmuddeligsten Gassen Wiens hausten.

»Bitte nicht«, flüsterte er. »Ich will dem Mann nicht schon wieder über den Weg laufen. Er ist unmöglich.«

»Wir sind nicht die Einzigen, die dieser Meinung sind. Haben Sie auch gehört, was seine Frau beim Abendessen gesagt hat? Sie will ihn nicht nur nicht sehen, sie wünschte, er wäre tot.«

Also hatte Anton sich die Worte nicht eingebildet. Er wollte etwas erwidern, aber Ernestine hob den Zeigefinger zum Mund. Sie war stehen geblieben und zog Anton in eine unbeleuchtete Ecke. »Psst«, zischte sie.

Hinter einer ausladenden, mediterranen Pflanze, die im Sommer sicher einen Platz auf der Sonnenterrasse hatte, ging sie langsam und etwas umständlich in Deckung. Anton folgte ihr, in seinem linken Knie krachte es. Er unterdrückte einen Fluch. Nun würde es wieder Stunden dauern, bis er den ziehenden Schmerz im Gelenk loswurde. Ein Andenken an einen Sturz im Schützengraben, der ihm jedoch das Leben gerettet hatte. Jetzt streckte er das Bein aus. Er konnte sich nicht erinnern, wann er sich das letzte Mal hinter einer Pflanze versteckt hatte, abgesehen vom Versteckspiel mit seiner Enkeltochter.

Eine weitere männliche Stimme, die verärgert klang, war zu hören. Anton konnte sie nicht zuordnen. Eine Tür wurde zugeknallt. Energische, feste Schritte näherten sich ihnen. Ernestine zog den Kopf noch weiter ein, aber der Mann marschierte zielstrebig an ihnen vorbei, ohne von Ernestines nicht ganz verstecktem Hinterteil oder Antons ausgestrecktem Bein Notiz zu nehmen.

»Das ist der Sohn von Frau Schwarz«, flüsterte Ernestine hinter vorgehaltener Hand. Auch Anton hatte den jungen Mann erkannt. Ein Schlüssel schepperte, eine Tür wurde geöffnet, um kurz darauf besonders lautstark zugeworfen zu werden.

Erst als es still war, richtete Ernestine ihren Oberkörper wieder auf. In ihrem Lockenkopf befand sich ein dunkelgrünes Blatt.

»Darf ich?«, fragte Anton. Er zupfte das Blatt aus ihrem Haar. Aber Ernestine schien das Grünzeug gar nicht zu bemerken.

»Ich frage mich, was den jungen Schwarz so aufgebracht hat. Beim Abendessen wirkte er zuvorkommend und sympathisch. Ganz und gar nicht aufbrausend.«

»Diese Frage ist schnell beantwortet. Denken Sie nur an unser Abendessen mit von Rauch. Es bedarf nicht vieler Worte von dem Mann, dass Menschen verärgert sind. Die Kraftausdrücke, die er eben verwendet hat, hätten niemanden kaltgelassen.«

»Aber warum war Schwarz in von Rauchs Zimmer und worüber haben sie sich gestritten? Denn sie haben gestritten, das war deutlich zu vernehmen.« Ernestine biss sich auf die Unterlippe und kaute daran. »Warum hat der Generaloberst derart unflätige Worte verwendet?«

»Haben Sie Ihren Schülern nie gesagt, dass zu viel Neugier ungesund ist?«

»Wie bitte?«

»Angeblich bekommt man davon eine lange Nase.«

»So ein Unsinn«, sagte Ernestine empört. »Pinocchio hat vom Lügen eine lange Nase bekommen, und auch das halte ich aus pädagogischer Sicht für sehr bedenklich. Neugier hat noch nie jemandem geschadet. Sie ist der Motor der Wissenschaft. Wären unsere Vorfahren nicht wissbegierig gewesen, würden wir immer noch in Höhlen hausen.«

Mühsam rappelte Anton sich wieder auf. Er reichte Ernestine die Hand, die sie dankbar ergriff und sich aufhelfen ließ. Gemeinsam gingen sie den Gang entlang zur Dienstbotentreppe.

Das Klappern von Geschirr und das Scheppern von Töpfen sowie intensiver Geruch nach gebratenem Fleisch und Gewürzen wiesen ihnen den Weg in die Küche.

Durch eine milchige Glasscheibe in der doppelseitigen Flügeltür konnte man nicht viel erkennen. Beherzt stieß Ernestine die Tür auf. Ein riesiger Raum tat sich vor ihnen auf, in dem jedoch nur zwei Menschen arbeiteten. Ein Mann mit einer hohen weißen Kochmütze auf dem Kopf und eine junge Frau, die vor einem riesigen Berg schmutzigen Geschirrs stand und mit hochrotem Kopf einen Teller nach dem anderen sauber wusch. Wo war das restliche Personal?

»Guten Abend«, sagte Anton höflich.

Der Koch und die junge Frau schreckten hoch. Ein Teller rutschte zurück in die Spüle, blieb aber heil. Die beiden hatten Ernestine und Anton nicht kommen hören.

»Ich nehme an, Sie sind der Maître de Cuisine?«

Der Mann, der hinter einem überdimensionalen Herd stand, richtete sich auf und stemmte die Hände in die schmalen Hüften. Für einen Koch war er ungewöhnlich dünn. Im Unterschied zu seinem schmächtigen Körper war sein Gesicht rund, und die Wangen waren voll und rot. Sein Gesichtsausdruck verfinsterte sich, und seine dichten Augenbrauen rückten ärgerlich zusammen, sodass sie über seinen grauen Augen eine einzige dunkle Linie bildeten.

»Sehen S' außer mir no wen andern, der des sein könnt?«, fragte er grob.

Unwillkürlich blickte sich Anton um, natürlich konnte er niemanden entdecken.

»Wolln Sie sich auch übers schlechte Essen beschwern, so wie der aufblasene Generaloberst, der die volln Teller zrückgschickt hat?«

Entsetzt schüttelte Anton den Kopf und hob abwehrend die Hände. »Nein, nein, das Gegenteil ist der Fall«, beeilte er sich. »Ich wollte mich für dieses wundervolle Abendessen bedanken, das Sie gezaubert haben. Sie sind ein wahres Genie. Noch nie habe ich so gut gegessen. Nicht einmal im Hotel Sacher kann man mit Ihren Fisolen im Speck mithalten. Und die Nachspeise«, Anton führte Zeigefinger und Daumen zum Mund und deutete einen Kuss an, »einfach vortrefflich!«

Die Augenbrauen des Kochs schossen überrascht nach oben und wieder auseinander. »Oh«, sagte er und klang jetzt deutlich freundlicher.

Anton fuhr fort: »Seit Jahren interessiere ich mich fürs Kochen, deshalb lädt meine Tochter mich immer wieder zum Essen in feine Restaurants ein, aber ich versichere Ihnen, Ihre Vanillecreme ist unschlagbar. Darf ich Sie fragen, was Ihr Geheimnis ist? Wo haben Sie gelernt?«

Nun breitete sich ein Lächeln auf dem Gesicht des Kochs aus. Er trat hinter seinem Herd hervor, wischte sich die Hände an der Schürze ab und gab Anton die Hand.

»Josef Malek, Maître de Cuisine.« Aus seinem Mund klangen die französischen Wörter wie Zungenbrecher.

»Sehr erfreut. Anton Böck, Apotheker, und Fräulein Ernestine Kirsch, Lehrerin im Ruhestand.«

»Des Kochn is ka großes Geheimnis«, sagte Malek. »Glernt hab i in Wien, aber dann bin i weiter noch Paris, des is quasi die Metropole vom guten Essen. Ein Mekka, wie die Muselmänner sagn.«

Anton seufzte. Seit Jahren plante er eine Reise nach Frankreich, aber bis jetzt war es ihm noch nie gelungen. Ein Wunsch, den er sich erfüllen wollte, bevor er sich ganz zur Ruhe setzte.

»In Paris hab i drei Joahr lang im Savoy kocht.«

»Beeindruckend«, sagte Anton.

Malek grinste zufrieden. »Für die Creme muss ma nur die Eier lang gnug überm Dampfbad aufschlagn, bevor ma die Masse schnell wieder koit werdn lasst. Des is im Moment sehr einfach. Ma stellt die Creme afoch aufn Balkon in Schnee und voilà, scho is sie fertig.«

Ungläubig schüttete Anton den Kopf. »Ihre Bescheidenheit in Ehren. Aber die Technik der Zubereitung allein kann es nicht sein. Es muss auch das Verhältnis der Zutaten stimmen.«

Er hatte die richtigen Worte gefunden. Malek fühlte sich so geschmeichelt, dass er ihm alle Küchengeheimnisse der Welt verraten hätte.

»Na ja«, sagte er verlegen und kratzte sich dabei unter seiner Mütze. »Vielleicht ghört a bisserl mehr dazu«, gab er zu. »I sag ja immer, des Wichtigste von an Koch is sei Nosn.«

»Die Nase?«, fragte Ernestine.

»Ja sicherlich! A Koch muss erkennan, ob seine Gewürze was taugen oder net. Nehman S' zum Beispiel a Vanilleschotn. Da hab i ane.«

Er wandte sich an ein Regal an der Wand, ergriff eine Dose und holte eine schwarze Orchideenschote heraus. »Die Schotn is alt, die hat ka Aroma mehr, die kann ich grad no fürn Vanillezucka verwendn. Würd i die für a Creme nehman, dann schmeckat die wie eingschlafene Füß. Einfach nur fad.« Er hielt Anton die Schote entgegen. Für ihn roch sie einwandfrei. Auch Ernestine konnte keinen Unterschied zu herkömmlichen Schoten erkennen.

»Aber die da«, wieder griff Malek in die Dose, »die is frisch und hat a wunderbars Aroma!« Er führte die Schote an seiner Nase vorbei und sog Luft ein. »Ah!« Dann reichte er sie an Anton weiter.

Der versuchte, einen Unterschied zu erkennen, musste aber zugeben, dass er durch all die anderen Gerüche in der Küche abgelenkt war. Erst nach wiederholtem Riechen nahm er ein intensiveres Aroma wahr als zuvor. Vielleicht aber redete er es sich nur ein.

»Sicher haben Sie recht«, sagte er und gab zu: »Leider kann ich den Unterschied nicht wahrnehmen.« Er reichte die Schote weiter an Ernestine. Die roch ebenfalls, war aber weitaus mehr an der Küche als an der Vanilleschote interessiert.

»Sind Sie und Ihre Hilfe das einzige Personal in der Küche?«, wollte sie wissen.

»Ja«, antwortete die Frau. Sie war für eine kurze Pause dankbar. Mit dem Handrücken wischte sie sich eine verschwitzte blonde Haarsträhne aus der Stirn und schob sie zurück unter die nicht mehr ganz saubere Haube.

»Die gnä' Frau hat a gschlossene Gsellschaft ankündigt und des ganze Hotel gemietet. Des Wochenend gibt's kane andern Gäst da. Nur die zwanzig von da gnä' Frau.«

»Ist das nicht sehr wenig für ein so großes Hotel?«, fragte Ernestine neugierig.

Die Küchenhilfe zuckte mit den Schultern. »Herr Rosinsky, da Besitzer vom Hotel, hat die Hälfte vom Personal heimgschickt. Zerst hat die gnä' Frau getobt wie a Rumpelstilzchen, aber dann wor sie einverstanden, weil ollas billiger wordn is«, erklärte die junge Frau. »Und jetzt miassn wiar zu zweit die Arbeit von sechs Leit machen. Nie im Leben schaff ich des ganze Gschirr heute noch. Den Rest wasch ich morgen ab.« Sie deutete mit dem Kinn zu einem zweiten Spülbecken, in dem sich weiteres Geschirr stapelte.

Es fiel Anton schwer, ihren breiten Dialekt zu verstehen. Sicher stammte sie direkt aus der Umgebung.

»Hoffentlich geht dieses Geld an die Wohltätigkeitsorganisation«, meinte Anton. »Wenn schon das Personal nichts verdient, dann sollen wenigstens die Kinder etwas davon haben.«

Seine Worte sorgten für Belustigung. Sowohl die Küchenhilfe als auch der Koch lachten.

»Des glauben S' doch net wirklich, oder? Die Schwarz und der Rosinsky spenden am liabsten für sich selbst. Die Summe, die die oarmen Kinder kriegn, könnan S' an aner Hand abzähln. Der Gewinn von dem Wochenende geht ans Hotel und ans Bankhaus Schwarz.«

»Sie scheinen keine besonders hohe Meinung von Herrn Rosinsky und Frau Schwarz zu haben.« Ernestine musterte den Koch, der so offen Kritik an seinem Vorgesetzten übte.

Der meinte gelassen: »Was ich sag, is ka Geheimnis. Steht in alle Zeitungen zum Lesen. Die Leut, die vorm Krieg reich gwesen sind, die sind es bliebn. Die sind alle net selbstlos. Ganz im Gegenteil. Der Krieg hat die alle no reicher gmacht. In Wien genauso wie in Berlin, Paris oder London. Des is überall auf dera Welt gleich.«

Weder Anton noch Ernestine hatten dem etwas entgegenzusetzen. Für eine Weile schwiegen alle betrübt, aber dann hellte sich der Gesichtsausdruck des Kochs wieder auf, und er trat zu einem seiner Töpfe.

»Eigentlich wollt i heut a Topfenmousse mit Himbeeren als Dessert machn. Aber dann hab i gsehen, dass zu wenig Topfen da war. Wolln S' des probieren?«

»Furchtbar gern«, sagte Anton. Seine Schwermut war weggeblasen, und ein Leuchten kehrte in seine Augen zurück.

Ernestine winkte dankend ab. »Ich kann beim besten Willen nichts mehr essen«, stöhnte sie. Als sie aber Antons Begeisterungsausrufe hörte und seinen verklärten Gesichtsausdruck sah, siegte ihre Neugier.

»Nun, ein winziges Löffelchen kann nicht schaden«, meinte sie und kostete das luftig flaumige Kunstwerk aus Obers, Topfen und Zucker. »Es ist ein Gedicht!«, sagte sie voller Überzeugung, und aus ihrem winzig kleinen Löffelchen wurde eine halbe Portion. Als der Inhalt der Schüssel sich dem Ende zuneigte, musste Anton sie regelrecht an sich drücken, um die letzten Reste zu bekommen. Das uneingeschränkte Lob der beiden hatte Malek nun endgültig versöhnt. Der Ärger über den Generaloberst schien vergessen.

Als Anton und Ernestine die Küche wieder verließen, hatte Anton eine Menge hilfreicher Tipps bezüglich der Herstellung von Süßspeisen bekommen.

»Sobald wir wieder in Wien sind, werde ich ein Topfenmousse und eine Vanillecreme zubereiten«, sagte er begeistert. »Heide und Rosa werden begeistert sein.«

»Davon bin ich überzeugt.« Ernestine hakte sich bei Anton unter. »Aber zuvor wird getanzt.«

»Ob es gesund ist, mit vollem Bauch zu tanzen?«, fragte Anton vorsichtig. »Eigentlich würde ich viel lieber ins Bett gehen und schlafen.«

»Mein lieber Anton, wie können Sie jetzt ans Schlafen denken? Nach all diesem wunderbaren Essen wird uns die Bewegung guttun.«

Sie nahmen erneut die Hintertreppe in den ersten Stock, wo zuvor Ernst Schwarz aus dem Zimmer von Generaloberst von Rauch gekommen war. Zu ihrer großen Überraschung öffnete die Tür sich schon wieder. Auch diesmal war es nicht von Rauch, der herauskam, sondern der Farbenhersteller Fritz Zuckerberg. Der Mann war sichtlich erregt. Sein Gesicht stark gerötet, die Hände gefaustet. Sein Schnurrbart wippte vor Zorn. Wütend stapfte er in die entgegengesetzte Richtung zur Haupttreppe.

»Der Generaloberst scheint beliebter zu sein, als wir dachten«, sagte Ernestine stirnrunzelnd. »Ständig bekommt er Besuch.«

»Ob uns Zuckerberg gesehen hat?«

»Ich glaube nicht. Der wirkte gerade so aufgebracht, dass er uns nur bemerkt hätte, wenn wir direkt mit ihm zusammengestoßen wären.«

»Es würde mich brennend interessieren, wen Frau Schwarz an seinen Tisch gesetzt hätte, wären wir nicht freiwillig dazu bereit gewesen.«

»Nun, sie wird jemanden im Kopf gehabt haben, denn sie hat Dr. Schöller versprochen, dass der Generaloberst morgen nicht mehr an seinem Tisch sitzen wird.«

VIER

Ernestine und Anton gingen direkt in den Tanzsaal, der sich ebenfalls im Erdgeschoß befand, jedoch nicht auf der Seite des Westflügels, wie der Speisesaal, sondern im Ostflügel. Sie waren neben den Tanzlehrern und den beiden Musikern, die bis jetzt nicht vorgestellt worden waren, die Ersten. Die Musiker waren zwei kleine, dickliche Männer mit runden Köpfen und winzigen schwarzen Löckchen, die einander glichen wie ein Ei dem anderen. Offensichtlich waren sie eineiige Zwillinge, die nicht nur gleich aussahen, sondern auch dieselbe Kleidung trugen und der gleichen Tätigkeit nachgingen. Beide waren Musiker, und beide verstanden kein Wort Deutsch, was ihr völliges Desinteresse an Anton und Ernestine erklärte.

Anton sah sich aufmerksam um. Der Tanzsaal war riesig und wirkte aufgrund der zahlreichen Spiegel an den Wänden noch größer, als er tatsächlich war. Sicher waren hier vor dem Krieg Hausbälle veranstaltet worden. Von der Decke hingen große Kristallluster, die zum Teil mit elektrischem Licht, zum Teil mit Kerzen bestückt waren. An den zwei spiegelfreien Wänden standen Stühle, deren Sitzflächen mit rotem Samt überzogen waren. Die geschwungenen Stuhlbeine und die Lehnen aus Holz waren mit Farbe vergoldet. Die Stühle sahen nicht sehr bequem aus und sollten auch nicht zum langen Verweilen einladen, sondern den Tänzern bloß für kurze Verschnaufpausen dienen. In einer Ecke des Saales befanden sich ein schwarzes Klavier, ein riesiger Kontrabass sowie zwei Hocker für die Musiker. Nach und nach fanden sich alle Tanzschüler ein.

Frau Schwarz und ihr Sohn Ernst kamen zeitgleich mit der Familie Zuckerberg. Zuckerberg hatte sich beruhigt, seine Gesichtsfarbe wieder einen gesunden Farbton angenommen. Danach erschienen Dr. Hubert Schöller und seine Schwester Franziska, gefolgt von Oberleutnant Gustav Staudinger und Alma Schönwald. Gemeinsam mit ihnen kam ein Mann mit kleiner Nickelbrille und Glatze, den Anton und Ernestine bis jetzt noch nicht kennengelernt hatten. Er stellte sich ihnen als Professor Franz Haberl, Chemiker und Wissenschaftler, vor. Zuletzt betraten Generaloberst von Rauch und seine Frau den Tanzsaal. Der Oberst wirkte genauso überheblich wie beim Abendessen. Er sah aus, als erwartete er jetzt, dass die Menschen vor ihm salutierten oder sich verbeugten. Die wenigsten schenkten ihm überhaupt Beachtung. Nur Fritz Zuckerbergs Bart begann erneut zu zittern, was aber auch der bevorstehenden Tanzstunde zugeschrieben werden konnte.

Alle Anwesenden konzentrierten sich auf Carmen Morales, die die Pause genutzt hatte, um in ein umwerfendes rotes Kleid zu schlüpfen, das vorne hochgeschlossen war und am Rücken über einen skandalös tiefen Ausschnitt verfügte, an ihr aber keinesfalls billig aussah, sondern einfach nur atemberaubend schön.

Sie trat in die Mitte des Tanzsaals, die Absätze ihrer Schuhe schlugen bei jedem ihrer Schritte laut auf. Dann klatschte sie energisch in die Hände. Die Aufmerksamkeit aller war auf sie gerichtet.

»Ich darf Ihnen unsere Musiker Hernandez und Carlo Sanchez vorstellen, die gemeinsam mit Frederico und mir aus *Argentina* angereist sind.«

Sie winkte den beiden Männern zu, die sich kurz verbeugten, emotionslos nickten und nach einem kurzen Höflichkeitsapplaus zu den Instrumenten gingen. Einer setzte sich ans Klavier, während der andere stehen blieb und den Kontrabass zwischen seinen Beinen einklemmte.

»Die beiden werden heute für uns eine klassische *Milonga* im Zweivierteltakt spielen, und wir werden dazu *caminare*, was bedeutet, wir werden gehen.«

»Gehen?«, fragte Frau Schwarz irritiert. »Ich dachte, wir tanzen.«

Mit eleganten, geschmeidigen Bewegungen trat Frederico Gonzales auf Carmen Morales zu. Anton fand, dass er dabei seine Hüfte eine Spur zu heftig zur Seite schwang. Der Tänzer ergriff Frau Schwarz' rechte Hand.

»In die Tango es geht um *conducir* und *dirigir*, um führen und geführt werden. Das ist ein schwierig Sach, vor allem für die *hombres*, für die Männer.« Er grinste breit. »Nur wenig es schaffen sich *dirigir*, führen zu lassen.«

»So ein Unsinn«, sagte Fritz Zuckerberg. »Beim Tanzen führt immer der Mann.«

»Nicht in die Tango«, meinte Gonzales. »Hier beide Partner haben die gleiche Recht. Schauen Sie, um zu *entender*, um zu verstehen.«

Das empörte Murmeln, das nun entstand, ignorierend, ließ er die Hand von Frau Schwarz wieder los und ging zu seiner Tanzpartnerin Carmen Morales. Er gab den Musikern ein Zeichen. Schon nach den ersten einfachen Takten ertönte eine volle, leidenschaftliche Melodie. Gonzales marschierte elegant los, und Carmen Morales ging mit geschmeidigen, weichen Schritten mit ihm mit. So als wäre sie Teil seines Körpers. Ihr dunkelrotes Kleid schwang in sanften Bewegungen mit.

»Jetzt ich führe, aber nun …« Sie erreichten das Ende des Saales, Frau Morales blickte ihrem Tanzpartner tief in die Augen und drückte kaum merkbar gegen Gonzales ausgestreckte Hand. Er folgte ihren unausgesprochenen Anweisungen. Das Paar ging rückwärts. »… nun ich das mache, was meine Partnerin mir zeigt.«

Die Musik erfüllte den Tanzsaal mit ganzer Kraft, das Paar bewegte sich mit einer faszinierenden Leichtigkeit und schwingenden Hüften über das Parkett. Es schien geradezu, als schwebten die beiden über den glänzenden Holzboden. Plötzlich wurde aus dem einfachen Gehen eine kurze, bloß angedeutete Umarmung, eine Drehung folgte. Gonzales bog Frau Morales' Oberkörper nach hinten und zog sie wieder hoch. Ihr Bein schlang sich mit einem graziösen Schwung um seine Hüfte, um kurz darauf wieder am Boden zu landen. Eine weitere Drehung, der Rock schwang weit um ihre Oberschenkel. Leidenschaft lag in der Luft, die vor Energie so geladen war, dass sie fast knisterte. Einige der Anwesenden hielten den Atem an, Luft wurde lautstark eingezogen und jeder bestaunte die Geschmeidigkeit der Bewegungen. Etwas Anrüchiges, Exotisches und gleichzeitig Faszinierendes ging von dem tanzenden Paar aus. Schließlich wurde aus den fließenden Bewegungen wieder ein harmonisches Miteinander-

Gehen. Die Musik wurde langsamer, leiser und hielt schließlich an. Gerade noch in leidenschaftlicher Umarmung, stand das Tanzpaar nun unschuldig und distanziert nebeneinander, so als hätte keine der intensiven Berührungen je stattgefunden.

»Wie Sie können sehen, Tango ist eine Tanz voller *passiòn*, voller Emotionen. Anders als die Walzer oder die Polka, wo die Partner tanzen wie Puppen auf Schnur, wie eine *fantoche*. In die Tango es gibt keine Regel, keine Vorschrift, es gibt nur *la alegria*, die Freude an die Bewegung!«

Niemand wagte, etwas zu erwidern, alle schienen immer noch im Sog der eben erfolgten Darbietung zu sein. Anton fragte sich, ob Ernestine die Sache mit dem Bein ebenso graziös hinbekommen würde wie Frau Morales. Dass er selbst Probleme mit dem weichen Hüftschwung haben würde, war ihm klar, schließlich war er keine dreißig mehr.

Erneut klatschte Frau Morales in die Hände und holte Anton aus seinen Überlegungen.

»Bitte finden Sie sich zu Paaren zusammen«, forderte die Tanzlehrerin. »Wir beginnen mit dem *caminare*! Berühren Sie nur die Handflächen ihrer Tanzpartnerin, hören Sie auf die Musik, den Rhythmus. Spüren Sie den Takt und gehen Sie zur Musik. Führen Sie Ihre Partnerin durch den Raum, aber Vorsicht! Achten Sie darauf, dass Sie mit niemandem zusammenstoßen.«

Anton schwirrte der Kopf. Das waren eine Menge Dinge, auf die er achten musste. Ihm wurde heiß, und er spürte, wie sich die ersten Schweißtropfen auf seiner Stirn bildeten. Auch seine Handflächen wurden feucht.

»Zuerst führen die Männer, aber auf unser Zeichen übernehmen die Frauen die führende Rolle.«

»Unmöglich, das mache ich nicht«, empörte sich Fritz Zuckerberg. »Wie soll meine Frau mich führen? Das funktioniert nicht.«

Frau Morales lächelte milde. Offenbar hatte sie derlei Sätze schon oft von Kursteilnehmern gehört.

»Versuchen Sie es bitte«, sagte sie. »Nach einigen Takten werden wir die Partner wechseln.«

»Wie bitte?«, nun schien auch Frau Zuckerberg empört.

»Wir tanzen eine *Milonga*. Da werden die Tanzpartner ständig gewechselt.«

»So etwas Unsinniges habe ich noch nie gehört«, meinte auch Professor Haberl. Seine Tanzpartnerin war Frau Schwarz, offenbar wollte der Professor sie als Partnerin nicht verlieren.

Ernestine platzte der Kragen. »Nun stellen Sie sich doch nicht so an«, sagte sie genervt. »Im Mittelalter hat man den *Basse danse* getanzt, falls Sie sich an Ihren Geschichtsunterricht erinnern können. Dabei sind die Paare reihum marschiert und haben ständig ihre Tanzpartner gewechselt.«

Zu Antons großer Verwunderung widersprach niemand mehr. Zumindest nicht laut. Hier und dort war noch ein verhaltenes Murmeln zu vernehmen, aber Frau Morales ignorierte es und nickte den Musikern zu. Zeitgleich erklangen die ersten Takte, und sofort setzte sich Ernestine in Bewegung. Sie übernahm die Führung, obwohl es Antons Aufgabe war. Ihm war es gleich, und er gab bereitwillig nach. Aber schon stand Frau Morales ermahnend neben ihnen. »Der Mann muss führen!«

»Aber das tut er doch«, sagte Ernestine empört.

»Nein, das tu ich nicht«, widersprach Anton zaghaft.

»Wie bitte?«

»Keine Unterhaltung während des Tanzens«, befahl Frau Morales. »Schauen Sie nicht auf den Boden. Die Augen sind bei Ihren Tanzpartnern. Nur er oder sie ist jetzt wichtig!«

Anton zwang sich, den Kopf aufrecht zu halten. Aber das war gar nicht so einfach. Er und Ernestine bewegten sich in unterschiedlichen Tempi. War er es, der den Rhythmus falsch interpretierte? Er trat auf Ernestines Schuhspitze. »Verzeihung!«

»Kein Problem, tanzen Sie weiter!«

Aber das war leichter gesagt als getan. Nun sollte Ernestine die Führung übernehmen, und nichts veränderte sich. Anton spürte, wie der Schweiß auf seiner Stirn kitzelte, auch in seinen Achselhöhlen bildeten sich Tropfen und rannen seinen schmalen Oberkörper Richtung Hüfte hinunter. Für seinen Geschmack dauerte das Musikstück viel zu lange, und ein Ende war nicht in Sicht. Ernestine schien Antons Unwohlsein nicht zu bemerken. Beschwingt und voller Tatendrang dirigierte sie ihn viel zu schnell in abgehackten Zickzackbewegungen quer durch den Tanzsaal. Dabei stießen sie immer wieder mit anderen Paaren zusammen, was Ernestine aber nicht mit sich selbst in Zusammenhang brachte.

»Warum passen die denn nicht auf?«, fragte sie empört. Dabei beugte sie sich nah an Antons Ohr. Eine Geste, die ihm in anderen Lebenslagen gefallen hätte. Im Moment aber irritierte ihn jedes Abweichen von der eigentlichen Aufgabenstellung.

Anton konzentrierte sich auf seine Füße und hoffte inständig auf das Ende des Tanzes. Jedes Mal, wenn das Musikstück langsamer oder leiser wurde, keimte Hoffnung in ihm auf. Aber vergeblich, die Zwillinge setzten immer wieder zu neuen Taktfolgen an. Nach einer gefühlten Ewigkeit gab Morales den Musikern ein Zeichen, und die Musik verklang. Anton atmete erleichtert aus. Er holte ein kariertes Stofftaschentuch aus seiner Hosentasche und wischte damit über seine Stirn. Aber die Stunde war lang noch nicht zu Ende.

»Jetzt wechseln alle die Partner«, verlangte Frau Morales. Ernestine wandte sich an Dr. Schöller, während Anton Frau von Rauch als Partnerin zugewiesen bekam. Die Frau war so dünn, dass Anton Angst hatte, er könnte sie mit seinen bloßen Händen erdrücken. Dabei war Anton weder sonderlich schwer noch besonders stark. Der ernste Gesichtsausdruck der blassen Frau verhieß nichts Gutes. Am liebsten hätte Anton eine Magenverstimmung, einen Kreislaufkollaps oder Atemnot vorgetäuscht, aber er war ein lausiger Schauspieler, deshalb ließ er es bleiben. Die Musik setzte erneut ein, und Anton sollte die Führung übernehmen. Zu seiner großen Überraschung passierte zuerst gar nichts. Frau von Rauch sah ihn abwartend an, und erst als er ihr ein sanftes Zeichen gab, bewegten sie sich gemeinsam durch den Raum. Bereitwillig folgte sie ihm in die Richtung, die er angab. Es war, als wüsste sie genau, was er vorhatte. Nur ein leichter Druck gegen ihre Handflächen genügte, und schon reagierte sie. Mit jedem Takt, den die Zwillinge spielten, wuchs Antons Zuversicht. Er brauchte nicht auf den Boden zu sehen, denn er wusste genau, wo sich Frau von Rauchs Füße befanden. Sie bewegten sich im gleichen Tempo wie seine. Auch als die

Rollen vertauscht wurden und Frau von Rauch die Führung übernahm, verliefen die Bewegungen harmonisch. Anton hatte richtiggehend Freude und folgte schier schwerelos ihren sanften Anweisungen. Er musste weder den Takt mitzählen noch auf andere Paare achten. Er konnte sich der Musik hingeben und die Bewegung genießen. Die beiden glitten über das Parkett, geschickt an den anderen Tanzpaaren vorbei, ohne mit denen zusammenzustoßen. Diesmal war das Musikstück viel zu kurz, und als die Musik ausklang, war Anton fast enttäuscht. Frau Morales forderte erneut einen Partnertausch.

»Sie haben ein gutes Gefühl für Musik und Bewegung«, sagte Frau von Rauch sachlich. Es klang nicht nach Schmeichelei, sondern lediglich wie eine Feststellung, die Anton voller Stolz entgegennahm.

Nun tanzte Anton mit Clara Zuckerberg, und zu seiner großen Überraschung verlief auch diese Übungseinheit harmonisch. Die beiden hatten wirklich Spaß. Sie lachten über eine gelungene Runde und freuten sich über eine schwungvolle Drehung. Egal, mit wem Anton nun tanzte, immer bekam er anerkennende Worte seiner Tanzpartnerinnen. Konnte es sein, dass in Wirklichkeit ein verborgenes Talent in ihm schlummerte? Warum hatte er immer geglaubt, dass er nicht tanzen konnte? Er musste schmunzeln. Seine verstorbene Frau Anna hatte immer behauptet, er bewege sich nicht nach dem Takt. Die Walzer mit ihr waren so verlaufen wie das *caminare* mit Ernestine. Hin und wieder stieß er mit einem anderen Paar zusammen, und jedes Mal musste er feststellen, dass Ernestine Teil dieses Paares war. Er konnte hören, wie sie mit ihren Partnern diskutierte. Jetzt tanzte sie mit dem Generaloberst, dessen Augenbrauen bereits gefährlich eng zusammengerückt waren. Aber Ernestine schien sich durchzusetzen. Entschieden schritt sie aus und schob den Generaloberst energisch durch den Raum. Sie drängte ihn Richtung Spiegel, bis er beinahe mit dem Rücken dagegenprallte. Anton konnte in Gedanken bereits einen harten Knall hören, aber dazu kam es nicht mehr.

Im letzten Augenblick klatschte Frau Morales in die Hände. Das Zeichen zum Beenden der Musik. Mit deutlicher und klarer

Stimme sagte sie: »Vielen Dank, das war die letzte Übung für heute. Wir treffen einander morgen nach dem Frühstück wieder!«

Sichtlich erleichtert suchte der Generaloberst das Weite, während er sich fluchend die Hände rieb, die Ernestine zu fest gehalten hatte. Alle anderen Teilnehmer klangen enttäuscht. Ein Raunen ging durch den Tanzsaal. Auch für Anton war die Stunde viel zu schnell vergangen, gern hätte er noch weitergemacht. Aber jetzt, da die Musik aus war, spürte er, dass eine bleierne Schwere von seinem Körper Besitz ergriff und sich vor allem in seinen Beinen ausbreitete. Er war seit den frühen Morgenstunden unterwegs und geballte Aufregungen wie heute nicht mehr gewohnt. Suchend blickte er sich nach Ernestine um.

»Ich glaube, dass ich den Tango schätzen lernen werde«, sagte er müde, aber trotzdem begeistert.

»Wer hätte das gedacht. Offenbar hatten Sie mehr Glück mit Ihren Partnerinnen als ich.« In ihrer Stimme schwang Verärgerung mit.

»War es so schlimm, mit von Rauch zu tanzen?«, fragte Anton mitfühlend.

»Schlimmer noch«, meinte Ernestine. Aber dann lächelte sie spitzbübisch und meinte: »Ich muss morgen einfach aufmerksamer und schneller sein. Am besten bleibe ich an Ihrer Seite. Auch wenn Sie kein geborener Tänzer sind, so verfügen Sie wenigstens über Ehrlichkeit und geben zu, dass Sie sich nicht nach dem Takt der Musik bewegen können.«

Anton lächelte verkrampft. Was sollte er von dieser Aussage halten? War es ein Kompliment?

Einige der Gäste zogen sich nun an die Bar zurück.

Anton unterdrückte ein Gähnen. »Ich bin sehr müde. Ich denke, dass ich aufs Zimmer gehen und schlafen werde.«

»Jetzt schon?«, fragte Ernestine enttäuscht. »Ich bin noch gar nicht müde. Wollen Sie mir nicht Gesellschaft bei einem kleinen Schlummertrunk an der Bar leisten? Sicher schlafen Sie dann noch tiefer.«

Nur ungern schlug Anton Ernestine eine Bitte ab, aber er fühlte sich so erschöpft, dass er das Gefühl hatte, er müsse auf der Stelle einschlafen. Mit Mühe hielt er seine Augen noch offen.

»Ich würde Sie wirklich gern begleiten, aber alles, was ich einem Gespräch beisteuern könnte, wäre lautes Gähnen«, sagte er bedauernd.

»Wie schade.« Ernestine wirkte noch genauso unternehmungslustig wie heute Morgen, als sie gemeinsam Richtung Bahnhof aufgebrochen waren. Ihre Energie schien schier unerschöpflich. »Na, dann muss ich wohl allein einen kleinen Likör trinken. Ich verspreche Ihnen auch, dass ich morgen früh frisch und munter mit Ihnen tanzen werde.«

»Davon bin ich überzeugt«, sagte Anton. Dann verabschiedete er sich und wünschte Ernestine eine gute Nacht.

FÜNF

In der Bar war das Licht gedämpft. Hinter einem Tresen aus glänzend lackiertem Kirschholz stand ein Regal, das bis zur Decke reichte und vollgefüllt war mit Flaschen in allen nur erdenklichen Farben und Formen. Ernestine saß mit Dr. Schöller und seiner Schwester an einem der kleinen runden Tische, die sich an der Wand befanden. Ernestine versank tief in dem mit dunkelgrünem Samt bezogenen Sessel und hatte Mühe, über den Rand der blank polierten Tischplatte zu ihren Tischnachbarn zu schauen. In der letzten Viertelstunde hatte sie erfahren, dass die beiden im Krieg dem Kaiser und dem Vaterland gedient hatten, Dr. Schöller als Militärarzt, seine Schwester Franziska als Krankenschwester.

»Es war unsere Pflicht«, sagte Franziska Schöller voller Überzeugung. Im Gegensatz zu anderen jungen Frauen, die erst während des Krieges zur Krankenschwester ausgebildet worden waren, hatte Fräulein Schöller sich ihren Beruf schon davor ausgewählt. »Ich habe mich damals gegen den Willen meiner Eltern durchgesetzt«, erklärte sie nicht ohne Stolz.

»Was hätten Ihre Eltern denn gewollt?«

»Das, was alle reichen Eltern wollen. Dass ihre Tochter einen passenden Ehemann findet, der das Unternehmen übernehmen wird. Hubert hat sich für eine Karriere als Arzt entschieden, und damit war klar, dass er die Kaufhauskette nicht leiten wird.«

Kaufhauskette, Schöller, in Ernestines Kopf ratterten die Rädchen. »Sie sind die Erben der Schöller-Kaufhauskette, deren Sitz am Graben ist?«, fragte sie erstaunt. In der Kronenzeitung hatte sie vom plötzlichen Tod des alten Herrn Schöller gelesen und davon, dass die Erben das erfolgreiche Unternehmen verkaufen wollten. Die Kette zählte zu den lukrativsten Unternehmen des Landes und hatte den Krieg völlig unbeschadet überstanden. Dementsprechend lang war die Liste der Interessenten, die sie übernehmen wollten. Die beiden schwerreichen Erben saßen nun neben ihr am Tisch.

»Stimmt es, was in den Zeitungen steht?«, fragte Ernestine. »Sie wollen die Kaufhauskette nicht behalten?«

Dr. Schöller hob belustigt die Augenbrauen. »Haben Sie Interesse? Wollen Sie uns ein Angebot machen?«

Rasch schüttelte Ernestine den Kopf. »Nein, natürlich nicht.« Sie lachte. »Mit meiner kleinen Pension muss ich froh sein, wenn ich mir eine Schachtel Konfekt in Ihrem Luxuskaufhaus leisten kann.«

»Nun, Sie wären nicht die einzige Interessentin. Ich nehme an, dass Frau Schwarz uns allein aus diesem Grund auf ihre Gästeliste gesetzt hat. Sie will die Kaufhauskette erstehen. Deshalb war ich zuvor sehr überrascht, dass sie uns im Speisesaal nicht gleich einen neuen Tisch angeboten hat. Bis jetzt war sie stets sehr zuvorkommend gewesen. Offenbar hat sie mit dem Generaloberst eine Rechnung offen, die wichtiger ist, als mit uns ins Geschäft zu kommen.«

Ernestine setzte zu einer weiteren Frage an, aber Franziska Schöller kam ihr zuvor und wechselte das Thema. Hatte Ernestine es sich bloß eingebildet, oder hatte sich tatsächlich bei der Erwähnung des Generaloberststs ein finsterer Schatten über das Gesicht der Frau gelegt? Es war, als würde der Mann bei allen Anwesenden auf Ablehnung stoßen.

»Ich habe meine Ausbildung in Genf gemacht, eine wunderschöne Stadt. Waren Sie schon einmal in der Schweiz?«

»Leider nein«, sagte Ernestine. Weder Genf noch die Schule für Krankenschwestern dort interessierten sie im Moment. Viel lieber wollte sie mehr über offene Rechnungen erfahren. »Warum sollte Frau Schwarz dem Generaloberst entgegenkommen wollen?«, fragte sie.

Aber Franziska Schöller ignorierte ihre Frage. »Erst in Genf habe ich gelernt, mich flüssig auf Französisch zu unterhalten. Dabei hatte ich die Sprache sechs Jahre lang in der Schule. Woran liegt es, dass der Unterricht in unsren Schulen so weltfremd ist?«

»Wahrscheinlich an den Lehrern«, gab Ernestine ehrlich zu. Fragen wie diese waren ihr nicht neu. Immer wieder wurde sie als Lehrerin damit konfrontiert, dass der Stoff, der den Kindern vermittelt wurde, nicht fürs Leben taugte.

»Mir ging es genauso«, sagte Dr. Schöller. »Ich habe ebenfalls acht Jahre lang Französisch gelernt, wirklich unterhalten kann ich mich immer noch nicht. Was unterrichten Sie?«

»Ich bin Lateinlehrerin. Diese Sprache wird seit Jahrhunderten nicht mehr gesprochen. Ich muss mir also nicht vorwerfen, dass meine Schüler sich nicht in Latein unterhalten können. Außer einer meiner Schüler hätte vor, in den Vatikan zu ziehen. Wovon ich aber bis jetzt nichts weiß.« Ernestine kicherte und nahm ein Schlückchen von ihrem Holunderlikör.

»Um Himmels willen«, Dr. Schöller schlug die Hände zusammen, »ich habe Latein gehasst.«

»Das ist schade und muss am Unterricht gelegen haben, nicht am Fach selbst. Die alten Römer waren ein faszinierendes Volk.«

»Da muss ich Ihnen beipflichten«, sagte Franziska Schöller. »Meine Lateinlehrerin war ein Schatz. Sie hat uns gelehrt, was es bedeutet, Verantwortung für andere zu übernehmen.«

»Das freut mich.« Ernestine nahm erneut einen Schluck von ihrem Likör. Er schmeckte nach Vanille mit einer Prise Zimt. »Haben Sie sich wegen dieser Lehrerin für Ihren ungewöhnlichen Ausbildungsweg entschieden?«

»Ja, sie hat dazu beigetragen. Aber die Entscheidung habe ich getroffen.«

»Eine sehr mutige Entscheidung. Es ist nicht leicht, sich gegen den Willen der Eltern zu stellen.« Ernestine wusste, was es bedeutete, sich als Frau in einer männerdominierten Welt zu behaupten.

»Ohne die Hilfe meines Bruders hätte ich es nicht geschafft.« Sie bedachte Dr. Schöller mit einem dankbaren Lächeln.

Der machte eine abfällige Handbewegung. »Natürlich hättest du es geschafft.« Dann wandte er sich an Ernestine. »Meine Schwester ist starrsinnig. Wenn sie sich etwas in den Kopf gesetzt hat, zieht sie es durch. Egal, was für Konsequenzen sie erwarten. Sie können sich nicht vorstellen, wie ich versucht habe, sie vom Kriegseinsatz abzuhalten. Schließlich war sie in der neutralen Schweiz in Sicherheit. Aber statt dort den Krieg abzuwarten, hat sie sich freiwillig gemeldet.«

»Haben Sie denn nie daran gedacht, eine Familie zu gründen?«, fragte Ernestine und hätte sich am liebsten auf die Zunge gebissen. Wie sehr hatte sie diese Frage stets gehasst, und jetzt stellte sie sie selbst. Was war nur los mit ihr? Besser, sie trank den hochprozentigen Likör langsamer.

Dr. Schöller verschluckte sich und hustete, während seine Schwester zur Seite schaute und so tat, als hätte sie die Frage überhört.

Ernestine änderte das Thema. »Wo waren Sie im Krieg im Einsatz?«

»Zuletzt an der Südfront.«

»Oh!« Ernestine wusste, dass an der Grenze zu Italien in den letzten Kriegsjahren besonders harte Gefechte stattgefunden hatten. Jeder Berggipfel wurde mit unzähligen Leben junger Männer bezahlt. Am Isonzo war Giftgas eingesetzt worden.

»Zum Glück ist der schreckliche Krieg nun vorbei«, sagte Franziska Schöller. »Hoffen wir, dass die Menschen daraus gelernt haben und sich nie wieder jubelnd in eine Schlacht stürzen werden.«

Ernestine und Dr. Schöller stimmten ihr zu. Der Arzt griff nach seinem Glas und nahm einen Schluck von seinem dunkelgrünen Absinth. Alkohol, der nach wie vor umstritten war, weil er angeblich die Gesundheit gefährdete und bei überhöhtem Konsum die Menschen in den Wahnsinn trieb.

In diesem Moment betrat Generaloberst von Rauch die Bar. Dr. Schöller stellte sein leeres Glas eine Spur zu heftig auf den Tisch zurück. Die anderen Gläser am Tisch wackelten. Ernestines süßer Likör schwappte über. Schade um das köstliche Getränk. Ihr Blick folgte dem Generaloberst, der sich umsah und sich dann für den Ecktisch in einer Nische neben ihnen entschied, an dem bereits Oberleutnant Staudinger und Alma Schönwald saßen. Fräulein Schönwald rückte bereitwillig zur Seite, um dem Neuankömmling Platz zu machen. Sie war schon seit geraumer Zeit nicht mehr ganz nüchtern.

Ernestine hörte, wie von Rauch in seiner lauten, polternden Art weiteren Whisky bestellte.

»Sie mögen den Generaloberst nicht besonders«, bemerkte

sie möglichst beiläufig. Doch statt zu antworten, schnaufte Dr. Schöller bloß verächtlich. Seine Schwester wandte ihren Kopf ab, sodass Ernestine ihren Gesichtsausdruck nicht genau sehen konnte. Aber sie erahnte Hass und Trauer zu gleich großen Teilen.

Wie gern hätte Ernestine ihre Neugier abgelegt wie ein Schmuckstück vor dem Schlafengehen, aber es ging nicht. Wenn der Wunsch nach mehr Wissen einmal von ihr Besitz ergriffen hatte, war es fast unmöglich, ihn wieder loszuwerden. Niemand konnte den Generaloberst leiden. Sie selbst fand ihn auch unerträglich, aber die Gefühle, die Dr. Schöller und seine Schwester für ihn empfanden, schienen über gewöhnliche Ablehnung hinauszugehen.

Ungeduldig sah sich von Rauch nach seinem Getränk um, das bereits auf einem Tablett an der Theke stand. Es war jedoch nicht der Kellner, der es brachte, sondern Carmen Morales, die etwas umständlich danach griff und es zum Tisch des Generalobersts trug.

»Hat man Sie zur Kellnerin degradiert?«, lachte von Rauch.

Frau Morales sah ihn streng an. »Ich versuche nur, hilfreich zu sein«, sagte sie höflich, aber bestimmt. »Der arme Bursche an der Bar ist ganz allein für uns alle zuständig und hat Angst, dass Ihr Temperament mit Ihnen durchgeht, wenn Sie zu lange warten müssen.«

Von Rauch hielt ihre Worte für einen gelungenen Scherz und lachte laut auf. »Sie sind nicht nur eine schöne, sondern auch eine kluge Frau.«

Morales überging sein Kompliment, stellte die Gläser auf den Tisch und schenkte ein.

»Setzen Sie sich doch zu uns«, forderte von Rauch. Aber die Tanzlehrerin, die immer noch ihr körperbetontes Tanzkleid trug, lehnte dankend ab und verließ ohne Erklärung die Bar.

»Diese Frau hat Klasse!« Von Rauch schnalzte mit der Zunge und leerte sein Glas in einem Zug.

Ernestine sah, dass seine Augen immer wieder zu Franziska Schöller wanderten.

»Wollen Sie auch meinen Whisky?«, fragte Fräulein Schönwald mit deutlichem Zungenschlag. Sie schob ihr Schnapsglas zu von Rauch und griff nach dem Champagner, der vor ihr stand. »Ich bevorzuge prickelnde Getränke.«

»Gern«, sagte er und kippte den Inhalt hinunter.

Auch Oberleutnant Staudinger schob sein Glas mit einer zackigen Bewegung in Richtung Generaloberst.

»Ich habe für heute genug«, erklärte er.

»Was denn, Sie wollen den Whisky nicht?«, fragte von Rauch überrascht. »Nun, bevor er schlecht wird, nehme ich ihn!« Er lachte und trank auch den Inhalt des dritten Glases. Dann ergriff er die offene Champagnerflasche, die in einem Kübel voll Eis stand, und hielt sie fragend dem Oberleutnant entgegen. »Wollen Sie lieber was von dem Blubberzeug?«

»Nein, danke«, sagte Staudinger kurz angebunden.

»Manche vertragen eben nichts.« Von Rauch zwinkerte Fräulein Schönwald süffisant zu. »Was für ein Jammer. Wo haben sich bloß die richtigen Männer versteckt?« Er lehnte sich zurück, schaute sich langsam im Raum um, ließ seine Aufmerksamkeit auf Franziska Schöller ruhen. Nervös trommelte die Beobachtete mit den Fingerkuppen auf die Tischoberfläche.

»Willst du gehen?«, flüsterte ihr Bruder ihr zu.

Sie schüttelte den Kopf.

»Es wundert mich, dass der Mann noch keine Alkoholvergiftung hat«, sagte Ernestine so leise, dass nur ihre Tischnachbarn es hören konnten. Sie hoffte, mit der Bemerkung das Gespräch von zuvor wieder in Gang zu setzen, aber es gelang ihr nicht. Im Moment schwiegen sowohl Dr. Schöller als auch seine Schwester. Also blieb Ernestine nichts anderes übrig, als ebenfalls das Geschehen am Nachbartisch zu beobachten.

Oberleutnant Staudinger schien über die Gesellschaft des Generalobersts alles andere als erfreut zu sein. Er saß mit zusammengekniffenen Lippen da, schaute auf seine Taschenuhr und verabschiedete sich nach wenigen Augenblicken. Steif stand er auf, entschuldigte sich bei Fräulein Schönwald und verließ die Bar. Die Modesalonbesitzerin blieb sitzen. Von Rauch hatte nun sein Interesse an Franziska Schöller verloren und sich Fräulein Schönwald zugewandt, mit der er schamlos zu flirten begann. Die schien seinen Annäherungsversuchen nicht abgeneigt, leerte ihr Champagnerglas und rauchte eine Zigarette nach der anderen. Hin und wieder lachte sie über einen der plumpen Witze, die der Generaloberst von sich gab. Als die Flasche Whisky leer war, stand von Rauch auf. Er ging zur Bar und verlangte lautstark nach einer weiteren. Herr Sebastian, der sich nun vom Kellner in einen Barkeeper verwandelt hatte, drehte sich zum Regal und beeilte sich, ihm eine zu geben.

»Schlummertrunk«, sagte von Rauch und deutete mit dem Kinn auf die Flasche. »Ich werde mich jetzt zurückziehen.« Er winkte Fräulein Schönwald zum Abschied zu und marschierte mit weichen Knien zur Tür.

Ernestine war beeindruckt, dass der Mann zwar etwas lallte, sich aber immer noch aufrecht halten konnte. Jeder andere wäre bei den Mengen von Alkohol schon bewusstlos unter dem Tisch gelegen.

Erst als er den Raum verlassen hatte, tauten Dr. Schöller und seine Schwester wieder auf. Fräulein Schönwald stand auf und setzte sich zu ihnen.

»Darf ich?«, fragte sie. »An meinem Tisch ist es jetzt furchtbar einsam geworden.«

»Selbstverständlich.« Dr. Schöller stand auf und rückte einen der tiefen Stühle für Fräulein Schönwald zurecht.

Der restliche Abend drehte sich ums Wetter und darüber, wie stark der Sturm in den letzten Stunden zugenommen hatte.

Irgendwann begann Ernestine zu gähnen. Als sie auf die Uhr schaute, war es kurz vor Mitternacht. Höchste Zeit fürs Bett. »Ich denke, ich muss jetzt schlafen gehen, sonst mache ich morgen auf dem Parkett keine gute Figur«, sagte sie kichernd. Der Likör war ihr ein wenig zu Kopf gestiegen.

»Wir werden auch zu Bett gehen«, sagte Dr. Schöller. Seine Schwester stand gemeinsam mit ihm auf. Kurz vor ihnen waren Ernst Schwarz und Clara Zuckerberg auf ihre Zimmer gegangen.

»Allein bleibe ich nicht«, sagte Fräulein Schönwald und schloss sich an. Gemeinsam mit dem Geschwisterpaar Schöller nahm sie den Lift.

Ernestine bevorzugte die Treppe. Ihre langsamen Schritte wurden vom Teppich auf den Stiegen zur Gänze geschluckt. Die elektrischen Lampen am Gang brannten immer noch. Wahrscheinlich würden sie die ganze Nacht Licht spenden. Im ersten Stockwerk machte sie Halt. Ernestine kramte in ihrer kleinen, mit schwarzen Perlen bestickten Handtasche nach ihrem Zimmerschlüssel, da hörte sie aufgeregte Stimmen. Jemand stritt sich lautstark hinter einer der Türen am Ende des Gangs. Es war das Zimmer von Generaloberst von Rauch. Obwohl Ernestines Zimmer ein Stockwerk höher lag, schlich sie sich den Flur entlang. Vorsichtig trat sie an die Tür.

Sollte sie lauschen? Natürlich nicht, denn was ging sie der Streit eines fremden Ehepaars an. Aber irgendetwas, und es war nicht bloß pure Neugier, sondern eine Art Vorahnung, dass etwas Schreckliches passieren könnte, drängte sie, näherzutreten. Es war nicht notwendig, das Ohr an die Tür zu legen, denn die Stimmen, die aus dem Zimmer drangen, waren so laut, dass man sie auch so problemlos verstehen konnte.

Josefa von Rauch hatte sich gleich nach dem Tanzen auf ihr Zimmer zurückgezogen, weil sie angeblich müde gewesen war, doch jetzt klang sie putzmunter und sehr aufgebracht. Wütend beschimpfte sie ihren Mann. »Du treuloses Schwein!«

Das Wort »Scheidung« fiel, wobei Ernestine nicht sicher war, wer der beiden es aussprach, dann krachte ein Gegenstand auf den Boden. Etwas ging in die Brüche. Ernestine war entsetzt. Sie sollte gehen, denn diese Worte waren eindeutig nicht für ihre Ohren bestimmt. Aber sie blieb wie angewurzelt stehen. Erschüttert darüber, wie viel Hass in der Stimme der kleinen, dünnen Frau lag, die beim Essen wie eine zerbrechliche Glaspuppe gewirkt hatte.

Genau in der Sekunde bogen Ernst Schwarz und Clara Zuckerberg in den Gang ein. Die jungen Leute scherzten und lachten ausgelassen. Erschrocken machte Ernestine einen Schritt rückwärts. Dabei bemerkte sie nur am Rande, wie hübsch die Tochter des Farbenfabrikanten gerade aussah. Ihre Wangen waren rosig, und ihre Augen glänzten. Was zum Teufel machten die beiden jetzt noch auf dem Gang? Sie waren doch kurz vor

Ernestine und Dr. Schöller und seiner Schwester aus der Bar und Richtung Treppe gegangen. Sie hätten doch schon lange auf ihren Zimmern sein müssen. Nun, vielleicht hatten sie die Dienstbotentreppe genommen und sich verlaufen. Als die jungen Leute Ernestine sahen, blieben sie überrascht stehen. Das Blut schoss Ernestine in die Wangen, ihr Herz klopfte vor Aufregung. Hatten die beiden bemerkt, dass sie gelauscht hatte?

»Haben Sie sich im Zimmer geirrt?«, fragte Ernst Schwarz amüsiert. Sein wissender Blick verriet ihn. Er wusste, dass Ernestine hier stand, um zu lauschen.

Nun galt es, Haltung zu bewahren. Aber Ernestine war Lehrerin. Wie oft hatten Kinder sie dabei erwischt, wie sie heimlich Schokolade genascht hatte, obwohl in der Schule strenges Süßigkeitenverbot geherrscht hatte?

Clara Zuckerberg wirkte genauso ertappt wie Ernestine selbst. Sie musterte scheinbar interessiert die Grünpflanze in der Ecke und strich mit den Fingerspitzen über eines der Blätter. Eine Geste der Verlegenheit, Ernestine hatte zig Male ähnliche Reaktionen gesehen. Im Moment war ihr selbst danach, eines der Blätter zu streicheln.

Stattdessen log sie: »Offenbar habe ich mich wirklich in der Tür geirrt. Alles ging nach der Ankunft so schnell, und dann haben Dr. Schöller und seine Schwester freundlicherweise die Zimmer mit uns getauscht, sodass ich nun völlig verwirrt bin und nicht mehr weiß, wo ich hingehöre. Vielleicht habe ich auch ein Gläschen zu viel getrunken. Ich bin den Alkohol nicht gewöhnt.« Die letzte Bemerkung stimmte nur zum Teil. Die Neugier und der Schreck hatten sie wieder völlig ausgenüchtert. Verwirrung vortäuschend, hielt sie den Schlüssel gegen das schwache Licht der Wandlampe.

»Sie haben die Zimmernummer 8«, erklärte Ernst Schwarz grinsend. Die Traurigkeit, die Ernestine noch beim Abendessen wahrgenommen hatte, war jetzt verschwunden. Er wirkte geradezu fröhlich.

»Woher wissen Sie das?«, fragte Ernestine erstaunt.

»Es steht auf Ihrem Schlüssel.«

»Aber den halte ich ja in meiner Hand.«

»Eben, darum kann ich die Zahl ja so gut sehen.«

Im Zimmer vom Generaloberst war es nun wieder leise geworden. Ob das Ehepaar die Stimmen auf dem Gang gehört hatte?

»Ich bin weitsichtig«, sagte Ernst Schwarz. »Normalerweise trage ich eine Brille. Leider habe ich mich heute Morgen beim Frühstück daraufgesetzt. Jetzt kann ich nichts erkennen, was sich direkt vor meiner Nase befindet, dafür sehe ich winzige Kleinigkeiten, wenn sie weit genug entfernt sind.«

»Ich verstehe«, sagte Ernestine. »Auf alle Fälle vielen Dank. Jetzt weiß ich, wo ich hinmuss. Gute Nacht.«

Um weiteren Erklärungen aus dem Weg zu gehen, lief sie rasch zur Treppe, stieg in den zweiten Stock und fand ohne Probleme zu ihrem Zimmer. Hastig sperrte sie die Tür auf und schloss sie erleichtert hinter sich.

Sie war dem jungen Schwarz dankbar dafür, dass er sie nicht auf ihr verwerfliches Lauschen angesprochen hatte. Sie genierte sich dafür. Die ganze Angelegenheit war äußerst peinlich. Ob Schwarz sie verschont hatte, weil er und die junge Clara Zuckerberg sich selbst ertappt gefühlt hatten?

Leider war Ernestine nach diesem Zwischenfall überhaupt nicht mehr müde. Ganz im Gegenteil. In ihrem Kopf schwirrten die Eindrücke des Tages wild durcheinander und warteten darauf, geordnet zu werden. Was eignete sich dazu besser als ein warmes Vollbad? Ein Luxus, den sie sich in Wien nicht gönnen konnte. Ihre winzige Wohnung, nicht mehr als ein Zimmer mit Herd und WC, hatte zwar Fließwasser, verfügte aber über keine Badewanne. Voller Vorfreude ging sie ins Bad und drehte die vergoldete Armatur auf. Warmes Wasser plätscherte in die weiße Keramikwanne. Ernestine griff nach der Glasflasche am Wannenrand. Rosarotes, nach Rosen duftendes Shampoo war darin. Sie kippte reichlich davon ins Wasser. Allein dieses Vollbad war es wert gewesen, auf den Semmering zu kommen. Selten zuvor hatte sie sich so zufrieden und gleichzeitig lebendig gefühlt. Zartrosa Schaumberge türmten sich auf und verbreiteten einen betörenden Sommerduft, während draußen der Schneesturm tobte. Ernestine konnte es kaum erwarten, ins Wasser zu steigen.

Dekadenz hin oder her. Sie würde diesen Luxus jetzt einfach genießen.

Nach dem Bad lag Ernestine erschöpft im Bett. Die Matratze war angenehm weich und das Zimmer trotz der eisigen Kälte draußen wohltemperiert. Das seidige Bettzeug roch nach Lavendel und ihr noch feuchtes Haar nach Rosen.

Doch bevor ihr die Augen zufielen, erinnerte sie sich daran, dass sie kein Holz im Ofen nachgelegt hatte. Wollte sie die ganze Nacht in wohliger Wärme schlafen, musste sie noch einmal aufstehen. Widerwillig schob sie die Decke zur Seite und stieg aus dem Bett. Sie zog ihren Morgenmantel über. Der Wind hatte an Heftigkeit zugelegt und heulte nun lauter denn je. Er peitschte Schneekristalle gegen die Fensterscheiben. Offenbar waren die Fenster nicht ganz dicht. Durch einen feinen Spalt drang kalte Luft herein und bewegte die Vorhänge.

Rasch ging Ernestine über den Teppichboden zum Ofen, der auf einem gefliesten Teil des Zimmers stand. Sauber geschichtete Holzscheite in handlicher Größe lagen in einem Korb daneben.

Sie öffnete das Türchen, noch gab es Glut. Sie hatte Glück. Mit geübten Griffen legte sie Holz nach, schob es mit dem bereitliegenden Schürhaken zurecht und wartete, bis die ersten Scheite Feuer gefasst hatten, dann schloss sie das Türchen wieder. Als sie zurück in ihr Bett gehen wollte, vernahm sie neben dem Heulen des Windes noch ein anderes Geräusch. Es kam vom Gang und hörte sich an, als würde jemand mit schweren Schuhen schnell über den Teppich laufen. Wer war jetzt noch unterwegs? Soweit sie sich erinnern konnte, waren sie selbst, Fräulein Schönwald und die Geschwister Schöller die Letzten in der Bar gewesen.

Neugierig wie immer ging sie zur Tür und öffnete sie einen Spaltbreit. Zum Glück quietschte sie nicht. Wie sie geahnt hatte, war eine der Wandleuchten die ganze Nacht lang an. Was für eine unglaubliche Verschwendung. Im Krieg waren die Menschen gezwungen gewesen, mit allem, was sie besaßen, genau hauszuhalten. Auch jetzt noch war für die meisten Menschen Sparen angesagt, und zwar mit Lebensmitteln, Rohstoffen, aber auch mit Strom. Hier schienen all diese Regeln nicht zu gelten. Das Licht der Lampe war gedämpft, aber es reichte, um zu erkennen, dass da ein Mann stand, der sich kurz umsah und dann hinunter in den ersten Stock schlich. Es war Dr. Schöller, dessen Zimmer sich im dritten Stockwerk befand. Was zum Teufel wollte er im ersten?

Ernestine überlegte nicht lange. Es war ein Zwang, dem sie förmlich folgen musste. Sie schob die Tür leise hinter sich zu, zog den Bademantel enger und schlich über den Gang. Sie fluchte über sich selbst, denn sie hatte ihre Schuhe vergessen. Der Boden war trotz Teppich eiskalt. Hoffentlich erkältete sie sich nicht. Vorsichtig lief sie zur Treppe und stieg langsam Stufe für Stufe hinunter. Nun war es gut, barfuß zu sein. Sie bewegte sich absolut geräuschlos. Am Treppenansatz machte sie Halt und hockte sich auf die Fersen. Sie spähte durch die metallenen Gitterstäbe des Treppengeländers.

Dr. Schöller stand mit dem Rücken zu ihr vor dem Zimmer des Generalobersts. Er klopfte leise gegen die Tür und wartete. Als sich nichts rührte, lugte er nervös über die Schulter. Ernestine duckte sich. Doch Dr. Schöller sah bloß den Gang entlang und nicht zur Treppe. Er klopfte erneut an die Tür. Jetzt etwas lauter. Aber immer noch rührte sich nichts. Nun holte er einen Gegenstand aus seiner Jackentasche. Ernestine konnte nicht erkennen, was genau es war. Vielleicht ein Schlüssel, vielleicht ein Haken. Er führte den Gegenstand ins Schloss ein und versuchte, es zu öffnen. Aber ohne Erfolg. Ein leises Knacken war zu vernehmen, aber als Dr. Schöller die Türklinke hinunterdrückte, blieb die Tür verschlossen. Erneut wanderte sein Blick den Flur entlang. Er unternahm einen weiteren Versuch. Drehte den Gegenstand im Schloss zuerst in die eine, dann in die andere Richtung, aber erfolglos. Ernestine vernahm ein leises Fluchen. Der Arzt klopfte noch einmal gegen die Tür und wartete. Schließlich schien er aufzugeben. Abrupt drehte er sich um.

Mit einem Satz sprang Ernestine auf. Er durfte sie nicht sehen. Schnell hob sie den Saum ihres bodenlangen Morgenmantels und lief so schnell sie konnte die Treppe hoch. Leider quietschte eine der Stiegen unter ihr. Verdammt. Ohne sich umzudrehen, hastete sie weiter. Zum Glück lag ihr Zimmer nahe an der Treppe. Nur ein paar Schritte und sie hatte es erreicht. Gut, dass sie zuvor die Zimmertür einen Spaltbreit offen gelassen hatte. Jetzt reichte es, die Tür aufzudrücken und hineinzuhuschen. Etwas zu schwungvoll schloss sie die Tür hinter sich wieder. Sicher hatte der Doktor das Einschnappen gehört. Schon vernahm sie seine Schritte. Sie lehnte sich gegen die Tür und atmete laut ein und aus. Ihr Herz raste. Vielleicht war sie doch schon zu alt für derlei nächtliche Abenteuer. Ihre Füße waren eiskalt. Sie zitterte vor Kälte und vor Aufregung.

Zusperren!, dachte sie. Du musst zusperren! Aber das würde Dr. Schöller mit Sicherheit hören. Was, wenn er jetzt versuchte, ihre Tür zu öffnen? Aber warum sollte er das tun? War der reiche Kaufhauserbe etwa ein Dieb? Unsinn!

Ernestines Gedanken, die zuvor in der Badewanne so ordentliche Plätze in ihrem Kopf eingenommen hatten, sausten wieder wild durcheinander. Sie presste nun ihr Ohr gegen die Zimmertür. Noch war der Doktor auf dem Gang. Sie konnte seine Präsenz spüren, seine Bewegungen hören, mit denen er von Tür zu Tür schlich. Jetzt stand er direkt vor ihrer. Nur kein Geräusch machen, mahnte sich Ernestine und spürte just in diesem Moment, wie es in ihrer Nase kitzelte. Sie hielt die Luft an und zählte von zehn rückwärts. Gerade als sie fürchtete, gleich zu platzen, entfernten sich Dr. Schöllers Schritte wieder. Er ging zurück zur Treppe und marschierte die Stufen hoch in den dritten Stock.

Erleichtert ließ Ernestine den Kopf gegen die Brust sinken. Sie nieste. Das Gefühl hatte etwas Befreiendes. Dann drehte sie den Schlüssel im Schloss um. Hätte sie nicht ihr ganzes Warmwasser schon aufgebraucht, würde sie jetzt die eiskalten Füße ins Wasser halten. So aber begnügte sie sich damit, sich neben den Ofen zu setzen und die blauen Zehen in eine Decke gewickelt in seine Nähe zu strecken. Sie rieb die Füße gegeneinander, und langsam kehrte Wärme zurück. Erst als sie vollständig warm waren, stand sie auf und ging zurück in ihr Bett. Es dauerte schier endlos, bis sie Schlaf finden konnte. Ihre Gedanken kreisten um

Dr. Schöllers merkwürdiges Verhalten. Was hatte der Arzt mitten in der Nacht vom Generaloberst gewollt? Und weshalb hatten die anderen beiden Männer, Ernst Schwarz und Fritz Zuckerberg, am frühen Abend mit ihm gestritten?

SECHS

»Ernestine«, rief Anton zum sechsten Mal. »Wachen Sie auf. Sonst versäumen wir das Frühstück. Es ist schon kurz nach neun. Um zehn beginnt die erste Tanzstunde.« Er hörte eine Weile nichts, dann klopfte er erneut. »Ernestine!«

»Ich komme schon«, rief sie verschlafen. Aber es dauerte weitere zwanzig Minuten, bis sie frisiert und angezogen die Verbindungstür öffnete.

»Guten Morgen«, sagte sie.

Anton konnte dunkle Ringe unter ihren hellblauen Augen wahrnehmen. »Ist es gestern so spät geworden?«, fragte er besorgt.

»Es war Mitternacht, als wir die Bar verließen.« Ernestine gähnte. Sie hielt sich die Hand vor den Mund. »Aber als ich tatsächlich eingeschlafen bin, war es halb zwei.«

»Um Himmels willen«, entfuhr es Anton. »Was haben Sie denn noch so lange gemacht? Haben Sie etwa die Tangoschritte geübt?«

Ernestine schüttelte den Kopf. »Nein, haben Sie etwa geübt?«

Anton fühlte sich ertappt und lief rot an. Er hatte tatsächlich noch ein paar Übungen absolviert, bevor er ins Bett gegangen war. Verlegen wechselte er das Thema. »Wir sollten uns beeilen. Sonst bekommen wir kein Frühstück mehr.« Er schaute besorgt auf seine Uhr. Es war bereits kurz vor halb zehn.

»Sicher ist noch ein Stückchen Brot für uns übrig«, tröstete Ernestine.

»Nur ein Stückchen Brot?«

»Und vielleicht ein Löffel voll Marmelade.«

Anton konnte und wollte seine Enttäuschung nicht verbergen. Um ordentlich tanzen zu können, brauchte er ausreichend Kraft. Ein Stück Brot und Marmelade konnten ihm das nicht im notwenigen Ausmaß liefern.

Als sie den Speisesaal betraten, erblickte er ein Büfett, das alle Stücke spielte: Es gab gebratenen Speck, Eier, Orangensaft, Obst, Marmeladen, Honig, Butter, Kuchen, Toast und frische Semmeln.

»Reicht Ihnen das?«, fragte Ernestine amüsiert.

»Ich denke, dass ich satt werde«, sagte er zufrieden und fügte vorwurfsvoll hinzu: »Schade nur, dass wir so wenig Zeit haben, alles in Ruhe zu genießen.«

»Nun, dann stürzen wir uns auf das Gebäck.« Ernestine ergriff einen weißen Teller aus dem Haus der Wiener Porzellanmanufaktur und belud ihn mit frischen Kipferln und duftender Marillenmarmelade aus der Wachau.

Wie am Abend zuvor war der Saal mit Lampen, Kerzen und Laternen beleuchtet, denn draußen war es dunkel und ungemütlich. Immer noch tobte der Sturm und schien mit jeder Stunde heftiger zu werden. Die hohen Fensterscheiben waren fast zur Gänze mit Schnee zugedeckt. Der Wind war so laut, dass er die angeregten Gespräche im Saal übertönte. Anton fiel es schwer, sich bei der Fülle an Köstlichkeiten zu entscheiden. Gern hätte er alles durchprobiert. Aber dazu reichte die Zeit leider nicht.

Als er eine halbe Stunde später vom Frühstückstisch aufstand, spülte er den letzten Rest Rosinengugelhupf mit einem Schluck Milchkaffee hinunter und hoffte, dass sein voller Bauch ihn nicht am eleganten Hüftschwung hindern würde.

Gemeinsam mit Ernestine begab er sich direkt in den Tanzsaal. Auch hier sorgten unzählige Lampen dafür, den Schneesturm möglichst zu vergessen. Bis auf den Generaloberst waren alle Teilnehmer schon anwesend und warteten auf die nächste Tanzeinheit.

»Ich habe Ihren Mann auch beim Frühstück nicht gesehen«, sagte Frau Schwarz vorwurfsvoll. Wie gestern Abend trug sie ein dunkles, knöchellanges Kleid, dessen Ausschnitt mit einer hellen Bordüre versehen war. Statt der Diamantenbrosche hing heute eine schwere, doppelreihige Perlenkette um ihren Hals. Sie sah Frau von Rauch fragend an.

»Ich habe an die Verbindungstür geklopft, aber er hat nicht geantwortet. Ich nehme an, er schläft noch. Er hat gestern eine

Menge …« Es war nicht notwendig, dass Josefa von Rauch den Satz beendete. Auch so wussten alle, wovon sie sprach. Die Whiskymengen waren beeindruckend gewesen.

Josefa von Rauch war wieder in ein helles Kleid gehüllt, das ihre zarte Figur betonte. Aber anders als gestern trug sie ihr blondes Haar, das an manchen Stellen bereits ergraute, offen, was ihr das Aussehen einer Fee oder einer Elfe verlieh. Sie wirkte jünger, als sie tatsächlich war.

Frau Schwarz war mit der Antwort nicht zufrieden. Sie zog ihre Nase kraus und sagte verärgert: »Nun, auch wenn Ihr Mann heute etwas müde sein mag, so brauchen wir ihn für den Unterricht. Wollen Sie selbst nach ihm sehen, oder soll ich das Personal nach oben –«

Weiter kam sie nicht. Ihr Satz wurde von einem entsetzten Schrei unterbrochen. Im selben Augenblick stürmte ein aufgebrachtes Stubenmädchen in den Tanzsaal. Ihre Augen waren angstgeweitet, ihr Haar aufgelöst. »Er is … es is …« Sie zitterte am ganzen Leib.

»Ich bitte Sie, reißen Sie sich zusammen«, sagte Frau Schwarz ungehalten. »Was ist passiert?«

»Tot!« Das Stubenmädchen legte das Gesicht in seine Hände und schluchzte. Die weiße Haube auf ihrem dunklen Haar verrutschte.

»Wie bitte?«

»Der Generaloberst. Er is tot!«

Für einen Atemzug waren alle still im Saal. Der Schneesturm bildete eine dramatische Geräuschkulisse und schlug in heftigen Böen gegen die Fensterscheiben.

Dr. Schöller war der Erste, der sich fasste. »Sollen wir nachsehen gehen?«

»Wenn Sie sich von einem unfreundlichen Mann mit Kater anpöbeln lassen wollen, viel Spaß«, sagte Alma Schönwald.

»Er is tot, hin, lebt nimmer!«, wiederholte das Stubenmädchen.

»Machen Sie sich nicht lächerlich!«, mischte sich nun Frau Schwarz mit scharfer Stimme ein. »Der Mann hat gestern mindestens zwei Flaschen erstklassigen schottischen Whisky getrunken. Nach diesen Alkoholmengen ist jeder erschöpft und schläft den Schlaf eines Bewusstlosen.«

Das Stubenmädchen hielt sich weinend den Kopf. Sie drückte ihre Faust gegen den Mund und biss sich auf die weißen Knöchel. »Er is ganz sicher tot«, nuschelte sie kaum hörbar.

»Nehmen Sie sofort die Hand vom Mund weg. Man kann Sie ja kaum verstehen«, forderte Frau Schwarz ungehalten.

Aber das Mädchen zitterte und reagierte nicht. Sie saugte nun an ihren Knöcheln.

Dr. Schöller trat zu ihr. Väterlich legte er den Arm um ihre Schulter. »So beruhigen Sie sich. Kommen Sie und setzen Sie sich.« Er führte das schlotternde Mädchen zu einem der Stühle am Rand des Tanzsaales und zwang sie, Platz zu nehmen. Ihre Zähne schlugen laut gegeneinander.

Dr. Schöller rief seiner Schwester zu: »Franziska, bring mir ein Glas Wasser und eine Decke. Das Mädchen leidet unter einem Schock.«

Aber Franziska Schöller war schon auf dem Weg. Die beiden hatten jahrelang gemeinsam gearbeitet. Sie verstanden einander auch ohne Worte.

»Atmen Sie tief durch«, forderte Dr. Schöller mit ruhiger Stimme. Seine Finger ruhten auf dem schmalen Handgelenk des Mädchens. In der anderen Hand hielt er seine aufgeklappte goldene Taschenuhr. Er zählte die Pulsschläge und schüttelte besorgt den Kopf. »Besser, Sie legen sich auf den Boden und lagern die Beine hoch«, sagte er.

In dieser Sekunde kamen seine Schwester und Herr Sebastian, jetzt war er wieder Rezeptionist, zurück in den Saal. Während Franziska Schöller mit geübten Griffen die junge Frau, die immer noch auf dem Hocker saß, in die Decke wickelte, hielt ihr Herr Sebastian ein Glas Wasser entgegen.

»Was isn passiert?«, wollte er wissen.

Frau Schwarz hob genervt die Schultern. »Wenn wir das wüssten, könnten wir dieses Theater vielleicht beenden und endlich mit dem Tanzen beginnen. Aber das hysterische Ding rammt sich die Faust in den Mund, statt zu sprechen. Wenn ich geahnt hätte, dass Herr Rosinsky die billigsten Aushilfskräfte für dieses

Wochenende engagiert, hätte ich das Südbahnhotel gebucht. Dort legt man Wert auf guten Service.«

Falls Herr Sebastian beleidigt war, so zeigte er es nicht. Stattdessen beugte er sich zum Zimmermädchen. »Mitzi, was is 'n los? Du bist ja ganz blass.«

Endlich reagierte das Mädchen. Es schniefte laut und fuhr sich mit dem Ärmel ihres schwarzen Kleides über die rinnende Nase. Eine unappetitliche Rotzspur blieb zurück. »Im Zimmer 2, im ersten Stock, da liegt a Mann, und er is tot, aber die wolln mir net glaubn.« Vorwurfsvoll starrte sie in die Runde.

»Bist sicher?«

Mitzi nickte. »Er hängt mit aufgrissnen Augen und offenem Mund vom Bett runter. Wie a toter Karpfen schaut er aus.« Um zu veranschaulichen, was sie meinte, riss sie Augen und Mund auf und beugte ihren gesamten Oberkörper über ihren Schoß. Ihren Kopf und ihre Arme ließ sie baumeln.

Frau Schwarz winkte ab und sagte streng: »Vielen Dank für die bildhafte Darbietung! Der Jahrmarkt wäre ein passenderer Arbeitsplatz für Sie.« Dann richtete sie ihre Worte wieder an Herrn Sebastian. »Können Sie jemanden nach oben schicken, um den Vorfall aufzuklären? Sicher handelt sich alles um einen Irrtum.«

»Selbstverständlich. Ich werd selbst gehn«, sagte er.

Anton vermutete, dass es niemanden gab, dem er die Aufgabe hätte übertragen können. Das Personal war für dieses Wochenende tatsächlich drastisch dezimiert worden.

»Ich begleite Sie«, erklärte sich Dr. Schöller bereit. »Ich bin Arzt. Falls der Generaloberst Hilfe braucht, kann ich vielleicht etwas für ihn tun. – Wollen Sie auch mitkommen?« Die Frage war an Josefa von Rauch gerichtet.

Aber die schüttelte nur den Kopf. »In diesem Zustand braucht mein Mann kaltes Wasser und Schlaf. Passen Sie bloß auf, dass er keine leere Flasche nach Ihnen wirft.« Ihre Worte klangen so, als hätte sie diese leidliche Erfahrung bereits gemacht. Auch sie schien dem Zimmermädchen keinen Glauben zu schenken.

»Herr Böck wird ebenfalls mitgehen, schließlich ist er Apotheker, vielleicht kann auch er behilflich sein«, mischte sich Ernestine eifrig ein und schob Anton nach vorne.

Der zog überrascht die Augenbrauen hoch. »Wobei soll ich behilflich sein?«

Ernestine beugte sich vertraulich zu seinem Ohr und flüsterte kaum hörbar: »Irgendetwas stimmt hier nicht. Es wäre mir leichter ums Herz, wenn Sie einen Blick in das Zimmer werfen würden.«

Noch bevor Anton protestieren konnte, sagte Dr. Schöller: »Gern, kommen Sie!« Er winkte Anton zu sich.

»Aber ich …« Antons Einwand ging unter.

Schon schubste Ernestine ihn zu Dr. Schöller und lächelte ihm aufmunternd zu. »Es ist wichtig«, murmelte sie.

»Meine Liebe, ich fürchte, die Phantasie geht gerade mit Ihnen durch«, seufzte Anton ebenso leise, folgte aber Dr. Schöller und dem jungen Hotelangestellten. Wie immer konnte er Ernestine nichts abschlagen.

»Sollen wir den Lift nehmen?«, fragte Dr. Schöller.

»Na«, meinte Herr Sebastian, »der Lift bleibt immer wieder stecken. Er is alt und braucht a Sanierung. Besser, wir gehn zu Fuß. Wenn ich mich richtig erinner, hat der Generaloberst a Zimmer im ersten Stock. Da sama zu Fuß schneller.«

Also nahmen sie die breite Teppichtreppe und marschierten hoch.

Die Zimmertür stand immer noch offen. Das Stubenmädchen hatte vor Aufregung vergessen, sie zu schließen.

Anton betrat als Letzter den Raum. Die Luft war abgestanden und verbraucht. Beinahe wäre er in den Rücken von Dr. Schöller gelaufen, weil der so abrupt stehen blieb. Im letzten Moment wich Anton aus. Was er sah, ließ ihn erschauern.

Der leblose Körper des Generaloberst hing in grotesk verrenkter Weise aus dem Bett. Die Haltung entsprach genau den Schilderungen des Stubenmädchens. Sein aufgedunsenes, bläulich verfärbtes Gesicht glich dem Bild eines toten Karpfens. Es bestand kein Zweifel, der Mann war tot.

»Kruzitürken!«, schnaufte Herr Sebastian, der zu demselben Schluss zu kommen schien. Mit seinem Fluch verriet er, dass die

Familie, aus der er stammte, nicht zu den oberen Zehntausend gehörte.

»Ich fürchte, dass mein medizinisches Wissen hier nicht mehr hilfreich sein wird«, meldete sich Dr. Schöller zu Wort.

»Ich muss Herrn Rosinsky verständigen«, stöhnte Herr Sebastian.

»Vor allem müssen Sie die Polizei benachrichtigen«, ergänzte Dr. Schöller. »Ich nehme an, Sie haben ein Telefon.«

»Ja, sicher. I bin glei wieder da, können S' solang dableiben?« Ohne auf eine Antwort zu warten, verließ der blass gewordene junge Mann fluchtartig das Zimmer.

Etwas ratlos blieben Anton und Dr. Schöller zurück. Anton fröstelte, was nicht allein am grausigen Fund lag, sondern auch an den Temperaturen, die im Raum herrschten. Der kleine Schwedenofen hatte schon vor Stunden damit aufgehört, das Zimmer zu beheizen. Anton zog seine Jacke enger um seinen schmalen Oberkörper und vergrub seine Hände in den Jackentaschen.

Dr. Schöller trat näher ans Bett heran. Widerwillig folgte ihm Anton. Es stank säuerlich nach Erbrochenem. Anton sah sich genauer um. Der Boden und die Bettdecke waren mit Erbrochenem überzogen, das an manchen Stellen bereits eingetrocknet war. Der Generaloberst hatte immer noch die Festtagsuniform an, die er am Vorabend getragen hatte. Offenbar war er nicht mehr dazu gekommen, sich auszuziehen. Neben seinem Bett lag die Whiskyflasche, sie war jetzt fast leer. Nur noch ein kleiner Rest befand sich darin.

Dr. Schöller versuchte, dem Toten die Augen zu schließen, aber ohne Erfolg. Dann griff er nach seiner Hand, auch die war steif. »Die Totenstarre hat bereits vollständig eingesetzt«, erklärte er sachlich. Dr. Schöller wirkte weder bestürzt noch geschockt, sondern betrachtete den Toten mit einer erschütternden Gleichgültigkeit. So als sähe er nach, ob der Mann einen geröteten Hals und entzündete Mandeln hatte.

Anton wurde noch kälter. Er zitterte jetzt. Zum einen wegen des grausigen Anblicks, zum anderen wegen Dr. Schöllers emotionsloser Reaktion.

Es hatte den Anschein, als könnte der Arzt Antons Gedanken lesen, denn er drehte sich zu ihm und sagte: »Ich habe in den letzten Jahren so viele Leichen gesehen, dass mich eine weitere nicht erschüttert.«

»Offenbar reagiert jeder Mensch anders«, sagte Anton leise. Vor seinem inneren Auge zogen gerade all die verstümmelten Toten auf den Kriegsfeldern vorbei, die er versucht hatte zu vergessen. Sosehr er sich auch wünschte, dass er nichts dabei empfand, so musste er sich eingestehen, dass die Erinnerungen ihn tief berührten und er einen Schmerz empfand, der tiefer ging als alles andere, das er je gefühlt hatte. Egal, wie viele Leichen er noch sehen würde, der Tod würde ihm nie gleichgültig sein.

»Der Mann ist seit mindestens sechs Stunden tot. Ich denke aber, dass er schon länger so hier liegt«, sagte Dr. Schöller.

Anton schob die Kriegsbilder zur Seite und rechnete nach. Vor vielen Jahren hatte er gelernt, dass die Totenstarre, je nach Raumtemperatur und Beschaffenheit der Leiche, nach einer oder zwei Stunden langsam einsetzte und sich von den Augen ausgehend langsam über den ganzen Körper ausbreitete. Nach sechs bis zwölf Stunden war sie vollständig ausgeprägt. Jetzt war es halb elf Vormittag, das bedeutete, dass der Generaloberst irgendwann zwischen Mitternacht und dem frühen Morgen gestorben war.

Da er sich nicht mehr sicher war, ob er sich richtig erinnerte, fragte er Dr. Schöller. »Wann, glauben Sie, ist der Mann gestorben?«

»Kurz nach Mitternacht. Schließlich war er gegen elf noch in der Bar«, sagte Dr. Schöller und bestätigte damit Antons Verdacht.

»Denken Sie, er ist an einer Alkoholvergiftung gestorben?«, fragte Anton.

Der Arzt lachte humorlos auf. »Grundsätzlich kann man an zu viel Alkohol sterben, aber nicht dieser Mann, der Whisky seit Jahren wie Wasser getrunken hat und unglaubliche Mengen davon vertrug. Würde sein Blut mit Feuer in Berührung kommen, würde es sich augenblicklich entzünden.«

Angesichts der Tatsache, dass von Rauch offensichtlich einen qualvollen Tod gestorben war, kam Anton die Bemerkung unangebracht und geschmacklos vor. »Haben Sie den Generaloberst schon länger gekannt?«

»Ja, leider«, sagte Dr. Schöller. In seiner Stimme lagen Hass und Verachtung. Er versuchte erst gar nicht, Trauer oder Betroffenheit vorzutäuschen.

Anton wich unwillkürlich zurück. Sicher würde Ernestine ihn hinterher rügen, dass er jetzt nicht nachfragte. Aber im Moment wollte er nicht weiter in Schöllers gemeinsame Vergangenheit mit dem Generaloberst dringen. Ihn grauste, und sein wundervolles Frühstück drückte unangenehm in seinem Magen. Am liebsten hätte er das Zimmer auf der Stelle verlassen und sich erfreulicheren Dingen gewidmet.

»Vielleicht hat er etwas Schlechtes gegessen«, sagte er laut und griff sich selbst an seinen Magen. Normalerweise hatte Anton nie Probleme mit der Verdauung. Sein Blick fiel erneut auf das Erbrochene, und er kämpfte gegen seinen Brechreiz an. Von Rauch hatte letzte Nacht seinen Magen vollständig entleert und am Ende nur noch gelbgrüne Magenflüssigkeit gespien. Reste davon klebten nicht nur am Boden, sondern auch auf seinem ehemals weißen Hemd.

»Das ist durchaus denkbar. Vielleicht hat er Medikamente genommen, die sich mit dem Alkohol nicht vertragen haben. Im Grunde ist alles möglich«, sagte Dr. Schöller. Während Anton über die Worte nachdachte, holte der Arzt aus seiner Hosentasche ein Taschentuch, wickelte es um seine Hand und griff nach der Flasche am Boden. Er roch daran.

»Ich kann nichts Ungewöhnliches erkennen. Aber riechen Sie selbst. Als Apotheker haben Sie damit mehr Erfahrung.« Er hielt Anton den Flaschenhals unter die Nase.

»Wie meinen Sie das?«

»Vielleicht waren Substanzen in der Flasche, die nicht hineingehören. Medikamente, was weiß ich!«

»Wer mischt seine Medikamente mit Alkohol?«, fragte Anton skeptisch, neigte sich aber dennoch zur Flasche und schnupperte vorsichtig daran. Der scharfe Geruch von edlem, in Eichenfässern gereiftem Whisky schlug ihm entgegen. Nichts deutete auf unerwünschte Beigaben hin. Aber er konnte sich genauso gut täuschen. Anton war kein Liebhaber von Whisky, er zog einen kräftigen Rotwein oder fruchtigen Weißwein als Begleiter zu gutem Essen harten Spirituosen vor.

»Das krampfhaft Erbrochene und das schmerzverzerrte Gesicht deuten auf Substanzen, die sich nicht mit Alkohol vertrugen. An einer einfachen Magenverstimmung stirbt man nicht.«

Anton schwirrte der Kopf. Welche Substanzen könnte der Doktor meinen? Angewidert machte er einen Schritt zurück.

Dr. Schöller stellte die Flasche auf dem Nachtkästchen ab.

»Selbstmord?«, fragte Anton vorsichtig.

»Unsinn, Herr Böck. Hätte der Mann vorgehabt, zu sterben, es hätte angenehmere Arten gegeben und eine Reihe von Medikamenten, die keine Schmerzen verursachen. Sie als Apotheker wissen das besser als jeder andere.«

Anton antwortete nicht. Das Wissen, auf das Dr. Schöller anspielte, hatte Anton sich zwar irgendwann angeeignet, aber längst wieder vergessen. Er verkaufte Hustensaft, fiebersenkende Säfte, Salben gegen Verstauchungen, Verbände, Abführmittel, Ohren- und Nasentropfen. Er machte die besten Pfefferminzpastillen in der Stadt und führte natürliche Schlafmittel. Beruhigungstabletten und Gifte wurden von seinen Kunden nur selten gewünscht. Wenn danach gefragt wurde, holte Anton Heide zu Hilfe, die kannte sich mit diesen neumodischen Mitteln besser aus als er.

»Aber all diese Gedanken sind reine Spekulationen. Vielleicht litt er an Gallensteinen, einer kaputten Leber oder sonst einem furchtbaren Leiden«, sagte Dr. Schöller. »Die Polizei wird die Todesursache feststellen.«

Hoffentlich trafen die Gesetzeshüter bald ein. Doch genau diese Hoffnung begrub Herr Sebastian im nächsten Atemzug.

»Die Telefonleitung is tot«, keuchte er. Als er Antons entsetzte Miene wahrnahm, zuckte er zusammen und verbesserte sich: »Ich mein, die Leitung funktioniert nicht.«

»Dann muss jemand sich mit dem Schlitten zur Polizeistation in Gloggnitz aufmachen«, sagte Anton.

Verzweifelt schüttelte Herr Sebastian den Kopf. »Das geht

nicht. Der Schneesturm is so heftig, dass niemand das Hotel verlassen kann. Es wär viel zu gfährlich, man sieht nicht einmal die eigene Hand vorm Gsicht. Wir sitzen hier fest, bis der Sturm nachlässt. Und laut Wetterbericht kann das Stunden, vielleicht sogar Tage dauern. Es is schrecklich. Wirklich schrecklich.«

»Das kann doch nicht sein«, rief Dr. Schöller empört.

Aber ein Blick aus dem Fenster bewies, dass Herr Sebastian recht hatte. Die Scheibe war nun vollständig eingeschneit. Heftige Sturmböen peitschten noch mehr kaltes Weiß gegen den obersten Teil und ließen die Scheibe vibrieren. Trotz der frühen Uhrzeit drang kaum noch natürliches Licht ins Zimmer. Es grenzte an ein Wunder, dass die Elektrizität noch funktionierte.

Aber auch diese Illusion zerstörte Herr Sebastian. »Eine der zwei Stromleitungen is ausgfallen. Aber wir haben genug Gas und ausreichend Holz und Kohle. Auch die Lebensmittel wern uns net ausgehn.« Es war, als versuchte er sich mit seinen Worten selbst zu beruhigen.

»Niemand kann mit einem Schlitten das Hotel verlassen?«, fragte Dr. Schöller.

»Des wär glatter Selbstmord.«

Offenbar hatte der junge Mann Probleme mit der Wortwahl. Zu spät bemerkte er seine unpassende Bemerkung.

»Was haben Sie jetzt vor?«, fragte Dr. Schöller.

Das bisschen Zuversicht, das eben noch auf Herrn Sebastians Gesicht vorhanden gewesen war, verschwand augenblicklich. »Ich weiß es net.«

Antons Hausverstand kehrte zurück. »Ich bin sicher, dass wir die Arbeit der Polizei überlassen müssen. Schließlich ist es die Aufgabe der Beamten, die Todesursache zu untersuchen. Am besten, wir sperren das Zimmer ab.«

»Ja, das mach ma«, sagte Herr Sebastian rasch. Er wirkte erleichtert und dankbar angesichts konkreter Handlungsanweisungen.

»Ich bin dafür, dass wir die Küche auf lebensbedrohliche Speisen untersuchen«, gab Dr. Schöller zu bedenken.

Herr Sebastian sog hörbar die Luft ein. »Warum dn das?« Er rang sichtlich nach Haltung.

Anton hatte den Eindruck, am liebsten hätte er alles stehen und liegen gelassen und wäre davongelaufen. Offenbar kannte er das Temperament seines Kochs. Anton konnte sich gut vorstellen, dass Josef Malek ungehalten reagierte, wenn man seine Küche auf den Kopf stellte oder ihm gar Vorwürfe bezüglich der Qualität des Essens machte. Ein tobender, beleidigter Koch war sicher das Letzte, was der junge Herr Sebastian jetzt noch brauchte.

»Vielleicht hat der Koch Lebensmittel verwendet, die bereits vom Schimmel befallen waren, oder ähnlich gefährliche Substanzen.«

Herr Sebastian stöhnte gequält auf. »Nein, ganz sicher net.« Er schüttelte seinen Kopf so vehement, dass seine mit Pomade bearbeiteten Haare ihren Halt verloren.

»Das haben wir gestern Abend schmecken dürfen«, bestätigte Anton, der versuchte, dem jungen Mann ein Problem abzunehmen. Gleichzeitig fiel ihm ein, dass der Generaloberst kaum etwas von den Speisen gegessen und die Teller unberührt zurück in die Küche geschickt hatte. Ob er stattdessen etwas anderes zu sich genommen hatte? Vielleicht wusste seine Frau mehr.

»Was sagen wir den Herrschaften im Tanzsaal? Sicher will die Ehefrau ihren toten Mann sehen«, fragte Dr. Schöller.

Wieder trat die Verzweiflung in das Gesicht von Herrn Sebastian. »Aber dann kann ich das Zimmer no net zusperrn. Oder?« Auf seiner blassen Haut hatten sich nervöse rote Flecken gebildet.

Anton war sich sicher, dass der Bursche gerade erst die zwanzig Jahre erreicht hatte. Er war zu jung, als dass er an der Front gekämpft hatte. Aber die Entbehrungen des Krieges, den Hunger und die Not, hatte er als Kind zweifelsohne miterlebt. Beides würde ihn wieder treffen, sollte er seinen Arbeitsplatz verlieren. Seine Angst war förmlich zu greifen.

Väterlich legte Anton seinen Arm um die bebende Schulter des Burschen. »Ich schlage vor, wir gehen jetzt in den Tanzsaal und erzählen den anderen, dass der Generaloberst verstorben ist und wir aufgrund der Wetterlage derzeit keinen Kontakt zur Polizei aufnehmen können. Die Witwe werden wir ins Zimmer begleiten, damit sie sich verabschieden kann, und dann werden wir die Tür schließen und erst wieder öffnen, wenn die Polizei kommt.«

»Machn Sie das?« Die junge Stimme zitterte.

Vielleicht war es der flehende Unterton in seinen Worten oder die Tatsache, dass die dunkelbraunen Augen mit den extralangen Wimpern Anton an seine Enkeltochter Rosa erinnerten. Auf alle Fälle ließ er sich zu einer Antwort hinreißen, die er schon bald bereuen sollte. »Wenn es Sie erleichtert.«

SIEBEN

Schon wenige Augenblicke später prallte die geballte Verunsicherung und Angst der Tanzgesellschaft Anton entgegen. Als Überbringer der schlechten Nachricht machte man ihn für die Ereignisse verantwortlich und erwartete nun von ihm eine Strategie für die weitere Vorgehensweise.

»Wie kann das sein, dass der Generaloberst tot ist? Er war gestern Abend doch noch sehr lebendig. Vielleicht ist er bloß bewusstlos.«

»Dr. Schöller ist durchaus in der Lage, einen Toten von einem Lebenden zu unterscheiden.«

»Wen müssen wir denn nun verständigen? Die Bestatter, die Polizei?«

»Jemand muss einen Schlitten nehmen und nach Gloggnitz fahren! Jetzt sofort!«

Während die Versammelten Anton mit Kommentaren und Handlungsanweisungen bombardierten, glitt Josefa von Rauch schweigend die Wand entlang, gegen die sie gelehnt gewesen war, und rutschte elegant zu Boden, wo sie bewusstlos liegen blieb. Noch nie zuvor hatte Anton eine derart graziöse Art gesehen, in Ohnmacht zu fallen.

»Die Frau braucht Hilfe!«, rief Franziska Schöller und stürzte auf die Bewusstlose zu. Sie forderte ein Glas Wasser. Clara Zuckerberg lief los, um es zu holen.

Unterdessen traten Ernst Schwarz und der kleine untersetzte Fritz Haberl zu der Witwe und halfen mit, Josefa von Rauch in den Salon zwischen Bar und Tanzsaal zu tragen, wo sie sie vorsichtig auf eine Chaiselongue betteten. Frau Schwarz lief neben den Männern her und fächerte der Bewusstlosen Luft mit ihrer kleinen Handtasche zu. Dabei streifte sie jedes Mal haarscharf ihre Nase.

»Mutter, lass das! Du verletzt die arme Frau ja noch!«, fuhr Ernst Schwarz sie an und schob sie unsanft zur Seite.

»Die Frau ist ja ganz weiß im Gesicht. Sie wird auch noch sterben!«, jammerte Frau Schwarz. Ihr Nervenkostüm war sichtlich zerrüttet.

Franziska Schöller bettete Josefa von Rauchs Beine hoch, tauchte ein Stofftaschentuch in das Wasserglas, das Clara Zuckerberg ihr reichte, und drückte es an die weiße Stirn der ohnmächtigen Frau. Langsam kehrte Farbe in ihre Wangen zurück.

»Frau von Rauch, können Sie mich hören?«

Die blau geäderten Lider zuckten, bevor sie sich langsam öffneten. Die hellblauen Augen sahen sich verwirrt um. Es dauerte einen Moment, bis Josefa von Rauch sich wieder orientieren konnte.

»Woran ist der Mann denn gestorben?«, fragte Zuckerberg mit donnernder Stimme.

Unmittelbar wich die Farbe wieder aus Josefa von Rauchs Wangen.

»Psst!«, herrschte ihn Franziska Schöller an. »So schreien Sie doch nicht so.«

»Mein Mann ist tot?«, fragte Josefa von Rauch schwach. Mehr denn je wirkte sie wie ein zerbrechlicher Kunstgegenstand.

»Leider, ja«, sagte Anton.

Erneut prasselte ein Hagel an Fragen auf ihn nieder, dabei gab es nicht viel, was er berichten konnte.

»Hatte er einen Herzinfarkt?«

»Ist er gestürzt?«

»Vielleicht ist er in der Badewanne ertrunken.«

»Herz-Kreislauf-Versagen?«

»Hatte er Probleme mit den Nieren, der Galle, der Leber? Sicher mit der Leber, bei seinem Lebenswandel.«

Hilfesuchend blicke Anton sich nach Dr. Schöller um. Doch der hielt sich im Hintergrund und drängte sich erst nach vorne, als seine Schwester ihn zu sich winkte.

»Wie ist mein Mann gestorben?«

»Das können wir zum jetzigen Zeitpunkt nicht sagen. Er hat große Mengen erbrochen, mehr wissen wir nicht.«

»Kein Wunder, dass er erbrochen hat. Das hätte jeder nach zwei Flaschen Whisky!« Frau Schwarz schnappte nach Luft, während ihr Sohn sie fassungslos anstarrte ob der groben Worte.

Frau Zuckerberg setzte sich nieder, und auch ihr Mann wirkte verstört.

Nur die Witwe selbst nahm die Nachricht überraschend gefasst entgegen. »Mein Mann ist tot«, wiederholte sie ruhig.

Anton beobachtete sie aufmerksam. Sicher begriff sie gerade nicht, was sie sagte. Sie stand unter Schock.

»Die Todesursache wird die Polizei klären. Leider kann die erst kommen, wenn die Wetterlage sich beruhigt hat«, erklärte Anton in der Hoffnung, die Gemüter wieder zu beruhigen.

Aber genau das Gegenteil war der Fall. Die Aussicht, dass die Polizei kam und Untersuchungen anstellte, schien niemandem zu gefallen.

Nun wurde auch Frau Schwarz gefährlich blass um die Nase. Ihr Sohn führte sie zu einem der Lehnstühle am Kamin und zwang sie, sich hinzusetzen.

»Was sollen wir denn nun tun? Wir sind eingeschneit.«

Anton konnte nicht zuordnen, wem die Stimme gehörte. Ein wildes Durcheinander entstand. Jeder richtete seine Worte an ihn. Doch er verstand die Fragen aufgrund der Lautstärke des Stimmengewirrs nicht mehr. Erneut suchte er nach Dr. Schöller. Aber der hatte sich über Josefa von Rauch gebeugt, fühlte ihren Puls und war nun ganz der Arzt, der sich um seine Patientin kümmerte.

Anton fühlte sich in die Enge getrieben. Am liebsten hätte er der ganzen Gesellschaft den Rücken gekehrt und wäre auf sein Zimmer gegangen, wo der kleine Schwedenofen behagliche Wärme ausstrahlte und sicher eine Schüssel mit frischem Obst bereitstand.

Es war Ernestine, die ihn aus der unangenehmen Lage rettete. Energisch klatschte sie in die Hände und schaffte sich auf beeindruckende Weise mit ihrer klaren Stimme Gehör. »Meine Herrschaften«, sagte sie bestimmt. »Wir alle haben eine Menge Fragen, die jetzt aber nicht beantwortet werden können. Sicher will Frau von Rauch sich von ihrem Ehemann verabschieden. Wir anderen können uns auf unsere Zimmer zurückziehen oder hier im Salon verweilen, denn im Moment ist wohl niemandem nach einer Tanzstunde zumute. Wenn wir uns ein wenig erholt haben, treffen wir uns wieder und beraten, wie wir den Rest des Wochenendes gestalten wollen. In der Zwischenzeit wird Herr Sebastian erneut versuchen, eine Telefonverbindung nach Gloggnitz herzustellen. Vielleicht wissen wir bis dahin, wann die Polizei kommen kann.«

Herr Sebastian schüttelte den Kopf, um Ernestine zu signalisieren, dass das unmöglich sei, aber sie würgte seinen Protest mit einer mahnenden Handbewegung ab.

Anton war klar, dass sie einfach etwas Ruhe in die aufgebrachte Gesellschaft bringen und sich mit ihm allein unterhalten wollte. Dafür war er ihr zutiefst dankbar.

»Nach einer guten Tasse Tee oder Kaffee, je nachdem, treffen wir uns alle im Salon wieder. Vielleicht findet sich jemand, der nach Gloggnitz aufbricht.«

»Das ist lächerlich«, schnaufte Zuckerberg. »Haben Sie schon mal aus dem Fenster gesehen?«

»Sprechen wir, sagen wir«, Ernestine schaute auf die Standuhr an der Wand, »in einer Stunde weiter.«

»Was soll in einer Stunde anders sein? Reden wir jetzt!« Zuckerberg richtete seine Worte an Dr. Schöller. »Woran ist der Generaloberst gestorben?«

»Ich weiß es nicht«, wiederholte Dr. Schöller. »Vielleicht ein Herzinfarkt, vielleicht ist er erstickt. Eine Obduktion wird Licht in die Sache bringen.«

»Pah, ein schöner Arzt sind Sie. Weiß nicht einmal, woran jemand stirbt. Auf Ihre Hilfe will ich nie angewiesen sein.«

»Vater, beruhige dich«, mahnte Clara Zuckerberg.

Zuckerberg schnaufte erneut.

»Also, in einer Stunde sehen wir uns wieder.« Ernestine ergriff erneut das Wort. Sie schaute streng in die Runde. »Einige von uns brauchen jetzt Ruhe.« Ihr Blick fiel auf Frau Schwarz, die ähnlich wie die Witwe von Rauch nur noch flach atmete und alarmierend blass war.

»Fräulein Kirsch hat recht«, sagte sie matt. »Treffen wir uns in einer Stunde wieder. Hier im Salon.«

Zuckerberg verdrehte die Augen, akzeptierte aber die Worte von Frau Schwarz.

»In eineinhalb Stunde ist es zwölf Uhr dreißig. Das ist kurz vor dem Mittagessen«, sagte Ernestine, und bevor weitere Stimmen protestieren konnten, ergriff sie Antons Hand und verließ mit festen Schritten den Salon.

Schwer beeindruckt lief Anton neben ihr her. »Wie machen Sie das nur? Alle folgen bereitwillig Ihrem Kommando.«

Ernestine grinste. »Jahrelange Übung. Glauben Sie mir, eine Klasse mit vierzig Zehnjährigen ist weitaus schwieriger zu lenken als dieser Haufen Erwachsener.« Sie öffnete ihre kleine Handtasche und wühlte darin. »Haben Sie zufällig ein Pfefferminzbonbon dabei?«

»Wenn ich mit Ihnen unterwegs bin, immer.« Anton holte aus seiner Hosentasche eine kleine silberne Metalldose hervor, die er mit einer geschickten Handbewegung öffnete. »Bitte sehr!«

Freudig griff Ernestine hinein. »Der Geschmack von Pfefferminz regt den Geist zum Denken an.«

»Tut er das?« Anton fischte sich ebenfalls ein Bonbon aus der Dose.

Ernestine lutschte an ihrem Bonbon. Offenbar trat die Wirkung bereits ein. »Weil wir jetzt beide frisch im Kopf sind, gehen wir in die Küche und fragen nach, ob das Geschirr von gestern Abend schon gespült worden ist. Die Küchenhilfe hat ja gesagt, dass sie einen Teil erst heute erledigen will. Mit etwas Glück ist die Frau noch nicht dazu gekommen.«

»Ich dachte, wir ziehen uns auf unsere Zimmer zurück«, sagte Anton mit leiser Enttäuschung in der Stimme. Der Schwedenofen und die Obstschale rückten in weite Ferne.

»Die anderen sollen auf ihre Zimmer gehen oder im Salon bleiben. Wir müssen klären, ob der Generaloberst etwas Verdorbenes gegessen hat.«

Anton graute davor, den Koch auf möglicherweise verdorbenes Essen anzusprechen. Statt zu antworten, lutschte er an seinem Pfefferminzbonbon und hoffte, dass auch bei ihm die anregende Wirkung irgendwann einsetzen würde. Aber er wartete vergebens darauf.

Als Anton und Ernestine die Küche betraten, schlug ihnen der kräftig-würzige Geruch frisch gekochter Rindsbouillon entgegen. Antons Magen knurrte leise. Es überraschte ihn nicht, dass weder der Koch noch die Küchenhilfe etwas vom Ableben des Generalobersts gehört hatten. Beide waren damit beschäftigt, ein viergängiges Mittagsmenü zuzubereiten. Während Malek mit hochrotem Kopf von einem Topf zum nächsten lief, drapierte die Küchenhilfe fein geschnittene Gurken- und Karottenscheiben auf kleinen Salattellern.

»Wir essen mit einer halben Stunde Verspätung«, sagte Ernestine gerade heraus.

»Wer sagt das?«, brummte Malek und hob einen der Topfdeckel hoch. Der Rindssuppengeruch intensivierte sich.

Am liebsten hätte Anton sich eine Schüssel geschnappt und sich einen Schöpflöffel voll genehmigt. Nur um das immer lauter werdende Knurren in seinem Magen zu beruhigen. Dabei lag sein üppiges Frühstück erst eineinhalb Stunden zurück. Vielleicht verdaute er schneller als andere Menschen? Oder es lag an den harten, entbehrungsreichen Kriegsjahren, in denen er gehungert hatte, dass sein Körper ständig nach Nahrung verlangte. Wie auch immer. Anton hatte Hunger.

»Ich sage das. Der Generaloberst von Rauch ist letzte Nacht verstorben, und es sieht so aus, als hätte er etwas Verdorbenes gegessen. Deshalb müssen wir Ihre Küche untersuchen.«

Der große Metalldeckel fiel klirrend zu Boden, und Anton verschluckte vor Schreck die Reste seines Pfefferminzbonbons. Was zum Kuckuck bezweckte Ernestine mit ihren harschen Worten? Warum hatte sie diesen Teil nicht ihm überlassen? Er hätte weitaus bedächtigere Formulierungen gewählt.

»Sie glaubn, dass der Mann an was gstorben is, was aus meiner Kuchl kommen is?« Malek schwang seinen Kochlöffel, ein paar Tropfen der Rindssuppe landeten am Boden und auf seiner nicht mehr ganz weißen Schürze.

Anton warf einen beunruhigten Blick auf den Topfdeckel am Boden. Eine unangenehme Pause entstand, in der man nur das Blubbern der Suppe und Zischen des Bratenfetts hören konnte.

Die Geräusche weckten Malek wieder aus seiner kurzen Starre. Rasch zog er eine heiße Pfanne vom Herd und fluchte: »Der Mann war ein Trottel, er hat keine Ahnung vom guten

Essen ghabt. Ihm haben meine Fisolen net gschmeckt, dafür kann i nix. Alles war einwandfrei und ganz sicher net schlecht. Im Unterschied zu ihm bin i kein Trottel.«

Als die knusprig goldenen Hühnerbruströllchen wieder in Sicherheit waren, wischte sich Malek die fettigen Finger an seiner Schürze ab.

»Das wissen wir natürlich.« Anton fühlte sich bemüßigt, einzugreifen und den Mann wieder zu beruhigen. Nicht auszudenken, wenn er vor Aufregung die Suppe versalzen oder das Fleisch anbrennen lassen würde. »Wir wollen bloß sicherstellen, dass alles in Ordnung ist. Damit niemand auf die Idee kommt, Sie oder Ihr Essen zu verdächtigen. Gibt es denn noch Reste vom Abendessen?«

Die Küchenhilfe und Malek wechselten einen alarmierten Blick. Dann antwortete Malek: »Es gibt kane Restln mehr. Die habn wir gessen, des is ganz normal in einer großen Kuchl.«

Weder Anton noch Ernestine verstanden, warum Malek und die Küchenhilfe sie nun mit einer Mischung aus Trotz und Scham anstarrten.

»Natürlich wäre es schade, wenn man Essen wegwirft. Noch dazu, wenn es sich um derart köstlich zubereitetes handelt. Und da Sie alle wohlauf sind, wie wir auch, muss das Essen völlig bedenkenlos gewesen sein«, sagte Anton, in der Hoffnung, dass nun auch Ernestine überzeugt war und diese unsinnige Untersuchung beenden würde.

Aber sie gab noch nicht auf. »War jemandem vom Personal nach dem Essen schlecht, musste sich jemand übergeben oder klagte einer über Bauchschmerzen?«

Am liebsten hätte Anton sich hinter einem der Küchenkästen versteckt. Wie konnte sie diesen wunderbaren Koch so brüskieren?

Malek schnaufte verächtlich. »Natürlich hat niemand Bauchweh kriegt. War ja alles in Ordnung. Oder is Ihnen vielleicht schlecht wordn?«

»Nein, ich fühle mich ganz wunderbar«, versicherte Ernestine.

»Na, sehn S'!« Malek grinste nun zufrieden. »Die Einzigen, denen's net gschmeckt hat, waren der Generaloberst und sei Frau. Was weiß i, was die gessen habn.«

»Hat einer der beiden etwas anderes bei Ihnen geordert?«

Malek verneinte. »Die habn nix aus meiner Kuchl gessen.«

»Dann hat er also wirklich den ganzen Abend nur Whisky getrunken«, sagte Ernestine nachdenklich. »Haben Sie die Gläser von gestern Abend schon abgewaschen?«

Malek warf seiner Küchenhilfe einen fragenden Blick zu.

Die Frau, deren blondes Haar unter der weißen Haube herauslugte, schaute verlegen zu Boden. »I wollt die Gläser mitm Mittagsgschirr machen«, sagte sie leise und verschluckte dabei die letzten Silben der Wörter, sodass sie kaum zu verstehen war. »Es ist ollas zu viel für nur eine«, schnaufte sie. Als sie den Kopf wieder hob, sah Anton, dass sie ein hübsches Gesicht hatte. Aber die harte Arbeit, der heiße Dampf der Küche und der permanente Schlafmangel hatten sie vorzeitig altern lassen.

»Zerst des ganze Frühstücksgschirr, dann die Töpf und Schneidbretteln und dann wieder des Mittagsgschirr. Die Teller sand alle aus Porzellan. Da kann i net nur drüberwischen. Wenn i an von die Teller zerhau, wird mir ma des vom Lohn abzogn. Deshalb pass i auf wie a Haftlmacher.« Der Ärger und die Wut in ihrer Stimme waren nicht zu überhören.

Sicher warteten zu Hause hungrige Kinder darauf, gefüttert zu werden. Entweder war ihr Mann im Krieg gefallen oder ein Krüppel, dessen Stolz und Lebenswille gebrochen waren. Anton konnte ihren Unmut gut verstehen. Sie wusch zerbrechliche Teller, während andere Tango tanzten und sich dabei noch rühmten, etwas Gutes zu tun. Sie hatte jedes Recht der Welt, wütend zu sein.

»Niemand macht Ihnen wegen des Geschirrs einen Vorwurf«, sagte er beschwichtigend.

»Hatte Herr von Rauch Tassen und Teller im Zimmer?«, wollte Ernestine von Anton wissen.

»Ich habe nur die offene Flasche am Boden gesehen.«

»Dürfen wir die Gläser von gestern Abend in Augenschein nehmen?«

Die Küchenhilfe sah fragend zu Malek, der nickte, und so gingen sie alle zu einem Spülbecken im hinteren Teil der Küche. Hier stapelten sich Cognacgläser neben Sektflöten und bauchigen

Weinkelchen. Außerdem gab es jede Menge Schnapsgläschen. Jeder Gast bekam für jedes Getränk, das er konsumierte, ein neues Glas.

»Die sand alle no da, die mach i während die Herrschaft Mittagessen tuat.« Trotz ihrer Worte griff die kleine Frau zum Wasserhahn, um auf der Stelle mit der Arbeit zu beginnen.

Doch Ernestine hielt sie davon ab. »Warten Sie!« Sie griff der Frau auf den Oberarm.

»Was haben Sie vor?«, wollte Anton wissen.

»Wir schnuppern jetzt an allen Gläsern und achten darauf, ob eines davon anders riecht.«

»Wie, anders?«, wollte Anton wissen.

Aber Ernestine zuckte mit den Schultern. »Keine Ahnung. Anders eben.« Schon griff Ernestine mit spitzen Fingern nach einem der Gläser und hielt es an ihre Nase. Angewidert zog sie sie kraus. »Whisky, was meinen Sie?«

Anton nahm das Glas entgegen und roch ebenfalls daran. Er konnte nichts Auffälliges bemerken. Er hatte aber auch keine Ahnung, wonach er suchte.

Malek stand neben ihm und beobachtete ihr Tun. Obwohl er das Schlagobers fürs Dessert schlagen sollte, nahm er ungefragt Anton ein Glas nach dem anderen ab und roch ebenfalls daran. Als sie den Stapel fast durchgearbeitet hatten, schüttelte er angewidert den Kopf. »Des do riacht nach Mäusepisse«, sagte er und stellte das Glas zurück in die Spüle.

»Wonach?«, wollte Anton wissen.

»Mäusepisse!«, wiederholte Malek.

»Sie haben eine erstaunlich gute Nase.«

Malek schnaufte verächtlich. »I bin a Koch. I hab doch schon gsagt, dass mei Nasn mir heilig is. Ohne die wäre i net halb so gut in der Kuchl.«

Anton holte das Glas erneut aus der Spüle und roch daran. Tatsächlich, der Geruch unterschied sich von dem der anderen Gläser. Neben dem scharfen Alkohol gab es noch eine andere Note, eine, die im Entferntesten an Mäusepisse erinnerte. Er hatte die Substanz schon einige Male gerochen, immer dann, wenn einer seiner Kollegen Rattengift zusammengemischt hatte. Er selbst lehnte es ab, dieses Gift zu verkaufen oder gar zu verwenden. Doch er hatte keine Zweifel, dass sich in dem Glas Rückstände von Schierlingskraut befanden. Mit der Spitze seines kleinen Fingers tupfte er ins Glas und führte den Finger zum Mund. In dieser Dosierung würde kein Gift der Welt Schaden anrichten. Der Whiskyrest schmeckte bitter, aber auch süßlich. Vielleicht war nicht nur Schierlingskraut, sondern auch Arsen beigemengt worden. Eine genaue chemische Untersuchung würde Aufschluss darüber geben. Aber das war Aufgabe der Polizei.

»Können Sie die anderen Gläser auch noch einmal untersuchen?«, bat Anton Malek.

Der rollte die Augen, führte dann aber ein Glas nach dem anderen zu seiner Nase. Er konnte in keinem weiteren Glas etwas Ungewöhnliches bemerken. »Nur des ane da stinkt«, sagte er bestimmt.

»Falls es einen Hotelsafe gibt, sollten wir dieses Glas für die Beamten von der Polizei sicherstellen. Sie werden es als Beweismittel brauchen«, sagte Anton ernst.

»Denken Sie, dass sich in dem Glas Gift befunden hat?«, fragte Ernestine.

Anton nickte.

»Wir müssen es den anderen mitteilen«, sagte Ernestine aufgeregt. »Ein Mörder ist unter uns.«

Anton sah an ihrer Körperhaltung, dass sie auf der Stelle zurück in den Salon wollte, doch er hielt sie zurück. »Wir dürfen nicht voreilig handeln«, warnte er. »Stellen Sie sich bloß vor, was diese Meldung bewirken wird. Einer von uns ist ein Mörder, und keiner kann in den nächsten Stunden das Hotel verlassen. Panik wird die Folge sein. Hysterie und im schlimmsten Fall Nervenzusammenbrüche. Denken Sie bloß an Frau Zuckerberg, die psychisch nicht sehr stabil wirkt.«

Anton hatte nicht erwartet, dass seine Worte Ernestine in Angst und Schrecken versetzten, aber er hatte zumindest mit etwas Vorsicht gerechnet. Nichts dergleichen setzte ein. Ganz im Gegenteil. Aufgeregt wippte sie von den Zehen zur Ferse und wieder zurück.

»Ist das nicht furchtbar spannend?«, fragte sie und klatschte nun in die Hände.

»Furchtbar, ja. Spannend? Ich weiß nicht.«

»Ach, Anton«, sagte Ernestine und stieß ihm sanft mit ihrem Ellbogen in die Rippen. »Die Aufregung hält jung. Sie zwingt uns, unsere kleinen grauen Zellen anzustrengen.« Sie tippte sich gegen die Stirn. »Diesmal lösen wir kein Literaturrätsel, und wir lesen keine billige Kriminalgeschichte, sondern klären ein echtes Verbrechen auf.«

Ihre Augen leuchteten vor Begeisterung, und sie sah gut und gern um zwanzig Jahre jünger aus, als sie tatsächlich war. Anton bewunderte sie für ihre Lebensfreude und versuchte zu vergessen, warum sie gerade derart strahlte. Es wollte ihm nicht so recht gelingen.

»Bevor wir mit den anderen sprechen, sollten wir noch einmal Dr. Schöller kontaktieren. Ich will wissen, was er als erfahrener Mediziner von unserer Theorie hält. Schließlich hat er die Leiche untersucht.«

»Ja, Sie haben recht. Lassen Sie uns gleich zu ihm gehen.«

Energisch zupfte sie an Antons Ärmel, hielt aber abrupt in ihrer Bewegung inne. »Bevor wir mit Schöller reden, muss ich Ihnen von einer interessanten Begebenheit in der letzten Nacht erzählen.«

Neugierig zog Anton die Augenbrauen hoch, und Ernestine schob ihn dezent zur Seite, sodass Malek auf keinen Fall mithören konnte.

Sie flüsterte hinter vorgehaltener Hand: »Dr. Schöller versuchte ungefähr eine Stunde nach Mitternacht, ins Zimmer des Generaloberststs zu gelangen. Er machte sich an seiner Tür zu schaffen. Zuerst klopfte er an, dann hat er das Schloss manipuliert. Ich habe es mit eigenen Augen gesehen.«

»Von Rauchs Zimmer liegt im ersten Stock. Ihres jedoch im zweiten. Was haben Sie mitten in der Nacht dort gemacht?«

»Das erkläre ich Ihnen später, aber ist das alles nicht merkwürdig? Ich habe den Eindruck, dass niemand sich in der Gesellschaft des Verstorbenen wohlfühlte, und trotzdem haben einige versucht, persönlich mit ihm Kontakt aufzunehmen.«

»Nur weil jemand einen Menschen nicht mag, heißt das noch lange nicht, dass er ihn umbringt.«

»Sie haben recht, wir müssen herausfinden, wer ein Tatmotiv hatte.« Wieder glänzten ihre Augen.

»Zuvor bringen wir das Glas in Sicherheit.«

»Ja, richtig! Ich muss mich bremsen!« Sie atmete tief durch. Doch kaum war die Luft aus ihrem Brustkörper entwichen, lief sie auch schon los und winkte Anton zu. »Ich kann es kaum erwarten, mehr zu erfahren! Kommen Sie, Anton. Kommen Sie!«

Resignierend seufzte Anton. Er sah sich ein letztes Mal in der Küche um. Bildete er es sich bloß ein, oder lag in Maleks Blick tatsächlich Mitleid? Als sich ihre Augen trafen, senkte er rasch den Kopf und murmelte: »Muss mi ums Mittagessen kümmern.«

Nur zu gern hätte Anton ihm seine Hilfe angeboten.

ACHT

Dr. Schöller schien über den Fund der Giftspuren in einem der Whiskygläser nicht sonderlich überrascht. »Ich habe es mir gleich gedacht.«

»Warum haben Sie Ihren Verdacht nicht ausgesprochen?«, wollte Anton wissen.

»Weil ich meinen Verdacht nicht beweisen konnte. Natürlich deutete alles auf eine Vergiftung hin. Der verkrampfte Körper, die grünlich erbrochene Flüssigkeit, die nach Mäusepisse stank … Aber es wäre verantwortungslos gewesen, die Gesellschaft mit einer nicht beweisbaren Theorie in Panik zu versetzen, denn diese Reaktion wird die Neuigkeit zweifelsohne hervorrufen.«

Anton schwieg betroffen. Er fürchtete, dass die Worte des Doktors sich schon bald bewahrheiten würden.

»Natürlich kann erst eine Obduktion ein endgültiges Ergebnis bringen. Im Fall einer Arsenvergiftung ist der Mann an Leber- und Nierenversagen gestorben. Das ist mit Sicherheit ein sehr schmerzhafter Tod«, sagte Dr. Schöller. »Das Schierlingskraut ruft Lähmungserscheinungen bis zum Atemstillstand hervor. Auch keine angenehme Art, zu sterben. Die Mischung beider Gifte ist in jedem Fall tödlich.« Seine Worte ließen kein Mitleid erkennen. Fast zufrieden wirkte er, als er sich in dem roten Lehnsessel zurücklehnte.

Das Doppelzimmer der Geschwister war groß und geräumig. Zwei Einzelbetten, ein Kleiderschrank und eine Frisierkommode standen im hinteren Bereich, der mit einem eleganten Paravent dezent vom Rest des Raums abgeschirmt wurde. Im vorderen Teil befanden sich ein runder Tisch, zwei bequeme Lehnstühle und ein Sofa, auf dem Anton und Ernestine Platz genommen hatten. An der Wand war eine Anrichte, auf der das Personal für die Gäste eine Teekanne, Tassen und Kleingebäck angerichtet hatte.

»Ich habe Sie gestern Nacht auf dem Gang vor der Tür des Generaloberstsgesehen«, platzte Ernestine heraus. Offenbar konnte sie mit ihrer Neugier nicht mehr hinter dem Berg halten. Sie rutschte nach vorne und starrte Dr. Schöller, der ihr gegenübersaß, herausfordernd an. Eine vorwitzige Locke war ihr in die Stirn gerutscht. Unbeirrt blies sie sie wieder weg.

Anton fühlte sich genauso überrumpelt wie der Doktor. Fassungslos starrte er zuerst Ernestine, dann Dr. Schöller und schließlich dessen Schwester an, die ebenfalls bei ihnen saß.

Dr. Schöller richtete sich auf und streckte die Schultern durch. »Spionieren Sie mir etwa nach?«, fragte er empört.

Franziska Schöller hielt eine Strickarbeit in den Händen, an der sie jedoch nicht mehr arbeitete. Etwas verkrampft hielt sie die Nadeln umklammert. Ihre Knöchel waren weiß. Nun legte sie die begonnene Decke in den Korb, der auf ihrem Schoß stand, und sah ihren Bruder besorgt an.

»Nein, ich spioniere Ihnen nicht nach«, verteidigte sich Ernestine. »Ich konnte gestern nicht gleich einschlafen. Nach all den Eindrücken des Tages war ich aufgewühlt, weshalb ich ein Bad nahm. Danach hörte ich Schritte vor meiner Tür. Ich schaute nach, wer so spät noch unterwegs war, da sah ich Sie den Gang entlanggehen.«

»Und Sie sind mir nachgeschlichen«, ergänzte Dr. Schöller grimmig.

»Das heißt, Sie geben zu, dass Sie zuerst an Generaloberst von Rauchs Zimmertür geklopft haben und als sich nichts rührte, versucht haben, die Tür zu öffnen?«, setzte Ernestine nach. Dr. Schöllers Ärger schien sie in keiner Weise einzuschüchtern. Ganz im Gegenteil, er spornte sie zum Weiterreden an. Wie konnte Anton sie bloß aufhalten?

»Ich gebe gar nichts zu. Warum haben Sie mich nicht angesprochen?«, wollte Dr. Schöller wissen. Seine Augen verengten sich, und er musterte Ernestine eingehend.

Anton konnte ihm seinen Ärger nicht verdenken. Wer wollte schon gern heimlich beobachtet werden?

»Ich war nach dem Bad müde und wollte mich auf keine langen Gespräche einlassen. Also lief ich wieder zurück in mein Zimmer. Ich hatte ja keine Ahnung, dass der Generaloberst heute tot in seinem Bett liegt«, erklärte Ernestine. Nach einer kurzen Pause fügte sie dramatisch hinzu: »Vergiftet!«

»Was wollen Sie damit andeuten?« Die Augenbrauen von Dr. Schöller zogen sich noch dichter zusammen, und seine Stimme bekam einen drohenden Unterton.

»Ich deute gar nichts an«, verteidigte sich Ernestine. »Ich spreche Dinge für gewöhnlich direkt an. Ich will bloß wissen, was Sie nach ein Uhr nachts von ihm wollten. Das ist alles.«

»Übernehmen Sie die Arbeit der Polizei?« Nun tropfte Sarkasmus aus seiner Stimme.

Falls er Ernestine beleidigen wollte, so war ihm das nicht gelungen. Ganz im Gegenteil, sie fühlte sich sogar geschmeichelt. »Nun, irgendjemand muss sich wohl mit den Fragen beschäftigen, die wir uns bald alle stellen werden, denn die Polizei wird auch in den nächsten Stunden nicht hier eintreffen. Wir sind abgeschnitten von der Welt und werden wohl oder übel selbst Antworten finden müssen.«

»Ich halte nichts von Amateurdetektiven oder selbst ernannten Richtern. Beides ist genauso fahrlässig wie Menschen, die glauben, die Arbeit eines Arztes übernehmen zu können«, schnaufte Dr. Schöller verächtlich. »Das Ergebnis ist in jedem Fall großes Leid für alle Beteiligten.«

Nun stellte Franziska Schöller den Korb mit der Strickarbeit deutlich hörbar auf dem Boden neben sich ab. Sie hatte ihr kinnlanges Haar heute streng nach hinten gekämmt. Diese Frisur ließ sie härter erscheinen. Sie trug weder Schmuck noch Make-up. Aber im Unterschied zu gestern hatte sie sich für ein elegantes cremefarbenes Kleid entschieden, das ihrer drahtigen Figur schmeichelte. Auf eine ungewöhnliche Art war sie attraktiv.

»Mein Bruder leidet seit Jahren an Schlaflosigkeit. Es ist eine Folge des Krieges –«

»Bitte, Franziska, das geht doch niemanden etwas an«, unterbrach Dr. Schöller seine Schwester.

»Warum soll ich über deine Probleme nicht sprechen? Es ist nicht deine Schuld, sondern die der sinnlosen, katastrophalen Schlachten. All die verstümmelten Menschen, das Leiden, das du tagtäglich mit ansehen musstest. Ich finde sogar, dass viel zu wenig über die verheerenden Folgen gesprochen wird. Unsere Straßen in Wien sind voll von Männern, die nur noch einen

Arm oder ein Bein haben. Sie gehören zu unserem Alltagsbild, aber wissen wir, wie viele von ihnen nachts schreien? Hubert leidet unter einer Krankheit. Sobald er sich ins Bett legt, kribbeln seine Beine und er muss wieder aufstehen und herumgehen. Oft marschiert er stundenlang durch die leeren Gassen unseres Bezirks und kommt erst kurz vor dem Morgengrauen wieder nach Hause. Letzte Nacht hat der Schneesturm es unmöglich gemacht, das Hotel zu verlassen, deshalb schlich er durch die Gänge.«

Anton machte diese Erklärung betroffen. Er konnte Dr. Schöller nur zu gut verstehen.

Falls auch Ernestine betroffen war, so zeigte sie es nicht. Stattdessen fragte sie: »Aber warum haben Sie an der Tür geklopft und am Schloss des Generalobersts herumgedreht?«

»Das habe ich nicht. Ich habe mir lediglich erlaubt, das Schild ›Bitte nicht stören‹ wegzunehmen. Ich muss zugeben, dass das boshaft war. Aber ich dachte mir, jemand, der so viel trinkt, soll sich am nächsten Tag trotzdem seinen Aufgaben stellen.«

Ernestine warf Anton einen hilfesuchenden Blick zu, der ihm sagen sollte, dass der Mann log. Aber wie wollte sie das beweisen?

»Ich habe das Schild noch in meiner Jacketttasche. Warten Sie.« Dr. Schöller stand auf und ging zu einem Garderobenhaken an der Wand, direkt neben der Zimmertür. Er griff nach einem schwarzen Sakko und durchsuchte eine Tasche. Nach wenigen Augenblicken holte er einen weißen Zettel hervor, auf dem mit geschwungenen Buchstaben »Bitte nicht stören« stand. Er hielt ihn Ernestine entgegen und sah dabei wie ein Schuljunge aus, der seiner Lehrerin gerade bewiesen hatte, dass er an dem Klassenstreich nicht beteiligt gewesen war.

»Nun, es war dunkel, und ich war schon sehr müde«, sagte sie verlegen.

»Keine Ursache. Jeder hätte sich Gedanken gemacht«, sagte Dr. Schöller. Er klang nicht nachtragend. Dann schaute er auf seine Taschenuhr und meinte: »Es ist gleich zwölf Uhr dreißig, wir sollten in den Salon gehen, bevor sich alle fragen, wo wir so lange bleiben. Kommt auch das Personal?«

»Ja, ich habe den freundlichen Herrn Sebastian gebeten, seine

Mitarbeiter zu informieren. Wir treffen gleich alle Personen, die dieses Wochenende im Panhans wohnen«, erklärte Ernestine.

»Auch wenn Sie das Gegenteil behaupten: Sie versuchen, die Arbeit der Polizei zu übernehmen«, sagte Dr. Schöller. Er grinste und hielt Ernestine gespielt drohend den Zeigefinger seiner rechten Hand entgegen. »Solche Unternehmungen können gehörig danebengehen.«

Nur zu gern hätte Anton ihm beigepflichtet, unterließ es aber, denn er sah aus den Augenwinkeln Ernestines steile Falte auf der Stirn. Besser, er hielt jetzt den Mund.

NEUN

Im Salon hatte jemand ein Feuer im großen Kamin entzündet. Das heimelige Knistern der Flammen wollte so gar nicht zu der angespannten Atmosphäre im Raum passen. Neben der Chaiselongue, auf der vor Kurzem noch Frau von Rauch gelegen hatte, und den tiefen ledernen Lehnstühlen hatte man weitere Sessel sowie ein breites Sofa aus einem der anderen Gesellschaftsräume geholt, sodass jeder bequem sitzen konnte. Es schien ein unausgesprochenes Gebot zu sein, dass das Personal auf den einfachen Holzstühlen Platz nahm, während die Gäste in den tiefen gepolsterten Ledergarnituren versanken. Es war erschreckend, wie wenig Personal an diesem Wochenende hier arbeitete. Neben Josef Malek und der Küchenhelferin gab es den Rezeptionisten Herrn Sebastian, der auch als Kellner agierte, den Gepäckträger Gerhard, der ebenfalls als Kellner arbeitete, und das Dienstmädchen Mitzi, das für die Sauberkeit im Haus zuständig war. Umso erstaunlicher war es, dass frisch gebrühter Tee, nach Vanillezucker duftende Linzeraugen und sauberes Porzellan auf zwei kleinen Tischen zur freien Entnahme bereitstanden.

»Ich frage mich, was diese Aufregung soll«, sagte Frau Schwarz und erhob sich aus ihrem Lehnsessel, der direkt neben dem Feuer stand. Eine Hälfte ihres Gesichts war bereits deutlich röter als die andere. Sie hatte sich in der letzten Stunde offensichtlich erholt und ihre gewohnte Überlegenheit wiedergefunden.

»Einer der Gäste ist erkrankt und bedauerlicherweise verstorben. Darüber sind wir natürlich alle gleichermaßen entsetzt. Aber dieses Treffen samt Personal finde ich reichlich übertrieben. Sie können sicher sein, dass ich dieses Vorgehen Ihrem Vorgesetzten melden werde. Es ist ohnehin ungeheuerlich, dass er an diesem wichtigen Wochenende nicht hier ist.« Etwas zu energisch ließ sie sich wieder in ihren Stuhl plumpsen. Sie hatte ihre Worte an Herrn Sebastian gerichtet, der nun hilfesuchend zu Ernestine schaute, schließlich war sie die Initiatorin dieses Treffens gewesen und nicht er.

Ernestine stand ebenfalls auf, räusperte sich dramatisch und sagte dann höflich, aber bestimmt: »Liebe Frau Schwarz, wir haben in der Küche ein Glas mit Resten von Schierlingskraut beziehungsweise Arsen gefunden und müssen annehmen, dass der Generaloberst vergiftet worden ist.« Sie setzte sich wieder und ließ ihre Worte wirken.

Für einen Moment war es mucksmäuschenstill im Raum. Man hätte das Fallen einer Stecknadel hören können. Anton nutzte die Stille und ließ seinen Blick über die Gesichter der Anwesenden gleiten. Bis auf die beiden argentinischen Musiker, die offenbar kein Wort verstanden hatten, sahen alle ausnahmslos entsetzt aus. Auch Josef Malek und die Küchenhilfe, die von dem Glas bereits wussten, hatten die Augen angstgeweitet aufgerissen.

»Vergiftet?« Frau Schwarz brach mit belegter Stimme die Stille. »Aber von wem und warum?«

»Das wissen wir noch nicht. Aber da aufgrund der Wetterverhältnisse niemand heute Nacht ins Hotel gekommen ist und auch niemand es verlassen hat, müssen wir annehmen, dass der Mörder einer von uns ist. Außer Herr von Rauch hätte beschlossen, sein Leben freiwillig mit Arsen zu beenden, wovon wir aber nicht ausgehen, denn der Tod durch dieses Gift verursacht enorme Schmerzen.«

Frau Zuckerberg stieß einen unterdrückten Schrei aus und griff sich theatralisch an die Brust. Alle anderen schwiegen.

Nach einer schier endlos langen Pause raunte Fritz Zuckerberg: »Ein Mörder soll unter uns sein?« Er drehte seinen Kopf nach allen Seiten und sah einen nach dem anderen an. »Das ist doch Unfug!«

Nun unterdrückten auch Mitzi und die Küchenhilfe einen Schrei. Clara Zuckerberg ergriff die Hände ihrer Mutter und streichelte sie beruhigend. Frau Schwarz atmete kurz und stoßweise. Nur Frau von Rauch, die Witwe, wirkte überraschend gelassen. Vielleicht hatte sie nicht begriffen, was Ernestine eben gesagt hatte.

Ernestine selbst genoss ihre Rolle sichtlich. Anton beobachtete Carmen Morales, die Ernestines Worte für die beiden Musiker übersetzte. Nun schüttelten auch sie entsetzt die Köpfe.

»Warum soll jemand von uns der Mörder sein?«, fragte Ernst Schwarz. »Genauso gut kann der Mörder sich im Ostflügel versteckt halten. Das Hotel ist riesig. Fräulein Zuckerberg und ich haben gestern Abend aus Versehen die falsche Treppe genommen und uns hoffnungslos verlaufen.«

»Ja, natürlich! Der Mörder hat sich versteckt!«, pflichtete ihm Fritz Zuckerberg bei.

»Haben Sie die Marsh'sche Probe durchgeführt?« Professor Haberl wechselte das Thema. Seine Stimme klang aufgeregt. Der kleine, untersetzte Mann verschränkte selbstgefällig seine Arme vor der Brust und blinzelte nervös hinter seiner dicken, runden Brille. Seine Stirn glänzte, und die spärlichen Haare, die er noch besaß, waren mit Pomade seitlich über den kahlen Kopf gelegt.

»Was ist das?«, wollte Frau Schwarz ungehalten wissen.

»Die einzig seriöse und hundertprozentig sichere Methode, Arsen nachzuweisen. Dabei wird eine Knallgasprobe provoziert und Arsenik durch naszierenden Wasserstoff zu gasförmigem Arsenwasserstoff reduziert. Der englische Chemiker James Marsh hat das Verfahren entwickelt.«

Anton kannte die Probe. Grundsätzlich war Franz Haberls Frage berechtigt, aber die Art und Weise, wie er sie vortrug, gefiel ihm nicht. Seine Worte klangen wie eine Anschuldigung. So als hätte Ernestine, die pensionierte Lehrerin, sich einen Jux gemacht, indem sie alle Anwesenden verunsicherte. Wenn Anton jetzt nichts erwiderte, würden alle Ernestine für eine Wichtigtuerin halten, dabei war es Haberl, der sich gerade in den Mittelpunkt drängte.

Noch bevor Anton zu einer Antwort ansetzen konnte, kam ihm Dr. Schöller zu Hilfe.

»Lieber Herr Professor Haberl. Herr Böck und ich unterstützen Fräulein Kirschs Vermutung. Sie wollen doch einem erfahrenen Apotheker wie Herrn Böck und einem Arzt wie mir nicht unterstellen, dass wir leichtfertig von Mord sprechen. Natürlich können erst eine Obduktion und eine entsprechende Untersuchung des Glases hundertprozentige Sicherheit bringen, aber beides ist momentan nicht möglich, und vom jetzigen

Standpunkt der Dinge sieht es so aus, als wäre einer von den hier Anwesenden für den Tod des Generalobersts verantwortlich. Oder wie Herr Schwarz bereits gesagt hat, versteckt sich der Mörder im Ostflügel.« Er sah Professor Haberl herausfordernd an.

»Ach, hören Sie doch mit diesem Unfug auf!«, schrie Frau Schwarz so schrill, dass ihre Stimme sich beinahe überschlug. »Wir sind hier, um Tango zu tanzen, und nicht, um uns das ganze Wochenende über zu gruseln. Keiner hier ist ein Mörder. Sehen Sie sich doch um. Herr Sebastian, ich bestehe darauf, dass Sie den Ostflügel durchsuchen sowie alle unbelegten Zimmer im vierten Stockwerk.«

Der junge Mann nickte rasch, alle anderen schwiegen betreten. Frau von Rauch saß eingekeilt zwischen Clara Zuckerberg und Alma Schönwald auf dem Sofa. Sie sah immer noch unbeteiligt aus. So als ginge sie all das, was eben besprochen wurde, nichts an. Ihre Augen glitten langsam von einem Redner zum anderen. Aber hörte sie überhaupt, was gesagt wurde?

Anton fand es unverantwortlich, dass sie hier saß, seiner Meinung nach gehörte sie ins Bett. Ihr Blick kreuzte sich mit seinem, und für den Bruchteil einer Sekunde revidierte Anton seine Gedanken wieder. Im Gegensatz zu ihrer Körperhaltung und ihrem Gesichtsausdruck wirkten ihre Augen lebendiger denn je. Ihre Pupillen waren weder vergrößert, noch war das Weiß gerötet. Sie hatte also weder Beruhigungspillen genommen noch sonderlich viel geweint. Vielleicht hatte die Todesursache ihres Mannes sie tatsächlich nicht überrascht, und sie hatte sogar damit gerechnet oder – noch schlimmer – vielleicht hatte sie davon gewusst? Anton schüttelte seinen Kopf, um die ungeheuerlichen Gedanken wieder loszuwerden. Die Ereignisse des Vormittags hatten stark an seinen Nerven gezehrt.

»Was passiert denn jetzt mit dem Toten?«, fragte Oberleutnant Staudinger. Er hatte sich eine Pfeife gestopft, hielt sie in seiner linken Hand und führte sie zum Mund.

»Das, was wir bereits besprochen haben. Wir haben ihn im Zimmer liegen lassen, die Tür abgsperrt und nix verändert. Damit die Polizei sich ein Bild machen kann, wenn sie kommt.

Frau von Rauch hat sich bereits von ihrm Mann verabschiedet. Wir warn grad im Zimmer.« Herrn Sebastians Stimme flatterte. Es war ihm anzusehen, wie unwohl er sich fühlte.

Wieder trafen sich Antons und Frau von Rauchs Blicke. Jetzt war er sich sicher, dass keine Trauer darin lag. Sie wirkte völlig gefasst. Vielleicht hatte sie Medikamente eingenommen, die keinerlei Wirkung auf die Augen hatten. Schade, dass Heide nicht da war. Sie kannte sich mit derlei Substanzen besser aus. Vermutlich sollte Anton sich auch damit beschäftigen. Aber viel lieber widmete er sich den natürlichen Heilmitteln wie Blüten, Wurzeln und Rinden. Pflanzen, die dufteten und deren Wirkstoffe sich seit Jahrhunderten bewährt hatten.

»Der Gerhard und ich werdn noch vorm Mittagessen alle Zimmer im Ostflügel durchsuchen und die im vierten Stockwerk vom Westflügel auch.«

Frau Schwarz nickte wohlwollend.

»Wer hat dem Generaloberst denn das vergiftete Glas gegeben?«, meldete sich Alma Schönwald zu Wort. »Liegt es nicht auf der Hand, dass diese Person auch der Mörder ist?« Sie spielte mit der langen Perlenkette, die um ihren Hals baumelte. Langsam ließ sie eine silberglänzende Perle nach der anderen durch ihre Finger gleiten. Ihre Fingernägel waren lang und passend zu ihrem eleganten Kleid in dunklem Rot lackiert. Unter halb geschlossenen Lidern, die mit hellblauer Farbe stark geschminkt waren, musterte sie die Tanzlehrerin. Offenbar stellte sie eine Frage, auf die sie die Antwort ohnehin kannte.

Carmen Morales reagierte schnell. Sie stand von ihrem Stuhl auf. Wie gestern trug sie eines ihrer eng anliegenden Tanzkleider, dessen Rock bei jedem Schritt schmeichelnd um ihre Beine floss. Mit hocherhobenem Kopf und nach vorne gerecktem Kinn stand sie da. Ihre Haltung erinnerte Anton an eine Burgschauspielerin. Sie trat in die Mitte. Ihr Auftritt glich einer Tanzdarbietung, und die Augen aller waren auf sie gerichtet.

»Wie Sie alle wissen, war Herr Sebastian gestern Abend in der Bar allein für alle Gäste zuständig. Eigentlich wollte auch ich ein Glas trinken, aber als ich sah, dass das fertige Tablett mit drei Gläsern und einer Flasche Whisky schon einige Minuten auf dem Tresen stand, habe ich es genommen und zum Tisch des Generaloberst gebracht. Wir alle wissen, dass der Mann gestern nicht sehr geduldig war und ein langes Warten nicht gutgeheißen hätte. Ich wollte helfen und weitere Konflikte vermeiden.« Sie sprach klar und deutlich, betonte aber einige Worte mit dem typischen Akzent einer Südeuropäerin.

»Ist Ihnen denn an einem der Gläser etwas aufgefallen?«, fragte Ernestine.

Carmen Morales schüttelte den Kopf. Der strenge Knoten ihres schwarzen Haares glänzte im Licht des Kronleuchters über ihr. »Das Licht in der Bar war gedämpft. Ich war müde, und nun wiederhole ich mich: Ich wollte Ärger vermeiden, deshalb habe ich das Tablett genommen.«

»Das heißt, jeder hätte die Möglichkeit gehabt, eines der Gläser zu präparieren«, meinte Ernestine.

»Aber wie hätte der Mörder sichergehen können, dass ausgerechnet von Rauch das richtige Glas bekam und nicht ich oder Gustav, ich meine Oberleutnant Staudinger?« Die Farbe war aus Alma Schönwalds Gesicht gewichen. Sie ließ ihre Kette los und ergriff ihre Zigarette. »Hat jemand Feuer?«, fragte sie. Ihre Hände zitterten.

Staudinger kam zu ihr, legte seine Pfeife kurz auf dem Tisch ab, entzündete ein Streichholz und hielt es ihr entgegen, bevor er seine Pfeife wieder ergriff.

»Wenn ich mich recht erinnere, hat von Rauch alle drei Gläser getrunken«, sagte Ernestine.

»Das heißt, das Gift hätte genauso gut mir oder dir, Gustav, gelten können.« Fräulein Schönwald blickte zu ihrem Begleiter. Ihre Stimme wurde mit jedem Wort, das sie sprach, leiser.

Staudinger wurde ebenfalls blass. Sein linkes Auge zuckte, ansonsten saß er völlig ruhig da und antwortete nicht.

Auch alle anderen schwiegen betreten.

»Mein Verlangen nach Tangotanzstunden ist hiermit völlig erloschen. Ich will das Hotel auf der Stelle verlassen«, sagte Fräulein Schönwald.

»Das ist leider nicht möglich«, erklärte Herr Sebastian. »Wir sind eingschneit. Der Zugverkehr is eingstellt. Kein Schlitten der

Welt kommt durch so an Schneesturm wie jetzt. Man sicht die eigene Hand vorm Gsicht nicht, so dicht ist des Treiben.«

»Kann mir jemand eine Tasse Tee mit einem doppelten Cognac geben?« Fräulein Schönwald sank im Sofa zurück.

Sofort stand Herr Sebastian auf und machte sich daran, ihr das Gewünschte zu bringen. »Wolln Sie den Cognac im Tee?«, fragte er.

»Ja, und sparen Sie nicht damit!«

»Sonst noch wer, der Stärkung im Tee braucht?« Er hielt die Cognacflasche fragend in die Runde.

Zuckerberg meldete sich. »Aber ohne Tee, wenn ich bitten darf.«

»Haben Sie denn nur ein Glas mit Spuren gefunden?«, wollte Clara Zuckerberg ruhig wissen.

Anton fiel auf, dass sie heute besonders viel Wert auf ihr Äußeres gelegt hatte. Ihr Haar war kunstvoll hochgesteckt. Das Rot ihrer Wangen dezent mit Rouge aufgebessert. Trotz der schrecklichen Nachrichten und der unangenehmen Situation war ihre Lebensfreude ungebrochen. Sie strahlte schier vor Optimismus und sah äußerst attraktiv aus.

»Wir haben alle Gläser untersucht, aber nur eines zeigte auffällige Spuren.«

»Woran haben Sie denn diese Spuren erkannt?«, fragte Haberl zynisch.

Anton fürchtete, er würde gleich wieder mit der Marsh'schen Probe anfangen. Ihm war durchaus bewusst, dass seine Antwort nicht sonderlich seriös klang. »Herr Josef Malek hat an allen Gläsern gerochen«, sagte er zerknirscht.

Sofort erhob sich empörtes Gemurmel.

Professor Haberl lachte spöttisch. Seine Stimme klang hysterisch, wie die eines Gauklers auf dem Jahrmarkt.

»Herr Malek verfügt über einen außergewöhnlichen Geruchssinn«, sagte Ernestine bestimmt. Ihr Ton duldete keine Widerrede, und zu Antons großem Erstaunen verstummten alle, sogar Franz Haberl. »Wir alle würden uns freuen, wenn wir nur ansatzweise Gerüche so schnell erkennen könnten wie er. Herr Böck und ich selbst haben uns gestern Abend davon überzeugen können. Herr Malek erkennt allein am Geruch, ob eine Speise zu viel oder zu wenig eines bestimmten Gewürzes beinhaltet. Wenn er sagt, dass nur ein Glas ungewöhnlich gerochen hat, dann glaube ich ihm das.«

Ernestine sah zu Malek, der während ihrer letzten Worte um einen halben Kopf gewachsen und dessen Schultern um gut zwanzig Zentimeter breiter geworden waren. Voller Stolz wölbte er seine Brust.

Anton hoffte, dass sein Wohlwollen auch ihn treffen würde. Gegen eine extragroße Portion Dessert hätte er nichts einzuwenden.

»Jetzt verstehen wir, warum das Essen gestern Abend so außergewöhnlich köstlich war«, sagte Clara Zuckerberg.

Anton pflichtete ihr bei. Als er erneut in die Runde schaute, fiel ihm Ernst Schwarz auf. Der junge Mann himmelte Clara Zuckerberg unverblümt an. Auch er schien zu bemerken, wie hübsch die junge Frau heute aussah. Ernst Schwarz konnte kaum seinen Blick von ihr wenden, und wenn Anton sich nicht täuschte, lag nicht nur Bewunderung darin. Ob die beiden jungen Leute mehr füreinander empfanden? Wenn ja, hatten sie diese Gefühle füreinander sehr rasch erkannt.

»Apropos Küche, sollten wir nicht endlich ans Mittagessen denken?«, fragte Zuckerberg. Er rieb sich den stattlichen Bauch.

»Gleich, mein Lieber«, sagte Frau Schwarz. Sie streckte ihren Arm aus, um ihn am Gehen zu hindern, und wandte sich dann Ernestine zu. »Sie behaupten also allen Ernstes, dass jemand in diesem Raum den Generaloberst ermordet hat.« Die Spannung, die ihre Worte erneut erzeugten, war fast greifbar.

»Wenn Herr Sebastian und Gerhard den Mörder nicht im Ostflügel finden, gehe ich davon aus. Oder haben Sie eine Idee, wie man den Vorfall anders interpretieren könnte?«

Frau Schwarz starrte Ernestine grimmig an. Es wirkte, als machte sie die Lehrerin, die noch dazu gar nicht richtig eingeladen war, für den Mord verantwortlich.

»Wir wissen nicht, ob das vergiftete Glas tatsächlich für den Generaloberst bestimmt gewesen war. Vielleicht wollte der Mörder jemand anderen vergiften«, ergänzte Ernestine und handelte sich einen noch eisigeren Blick von Frau Schwarz ein, die ihre schmalen, dunkelrot geschminkten Lippen fest zusammenpresste.

»Das ist alles so desaströs«, jammerte Frau Zuckerberg. Sie fächerte sich mit der ausgestreckten Hand Luft zu.

»Ja, das ist es«, pflichtete Frau Schwarz ihr bei. »Aber so unerfreulich und unerwartet die Ereignisse auch sein mögen, sie ändern nichts daran, dass wir an diesem Wochenende Tango tanzen wollen. Ich schlage vor, dass wir uns um drei zur nächsten Tanzstunde treffen. Bis dahin hat jeder Zeit, sich auszuruhen, zu lesen oder seine Zeit anders zu verbringen. Das Hotel ist groß und bietet genug Möglichkeiten, sich zu unterhalten. Es gibt einen Billardtisch, eine Bibliothek, einen Salon. Die Tanzstunde am Nachmittag wird helfen, uns wieder auf erfreulichere Dinge zu konzentrieren. Falls sich neue Änderungen ergeben, der Schneesturm nachlässt oder wir Kontakt zur Polizei herstellen können, werden wir uns nach dem Abendessen erneut hier versammeln.«

»Kein Tango vor dem Mittagessen?«, fragte Gonzales verwirrt. Der Argentinier hatte nur einen Teil der Unterredung verstanden. Außerdem schien er über keine Uhr zu verfügen. Es war weit nach zwölf Uhr.

»Erst nach dem Mittagessen. Um drei Uhr«, erklärte Frau Schwarz sichtlich genervt, aber umso lauter. So als würde die Lautstärke ihrer Stimme etwas am Verständnis des Südamerikaners verändern. Dann wandte sie sich an Malek. »Wann wird das Essen fertig sein?«

»Um eins.«

»So lange noch? Mein Magen knurrt«, empörte sich Zuckerberg.

»Ach, Papa, iss ein paar Linzeraugen.« Seine Tochter Clara hielt ihm einen Teller entgegen.

»Ich wünsche allen ein erfreuliches Mittagessen und danach eine erholsame Pause. Wir sehen uns später gestärkt und ausgeruht wieder«, sagte Frau Schwarz, stand auf und verließ ohne ein weiteres Wort den Salon. Ihr Abgang kam einer Flucht gleich. Ganz offensichtlich brauchte sie erneut eine kleine Pause, um ihre Nerven wieder zu beruhigen.

»Erstaunlich, wie sehr die Frau um Normalität bemüht ist«, flüsterte Ernestine Anton zu. »Es passiert ein Mord, und sie tut so, als hätte sich jemand eine Mandelentzündung eingefangen.«

»Sie hat Angst um ihren guten Ruf. Stellen Sie sich bloß die Aufregung in der Presse vor, wenn bekannt wird, dass bei einer Wohltätigkeitsveranstaltung, die sie organisiert hat, ein hochrangiger Militär ermordet wurde«, gab Anton zu bedenken. Er sah zu, wie ein Gast nach dem anderen den Salon verließ. Nur Josefa von Rauch blieb nach wie vor auf dem Sofa sitzen. Er spürte Ernestines Ellbogen zwischen seinen Rippen.

»Anton«, sagte sie bestimmt. »Es ist höchste Zeit, dass wir zwei aktiv werden. Am besten, wir beginnen gleich mit unseren Untersuchungen.«

»Wie bitte? Welche Untersuchungen? Ich dachte, wir ruhen uns aus.«

»Dazu haben wir noch den Rest unseres Lebens Zeit, lieber Anton. Jetzt gilt es, einen Mordfall zu klären!«

Die Art und Weise, wie Ernestine das Wort »Mordfall« aussprach, deutete darauf hin, dass die nächsten Stunden ihr wirkliche Freude bereiten würden. Anton seufzte schwer. Seine wohlverdiente Pause konnte er vergessen.

Kaum hatten die anderen den Salon verlassen, setzte sich Ernestine zu Josefa von Rauch aufs Sofa. Mitfühlend ergriff sie ihre schmale Hand. »Sollen wir Sie auf Ihr Zimmer begleiten?«

»Ich will nicht in dieses Zimmer«, sagte die kleine, blasse Frau mit überraschend fester Stimme. »Die Vorstellung, dass der leblose, entstellte Körper meines Ehemanns im Nebenzimmer liegt, ist mir unerträglich.«

»Das kann ich gut verstehen«, sagte Ernestine.

»Herr Sebastian hat mir versichert, dass ich nach dem Mittagessen ein neues Zimmer bekommen werde.«

»Das ist fein, wollen Sie in der Zwischenzeit zu mir kommen?«

Kurz zögerte Josefa von Rauch. Dann sagte sie: »Das wäre sehr freundlich. Würden Sie mich zuvor in mein Zimmer begleiten? Ich muss meine Medikamente aus dem Badezimmer holen.«

»Sind Sie denn krank?«

»Ich leide seit einiger Zeit an einem Nervenleiden. Ohne Tabletten kann ich keinen Schlaf finden. Ich muss sie mindestens zwei Stunden vor dem Zu-Bett-Gehen nehmen, und ich würde gern nach dem Essen etwas Erholung finden.«

Nervenleiden, dachte Anton. Das erklärte ihre Ruhe. Sicher stand sie unter dem Einfluss starker Medikamente. Merkwürdig nur, dass man nichts davon an ihren Augen bemerkte. Anton nahm sich vor, nach diesem Wochenende Nachhilfeunterricht bei seiner Tochter zu nehmen.

»Wir begleiten Sie sehr gern«, versicherte Ernestine. Mit »wir« meinte sie wohl auch Anton.

Josefa von Rauch nickte müde.

»Wollen wir?«, fragte Ernestine und stand auf.

Viel zu schwerfällig für ihren leichten Körper erhob sich die Witwe.

Als sie stand, zog Ernestine Anton zur Seite und flüsterte: »Wenn Frau von Rauch das Zimmer verlässt, wird es ebenfalls versperrt werden, und wir können nicht mehr hinein.«

Anton zog die Augenbrauen hoch. Was hatte Josefa von Rauchs versperrtes Zimmer mit seiner Mittagsruhe zu tun?

»Wir müssen noch einmal ins Zimmer des Generaloberststs. Vielleicht liegt dort irgendetwas, das uns weiterhilft. Das ist die letzte Gelegenheit, bevor es verschlossen wird.«

»Hat Herr Sebastian nicht gerade gesagt, dass es schon verschlossen ist?«

»Nur das Zimmer vom Generaloberst. Aber Frau von Rauch hat noch den Schlüssel zur Verbindungstür. Verstehen Sie mich?«

»Was geht uns die Verbindungstür an …?«, fragte Anton entsetzt und eine Spur zu laut, sodass er das Interesse von Josefa von Rauch erregte.

»Ach, Anton, Sie wissen doch, dass wir mindestens noch eine halbe Stunde auf das Mittagessen warten müssen. Wir können noch nicht in den Speisesaal«, sagte sie laut und lachte. Zu Josefa von Rauch meinte sie entschuldigend: »Auch wenn man es ihm nicht ansieht, Herr Böck hat immer Hunger. Wohl eine Folge des schrecklichen Krieges.«

Josefa von Rauch nahm Ernestines Entschuldigung für bare

Münze. Während Anton überlegte, ob er sich wegen der Lüge gekränkt fühlen sollte.

Ernestine ließ Antons Arm los und wandte sich Josefa von Rauch zu. Nun hakte sie sich bei ihr unter. So als wären sie seit Jahren die dicksten Freundinnen.

Kopfschüttelnd folgte Anton den beiden, dabei überlegte er fieberhaft, was Ernestine nun wieder vorhatte. Wie wurde er bloß die unfreiwillige Rolle als Detektiv wieder los?

Wie immer nahmen sie die Treppe, und als sie vor dem Zimmer der Witwe standen, holte diese umständlich den Schlüssel aus ihrer kleinen Handtasche, einem weinroten Beutel, der an ihrem Handgelenk baumelte. Mit überraschend ruhigen Handbewegungen sperrte sie die Tür zu ihrem Zimmer auf.

»Bitte schön«, sagte sie und bat Ernestine und Anton, einzutreten. Kaum, dass die Tür hinter ihnen ins Schloss fiel, bröckelte ihre Fassade und sie begann zu zittern. »Es tut mir wirklich leid«, sagte sie. Jede Sicherheit war nun aus ihrer Stimme gewichen. Ihre Zähne klapperten, als würde sie frieren.

»Soll ich Dr. Schöller holen?«, fragte Anton besorgt.

»Nein, das ist nicht notwendig. Es ist bloß dieses Zimmer. Die Erinnerungen und die Tatsache, dass mein Mann …« Sie beendete ihren Satz nicht und starrte mit weit aufgerissenen Augen zur verschlossenen Verbindungstür.

Ernestine ergriff Josefa von Rauchs Oberarm und zwang sie, auf einem der Lehnstühle am Fenster Platz zu nehmen. Sie streichelte der dürren Frau über den geraden Rücken.

Unterdessen ließ Anton den Blick durch das Zimmer streifen. Er blieb an drei riesigen Reisekoffern hängen. Konnte es sein, dass alle drei ihr Gepäck beinhalteten? Was um Himmels willen hatte die Frau darin transportiert? Aber der offene Wandschrank beantwortete seine Frage. Mindestens fünfzehn verschiedene Kleider, Schals, Blusen, Röcke und Jacken hingen darin. Außerdem schien es zu jedem Kleid auch die passenden Schuhe zu geben. Anton schwankte zwischen Entsetzen und Erstaunen. Hätte Ernestine ihn nicht sanft gegen das Schienbein getreten, wäre er weiterhin mit offenem Mund dagestanden und hätte die Schals abgezählt.

»Wenn Sie mir sagen, wo Ihre Medikamente sind, dann hole ich sie für Sie«, bot Ernestine sich an.

»Nein, es geht schon.« Josefa von Rauch stand wieder auf. Sie zitterte immer noch.

»Ich begleite Sie«, drängte Ernestine. »Sie sehen aus, als würden Sie gleich in Ohnmacht fallen. Haken Sie sich bei mir ein. Ich bin eine sehr robuste Person.«

Ein trauriges Lächeln huschte über das Gesicht der Witwe. »Auch ich bin zäher, als Sie denken«, sagte sie leise. Dennoch schien sie dankbar für Ernestines Angebot. Sie ließ sich bereitwillig ins Bad begleiten, ohne sich jedoch unterzuhaken.

Der Zimmerschlüssel blieb unbeachtet auf dem Tisch neben dem Lehnstuhl liegen. Bevor Ernestine hinter Josefa von Rauch das Badzimmer betrat, drehte sie sich zu Anton um und gab ihm durch übertriebene Pantomime zu verstehen, dass er den Schlüssel nehmen und ins Nebenzimmer gehen solle, um das Zimmer des Generalobersts zu durchsuchen.

Erschrocken schüttelte Anton den Kopf. Er hatte keinesfalls vor, das Zimmer mit der Leiche noch einmal zu betreten. Der Anblick heute Vormittag hatte ihm gereicht. Aber Ernestine zeigte entschieden zur Tür, dann faltete sie bittend die Hände zusammen und setzte ein entwaffnendes Lächeln auf. Zum Glück sah Josefa von Rauch Ernestines zirkusreife Vorstellung nicht. Da Anton nicht reagierte, legte Ernestine noch ein Schäufelchen nach. Mit auslandenden, rudernden Armbewegungen Richtung Verbindungstür zeigte sie Anton, was sie von ihm erwartete. Endlich verschwand sie hinter Frau von Rauch im Badezimmer. Ernestine brachte es tatsächlich zustande, die Tür zu schließen.

Unschlüssig stand Anton vor dem kleinen, runden Tisch. Der Schlüssel, der sowohl Josefa von Rauchs Zimmer als auch die Verbindungstür aufsperrte, wartete darauf, genommen zu werden. Wie viel Zeit würde er haben, und wonach sollte er suchen? Nach weiteren Giftspuren? Er würde sie nicht erkennen. Aber Anton wusste, was ihn erwartete, wenn er diese Gelegenheit verstreichen ließ. Ernestine würde ihm die Hölle heiß machen. Darauf konnte er verzichten. Aus dem Bad drangen Stimmen, ein Kästchen wurde geöffnet. Anton seufzte. Dann schnappte er den Schlüssel und trat auf die Verbindungstür zu.

»Ich muss meinen Verstand verloren haben«, murmelte er zu sich selbst. Dann steckte er den Schlüssel ins Schloss, drehte ihn um und öffnete die Tür. Zum Glück waren Schloss und Türangel gut geölt. Er warf den Schlüssel wieder auf den Tisch zurück. Zu seiner Überraschung traf er so perfekt, dass der Schlüssel dort liegen blieb und nicht zu Boden fiel. Als Junge war er der beste Ballspieler der Schule gewesen. Manche Fertigkeiten verlernte man sein ganzes Leben nicht mehr. Aber seine Freude über den gelungenen Wurf währte nur kurz. Sofort wurde ihm wieder bewusst, wozu er sich gerade hatte überreden lassen. Hoffentlich hatte er Ernestines pantomimische Zeichen zuvor richtig interpretiert. Wenn sie ihn hier einsperrte, würde er bis auf Weiteres mit einer Leiche gefangen sein. Kein erfreulicher Gedanke.

Leise zog er die Tür hinter sich zu, und kaum hatte er das getan, hörte er die beiden Frauen wieder aus dem Badezimmer kommen.

»Nanu, wo ist denn Anton hinverschwunden?« Ernestines Stimme drang durch die verschlossene Verbindungstür.

»Vielleicht verspürte er ein dringendes Bedürfnis«, sagte Josefa von Rauch. »Ältere Männer haben oft Probleme mit ihrer Blase.«

Nun kicherte Ernestine. Dafür wollte Anton sie später zur Rede stellen.

»Sie haben beide Hände voll mit Ihren Medikamenten und dem wärmenden Schal. Ich nehme Ihren Schlüssel«, bot Ernestine an.

Die Worte beruhigten Anton ein bisschen. Dann hörte er, wie die beiden Frauen das Zimmer verließen. Die Tür schloss sich, und der Schlüssel bewegte sich zweimal im Schloss. Hoffentlich hatte Ernestine zuerst zu- und dann wieder aufgesperrt. Die Schritte der beiden Frauen entfernten sich über den Gang. Dann war es sehr still.

Anton drehte sich um und schaute auf die Leiche im Bett. Der steife Körper mit dem entstellten Gesicht des toten Generaloberst lag immer noch in unnatürlicher Verrenkung. Dr. Schöller hatte den Toten nicht angerührt, und auch die Witwe hatte nichts an der Position ihres Mannes verändert. Seine Augen waren immer noch weit aufgerissen. Bei den eisigen Temperaturen im Zimmer würde sich die Leichenstarre wohl erst in einigen Stunden wieder auflösen. Was hatte Anton vor vielen Jahren gelernt? Zwischen vierundzwanzig und achtundvierzig Stunden konnte die Starre anhalten. Im Winter 1915 hatte er Leichen gesehen, die sogar über zwei Tage lang steif gewesen waren.

Von Rauchs Pupillen waren nach oben verdreht, sodass nur das blutunterlaufene Weiß zu sehen war. Sein Mund war verzerrt, vielleicht hatte er um Hilfe gerufen. Anton fragte sich, ob seine Frau im Nebenzimmer diese Schreie nicht hätte hören müssen. Aber dann fiel ihm ein, dass Josefa von Rauch Tabletten zum Schlafen einnahm. Außerdem hatte sie beim Essen gesagt, sie wünschte, er wäre tot. Vielleicht hätte sie ihm auch dann nicht geholfen, wenn sie ihn gehört hätte.

Als Nächstes galt seine Aufmerksamkeit den Händen des Toten. Beide waren fein manikürt und zeugten von einem Leben ohne schwere Arbeit. Jetzt waren sie verkrampft. Sicher hatte der Mann kurz vor seinem Ableben furchtbare Schmerzen gelitten. Wie zuvor bei seinem ersten Besuch in dem Zimmer zogen erneut unzählige Gesichter toter Soldaten vor seinem inneren Auge vorbei. Es dauerte eine Zeit lang, bis er die grauenvollen Bilder wieder loswurde und sich seines eigentlichen Anliegens besann. Das Problem war, dass er nicht genau wusste, was er tun sollte. Wonach suchte er? Langsam ließ er den Blick durch das Zimmer wandern. Es glich seinem eigenen. Das Bett stand an der Wand, gegenüber befand sich ein Schrank und vor dem Fenster ein Tisch mit zwei tiefen, gepolsterten Stühlen. Der Schwedenofen war kalt, und Anton bemerkte, dass er fröstelte. Statt des Obstkorbes standen auf dem kleinen, runden Tisch eine Reihe alkoholischer Flüssigkeiten bereit. Weder ihm selbst noch Dr. Schöller waren sie zuvor aufgefallen. Anton trat drauf zu und entkorkte eine kleine, bauchige Flasche, die bis zum Rand mit grüner Flüssigkeit gefüllt war. Absinth. Anton konnte an dem scharfen Geruch nichts Ungewöhnliches bemerken. Offenbar hatte der Generaloberst die beiden anderen Flaschen bevorzugt. In einer befand sich noch ein kleiner Rest einer goldgelben Flüssigkeit. Anton zog den Glasstoppel aus dem schmalen Hals und erkannte das Aroma von Cognac. Die dritte Flasche war ebenfalls fast leer, nur ein Fingerbreit einer klaren Flüssigkeit bedeckte den Boden. Anton tippte auf Wodka und sollte recht behalten. Auch an diesem Geruch konnte er kein mäusepisseähnliches Aroma entdecken. Die drei Flaschen bewiesen bloß, dass der Tote im Bett gern Hochprozentiges zu sich genommen hatte, aber das war nichts Neues.

Wie in seinem eigenen Zimmer verfügte der kleine Tisch über eine schmale Lade. Ohne darauf zu hoffen, dort etwas zu finden, zog Anton die Lade auf. Sie war leer, genau wie er es angenommen hatte. Also ging er zum Schrank und öffnete ihn. Drei sauber gebügelte Festtagsuniformen hingen darin. In der danebenstehenden Kommode lagen vier Hemden, Unterwäsche und Socken. Plötzlich überfiel Anton ein schlechtes Gewissen. Was zum Teufel machte er hier eigentlich? Er stöberte in der Kleidung eines Mannes, der vor einigen Stunden einen qualvollen Tod gestorben war. Verärgert über sich selbst schloss er den Kasten wieder und ging zurück zur Tür. Dabei stieß er mit dem Fuß gegen den Brennholzkorb neben dem Schwedenofen.

»Verzeihung«, flüsterte er zum Toten im Bett. So als würde von Rauch noch irgendetwas mitbekommen. Drei Holzscheite und drei zusammengeknüllte Blätter Papier lagen auf dem Boden. Hastig bückte sich Anton, legte das Holz zurück in den Korb und griff nach dem Papier. Zwei Blätter stammten von der Kronenzeitung der letzten Woche, Anton hatte die Artikel über die Unabhängigkeitserklärung der Halbinsel Krim gelesen. Er warf die Blätter wieder auf die Holzscheite und langte nach dem letzten Papierknäuel, das unter den Tisch gerollt war. Dazu musste er sich niederknien und unter den Tisch krabbeln. Sein linkes Knie krachte. Ein stechender Schmerz fuhr durch seinen Körper, er fluchte. Wann würde er endlich lernen, dass er sich nicht mehr bewegen konnte wie vor zwanzig Jahren? Anton wollte nur noch eines: raus aus diesem Zimmer! Aber zuvor musste er dieses Papierknäuel erwischen. Mit zusammengebissenen Zähnen streckte er den Arm aus. Ein Stechen in der Schulter war das Ergebnis. »Verdammt!«, fluchte er nun so laut, dass er über seine eigene Stimme erschrak. Wieder entschuldigte er sich bei dem toten Generaloberst.

Endlich hatte er das Papier erwischt und hielt es nun in der Hand. Diesmal war es keine Zeitungsseite, sondern ein Bogen Briefpapier, der mit feiner, schnörkeliger Handschrift beschrieben war. Die geschwungenen Großbuchstaben ließen auf eine weibliche Schreiberin schließen. Als der Druck in der Schulter nachließ, faltete Anton den Bogen auf. Er war doppelseitig beschrieben und begann mit den Worten »Liebster Johann«. Ein Brief, der an den Generaloberst adressiert war. Er drehte den Bogen um und las den Absender: »in Liebe, deine Franzi«. Das war ganz sicher nicht Frau von Rauch. Die hieß Josefa. Ihren Namen konnte man mit Pepi, Sefi oder Soferl abkürzen.

Plötzlich fuhr Anton hoch. Über den Gang näherten sich Schritte. Erschrocken hielt er im Lesen inne und lauschte angespannt. Er wagte es kaum, zu atmen, so nervös war er. Mit klopfendem Herzen betrachtete er den Toten auf dem Bett. Es war ihm, als würde der Generaloberst ihn mit seinem verzerrten Mund auslachen. Die Schritte wurden lauter. Die Person auf dem Flur befand sich jetzt direkt vor der Tür. Ob Josefa von Rauch etwas vergessen hatte? Was würde sie sagen, wenn sie ihre Tür offen vorfand? Aber es war nicht Josefa von Rauch, und die Person hatte keinerlei Interesse an diesem oder dem angrenzenden Zimmer. Die Schritte entfernten sich so zügig, wie sie gekommen waren, und hielten erst vor dem Aufzug an. Anton vernahm ein ratterndes Geräusch. Eine schwere Metalltür wurde geöffnet. Erleichtert atmete er durch, trat aber erst zur Verbindungstür, als die Metalltür wieder laut zuschnappte.

Er warf einen letzten Blick durch den Raum. Alles sah so aus wie zuvor, als er ihn betreten hatte. Rasch durchschritt er das Zimmer von Josefa von Rauch. Er hielt sein Ohr an die Tür. Auf dem Gang war alles still. Vorsichtig drückte er die Türklinke nach unten und hoffte inständig, dass Ernestine ihn nicht eingesperrt hatte. Mit einem leisen Klicken öffnete sich die Tür. Anton spürte, wie sich seine Anspannung löste. Rasch schloss er die Tür wieder und hastete mit der Geschwindigkeit eines Dreißigjährigen über den Flur zum Treppenabgang. Er eilte die Stufen hinunter in den Speisesaal. In der Innentasche seines Jacketts befand sich der glatt gestrichene und wieder zusammengefaltete Brief, der an den toten Generaloberst adressiert war. Obwohl er wusste, dass das, was er eben getan hatte, nicht rechtens gewesen war, fühlte er sich großartig. Ähnlich wie Heinrich Schliemann, der die Schätze Trojas nach London gebracht hatte. Die Frage, ob Anton mit seinem Fund offene Fragen beantworten konnte, war jedoch noch ungewiss.

ZEHN

Als er den Speisesaal betrat, waren alle anderen schon anwesend. Die Vorspeise, dünn geschnittenes Rindsfilet auf mariniertem Gemüse, wurde bereits serviert. Rasch nahm Anton neben Ernestine Platz, um diese Köstlichkeit nicht zu verpassen.

»Mein Lieber, wo waren Sie so lange?«, fragte Ernestine.

Es war erstaunlich, wie überzeugend sie lügen konnte, ohne dabei verlegen oder rot zu werden. Sie wusste doch ganz genau, wo er gewesen war und was er getan hatte. Anton räusperte sich diskret, worauf Ernestine und Josefa von Rauch einen wissenden Blick austauschten. Diesmal war es Anton gleich, schließlich hatte er einen Schatz in seiner Jackentasche, und Ernestine würde sich zuerst bei ihm entschuldigen müssen, bevor er ihr den Brief zeigen wollte.

Das Essen verlief ruhig. Viele der Gäste hingen ihren eigenen Gedanken nach. Und so war neben leisen Gesprächen hier und dort nur das Klappern des Bestecks zu hören. Zu Antons großer Überraschung aß Josefa von Rauch heute deutlich mehr als gestern. Entweder schmeckten ihr die Gerichte besser, oder der Tod ihres Ehemanns hatte ihren Appetit angeregt. Es gab eine klare Rindssuppe mit Spinatnockerln, ein Wildragout und als Nachspeise eine luftige Himbeermousse. Anton fühlte sich erneut im siebten Himmel. Josefa von Rauch kostete alles bis auf das Dessert.

»Sie wollen diese Köstlichkeit doch nicht unberührt zurückschicken?«, fragte er fassungslos.

»Ich bin satt. Aber Sie können gern meine Mousse essen«, sagte sie und schob ihren Teller zu ihm. Ihre Augenlider waren halb geschlossen, sie wirkte sehr müde. Es sah aus, als hätten ihre Medikamente überraschend schnell gewirkt. Wobei Anton ihre Pupillen nicht erkennen konnte, sie wurden von den Lidern zur Hälfte verdeckt. Für den Bruchteil eines Augenblicks schoss ihm durch den Kopf, dass die Frau vielleicht nicht nur eine großartige Tänzerin, sondern auch eine hervorragende Schauspielerin war, die weder zuvor noch jetzt Beruhigungsmittel genommen hatte. Das würde die klaren Augen erklären, nicht jedoch ihr merkwürdig ruhiges Verhalten.

»Gern!«, sagte Anton. Eine Spur zu gierig zog er den Teller zu sich, bevor die Witwe es sich anders überlegen konnte.

Während er die Mousse auf seiner Zunge zergehen ließ, stand Josefa von Rauch auf. »Sie entschuldigen mich bitte.«

Anton nahm einen weiteren Löffel und ließ die süße Köstlichkeit auf dem Gaumen schmelzen. Fast hätte er vergessen, dass Frau von Rauchs Zimmer nicht abgesperrt war. Wie wollte Ernestine dieses Problem lösen? Aber wie immer überraschte sie ihn auch diesmal.

»Frau von Rauch wird ein Zimmer im zweiten Stockwerk beziehen, das am Ende des Gangs gleich neben unseren Zimmern. Ich habe Herrn Sebastian angeboten, ihr beim Umzug behilflich zu sein. Während der junge Gerhard oder er selbst die schweren Koffer tragen werden, nehme ich gemeinsam mit Frau von Rauch die leichten Kleider, die bereits auf Kleiderbügeln hängen. Auf diese Weise muss sie nicht alles wieder zusammenlegen.«

»Hat Herr Sebastian bereits den Ostflügel und den vierten Stock durchsucht?«, wollte Anton wissen. Er war beeindruckt von der Effizienz des jungen Mannes.

»Ja, gleich nach dem Treffen ist er durchs Haus gelaufen.«

»Und?«, fragte Anton neugierig.

Ernestine schüttelte den Kopf. »Die Zimmer sind alle völlig leer. Keine Spur eines ungebetenen Gastes.«

»Nun, das überrascht uns jetzt nicht. Oder?«

Anton sah, dass der Schlüssel zu Frau von Rauchs Zimmer immer noch vor Ernestine am Tisch lag. Mit einer erstaunlichen Selbstverständlichkeit griff sie danach. Offenbar war sie in der letzten Stunde zu Josefa von Rauchs Gesellschaftsdame avanciert. Ihre Mousse schob sie zu Anton. Im Unterschied zu Frau von Rauch lag Bedauern in ihrer Miene.

»Wir sehen uns später. Nehmen Sie nach dem Essen einen Kaffee im Salon?«

»Nein, ich werde ihn auf meinem Zimmer trinken.«

»Dann treffen wir uns dort später«, erklärte sie bestimmt.

Anton seufzte schwer. Wie gern hätte er einfach einen Mittagsschlaf gehalten. Aber diese Vorstellung rückte in weite Ferne. Gut, dass Ernestine nun mit dem Umzug beschäftigt war, so blieb ihm wenigstens genug Zeit, die Nachspeise zu genießen.

»Lassen Sie sich nur Zeit«, sagte er und betrachtete voller Vorfreude die zwei weiteren Teller mit Himbeermousse auf dem Tisch vor sich. Nach der Aufregung in Generaloberst von Rauchs Zimmer hatte er sich diesen Nachschlag redlich verdient.

ELF

Nach dem Essen zog er sich mit zwei Tassen kräftigem Kaffee auf sein Zimmer zurück. Er machte es sich neben dem behaglich knisternden Ofen gemütlich, streckte seine Beine aus und deckte sich mit einer der kuscheligen Tagesdecken zu, die im Kleiderschrank ganz oben lagen. Die weiche Wolldecke roch nach Lavendel und Mottenpulver. Der Geruch erinnerte Anton an seinen Kleiderschrank in Wien. Heide legte seit Jahren mit Lavendel gefüllte Säckchen zwischen seine Hemden, um Ungeziefer fernzuhalten. Während draußen der Schneesturm nach wie vor tobte und das Ende der Welt anzukündigen schien, nickte Anton ein.

Der Ofen strahlte wohlige Wärme aus, und das Knistern der Flammen vermittelte ein Gefühl von Geborgenheit. Anton beschloss, auf Ernestine zu warten. Dabei fielen ihm langsam die Augen zu, und schon bald träumte er von einem hellen Sommertag, den er mit Rosa in den Donauauen verbrachte. Die Insekten surrten, das Wasser plätscherte, es roch nach feuchter Erde und üppig blühendem Holler …

Unterdessen trug Ernestine drei herrlich verarbeitete Seidenkleider aus dem ersten Stockwerk ins zweite. In ihrem ganzen Leben hatte sie selbst nie so kostbare Kleider besessen. Eines davon entsprach dem Wert eines ganzen Monatslohns als Lehrerin. Vorsichtig, so als handelte es sich um einmalige Kunstobjekte, hängte sie die drei Kleider in den Schrank. Als alle Koffer, Hüte, Schuhe und Mäntel übersiedelt waren, verabschiedete sich Ernestine von Josefa von Rauch.

»Vielen Dank, meine Liebe«, hauchte die kleine, dünne Frau dankbar. Sie sah jetzt sehr müde aus. Es kostete sie sichtlich große Anstrengung, die Worte klar zu artikulieren.

»Sie sollten sich etwas hinlegen«, sagte Ernestine.

»Ja, das werde ich.«

Damit zog sie die Tür leise hinter sich zu. Auch Herr Sebastian, der geholfen hatte, wirkte erschöpft.

»Ich werd jetzt das alte Zimmer absperrn und den Schlüssel in den Hotelsafe legen«, sagte er. Was als Erklärung gedacht war, klang wie eine Frage.

»Das machen Sie alles ganz wunderbar«, beruhigte ihn Ernestine. Sie tätschelte aufmunternd seine Hand. Dankbar nahm er ihre Ermutigung entgegen, er lächelte zaghaft und lief dann wieder über den Flur, um in der Küche nach dem Rechten zu sehen.

Ernestine stand im Gang und sah ihm nach. Der junge Mann tat ihr aufrichtig leid. Einen Moment lang dachte sie darüber nach, ob er jemals einen angemessenen Lohn für seine Bemühungen bekommen würde. Aber bevor sie sich selbst ihre Frage beantworten konnte, kam ihr Ernst Schwarz entgegen. Sein dunkles Haar hing ihm in die helle Stirn, er wirkte verträumt, so als befände er sich mit seinen Gedanken ganz woanders.

»Fräulein Kirsch«, sagte er überrascht. »Sie sind so schnell vom Mittagessen aufgebrochen. Hat Ihnen die Nachspeise nicht geschmeckt?«

»Oh, ich hätte sie gern gegessen, aber ich habe Frau von Rauch bei der Übersiedelung geholfen.«

»Sie packen überall mit an, nicht wahr?«, sagte er, und es lag durchaus Bewunderung in seiner Feststellung.

»Nun, wenn Hilfe gebraucht wird, sollte man sie nicht verweigern. Oder?«

Er lächelte müde, kurz legte sich wieder eine unendliche Traurigkeit über sein Gesicht.

»Hatten Sie schon eine Tasse Kaffee?«, fragte Ernestine.

»Nein.«

»Würden Sie einer alten Lehrerin die Ehre erweisen und mit ihr eine Tasse trinken?«

Überrascht, aber durchaus erfreut, zog Ernst Schwarz die Augenbrauen hoch. »Sehr gern. Sollen wir in den Salon gehen?«

»Eine wundervolle Idee!«

Wenig später saß Ernestine Ernst Schwarz gegenüber. In ihren Händen hielt sie eine Tasse mit frisch gebrühtem Bohnenkaffe. Das Aroma gerösteter und gemahlener Bohnen stieg ihr betörend in die Nase. Langsam rührte sie einen Löffel voll Zucker in die schwarze Flüssigkeit ein.

»Was haben Sie gestern Abend im Zimmer von Generaloberst von Rauch gewollt?«, fragte Ernestine geradeheraus. Sie wollte ihr Gegenüber überraschen, und das gelang ihr auch.

Mit weit aufgerissenen Augen und leicht geöffnetem Mund starrte Ernst Schwarz sie an. »Sie haben mich beobachtet?«, fragte er fassungslos.

»Zufällig gesehen«, verbesserte Ernestine.

Ernst Schwarz schwieg.

»Sie haben sich mit dem Generaloberst gestritten.«

»Also haben Sie mich nicht nur beobachtet, sondern auch belauscht.« Ernst Schwarz schien zwar überrascht, aber nicht aufgebracht oder wütend, sondern eher resignierend, so als wäre er zu müde für ein Leugnen, Lügen oder gar eine verbale Auseinandersetzung. »Es war zu erwarten, dass jemand von dem Treffen erfährt. Besser, Sie sind diese Person als jemand anderer.«

»Wie meinen Sie das?«, wollte Ernestine wissen.

Er ging nicht auf ihre Frage ein. »Was haben Sie vom Streit gehört?« Seine grauen Augen verengten sich und musterten Ernestine prüfend.

»Nun …« Ernestine dachte kurz nach. Sollte sie zugeben, dass sie nichts gehört hatte? Dann würde sie aber auch nichts erfahren. Besser, sie ging das Risiko ein und bluffte. »Es ging um Geld.«

Für einen Moment schwieg Ernst Schwarz, dann lachte er humorlos auf. Sein Lachen erreichte seine traurigen grauen Augen nicht. »Bei solchen Streitgesprächen geht es immer ums Geld, nicht wahr?«

Ernestine wartete und hoffte, ins Schwarze getroffen zu haben.

Nach einer Weile fuhr sich der junge Mann mit seinen langen Fingern durch seinen dichten Haarschopf. Er war sehr attraktiv, auch die Traurigkeit in seinen Augen änderte daran nichts. Im Gegenteil, sie verlieh ihm etwas Geheimnisvolles. Vielleicht war es gerade diese Schwermut, die Clara Zuckerberg so anziehend fand.

Bevor er weitersprach, vergewisserte er sich, dass er und Ernestine allein im Raum waren. Er sprach seine Worte sehr leise. »Ja, es ging um Geld. Johann Hermann von Rauch hat mich und meine Mutter erpresst und das seit einigen Jahren.«

»Womit hat er Sie erpresst?«

»Mit Wissen über mich.«

Schon fürchtete Ernestine, dass er nicht mehr verraten würde. Es war schon erstaunlich, dass er so viel von sich preisgegeben hatte.

Aber er atmete tief ein und fuhr mit seinen Erklärungen fort. »Ich bin ein Kriegsdeserteur.«

Ernestine hielt die Luft an. Dieses Geständnis wog sehr schwer. Statt einer Antwort nickte sie bloß. Sie hatte Angst, dass er aufhören würde, weiterzureden, wenn sie ihn unterbrach.

»Man hat mich zur zwölften Isonzoschlacht in den Süden geschickt. Ich hatte Pech, anders als andere junge Männer reicher Familien wurde ich direkt an der Front eingesetzt. Vielleicht wollte irgendjemand meiner Mutter eins auswischen. Wir haben es nie erfahren. Aber ich hatte nie Ambitionen auf eine Karriere bei der Armee. Deshalb diente ich als einfacher Soldat. Es war die Hölle auf Erden.« Er schaute an Ernestine vorbei. Seine Augen wurden leer, sein ohnehin schon blasses Gesicht so weiß wie die Wand hinter ihm.

»Wir haben uns mit den Italienern eine sinnlose Schlacht geliefert. Giftgas wurde eingesetzt, aber die Italiener hatten keine Masken, die sie ausreichend geschützt hätten. Sie rissen sich die Masken von den Gesichtern und erstickten jämmerlich. Ich habe nie so viele Männer sterben sehen. Familienväter, junge Burschen, ganz sicher keine sechzehn Jahre alt, Kinder noch. Lauter sinnloses Leid und wofür? Ich sah keinen Sinn in diesem Kampf. Für wen sollte ich töten? Für den Kaiser? Warum? All diese unschuldigen Menschen starben, weil ein paar einflussreiche Politiker sich das eingebildet hatten … Ich konnte nicht mehr mitmachen.« Seine Stimme riss ab. Er beugte sich nach vorne, stützte seine Ellbogen auf seinen Oberschenkeln ab und vergrub sein Gesicht in seinen Händen.

»Und weil Sie es nicht mehr ertragen konnten, sind Sie davongelaufen«, ergänzte Ernestine mit sanfter Stimme. Sie stellte ihre Tasse auf den Tisch und griff auf sein Knie. Eine viel zu persönliche Berührung für einen Wildfremden. Aber im Moment erschien sie ihr richtig.

Langsam hob er den Kopf. Nun schimmerten Tränen in seinen Augen. Er nickte.

»Hätten alle Soldaten so gehandelt wie Sie, wäre der Krieg schneller beendet worden.«

Ernst Schwarz schluckte hart. Ernestine zog ihre Hand wieder von seinem Knie weg.

»Ich lief gemeinsam mit zwei Freunden weg. Sie haben uns noch am selben Tag erwischt. Karl haben sie vor meinen Augen erschossen, Michael gehängt. Ich werde das Bild seines leblosen Körpers nie vergessen. Es verfolgt mich in meinen Träumen. Als ich an der Reihe war, griffen die Italiener an, ich konnte in den Wirren des Angriffs entkommen und nach Wien flüchten. Hier hat meine Mutter alles in die Wege geleitet, um die Sache zu vertuschen. Sie hat viel Geld bezahlt. Leider hat von Rauch davon Wind bekommen, und seither erpresste er uns. Sollte die Wahrheit ans Tageslicht kommen, kann ich mir meine Karriere als Jurist aus dem Kopf schlagen.«

»Waren Sie der einzige Deserteur, den von Rauch erpresste?«

Ernst Schwarz verneinte. »Der Reichtum, den er in den letzten Jahren angehäuft hat, stammt von Familien, deren Söhne den Kriegswahnsinn nicht mehr ertrugen. Er selbst hat bloß einen Monat an der Front gedient, dann hat er sich nach Wien versetzen lassen. Das Töten und Sterben überließ er anderen.«

Ernestine nickte betroffen. Der junge Mann hatte ein starkes Motiv, einen triftigen Grund, den Generaloberst zu töten, und dennoch konnte sie nicht glauben, dass er ein Mörder war.

»Ich fürchte, Sie werden Ihre Geschichte der Polizei erzählen müssen«, sagte sie ernst. Es war ihr bewusst, dass dieses Geständnis das Ende seiner Juristenkarriere bedeuten konnte.

»Ich weiß«, seufzte er leise, richtete sich auf und wirkte überraschend gefasst. »Es war zu befürchten, dass es eines Tages ans Licht kommt.« Dann lächelte er gequält. »Natürlich müsste ich die Sache nicht erzählen, wenn Sie den Mörder finden, bevor die Polizei eintrifft, und ich nehme an, genau das haben Sie vor.«

Ernestine öffnete den Mund, um etwas zu erwidern, schloss ihn aber rasch wieder. Sie fühlte sich ertappt.

ZWÖLF

Anton träumte immer noch von dunkelgrünen Farnen, Wasserlinsen und dem untrüglichen Geruch frischen Donauwassers, daher hörte er das Klopfen an seiner Tür nicht. Erst als der Lärm lauter wurde, schreckte er hoch. Ernestine betrat sein Zimmer durch die Verbindungstür. Anton brauchte eine Weile, um sich wieder zurechtzufinden. Er befand sich nicht im Auwald, sondern in einem Zimmer im Panhans. Auch gut.

»Anton, Sie sabbern im Schlaf«, stellte Ernestine fest.

»Das tu ich nicht«, empörte er sich, richtete sich mühevoll in seinem bequemen Lehnsessel auf und wischte sich vorsichtshalber mit dem Handrücken über den Mund.

Ernestine zog den anderen Stuhl, der genauso komfortabel war, näher zu Anton heran und beugte sich vertraulich nach vorne. »Sie glauben mir nicht, was ich soeben herausgefunden habe«, sagte sie.

Damit holte sie Anton endgültig in die Wirklichkeit zurück. Das Gesicht seiner Enkeltochter rückte in den Hintergrund, und ihm wurde wieder bewusst, dass Ernestine wild entschlossen war, einen Mordfall aufzuklären. Er selbst hatte das Zimmer des Mordopfers durchsucht. Der Brief steckte immer noch ungelesen in seiner Jackentasche, die jetzt an einem der Garderobenhaken an der Wand hing.

»Ich bin davon überzeugt, dass Sie mich an Ihrem Wissen teilhaben lassen werden.« Anton unterdrückte ein Gähnen. Er blickte bedauernd zu den zwei leeren Kaffeetassen am Tisch. Nachdem Ernestine nicht gekommen war, hatte er auch ihre Portion getrunken. Erstaunlich, dass er dennoch so tief geschlafen hatte.

»Nachdem ich Frau von Rauch von ihrem alten Zimmer in ihr neues begleitet habe – der Trick mit dem nicht versperrten Schloss hat übrigens wunderbar funktioniert«, unterbrach sich Ernestine selbst und grinste zufrieden, »also danach«, begann sie erneut, »bin ich Ernst Schwarz über den Weg gelaufen. Haben Sie ein Pfefferminzbonbon?«

Anton zog die Dose aus seiner Westentasche, öffnete und reichte sie ihr.

»Danke.«

Ernestine steckte das Bonbon in den Mund, dann holte sie aus und gab eine gekürzte Version des Gesprächs, das sie eben mit Ernst Schwarz geführt hatte, wieder.

Anton ergriff mit beiden Händen die Armlehnen seines Stuhls. Die Erinnerungen des jungen Schwarz deckten sich mit seinen eigenen Kriegserfahrungen. Er konnte gut verstehen, dass er einfach nicht mehr hatte mitmachen wollen. Hätte Anton damals zwei mutige Kameraden gehabt, die mit ihm desertiert wären, wer weiß, vielleicht wäre er auch davongelaufen.

Ernestine senkte ihre Stimme. »Der feine Generaloberst hat den armen Ernst und seine Mutter erpresst.«

Anton schnürte es die Kehle zu vor Ärger und Wut. Der Generaloberst war noch viel verachtenswerter, als er bisher angenommen hatte.

»Ernst Schwarz hat Ihnen tatsächlich auf dem Gang gestanden, dass er ein Deserteur war?«, fragte er ungläubig. Er konnte kaum glauben, dass der junge Mann diese Information einfach so preisgab.

»Sie hören mir nicht zu«, sagte Ernestine vorwurfsvoll. »Er hat es mir im Salon gestanden.« Nun knetete sie etwas verlegen ihre Finger. »Außerdem habe ich gepokert.«

»Wie soll ich das verstehen, haben Sie um die Information gespielt?«

»Na ja, ich habe behauptet, dass ich den Streit gehört habe und wisse, dass es um viel Geld gehe.«

»Wie bitte? Aber wir haben doch gar nichts verstanden!«, sagte Anton empört.

»Lieber Anton, so viele Möglichkeiten gibt es doch nicht, warum reiche Männer derart heftig streiten. Frauen oder Geld. Da ich nicht annahm, dass Herr von Rauch und Ernst Schwarz an derselben Frau interessiert waren, habe ich geraten und Glück damit gehabt.«

Anton schwieg.

»Für unsere Ermittlungen bedeutet das, dass der junge Jurist ein Mordmotiv gehabt hat«, erklärte Ernestine. »Hätte von Rauch seine Drohung in die Tat umgesetzt, hätte Schwarz seine gerade erst begonnene Karriere als Rechtsanwalt rasch wieder beenden müssen.«

Ihre Stimme klang nun gar nicht mehr erfreut und euphorisch wie zuvor. Offenbar mochte sie den jungen Mann. Auch Anton wollte sich Ernst Schwarz nicht als Mörder vorstellen.

»In meinen Augen ist Frau Schwarz genauso verdächtig wie ihr Sohn, den sie schützen wollte«, gab Anton zu bedenken. Er stellte sich gerade vor, zu welchen Taten er selbst fähig wäre, wenn jemand Heide oder Rosa bedrohte.

»Erinnern Sie sich an die Worte, die Frau Schwarz gestern Abend gesagt hat?« Ernestine riss ihre Augen auf. »Sie hat Dr. Schöller versprochen, dass er heute nicht mehr neben dem Generaloberst sitzen müsse. Vielleicht hat sie diesen Satz gesagt im Wissen, dass er heute nicht mehr leben wird.«

Anton lief ein kalter Schauer über den Rücken, und das trotz Schwedenofen und warmer Decke.

»Haben Sie im Zimmer des Generalobersts etwas gefunden?«

»Ja, das habe ich«, sagte Anton. Beinahe hätte er den Brief vergessen. Etwas behäbig hievte er sich aus dem tiefen Lehnstuhl. Sein Knie trug ihm immer noch das Krabbeln auf dem Boden in von Rauchs Zimmer nach. Ernestine schien seine ungelenken Bewegungen nicht zu bemerken. Sie sah ihm voller Erwartung hinterher und konnte ihre Überraschung nicht verbergen, als Anton mit dem zusammengefalteten Briefbogen zurück zum Ofen kam.

»Das lag zusammengeknäuelt im Brennholzkorb.«

»Was steht denn darin? Es sieht aus wie ein Brief.« Ernestine schnalzte vor Aufregung mit der Zunge und streckte ihm fordernd die Hand entgegen.

»Ich habe keine Ahnung«, gab Anton zu. »Aber ich denke, dass es sich um einen Liebesbrief handelt.«

»Sie haben den Brief nicht gelesen?« Ernestines Stimme überschlug sich.

»Ich habe noch keine Zeit dafür gefunden.«

»Sie sitzen seit einer Stunde beim Kaffee am warmen Ofen.«

Fassungslos schüttelte sie den Kopf. »Ich wäre vor Neugier geplatzt.«

»Das kann ich mir gut vorstellen«, murmelte Anton. Dann fügte er hinzu: »Ich habe vor, noch viele Jahre zu leben und meiner Enkeltochter ein liebender Großvater zu sein. Wenn ich in Ihrem Tempo durch die Welt laufe, bekomme ich in einer Stunde einen Herzinfarkt und falle auf der Stelle tot um.« Die Schärfe in seiner Stimme überraschte nicht nur Ernestine, sondern auch Anton selbst.

»Ich bin sicher, Sie haben sich die Pause verdient«, beschwichtigte Ernestine versöhnlich. »Darf ich den Brief jetzt sehen?«

»Ich lese ihn Ihnen vor«, sagte Anton bestimmt. Er hatte den Brief gefunden und wollte die Beute nicht gleich aus den Händen geben.

»Gut, ich höre zu.« Ernestine lehnte sich mit geradem Rücken und durchgestreckten Schultern zurück.

»Also …«, begann Anton. Er griff nach seiner Lesebrille, die auf dem Tisch neben ihm lag. Etwas umständlich setzte er sie auf, räusperte sich und begann zu lesen.

»Liebster Johann,
ich schreibe dir, weil die Zeit drängt. Seit Monaten versprichst du mir, deine Frau zu verlassen und die Scheidung einzureichen. Aber bisher hast du keinen Schritt in diese Richtung gesetzt. Was ich seit Wochen vermutet habe, ist seit letztem Freitag Gewissheit. Ich war beim Arzt, und der hat mir bestätigt, dass ich schwanger bin. Das Kind wird voraussichtlich im März zur Welt kommen. Ich flehe dich daher an, rasch zu handeln. Die Vorstellung, ein uneheliches Kind zur Welt zu bringen, ist mir unerträglich. Lieber würde ich sterben, als diese Schande auf mich zu nehmen.
Ich hoffe inständig, dass deine Liebesbeteuerungen in jener Nacht in Triest nicht gelogen und deine Versprechungen nicht bloß leere Worte gewesen waren.
In Erwartung deiner heiß ersehnten Antwort verbleibe ich in Liebe,
deine Franzi«

Anton starrte auf den Briefbogen in seiner Hand. »Der Generaloberst hatte eine Geliebte, die ein Kind von ihm erwartet.«

»Steht ein Datum auf dem Brief?«, fragte Ernestine. Sie beugte sich aufgeregt nach vorne und ergriff nun ungeduldig das Schreiben. Diesmal ließ Anton sie gewähren. Er war immer noch entsetzt über das, was er eben erfahren hatte. So als könnte Ernestine seine Gedanken lesen, sagte sie: »Ich frage mich, welche Frau sich freiwillig auf ein Verhältnis mit einem Mann wie Generaloberst von Rauch einlässt.« Sie sah angewidert auf das Papier in ihrer Hand.

Dann untersuchte sie den Brief und stellte fest: »Auf dem Brief steht kein Datum. Kennen wir eine Franzi?«

»Soweit ich mich erinnern kann, heißt Dr. Schöllers Schwester Franziska. Franzi wäre also die Abkürzung ihres Vornamens.«

»Sie denken, dass Franziska Schöller vom Generaloberst ein Kind erwartet?« Ernestines Stimme klang mehr als überrascht, sie musste husten, und Anton reichte ihr ein weiteres Pfefferminzbonbon, das sie dankend in den Mund steckte.

»Das habe ich nicht gesagt«, verteidigte sich Anton. »Sie haben mich lediglich nach Frauen gefragt, von denen wir wissen, dass sie Franzi heißen. Für mich sieht Franziska Schöller nicht wie eine Frau aus, die in zwei Monaten ein Kind zur Welt bringen wird, dazu ist sie viel zu schlank. Außerdem kann ich mir nicht vorstellen, dass sie sich in einen Mann wie von Rauch verlieben könnte.«

Ernestine biss sich nachdenklich auf die Unterlippe. Als das nicht ausreichte, musste der rechte Daumennagel herhalten. »Als ich gestern Abend auf mein Zimmer ging, hörte ich einen Streit zwischen von Rauch und seiner Frau. Dabei fielen die Schimpfworte ›treuloses Schwein‹. Einer der beiden drohte mit Scheidung.«

»Das haben Sie mir noch gar nicht erzählt«, sagte Anton aufgebracht. »Es muss ein sehr lauter Streit gewesen sein, wenn Sie einzelne Worte durch die geschlossene Tür bis auf den Gang hören konnten.«

Ernestine errötete. »Nun ja«, gab sie vorsichtig zu, »ich habe zugegebenerweise direkt vor der Tür gestanden.«

»Sie haben gelauscht?«, fragte Anton mit gespielter Verwunderung. Nach den Erfahrungen der letzten Stunden überraschte ihn Ernestines Verhalten nicht im Geringsten.

»Vielleicht ein kleines bisschen«, gestand Ernestine. »Leider wurde ich von Ernst Schwarz und Clara Zuckerberg dabei unterbrochen. Das ist zutiefst bedauerlich!«

»Die beiden haben Sie beim Lauschen erwischt?« Nun konnte Anton sein Lächeln nicht mehr zurückhalten. Er stellte sich die Situation vor seinem inneren Auge vor und fand sie äußerst unterhaltsam.

Beleidigt zuckte Ernestine mit den Schultern. »Die beiden waren mit sich selbst beschäftigt. Ich kann nicht sagen, ob sie mich dabei gesehen haben. Außerdem habe ich nicht das Ohr an die Tür gehalten, falls Sie das glauben. Ich bin lediglich nicht gleich weggegangen, als ich den Streit hörte.«

Anton ignorierte ihren Unterton. Er war also nicht der Einzige, der das Interesse der beiden jungen Menschen aneinander bemerkt hatte.

»Sie glauben, dass Frau von Rauch von der Geliebten ihres verstorbenen Mannes wusste?«

Ernestine nickte. »Ja, ganz sicher. Vielleicht hat sie auch den Brief gefunden und ihren Mann damit konfrontiert.«

»Der ihn dann einfach zusammengeknüllt und zum Brennholz geworfen hat«, ergänzte Anton.

»Damit hat auch Josefa von Rauch ein Motiv. Es wäre nicht der erste Mord, der wegen Eifersucht verübt wurde. Wenn Sie mich fragen, benimmt sich diese Frau äußerst ungewöhnlich. Eine trauernde Witwe stelle ich mir anders vor.«

Anton legte seinen Kopf schräg und dachte über Ernestines Worte nach. »Die Frau ist über den Tod ihres Ehemanns weder sonderlich traurig noch überrascht. Natürlich können die Medikamente daran schuld sein, die sie einnimmt. Andererseits ist sie jetzt eine wohlhabende Witwe, die ihr Leben nach ihren eigenen Vorstellungen gestalten kann. Die Ehe mit dem Generaloberst war sicher alles andere als glücklich. Das haben wir beide gestern beim Abendessen deutlich vorgeführt bekommen.«

»Sie meinen, sie ist erleichtert, weil er tot ist. Warum hat sie ihn dann gestern ›treuloses Schwein‹ geschimpft? Müsste ihr der Seitensprung nicht gleichgültig sein, wenn sie ihn ohnehin nicht mehr geliebt hat?«

Anton hob die Hände. »Vielleicht hat sie ihn geliebt und aus einer Mischung aus Eifersucht und gekränkter Eitelkeit getötet. Er könnte von ihr die Scheidung verlangt haben, woraufhin sie ihn beschimpft hat. Es gibt Frauen, die auch eine unglückliche Ehe nicht beendet sehen wollen.«

Ernestine kaute weiter auf ihrem Daumennagel. Eine vorlaute Haarsträhne war ihr in die leicht gerötete Stirn gerutscht. »Ich nehme an, dass sie bei einer Scheidung viel Geld verloren hätte. Sein Tod hingegen macht sie zur reichen Witwe, die mit niemandem teilen muss.« Sie dachte über ihre eigenen Worte nach.

»Wie spät war es, als Sie auf Ihr Zimmer gingen?«, wollte Anton wissen.

»Kurz nach Mitternacht.«

»Und zu diesem Zeitpunkt haben Sie den Streit gehört?«

»Ja.«

»Dann sind Sie in die Badewanne gestiegen, weil Sie nicht schlafen konnten.«

»Ja.«

»Und als Sie erneut auf den Gang schauten, weil Sie jemanden vorbeischleichen hörten, war es kurz nach eins.«

»Ja, worauf wollen Sie hinaus?«

»Als Dr. Schöller an der Tür des Generaloberst hantiert hat, war es da schon still hinter dessen Tür?«

»Ich nehme es an.«

»Wäre von Rauch noch lebend und munter gewesen, hätte er die Tür geöffnet, genau wie Sie. Da er aber schon tot war, hat er den Doktor weder hören noch auf das Geräusch reagieren können.«

Anton rieb sich über die Nasenwurzel und fuhr fort: »Von Rauch war gegen elf Uhr in der Bar und hat drei Gläser Whisky geleert, von denen sich in einem Glas ein Giftcocktail befunden hatte. Arsen zeigt seine Wirkung nach etwa zwei Stunden. Beim Schierlingskraut ist es ähnlich. Als er um Mitternacht mit seiner Frau gestritten hat, ahnte er noch nicht, welchen qualvollen

Tod er kurz darauf erleiden würde. Als Dr. Schöller gegen eins an seine Tür klopfte, war er bereits tot. Seine Frau hat von seinem Todeskampf nichts mitbekommen, weil sie wie immer ihre Schlaftabletten genommen hatte. Als wir gegen halb elf Uhr Vormittag den Leichnam fanden, war die Totenstarre bereits eingetreten, obwohl es im Zimmer kalt war wegen des erloschenen Feuers im Ofen. Von Rauch war zu diesem Zeitpunkt rund zehn Stunden lang tot.«

Ernestine schwieg einen Moment. Alles passte wunderbar zusammen, aber nichts davon war neu. »Wenn Dr. Schöller eine Viertelstunde vorher gekommen wäre, hätte er von Rauchs Todeskampf miterlebt. Ich frage mich, was er vom Generaloberst gewollt hat.«

»Wenn es sich bei Franzi doch um Franziska Schöller handelt, hatte er einen guten Grund. Der Brief hat kein Datum. Vielleicht ist es ein alter Brief und eine längst überwundene Liebe. Es würde erklären, warum die Geschwister Schöller von Rauch nicht ausstehen konnten.«

»Und das Kind, das sie erwartete?«

Anton hob ratlos die Hände. Nun wusste er nicht weiter.

»Vielleicht eine Weglegung. Pflegeeltern oder aber eine illegale Abtreibung? Alles ist möglich«, sagte Ernestine.

Mit beiden Händen fuhr sich Anton durch sein kurzes graues Haar. »Also wirklich, Ernestine«, sagte er empört. »Ich glaube, die Phantasie geht mit uns beiden durch. Wir malen Szenarien aus, wie sie in billigen Schundromanen zu lesen sind.«

Ernestine hob die Schultern. »Ungewöhnliche Situationen verlangen ungewöhnliche Überlegungen.«

Und noch ungewöhnlichere Vorgehensweisen, ergänzte Anton in seinen Gedanken und dachte an die äußerst unangenehme Situation zu Mittag.

»Bevor wir in Franziska Schöllers Vergangenheit herumstochern, sollten wir uns noch um Fritz Zuckerberg kümmern. Der gute Mann hatte gestern ebenfalls einen Streit mit unserem Mordopfer.« Schon stand Ernestine wieder auf und klopfte den knöchellangen Rock ihres hellen Wollkleides zurecht. An den Ärmeln und am Halsausschnitt befanden sich schmale Streifen dunkler Spitze. Auch dieses Kleid war vor zwanzig Jahren modern gewesen und mindestens so alt.

Anton gefiel es, denn der Farbton brachte Ernestines blaue Augen zur Geltung. »Brauchen Sie denn keine Pause?«, fragte er.

»Wozu denn?«

»Zur Erholung!«

Ernestine lachte hell und klar auf. »Ach, Anton. Erholen können wir uns unser ganzes Leben noch. Jetzt finden wir heraus, wer gestern Abend das Glas mit Gift versetzt hat und vor allem, warum. Ich frage mich die ganze Zeit, ob von Rauch den vergifteten Whisky nicht hätte schmecken müssen?«

»Seine Geschmacksnerven müssen nach all dem Alkohol, den er in sich geschüttet hatte, schon völlig abgestumpft gewesen sein.«

Ernestine zog die Nase kraus. Die Antwort befriedigte sie nicht. »Kommen Sie, Anton. Wir müssen los.«

Ergeben seufzte Anton. »Werden wir heute noch Tango tanzen?«

»Ja, natürlich. Frau Schwarz besteht darauf, dass wir uns am Nachmittag zu einer weiteren Tanzstunde treffen. Ich hoffe, dass wir diesmal auch wirklich tanzen und nicht bloß durch den Saal *caminaren*, denn das finde ich reichlich langweilig.«

Anton fragte sich, wo Ernestine ihre Kraft auftankte. Sie schien über endlos große Reserven zu verfügen.

DREIZEHN

Auf einem dunkelgrünen Sofa, dessen Armlehnen golden glänzten, saßen Ernst Schwarz und Clara Zuckerberg. Die junge Frau hielt eine weiße Kaffeetasse in der Hand und lachte über eine scherzhafte Bemerkung ihres Gesprächspartners.

»Sie haben tatsächlich eine Heirats- mit einer Sterbeurkunde vertauscht?«

»Ich habe Ihnen doch gesagt, dass ich ohne meine Brille fast blind bin. Ich kann Ihnen zwar verraten, wie viele Perlen sich auf Fräulein Kirschs Kette befinden … Guten Tag!« Er lächelte Ernestine und Anton freundlich zu. »Sie haben sich beide sichtlich erholt.«

Ein Teil seiner Traurigkeit war verschwunden. Nur wenn man genau in seine dunkelgrauen Augen sah, konnte man einen Rest davon erkennen. Aber die Anwesenheit der jungen Clara Zuckerberg schien Ernst Schwarz von seiner leidvollen Vergangenheit auf angenehme Weise abzulenken.

»Ja, danke, die kleine Pause nach unserem Gespräch war erholsam«, sagte Ernestine.

Schwarz nickte wissend und wandte sich wieder Clara Zuckerberg zu. »… aber ich kann Ihnen kein Wort aus der Speisekarte vorlesen, die Herr Böck gerade vom kleinen Tisch genommen hat.«

Anton fühlte sich ertappt. Zwar war er immer noch satt vom Mittagessen, aber ein Blick auf das, was ihn am Abend erwarten würde, war zu verlockend. »Wollen Sie die Karte haben?«, fragte er und reichte sie Ernst Schwarz, aber der hielt abwehrend die Hände hoch.

»Nein, danke. Ich wollte Fräulein Zuckerberg bloß erneut erklären, dass Sie mit einem fast blinden Mann tanzen wird und ich nicht dafür garantieren kann, nicht auf ihre Füße zu treten oder mit ihr zusammenzustoßen.«

Clara Zuckerberg lachte und strahlte dabei übers ganze Gesicht. Offenbar störte sie diese Aussicht ganz und gar nicht.

»Das heißt, Sie haben bereits Tanzpaare gebildet?«, fragte Ernestine.

»Nun, zumindest so lange, bis Frau Morales etwas anderes mit uns plant. Einige scheinen ja vom Tanzfieber regelrecht gepackt worden zu sein. Herr und Frau Zuckerberg üben seit einiger Zeit ohne Musik.«

»Tatsächlich?«, fragte Ernestine erstaunt.

Clara Zuckerberg schüttelte amüsiert den Kopf. »Meine Eltern sind zwar seit einigen Minuten im Tanzsaal, aber ich glaube nicht, dass sie tanzen. Sie warten bloß, dass alle anderen kommen.«

»Nun, dann will ich sie nicht länger warten lassen«, sagte Ernestine und marschierte zielstrebig in den Saal.

Anton folgte ihr ergeben. Er hatte bloß die Vorspeise auf der Karte lesen können: »Gebratener Ziegenkäse auf Blattsalat.«

Herr und Frau Zuckerberg tanzten nicht. Frau Zuckerberg saß auf einem der Stühle, die an der Wand platziert waren, und schien mit offenen Augen zu schlafen, während Herr Zuckerberg die Wände ohne Spiegel auf deren Farbe untersuchte. Als Ernestine und Anton den Raum betraten, fuhr er herum. Die Spitzen seines Schnurrbarts vibrierten. Wie immer blieb Antons Blick daran hängen.

»Na endlich«, sagte Zuckerberg ungeduldig. »Ich dachte schon wir hätten uns in der Zeit geirrt. Es hat doch geheißen, dass die Tanzstunden um halb drei fortgesetzt werden.«

»Um drei«, korrigierte Anton ihn.

»Kein Wunder, dass noch niemand da ist«, schnaufte Zuckerberg. »Offenbar haben wir die Uhrzeit verwechselt.« Er sah seine Frau vorwurfsvoll an, die ihn aber kaum wahrzunehmen schien.

»Entsprechen die Farben an den Wänden Ihren Erwartungen?«, fragte Anton. Er erinnerte sich an sein eigenes Wohnzimmer. Wenn er klug verhandelte, konnte Zuckerberg ihm vielleicht einen guten Preis für die Farbe machen.

»Die Farben sind einwandfrei«, sagte Zuckerberg stolz. Er streckte seinen mächtigen Bauch nach vorne, der Knopf seines Sakkos löste sich und fiel klirrend zu Boden.

»Fritz!«, rief seine Frau erschrocken. Sie sprang auf und suchte das Parkett nach dem Knopf ab. So als handelte es sich um ein kostbares Schmuckstück, krabbelte sie auf allen vieren über das Holz.

»Helene, lass es gut sein«, sagte Zuckerberg. Der Auftritt seiner Frau war ihm sichtlich unangenehm.

»Aber der Knopf, wir müssen ihn finden!«

»Nein, das müssen wir nicht«, sagte er leise, aber doch so laut, dass Ernestine und Anton ihn hören konnten. Er ging zu seiner Frau und reichte ihr die Hand, um ihr wieder aufzuhelfen.

»Der Knopf …«

»Sch… sch… Alles ist gut. Komm, gleich werden wir tanzen.«

Einen Augenblick hatte es den Anschein, als würde Frau Zuckerberg in Tränen ausbrechen, aber dann besann sie sich eines anderen, ließ sich hochziehen und zurück zu ihrem Sessel führen, wo sie wieder Platz nahm und erneut ins Leere starrte.

Fritz Zuckerberg wandte sich an Anton. Die Szene schien ihm unangenehm zu sein. Es war, als wollte er sie ungeschehen machen. Rasch kehrte er zum ursprünglichen Thema zurück. »Die Farben, die hier verwendet wurden, stammen aus meiner Fabrik. Herr Rosinsky hat letztes Jahr ausmalen lassen.«

»Ich wollte Sie noch einmal wegen meines Wohnzimmers –«, begann Anton, aber Ernestine unterbrach ihn.

»Ist der Tod von Generaloberst von Rauch nicht schrecklich?«

Am liebsten hätte Anton sie mit dem Ellbogen in die Seite gestoßen, aber er stand zu weit von ihr entfernt. Hatte Ernestine nicht bemerkt, dass Frau Zuckerberg im Moment sehr labil wirkte? Oder stellte sie die Frage aus genau diesem Grund? Doch Frau Zuckerberg reagierte auf ihre Worte nicht. Es war, als hörte sie sie gar nicht.

»Ich stelle mir schon den ganzen Tag die Frage, warum Sie gestern nach dem Abendessen in Generaloberst von Rauchs Zimmer gewesen sind. Sie wirkten sehr aufgeregt, als sie es verlassen haben.«

»Wie bitte?« Die Worte schossen aus Zuckerbergs Mund wie Munition aus einem Gewehrlauf.

»Herr Böck und ich haben gestern Abend gesehen, wie sie das Zimmer des Generaloberst verlassen haben und dabei sehr aufgebracht gewesen sind.«

Anton schloss für eine Sekunde die Augen. Was hatte Ernestine jetzt wieder vor? Gleich würde sie auch von ihm erwarten, sich ins Gespräch einzubringen.

»Sie müssen mich mit jemandem verwechselt haben. Ich war gestern nicht im Zimmer des Generaloberststs«, behauptete Zuckerberg.

»Aber Herr von Rauch war Ihnen nicht fremd. Sie haben ihn bereits gekannt.«

Zuckerbergs Stimme wurde schärfer. »Natürlich habe ich ihn gekannt. Von Rauch ist … Verzeihung … er war ein einflussreicher Mann. Aber ich war nicht in seinem Zimmer.«

Anton wusste, dass Zuckerberg log. Er war beeindruckt von der Selbstverständlichkeit, mit der er das tat. Frau Zuckerberg räusperte sich. Zu Antons großer Überraschung meldete sie sich sehr klar und ganz und gar nicht verwirrt zu Wort.

»Mein Mann war nirgendwo«, versicherte sie. »Er hat mich nach dem Essen begleitet und nicht verlassen.« Sie sprach leise, aber sehr bestimmt.

»Vielleicht sind Sie eingeschlafen und haben seine Abwesenheit nicht bemerkt«, versuchte es Ernestine noch einmal.

»Nein, das bin ich nicht«, sagte Frau Zuckerberg. Tränen traten in ihre Augen, und sie begann zu zittern. »Oder?« Sie schaute hilfesuchend ihren Mann an.

Der trat zu ihr und legte den Arm beschützend um ihre Schultern. »Nein, das bist du nicht, Liebes«, bestätigte er. Dann richtete er sich an Ernestine und sagte: »Sie müssen sich geirrt haben, ich war gestern nicht beim Generaloberst. Wen immer Sie gesehen haben, ich war es nicht.«

Ernestine setzte zu einer Erwiderung an und wandte sich hilfesuchend an Anton. Aber bevor er sich in das Gespräch einmischen konnte, betraten Frau Schwarz, ihr Sohn, Clara Zuckerberg und die beiden Tanzlehrer den Tanzsaal. Hinter ihnen kamen die Musiker. Rasch drehte Zuckerberg Ernestine und Anton den Rücken zu, deutlich erleichtert, dass das Gespräch beendet war. Anton musterte Ernestines gekrauste Stirn. Er war sich sicher, dass sie nicht aufgeben und das Gespräch zu einem späteren Zeitpunkt fortsetzen würde.

»Nach all der Aufregung der letzten Stunden wird uns ein bisschen Ablenkung guttun«, sagte Frau Schwarz. »Sobald alle hier sind, werden wir die versäumte Tanzstunde des Vormittags nachholen. Frau Morales und Herr Gonzales haben sich bereit erklärt, eine Doppelstunde für uns abzuhalten.«

Während Clara Zuckerberg und Ernst Schwarz voller Vorfreude applaudierten, konnten andere Teilnehmer die Begeisterung nicht in dem Ausmaß teilen.

»Heute wir werden fortführen unsere Stunde mit *caminar*«, erklärte Gonzales mit seinen nicht immer verständlichen Worten.

»Ach, wie schade«, sagte Frau Schwarz enttäuscht. »Wir dachten, dass wir ein paar erste Schritte lernen werden.«

»Poco a poco.« Gonzales' Haar glänzte unter einer großen Menge Pomade. Es lag eng an seinem Kopf. Mit seinen langen, schlanken Fingern fuhr er sich seitlich über die Schläfen und überprüfte den perfekten Sitz. »Bevor wir machen Schritte, wir müssen fühlen die Tango, die Rhythmus, die Takt, die Emotion.«

»Ach bitte, das haben wir doch gestern schon alles durchgemacht«, beschwerte sich Professor Haberl. Er stand etwas abseits und hatte die Hände abwehrend vor seinem Körper verschränkt.

Frau Morales trat auf ihn zu. Wieder trug sie ein atemberaubendes Kleid mit tiefem Ausschnitt im Rücken. Diesmal in einem satten Gelbton, der ihre dunkle Hautfarbe hervorhob. »Menschen, die immer mit dem Kopf arbeiten, fällt es oft schwer, den Tango zu fühlen. Aber solange das nicht der Fall ist, sehen Schritte hölzern und steif aus. Tango ist keine Wissenschaft. Der Tanz ist pure Leidenschaft!«

Falls Morales den kleinen Mann in Verlegenheit hatte bringen wollen, so war ihr das gelungen. Seine Wangen liefen rot an, und selbst die Glatze färbte sich rosig.

»Nun denn!« Morales klatschte in die Hände. »Bitte finden Sie sich mit einem Partner zusammen.«

Besitzergreifend fasste Ernestine nach Antons Hand. Sosehr er diese Geste mochte, so sehr fürchtete er sich vor dem Tanz mit Ernestine. Sicher würde sie ihn wieder quer durch den Ballsaal schieben.

»So wie gestern werden wir nach einiger Zeit die Partner wechseln«, erklärte Carmen Morales.

Anton hoffte inständig, dass Ernestine seine Erleichterung nicht sehen konnte. Nun betrat auch Josefa von Rauch den Raum. Trotz der unheilvollen Ereignisse und der Tatsache, dass sie eben ihren Mann verloren hatte, wollte sie tanzen. Sie sah nun nicht mehr müde, sondern deutlich erholt aus. Sie bekam Professor Haberl als Tanzpartner zugeteilt. Erneut fragte sich Anton, was in ihr vorging. War sie eine kaltblütige Mörderin? Oder stand sie unter Schock? Vielleicht hatte sie immer noch nicht realisiert, was passiert war. Konnte es sein, dass der Ausnahmezustand und die Medikamente, die sie nahm, ihr eine andere Wirklichkeit vorgaukelten? Nur ein Nervenarzt hätte ihm zu diesen Fragen plausible Antworten geben können. Bevor er weiter nachdenken konnte, setzte die Musik ein, und wie Anton befürchtet hatte, dirigierte Ernestine ihn zwischen den anderen Paaren hindurch, und nicht selten stießen sie mit einem zusammen.

Anton hoffte, dass bald ein Partnerwechsel stattfand, und tatsächlich, nach weiteren zehn Minuten hielt Morales die Musik an und forderte alle auf, sich neue Tanzpartner zu suchen. Wieder tanzte er mit Josefa von Rauch. Sobald die Musik einsetzte, war es, als strahlte die Frau von innen heraus. Ein Leuchten lag in ihren Augen, sie bewegte sich nicht, sie schwebte förmlich. Für Anton verging die Zeit im Nu. Gemeinsam mit ihr bewegte er sich mit großer Leichtigkeit über die Tanzfläche. Carmen Morales lobte das Paar. Einmal trat die Tanzlehrerin sogar an die beiden heran und bat alle anderen Paare, auf Anton und Josefa von Rauch zu schauen, weil sie sich wie *bailadores* bewegten. *»Con la pasiòn por el tango!«*

Aus den Augenwinkeln konnte Anton Ernestines Gesicht sehen. Es war ihm nicht möglich, den Ausdruck in ihren Augen richtig zu deuten. War sie verärgert, verwundert oder gar eifersüchtig? Ein unsinniger, aber durchaus reizvoller Gedanke. Es musste an den fremdländischen Rhythmen liegen. Anton schwirrte der Kopf.

Als Carmen Morales die Tanzstunden beendete, war er zwar

erschöpft, aber auch ein bisschen enttäuscht. Anderen schien es ähnlich zu gehen. Die Musik und die Bewegung hatten die Gruppe für eine begrenzte Zeit vergessen lassen, dass sich ein Mörder unter ihnen befand. Die Paare lösten sich wieder auf, man bedankte sich für den Tanz, und Ernestine stürmte auf Anton zu.

»Ich werde mit Frau Morales sprechen. Es geht einfach nicht, dass ich ständig mit Männern wie Franz Haberl oder Oberleutnant Staudinger tanzen muss. Die beiden haben einfach kein Gefühl für die Musik. Sie bewegen sich wie Holzklötze.«

Anton antwortete nicht. Er hatte gesehen, dass Ernestine auch mit Fritz Zuckerberg und Ernst Schwarz getanzt hatte. Er konnte sich gut vorstellen, dass alle über einen neuerlichen Partnerwechsel erleichtert gewesen waren. Sosehr Anton Ernestine schätzte, mittlerweile wusste er, dass sie eine lausige Tänzerin war. Aber man konnte schließlich nicht alles können.

»Ich habe mir erlaubt, das Abendessen um eine Stunde nach hinten zu verlegen, schließlich hat sich wegen des verspäteten Mittagessens alles ein wenig verschoben«, erklärte Frau Schwarz ihrer Gesellschaft.

Anton wollte protestieren. Mittlerweile hatte sein Magen das Mittagessen verdaut und konnte eine neuerliche Stärkung gut vertragen. Aber schon spürte er Ernestines Ellbogen in den Rippen. Offenbar hatte er wieder einmal etwas verpasst.

»Ich gehe in die Bar und genehmige mir einen Aperitif«, verkündete Oberleutnant Staudinger. »Leistet mir jemand Gesellschaft?«

Zuckerberg hob die Hand. Er warf seiner Frau einen fragenden Blick zu. »Helene?«

Sie schüttelte müde den Kopf. »Nein … ich … ich habe Kopfschmerzen und werde mich mit einer Tablette bis … zum … zum Essen hinlegen.« Sie sprach verlangsamt und undeutlich.

Clara Zuckerberg trat zu ihrer Mutter und flüsterte leise, aber doch so laut, dass Anton und Ernestine neben ihr sie verstehen konnten: »Wie viele Tabletten hast du heute schon genommen?«

»Weiß nicht.«

»Du bist ganz weiß, leg dich hin, bevor du umkippst. Soll ich dich begleiten?«

Frau Zuckerberg schüttelte erneut den Kopf und wandte sich ab. »Ich bin … ich bin kein Kleinkind, das von dir und deinem Vater bevormundet werden muss!« Leicht taumelnd ging sie los und ließ ihre Tochter zurück.

Ernestine folgte ihr. Sie winkte Anton zu, dass er mitkommen sollte. Frau Zuckerberg nahm den Aufzug, während Anton und Ernestine über die Treppen gingen. Wie erwartet kamen sie kurz vor Frau Zuckerberg im dritten Stock an, denn der Aufzug unterbrach wie immer seine Fahrt einige Male.

Bevor sie in den Gang traten, hielt Anton Ernestine am Arm zurück. »Was haben Sie nun wieder vor?«

»Psst!« Ernestine hielt den Zeigefinger gegen ihre Lippen. »Ich will hören, ob Frau Zuckerberg die Tür hinter sich zusperrt.«

»Wie bitte?« Antons Frage entfuhr ihm lauter als gewünscht.

»Psst! Da kommt sie!«

Ein heller Klingelton kündigte den Aufzug an. Kurz darauf öffnete sich die schwere Metalltür, und Frau Zuckerberg trat auf den Flur. Sie ging nun sehr langsam und hielt immer wieder an, bevor sie den nächsten Schritt machte. Offenbar hatte sie vor dem Tanzen eine Menge Medikamente eingenommen, die jetzt erst ihre Wirkung zeigten. Umständlich kramte sie in ihrer Tasche und suchte nach ihrem Schlüssel, den sie schließlich fand. Nach einigen erfolglosen Versuchen schaffte sie es schließlich, den Schlüssel ins Schlüsselloch zu führen. Mit einem Ruck sperrte sie die Tür auf und betrat das Zimmer, den Schlüssel warf sie achtlos auf die Frisierkommode neben dem Spiegel, dann schloss sie die Tür hinter sich. Es folgte Stille.

»Wie ich es gehofft habe«, sagte Ernestine zufrieden. »Die Frau hat nicht zugesperrt.« Das gefährliche Glitzern, das Anton mittlerweile nur zu gut kannte, schlich sich wieder in Ernestines Augen.

»Warum sollte das wichtig sein?«, fragte er.

»Herr Zuckerberg hat uns zuvor offen angelogen. Wir beide wissen das. Seine Frau hat ihn gedeckt. Wobei ich mir nicht sicher bin, ob sie es wissentlich getan hat. Die Frau hat ein psychisches Problem.«

»Ein was?«

»Ein psychisches Problem. Sie wissen schon«, Ernestine griff sich an die Stirn, »ein Problem, das sich im Kopf und im Unterbewusstsein befindet. Ärzte wie Sigmund Freud bearbeiten diese Krankheiten. Die Familie Zuckerberg hat bei unserer Anreise selbst davon gesprochen. Frau Zuckerberg wird von einem Psychiater behandelt. Sie ist krank.«

»Ernestine, Sie haben meine vorherige Frage nicht beantwortet.« Antons Unruhe wuchs.

»Herr und Frau Zuckerberg bewohnen genau wie wir und wie das Ehepaar von Rauch es getan hat zwei Einzelzimmer mit Verbindungstür.«

»Und?«

»Sobald Frau von Rauch fest schläft, wird einer von uns beiden in ihr Zimmer gehen, den Schlüssel von ihrem Tisch nehmen und dann das Zimmer ihres Ehemanns durchsuchen. Ich bin sicher, dass wir etwas finden werden, was uns weiterhilft. Genau wie wir es beim Generaloberst getan haben.«

Entsetzt schnappte Anton nach Luft. »Ernestine, bei aller Verehrung, die ich für Sie empfinde, aber jetzt gehen Sie einen Schritt zu weit. Wir können nicht in das Zimmer einer schlafenden Frau eindringen und dann das Zimmer eines Mannes durchsuchen, der einfach nicht zugeben will, dass er sich gestern mit jemandem gestritten hat. Das verstößt gegen unsere Rechtsordnung. Wir machen uns strafbar!« Er atmete schwer ein und wieder aus, bevor er hinzufügte: »Außerdem ist es sehr fragwürdig, ob der Brief, den wir gefunden haben, uns tatsächlich wertvolle Erkenntnisse gebracht hat.«

»Anton, was Ihre Bemerkung zu unserer Rechtsordnung betrifft, muss ich Ihnen selbstverständlich zustimmen. Unter normalen Umständen würde ich auch niemals das Zimmer eines Fremden betreten und in seinen privaten Unterlagen herumwühlen. Aber wir befinden uns in einer Ausnahmesituation. Wir sind eingeschneit. Unter uns befindet sich ein Mörder, und wenn wir nicht neugierig nachforschen, dann gibt es vielleicht bald noch ein Opfer.«

»Wie kommen Sie denn darauf?«

»Intuition!« Ernestine griff sich mit dem rechten Zeigefinger an die spitze Nase.

»Wir verletzen trotzdem alle nur möglichen Gesetze!«, sagte Anton eine Spur zu laut.

»Psst!« Ernestine hielt ihren Finger gegen Antons Lippen. Die unerwartet intime Berührung verwirrte ihn und hinderte ihn einen Moment lang daran, klar zu denken.

»Wenn Sie sich weigern, muss ich eben allein gehen«, sagte Ernestine entschieden. »Jemand hat einen kaltblütigen Mord begangen, und ich bin nicht bereit, mit diesem Menschen weiter zu plaudern, zu essen und womöglich auch zu tanzen.«

»Sie glauben allen Ernstes, dass Zuckerberg der Mörder ist?« Anton hatte seine Flüsterstimme wiedergefunden. Ernestines Berührung auf seinen Lippen spürte er immer noch.

»Nein, aber ich will herausfinden, warum er uns angelogen hat.«

Anton wusste, dass er sie von ihrem Vorhaben nicht abbringen konnte. Deshalb versuchte er es erst gar nicht, sondern seufzte bloß. »Aber diesmal gehe ich nicht ins Nebenzimmer.« Es war schlimm genug gewesen, das Zimmer eines Toten zu durchsuchen. Aber jetzt bei einer schlafenden Frau einzudringen, erschien ihm mehr als unpassend. »Ich halte bestenfalls Wache, sodass Zuckerberg sein Zimmer nicht betritt, solange Sie darin herumstöbern.«

Ein zufriedenes Lächeln breitete sich auf Ernestines Gesicht aus. »Ich wusste, dass ich mich auf Sie verlassen kann. Sie sind mein Held!«

Gegen seinen Willen errötete Anton. »Wie wollen Sie wissen, ob Frau Zuckerberg schläft?«

»Ganz einfach, ich werde klopfen!«

Noch bevor Anton etwas erwidern konnte, lief Ernestine über den Gang und klopfte an die Tür.

Sie presste ihr Ohr dagegen und lauschte. Dann drehte sie sich zu Anton und hielt den Daumen grinsend nach oben.

»Oh, nein«, stöhnte er.

Aber schon drückte Ernestine die Klinke aus Messing leise hinunter und öffnete die Tür.

Nervös blickte Anton den Gang entlang, niemand war zu sehen. Es war völlig still, und schon war Ernestine im Zimmer verschwunden. Anton hielt angespannt die Luft an. Wenn Frau Zuckerberg nicht schlief, würde sie jetzt schreien. Er lauschte nervös, aber es blieb ruhig.

Wie lange würde Ernestine wohl brauchen, um ins Nebenzimmer zu gehen? Anton war immer noch nicht klar, wonach sie dort suchte. Aber da sie selbst es auch nicht zu wissen schien, würde die Suche wohl längere Zeit in Anspruch nehmen.

Mit klopfendem Herzen holte Anton seine aufklappbare Taschenuhr aus seiner Westentasche. Fünf Minuten waren vergangen, seit Ernestine im fremden Zimmer verschwunden war. Anton beobachtete den Sekundenzeiger, der langsam, aber stetig seine Runden drehte. Tick, tick, tick …

In dem Moment hörte er das laute Scheppern des Aufzugs und zuckte zusammen. »Verdammt«, murmelte er, klappte die Uhr zu und steckte sie zurück in die Westentasche. Die Aufzugglocke ertönte hell. Schwungvoll wurde die Tür aufgestoßen. Anton drehte sich eine Spur zu schnell um, ein stechender Schmerz fuhr in sein linkes Knie. Für eine Sekunde wurde ihm schwarz vor Augen, und er musste sich zuerst an der Wand abstützen, um dann in die Hocke zu gehen. Er atmete tief durch, damit das Schwindelgefühl wieder verging.

»Herr Böck, was machen Sie denn am Boden?« Es war Fräulein Schönwalds Stimme, die ihn amüsiert ansprach.

»Ich wollte mir mein Schuhband binden.« Anton fiel keine bessere Ausrede ein.

»Und weil es Ihnen am Boden so gut gefällt, haben Sie beschlossen, gleich dort unten zu bleiben?« Alma Schönwald blieb direkt vor ihm stehen. Ihre Füße steckten in extravaganten silbergrauen Schuhen mit glitzernden Glassteinchen am Rist.

»Liebes Fräulein Schönwald, sobald man ein gewisses Alter überschritten hat, können die einfachsten Bewegungen zu unerwarteten Komplikationen führen und das Leben auf unangenehme Weise erschweren.« Mühevoll versuchte Anton sich wieder aufzurappeln.

Fräulein Schönwald reichte ihm unterstützend die Hand, die

Anton nun ergriff. Mit überraschend viel Kraft zog die kleine Frau ihn hoch.

»Soll ich Sie zu Ihrem Zimmer begleiten?«, fragte sie. »Sie sehen blass aus.«

»Nein, danke«, wehrte Anton ab. »Ich werde mich kurz hinsetzen, dann geht es mir gleich wieder besser.« Er zeigte auf ein schmales Sofa, das vor einem Spiegel am Ende des Flurs stand. Daneben befand sich eine hohe Grünpflanze, die schon bessere Tage gesehen hatte. Traurig ließ sie die Blätter hängen.

»Ist Ihr Zimmer nicht im zweiten Stock?«, fragte Fräulein Schönwald irritiert. Sie runzelte ihre Stirn, wobei das Band, das ihr Haar zurückhielt, nach oben rutschte. Wie ihre Schuhe war es mit bunten Glassteinchen besetzt.

»Ja, ich bin versehentlich ein Stockwerk zu hoch gefahren.«

»Der Aufzug ist eine einzige Zumutung«, stimmte sie ihm zu. »Ich habe gestern das dritte Stockwerk gedrückt und bin im ersten gelandet. Eigentlich sollte ein Liftjunge das schreckliche Gerät bedienen, aber um Kosten zu sparen, hat man davon wohl abgesehen.«

Alma Schönwald führte Anton zum Sofa und nahm ungefragt neben ihm Platz. Der überlegte fieberhaft, wie er die aufdringliche Dame wieder loswerden konnte, ohne unhöflich zu wirken. Ängstlich starrte er auf die Tür von Frau Zuckerberg. Nun hoffte er inständig, dass Ernestine noch etwas länger brauchen würde.

»Es scheint, als hätten Sie ein Talent fürs Tangotanzen.« Sie öffnete ihre kleine Handtasche, die ebenfalls mit bunten Glassteinchen besetzt war und zu ihren Schuhen passte. Sie holte eine Zigarette heraus, die sie geschickt auf ihren Zigarettenhalter steckte. »Würden Sie mir Feuer geben?«

Sie kramte nach einer Streichholzschachtel, reichte sie Anton und streckte ihm die Zigarette unter die Nase. Anton nahm die Schachtel entgegen. Es fiel ihm schwer, das Zittern seiner Hände zu unterdrücken und seine Nervosität zu verbergen.

»Haben Sie früher getanzt?«

»Ein Walzer auf einem Ball oder eine Polka bei einem Volksfest, mehr nicht.«

»Ich glaube, da geht es uns allen gleich. Bis auf die unglückliche Frau von Rauch, die früher getanzt hat, scheinen wir alle keine Erfahrung zu haben.«

»Kennen Sie Frau von Rauch von früher?« Wieder schaute Anton zur Tür von Frau Zuckerberg. Er wünschte, er würde die Kunst der Telepathie beherrschen. Nur zu gern würde er Ernestine eine Warnung schicken.

»Sie ist eine meiner Stammkundinnen. Dabei plaudert man über dies und das.« Alma Schönwald drehte den Kopf zur Seite und blies den Rauch Richtung Pflanze aus. Dem armen Gewächs blieb nichts erspart.

Anton musste an die vielen Kleider in Josefa von Rauchs Zimmer denken. Sicher war sie eine sehr beliebte Kundin. Der Umsatz, den Fräulein Schönwald mit Frau von Rauch machte, reichte für ein gutes Leben.

»Haben Sie auch den verstorbenen Ehemann gekannt? Hat er seine Frau bei den Einkäufen begleitet?«, fragte Anton.

Sie verzog den Mund zu einem schiefen Grinsen. »Er war zweimal in meinem Salon und hat eine Dame begleitet. Es hat sich jedoch nicht um seine Ehefrau gehandelt.«

Nun war Antons Interesse geweckt. Er wollte mehr erfahren, gleichzeitig musste er Fräulein Schönwald loswerden. Er konnte aber auch nicht einfach aufstehen und mit ihr woanders hingehen, weil er Ernestine nicht allein lassen wollte. Was, wenn Zuckerberg zurückkam? Oh, er hasste die verzwickte Situation.

»Wollen Sie damit andeuten, dass der Generaloberst eine Geliebte hatte?«

Fräulein Schönwald gluckste nun richtiggehend. »Eine?«, fragte sie amüsiert.

Anton senkte die Stimme. »Sie meinen, er hatte mehrere?«

»Darauf können Sie Gift nehmen!« Sie bemerkte einen Moment zu spät, dass ihre Bemerkung etwas unpassend war. »Verzeihung«, sagte sie und legte ihre Hand vor den Mund. Ihre Augen musterten ihn aufmerksam.

»Kannten Sie eine der Geliebten des Verstorbenen?«

»Neugier ist ein böses Laster!« Mit gespielter Empörung hielt sie ihm mahnend den Zeigefinger entgegen. Sie ließ ihn zappeln.

Nach einer Weile fügte sie wissend hinzu. »Ja, ich kenne eine der Damen. Und Sie wären überrascht zu erfahren, dass auch Sie sie kennen.«

Anton war bewusst, dass Alma Schönwald dieses Spielchen genoss. Sie würde ihm den Namen nennen, daran zweifelte er nicht. Aber sie würde das Spiel noch eine Ewigkeit auskosten, und dazu fehlte Anton jetzt schlicht die Zeit. Deshalb verkürzte er die Angelegenheit.

»War Franziska Schöller die Dame, die der Generaloberst begleitet hat?« Er stellte seine Frage ohne große Hoffnung, damit die Wahrheit zu treffen. Umso überraschter war er über Alma Schönwalds Reaktion.

Deren Kinnlade sackte nach unten. Sie ließ ihre Zigarette sinken und versengte dabei um ein Haar ihr feines Seidenkleid. »Woher wissen Sie das?«, fragte sie erstaunt.

»Es war bloß so ein Gedanke«, sagte Anton. Er konnte es kaum glauben, dass es sich bei der Abkürzung Franzi tatsächlich um Franziska Schöller handelte.

Fräulein Schönwald fand ihre Fassung wieder. »Sie können nicht nur Tango tanzen, sondern sind außerdem auch ein hervorragender Beobachter. Schade, dass Sie bereits vergeben sind.«

Völlig überrascht von dieser Aussage, errötete Anton. »Ich bin … Wie bitte …?«, stotterte er verlegen.

Fräulein Schönwald lächelte verschmitzt. »Nun, ich bin sicher, Fräulein Kirsch würde mehr als ungehalten reagieren, würde eine andere Dame offen ihr Interesse an Ihnen signalisieren.«

Anton suchte fieberhaft nach einer passenden Antwort. Aber es wollte ihm keine einfallen. Das war einfach kein Dialog für einen sechzigjährigen Witwer.

Alma Schönwald lachte tief mit ihrer rauchigen Stimme. Es war nicht ganz klar, ob sie sich gerade über Anton lustig machte. »Zuerst wollte ich Gustav nicht zu diesem Wochenende begleiten. Ich finde ja nach wie vor, dass meine Schwester einen besseren Mann verdient hat, aber mittlerweile habe ich am Tanzen, vor allem aber an manchen Tanzpartnern Gefallen gefunden.« Sie lächelte, und Anton errötete noch tiefer. Offenbar hatte sie ihre Bemerkung zuvor ernst gemeint.

»Warum … warum hat Ihre Schwester einen besseren Mann verdient? Wie … wie meinen Sie das?«, fragte er, in der Hoffnung, mit den Worten von sich selbst ablenken zu können. Das Liebesleben von Eugenia Schönwald interessierte ihn nicht im Geringsten.

»Gustav ist ein Langweiler. Ein Mann, der unter einem zwanghaften Verlangen nach Ordnung leidet und dem Geld das wichtigste Gut im Leben ist.«

»Für viele Menschen spielt Geld eine wichtige Rolle. Ganz negieren kann es niemand«, sagte Anton.

»Gustav ist besessen davon, seinen Reichtum zu vermehren.«

»Ist Ihre Schwester wohlhabend?«, wollte Anton vorsichtig wissen.

»Sie ist stinkreich!«

»Oh, das ist schön für sie.«

»Pff, Geld ist nun wirklich nicht alles im Leben.« Sie blies ihm eine Rauchwolke direkt ins Gesicht, woraufhin Anton einen Hustenreiz unterdrücken musste.

»So, und jetzt erholen Sie sich bis zum Abendessen. Es soll warmen Erdäpfelsalat mit Kürbiskernöl und frischen Backhendelstreifen geben. Es wäre jammerschade, wenn Sie das versäumen! Außerdem will ich die nächste Tanzstunde mit Ihnen beginnen.«

Die Frau hatte ihn beobachtet und wusste über seine Leidenschaft für gutes Essen Bescheid. Alma Schönwald winkte ihm zu, ging mit aufreizendem Hüftschwung ans Ende des Gangs und drehte sich noch einmal zu ihm um, bevor sie die Tür aufschloss, öffnete und dahinter verschwand. Hatte sie ihm eben zugezwinkert und einen Kuss zugehaucht? Himmel, was war das für ein verrücktes Wochenende.

Anton wurde heiß. Lautstark stieß er Luft aus. Gern hätte er noch etwas länger über ihre Worte nachgedacht. Aber dazu hatte er keine Zeit. Er war in Sorge um Ernestine. Ein Blick auf seine Taschenuhr zeigte ihm, dass sie nun schon fast zwanzig Minuten im Zimmer der Zuckerbergs war. Höchste Zeit, dass sie wieder rauskam. Behutsam stand Anton auf. Sein Knie hatte sich wieder beruhigt, also schlich er leise zur Tür von Fritz Zuckerberg. Mit größter Vorsicht klopfte er an und lauschte. Aber es kam keine Antwort.

Wieder fluchte er leise. Wie gut, dass seine Enkeltochter ihn nicht hören konnte. Was zum Teufel machte Ernestine so lange? Hatte sie die Zeit vergessen? Jeden Moment konnte Zuckerberg aus der Bar nach oben kommen.

Anton ging zur Tür von Frau Zuckerberg. Auch hier war es still. Sollte er es wagen und Ernestine daran erinnern, dass sie schon viel zu lange im Zimmer war?

Aus dem Geschoß über ihm drangen Stimmen. Er konnte nicht mehr länger warten. Leise drückte er die Klinke nach unten und öffnete die Tür. Fast geräuschlos schlüpfte er durch den entstandenen Spalt und schloss die Tür hinter sich wieder. Anton konnte kaum fassen, was er gerade machte. Das Zimmer, in dem er sich befand, glich seinem eigenen bis auf die Frisierkommode. Selbst die Vorhänge hatten dasselbe dezente Blumenmuster. Vom Bett drangen leise Schnarchgeräusche zu ihm. Frau Zuckerberg lag völlig angezogen auf dem Rücken auf ihrem Bett und schlief. Sogar die schwarzen Tanzschuhe hatte sie anbehalten. Ihre Medikamente mussten sehr stark sein.

Die Verbindungstür zum Zimmer ihres Mannes stand offen. Anton schlich auf Zehenspitzen dorthin. »Ernestine?«, flüsterte er.

Ein Rumpeln im anderen Zimmer war zu hören. Ein Gegenstand fiel zu Boden. Ernestines Stimme stieß einen Fluch aus. Dann tauchte ihr Kopf im Türspalt auf. »Anton, Sie werden nicht glauben, was ich gerade gefunden habe!«

Frau Zuckerberg regte sich. Sie setzte sich in ihrem Bett auf und starrte Anton mit aufgerissenen Augen entsetzt an. Ihre Pupillen waren unnatürlich geweitet. Das Weiß gerötet. Ohne Vorwarnung begann sie laut und schrill zu schreien. Ein monotoner, hoher Ton, der das Trommelfell zum Vibrieren brachte.

Ernestine reagierte schnell. Sie packte Antons Hand und zog ihn zur Tür. Frau Zuckerberg schien Ernestine nicht zu sehen. Ihre starren Augen waren ausschließlich auf Anton gerichtet.

»Nichts wie weg«, sagte Ernestine und stieß ihn förmlich auf den Gang. Viel zu laut warf sie die Tür hinter sich zu. Das Schreien von Frau Zuckerberg war immer noch zu hören.

»Ernestine, was machen wir jetzt? Die Frau hat mich gesehen

und erkannt. Wir sind erledigt«, sagte Anton und fügte tonlos, sich den Konsequenzen seiner unbedachten Handlung bewusst werdend hinzu: »Ich bin erledigt.«

»Unsinn«, sagte Ernestine forsch. »Die Frau ist hysterisch. Hören Sie doch nur, wie sie brüllt!«

Der schrille Ton war nicht zu überhören. Er durchdrang Wände. Am Ende des Flurs öffnete sich die Tür von Fräulein Schönwalds Zimmer.

»Was ist denn passiert?«, fragte sie irritiert.

Auch Oberleutnant Staudinger und Franz Haberl kamen über die Treppe hochgerannt.

Während Anton sich auf das Schlimmste vorbereitete und am liebsten alles gestanden hätte, bewahrte Ernestine die Ruhe. »Ich habe keine Ahnung«, sagte sie mit überzeugender Betroffenheit.

Nun kamen auch Franziska und Dr. Schöller aus ihrem Zimmer. »Warum schreit die Frau denn so?«

»Am besten, wir sehen nach!« Ernestine drängte Haberl zur Zimmertür, von der sie wusste, dass sie offen war.

Er wirkte überrumpelt. »Ich?«, fragte Professor Haberl verunsichert.

Ernestine schob ihn zur Seite. »Dann schaue eben ich nach!«

Anton beobachtete ihr Tun mit einer Mischung aus Bewunderung und Fassungslosigkeit. Sein Herz raste, seine Hände schwitzten. Gleich würde man ihn als Einbrecher entlarven.

Ernestine klopfte an die Tür, aber Frau Zuckerberg reagierte nicht. Sie schrie monoton weiter wie die Sirenen im Krieg. Also drückte Ernestine die Türklinke hinunter und trat ein.

Niemand schien überrascht darüber, dass die Tür nicht versperrt war. Dr. Schöller und Alma Schönwald folgten ihr. Auch Franz Haberl trat mit einigem Abstand ein.

Nur Anton blieb draußen. Er wartete darauf, dass Frau Zuckerbergs Hysterie aufhörte und sie mahnend mit dem Finger auf ihn zeigte. »Das ist der Mann, der gerade in meinem Zimmer war. Ein Einbrecher, ein Meuchelmörder!« Am liebsten wäre er in einem Loch versunken. Aber leider öffnete sich der mit Teppich ausgelegte Boden nicht, und Anton blieb weiter wie angewurzelt stehen.

Dr. Schöller drängte sich an den anderen vorbei. Es dauerte einen Atemzug, bis Frau Zuckerberg den Arzt erkannte. Endlich beruhigte sie sich und verstummte. Aber sie zitterte am ganzen Körper und schlug laut die Zähne gegeneinander.

»Bringen Sie mir ein Glas«, forderte Dr. Schöller, ohne jemanden konkret anzusehen. Offenbar war es sein Allheilmittel für alle Probleme: Ohnmacht, Übelkeit, hysterischer Zustand. Ein Glas Wasser half immer. Er rollte Frau Zuckerberg von der Decke, auf der sie saß, und wickelte sie darin ein. »Ist auf dem Tischchen beim Fenster Whisky, Brandy oder sonst irgendein hochprozentiges Getränk?«

»Nur kalter Tee und Milch«, erklärte Haberl.

»Ich habe Absinth in meinem Zimmer, den kann ich holen«, bot Alma Schönwald an.

Aber in der Sekunde betrat Fritz Zuckerberg das Zimmer. »Was zum Teufel ist hier denn los?«, donnerte er mit tiefer Stimme.

»Das wollen wir gerade herausfinden. Ihre Frau hat eben so laut geschrien, dass wir beschlossen haben, nach ihr zu sehen.«

Zuckerberg trat neben den Doktor, der Frau Zuckerbergs Puls maß, und schob ihn unwirsch zur Seite. »Helene, was soll das Theater? Reiß dich bitte zusammen. Du hast doch all deine Medikamente genommen. Oder?« Etwas versöhnlicher ergriff er ihre Hand und strich über den Handrücken seiner Frau.

Frau Zuckerberg brach unterdessen in Tränen aus. Ihr Unterkiefer bebte, sie klammerte sich an der Hand ihres Ehemanns fest.

»Sch… sch…«, sagte er leise.

»Fritz … da … war, da war ein Mann in meinem Zimmer.«

Von seinem Platz am Gang aus hörte Anton jedes Wort. Er schloss die Augen für einen Moment. Was war er doch für ein Narr gewesen. Was würde Rosa dazu sagen, wenn sie erfuhr, dass ihr Großvater ins Zimmer fremder Frauen eindrang? Würde man ihn deshalb hinter Gitter bringen?

»Ein Mann?«, fragte Zuckerberg. Er schien sich nicht sicher zu sein, was er von den Worten seiner Frau halten sollte. »Was wollte er denn?«

»Er hat sich über mein Bett gebeugt und versucht, mich umzubringen. Gerade als er die Hände an meinen Hals legen wollte, bin ich aufgewacht und habe zu schreien begonnen. Dann ist er aus dem Zimmer gelaufen.«

Anton wollte protestieren. Er hatte ganz sicher nicht versucht, die Frau zu erwürgen. Das war Unsinn.

Fräulein Schönwald unterdrückte einen Angstschrei. Auch Dr. Schöller und Franz Haberl wirkten verängstigt.

»Wie viele Tabletten hast du genommen?«, wollte Zuckerberg wissen.

»Drei oder vielleicht vier. So wie immer.« Frau Zuckerberg schniefte. Sie wischte mit dem Ärmel ihres teuren Seidenkleides über die rote Nase. Ein hässlicher Fleck blieb zurück. Die Seide war ruiniert.

»Wie hat der Mann denn ausgesehen?«, fragte Ernestine.

Anton stockte der Atem. Wollte sie ihn noch tiefer ins Verderben ziehen?

»Er war groß, mit breiten Schultern, dunklen Haaren, einem schwarzen Umhang und schwarzen Lederhandschuhen«, sagte Frau Zuckerberg.

Anton verschluckte sich, er hustete laut und zog somit die Aufmerksamkeit der anderen auf sich.

»Herr Böck, kommen Sie«, winkte Fräulein Schönwald ihn ins Zimmer.

»War es jemand aus unserer Gruppe?«, fragte Ernestine weiter.

Entschieden schüttelte Frau Zuckerberg den Kopf. »Nein, ich habe den Mann noch nie zuvor gesehen«, versicherte sie. Dann begann sie erneut zu schluchzen. Sie zitterte wieder.

Anton fragte sich, welche Medikamente die Frau regelmäßig zu sich nahm. Sie schien zu halluzinieren. Wie sonst war es zu erklären, dass sie ihn als großen Mann mit breiten Schultern beschrieb? Anton war durchschnittlich groß und alles andere als breit. Sein Körper war dünn und drahtig und seine Haare kurz und grau. Einen schwarzen Umhang hatte er erst einmal in seinem Leben getragen. Damals war er zwanzig und bei einem Kostümball als Fledermaus verkleidet gewesen. Lederhandschuhe hatte er noch nie besessen. Womit er seine Hände vor der Kälte schützte, waren Wollfäustlinge, die Heide ihm gestrickt hatte. Er spürte, wie er sich langsam wieder entspannte. Als Frau Zuckerberg ihren Kopf hob und ihren Blick auf ihn warf, hielt er noch einmal vor Aufregung die Luft an und stieß sie erst wieder laut aus, als sich kein Zeichen von Wiedererkennen auf ihrem Gesicht zeigte.

Fräulein Schönwald neben ihm deutete sein Schnaufen als Ungeduld und lächelte ihn verständnisvoll an. »Ich finde diese Reaktion auch ein wenig übertrieben. Warum hat sie dem Einbrecher nicht einfach mit dem Wasserkrug an ihrem Bett eins über den Kopf gezogen? Dann wüssten wir, wer der Unbekannte war, und die ganze Sache wäre erledigt!« Sie flüsterte hinter vorgehaltener Hand, sodass nur Anton sie verstehen konnte.

Automatisch wanderte seine Hand zu seiner Schläfe. Er stellte sich vor, wie sein Kopf jetzt aussehen würde, wenn Frau Zuckerberg den Wasserkrug tatsächlich geworfen hätte.

»Ich denke, dass wir uns nach dem Abendessen erneut zu einer Lagebesprechung zusammensetzen sollten«, schlug Dr. Schöller vor. »Wir haben ein Mordopfer und nun einen versuchten Mord. Es sieht ganz so aus, als würde sich außer uns noch eine weitere Person im Hotel aufhalten. Auch wenn Herr Sebastian im Ostflügel niemanden gefunden hat. Vielleicht gibt es noch andere Verstecke. Den Dachboden oder den Keller. Wir müssen den Eindringling finden. Gemeinsam werden wir überlegen, wie wir vorgehen wollen.«

Zustimmendes Gemurmel kam als Antwort.

»Ich werde mit Frau Schwarz und dem jungen Mann an der Rezeption sprechen, damit wir uns nach dem Abendessen im Salon versammeln. Frau Schwarz hat ein solches Treffen ohnehin bereits angekündigt. Bis dahin sollte jeder gut auf sich aufpassen. Am besten, Sie versperren die Türen ihrer Zimmer und gehen zu zweit zum Abendessen.«

Das Unbehagen, das alle bei Dr. Schöllers Worten ergriff, war deutlich zu spüren.

»Ich brauche jetzt eine kleine Pause«, sagte Anton. Er drehte sich schnell um. Die Angst fiel von ihm ab, und Müdigkeit breitete sich in seinem Körper aus. Wenn er nicht auf der Stelle in sein Zimmer kam, würde er sich auf dem Sofa im Gang ausstrecken müssen und eine Runde schlafen. Kaum war er bei der Tür, folgte ihm Ernestine.

»Wir sehen uns beim Abendessen wieder«, winkte sie den anderen zu.

Auch Alma Schönwald und Franz Haberl verließen das Zimmer. Nur Dr. Schöller sorgte dafür, dass Frau Zuckerberg weitere Beruhigungsmittel zu sich nahm und ihr Mann bei ihr blieb, um ihren Gesundheitszustand zu kontrollieren.

Kaum hatten Anton und Ernestine ihr eigenes Stockwerk erreicht, fühlten sich Antons Knochen schwer wie Blei an. Er hatte Angst, er könnte keinen weiteren Schritt mehr machen, so müde war er plötzlich.

»Dieser Tag hat mich drei Jahre meines ohnehin nicht mehr langen Lebens gekostet«, seufzte er.

»Unsinn, Anton. Wir sind dem Mörder einen Schritt näher gekommen!«

»Indem wir Frau Zuckerberg einen Schreck eingejagt haben, der sie zehn Minuten lang hysterisch schreien ließ?« Anton fischte den Schlüssel seines Zimmers aus seiner Hosentasche und sperrte auf.

»Anton, ich habe im Zimmer vom feinen Herrn Zuckerberg etwas Interessantes gefunden. Wollen Sie gar nicht wissen, was es ist?«

»Liebe Ernestine. Sie wissen, dass ich Sie sehr schätze. Aber im Moment will ich gar nichts mehr wissen. Um ein Haar hätte Frau Zuckerberg mich als Einbrecher entlarvt. Noch vor zehn Minuten hatte ich Angst, dass meine Enkeltochter mich im Gefängnis besuchen muss, um eine Gute-Nacht-Geschichte zu hören. Wenn ich dieses Wochenende überleben will – und ich fürchte mich nicht vor Mördern, sondern vor viel wahrscheinlicheren Gefahren wie Herzinfarkten oder Schlaganfällen«, Anton atmete tief durch, »wenn ich überleben will, muss ich jetzt eine Runde schlafen. Danach können Sie mir gern mitteilen, was Sie gefunden haben.«

Mit diesen Worten zog Anton die Tür hinter sich zu und ließ eine verdutzte Ernestine auf dem Gang zurück. Nur drei Minuten später schlief er sitzend im weichen Lehnstuhl neben dem Schwedenofen ein. Draußen tobte der Schneesturm und sorgte dafür, dass sein Fenster sich nicht mehr öffnen ließ, aber das bemerkte er nicht mehr. Anton träumte bereits von hysterisch schreienden Frauen, die ihn für einen überdimensionalen Herkules hielten, und er schwankte zwischen Angst und Genugtuung.

VIERZEHN

Hätte Anton die ganze Stunde, die noch bis zum Abendessen blieb, schlafen wollen, hätte er nicht nur seine Zimmertür, sondern auch die Verbindungstür abschließen und den Schlüssel stecken lassen müssen. So schreckte er schon nach zwanzig Minuten wieder hoch, als an die Verbindungstür geklopft wurde und sich selbige fast gleichzeitig eine Handbreit öffnete.

»Anton, schlafen Sie?«, flüsterte Ernestine. Sie streckte vorsichtig den Kopf durch den entstandenen Spalt.

»Jetzt nicht mehr«, brummte Anton vielleicht eine Spur zu mürrisch. Deutlich freundlicher fügte er hinzu: »Kommen Sie herein.«

Schon schlüpfte Ernestine in sein Zimmer und ließ sich im Lehnstuhl ihm gegenüber nieder. Sie lehnte sich jedoch nicht bequem zurück, sondern blieb am äußersten Rand sitzen, so als wollte sie jeden Augenblick wieder aufspringen.

»Ich muss Ihnen einfach sagen, was ich im Zimmer von Fritz Zuckerberg gefunden habe«, sagte sie und fügte entschuldigend hinzu: »Sonst platze ich, ich schwöre es!« Sie hob Zeige- und Mittelfinger der rechten Hand zum Schwur. Ihre Wangen waren vor Aufregung gerötet.

Anton konnte gar nicht anders, er musste lächeln. »Nun, das kann ich auf keinen Fall verantworten. Bitte erzählen Sie mir von Ihrem Fund.«

Ernestine rutschte noch ein Stückchen weiter nach vorne, sodass Anton Angst hatte, sie würde gleich kopfüber auf dem Boden landen.

»In der Lade seines Nachtkästchens lag ein Kalender. So ordentlich Herr Zuckerberg seinen Schnurrbart dreht, so chaotisch scheint er mit wichtigen Unterlagen umzugehen. Der Kalender ist ein dickes Buch, und darin befinden sich alte Rechnungen, Briefe, Zeitungsausschnitte und ein Schreiben seiner Bank.« Ernestine machte eine dramatische Pause. »Raten Sie mal, wer die Konten des reichen Farbenfabrikanten verwaltet.«

Die Art und Weise, wie Ernestine frage, deutete darauf hin, dass Anton die Bank oder die Besitzer der Bank kannte. »Das Institut Schwarz?«

»Richtig. Der Mann war offenbar schon immer vermögend, aber im Krieg hat er sich eine goldene Nase verdient. Aus einem Brief der Bank geht hervor, dass sich sein Vermögen zwischen 1914 und 1918 verdreifacht hat. Den größten Teil des Geldes, das er heute besitzt, hat er vom Kriegsministerium erhalten.«

Nun war Anton wirklich verblüfft. Wie kam es, dass ein Farbenhersteller im Krieg so viel Geld verdiente? Selbst wenn das Kriegsministerium sämtliche Räume neu hatte streichen lassen, wäre niemals ein derart großes Vermögen dabei entstanden.

»Außerdem hat Zuckerberg regelmäßig eine bestimmte Summe an von Rauch bezahlt. Vielleicht war er auch ein Deserteur, der von ihm erpresst wurde.«

Anton schüttelte den Kopf. »Zuckerberg hat erwähnt, dass er nicht gekämpft hat. Er verrichtete irgendeine Tätigkeit hinter der Front.«

»Hm …« Ernestines Daumennagel musste wieder einmal herhalten.

»Zuckerberg hat doch gesagt, dass der Tanzsaal vor Kurzem mit seinen Farben ausgemalt wurde. Ich habe vorhin den netten Herrn Sebastian gefragt, ob das stimmt, und seine Antwort hat mich überrascht.«

»Weil …?«, wollte Anton wissen.

»Herr Sebastian war damals zu jung. Aber er sagt, dass sein Arbeitgeber Herr Rosinsky ihm erzählt hat, dass er den Saal noch während des letzten Kriegsjahres ausmalen lassen wollte. Aber er hat damals keine Farben bekommen, weil sämtliche Farbproduktion eingestellt worden war.«

»Trotzdem standen die Fabriken von Zuckerberg nicht still«, ergänzte Anton.

»Vielleicht hat Zuckerberg gar keine Farben produziert, sondern Waffen. Das würde auch erklären, warum er so viel Geld vom Kriegsministerium erhalten hat.«

»Waffen, die mit Farbe munitioniert wurden?« Anton lächelte traurig. Er stellte sich die überraschten Gesichter der

Soldaten vor, die nach einem Angriff keine Schmerzen spürten, sondern bloß bunte Uniformen anhatten. Der Begriff »Buntschießen« bekam mit einem Mal eine andere, eine freundliche Bedeutung.

»Welche Art von Waffen können in einer Farbfabrik hergestellt werden?«, fragte Ernestine. Doch noch bevor Anton ihr antworten konnte, fand sie selbst die Lösung. »Giftgas!«, sagte sie entsetzt, sprang auf und lief mit dem Daumen im Mund aufgeregt hin und her. Ihre Unruhe war ansteckend. Sie machte Anton nervös.

»Meine Liebe. Auch wenn diese Erkenntnis Sie aufwühlt, bitte setzen Sie sich wieder.«

»Ich muss nachdenken. Haben Sie noch ein Pfefferminzbonbon?«

Anton holte die Dose, die sich langsam leerte, aus seiner Tasche.

Ernestine griff hinein und nahm wieder Platz. »Mit dem Einsatz des Giftgases hat die Armee gegen die Haager Landkriegsordnung von 1907 verstoßen, die von den Mittelmächten, der Entente und den USA ratifiziert wurde«, sagte Ernestine.

»Die K.-u.-k.-Armee war nicht die einzige, die in diesem schrecklichen Krieg gegen alle Gesetze der Menschlichkeit verstoßen hat. Auch die Franzosen, Engländer und die Deutschen haben Giftgas eingesetzt.«

»Aber war es nicht so, dass der Kaiser sich bis 1916 gegen den Einsatz gewehrt und erst aufgrund einer Fehlinformation zugestimmt hat?« Ernestine schob ihr Bonbon von einer Backe zur anderen.

Anton stimmte ihr zu. »Ja, er glaubte seinen Generälen, die behaupteten, die Italiener setzten an der Südfront bereits Blau- und Gelbkreuzgranaten ein.«

Ernestines Miene drückte Unverständnis aus.

»In den Blaukreuzgranaten befand sich Gift, das auch als Maskenbrecher bekannt ist. Es führte zu Reizzuständen und Atemnot, sodass die Soldaten die Masken abnehmen mussten und dann erst recht jämmerlich erstickten. Die Gelbkreuzgranaten verursachten Hautverätzungen, Verbrennungen –«

Ernestine hob abwehrend beide Hände. »Danke, so genau wollte ich es gar nicht wissen«, sagte sie und zog ihre spitze Nase kraus. »Ob von Rauch einer dieser Generäle gewesen war? Er hat Zuckerberg den Auftrag beschafft und als Dankeschön Geld von ihm kassiert.«

Anton gefiel Ernestines Theorie nicht, aber er konnte sie nicht so einfach von der Hand weisen.

»Zuckerberg weigerte sich, weiter zu zahlen, aber von Rauch wollte davon nichts wissen und hat auch ihn erpresst.«

»Ernestine, all diese Überlegungen sind reine Spekulation. Wir wissen nicht, ob Zuckerberg wirklich Giftgas produziert hat. Vielleicht ist das technisch gar nicht möglich«, sagte Anton.

»Ich bin sicher, dass Franz Haberl uns nur zu gern einen Vortrag zu diesem Thema halten wird. Außerdem können wir auch Clara Zuckerberg fragen«, meinte Ernestine zuversichtlich. »Sie scheint eine ehrliche junge Frau zu sein, die ihrem Vater gern widerspricht.«

»Nun, wenn Ihre sehr gewagte Theorie wirklich stimmt, dann hätte auch Fritz Zuckerberg ein Motiv gehabt, den Generaloberst zu töten. Womit er sich in guter Gesellschaft mit Franziska und Dr. Schöller, Frau von Rauch, Frau Schwarz und ihrem Sohn befindet.«

»Es würde mich nicht wundern, wenn auch Oberleutnant Staudinger, Professor Haberl und Alma Schönwald ein Motiv hätten«, sagte Ernestine. »Der Generaloberst war ein Mann, der sich wenig Freunde gemacht hatte.«

»Wobei ich im Moment Frau von Rauchs Verhalten am merkwürdigsten finde.«

»Weil Sie nicht trauert?«

»Weil es den Anschein macht, als wäre sie erleichtert über den Tod ihres Ehemanns.«

Ernestine zog erneut die Nase kraus. »Vielleicht hat sie noch nicht realisiert, was passiert ist. Verdrängung oder Verleugnung, wie Freud es nennt.«

»Davon verstehe ich zu wenig«, gab Anton zu. »Ich bin Apotheker, kein Nervenarzt.«

»Natürlich ist auch Fritz Zuckerberg äußerst verdächtig.

Warum leugnet er den Besuch beim Generaloberst? Und vergessen wir Frau Schwarz nicht …«

»So kommen wir nicht weiter. Wir drehen uns im Kreis«, seufzte Anton.

»Aber nein, ganz und gar nicht. Es kommen bloß ständig neue Verdächtige hinzu, die alle ein handfestes Motiv hatten. Das macht unsere Aufgabe schwieriger, aber keinesfalls weniger reizvoll.«

»Reizvoll« war kein Wort, das Anton zu einem Mord einfiel.

Ernestine sah auf ihre Armbanduhr und erschrak. »Lieber Anton, es ist kurz vor sieben, wenn wir uns nicht beeilen, findet das Abendessen ohne uns statt.«

Die Vorstellung, dass sein Erdäpfelsalat mit Backhendelstreifen wieder zurück in die Küche geschickt wurde, erfüllte Anton mit Entsetzen. Er sprang aus seinem Lehnstuhl auf. »Dann kommen Sie, rasch!« Er sah Ernestines Grinsen nicht, denn er hatte sich bereits zur Tür gewandt und trat auf den Gang, wo seine Nase den Duft goldbrauner Backhendelstreifen wahrnahm, der über einen Lüftungsschacht aus der Küche nach oben drang.

Beim Abendessen gab es nur ein Thema: den Mordversuch an Frau Zuckerberg. Es wurde phantasiert und wild spekuliert. Manchen Gästen war die Angst förmlich ins Gesicht geschrieben. Franz Haberl und Alma Schönwald weigerten sich, zu essen. Auch die Geschwister Schöller wirkten verunsichert. Dr. Schöller zuckte nervös mit den Schultern, während seine Schwester lieblos im Essen herumstocherte. Frau Schwarz beobachtete mit sorgenvollem Blick ihre Gesellschaft und erhob sich nach der Vorspeise. Sie klopfte mit einem Löffel gegen ihr Glas und forderte die Aufmerksamkeit aller Anwesenden ein.

Sie räusperte sich. Offenbar fiel ihr das Sprechen heute schwerer als gewöhnlich. Auch sie wirkte verängstigt. Ob der Mord oder die Angst, ihren guten Ruf zu verlieren, schwerer wog, wagte Anton nicht einzuschätzen.

»Aufgrund der …«, sie suchte nach den richtigen Worten, »… dramatischen Ereignisse der letzten Stunden habe ich beschlossen, dass es das Beste ist, wenn wir uns gleich nach dem Abendessen in den Salon zurückziehen. Einige von Ihnen wissen bereits davon. Es werden Kaffee und Portwein serviert werden, und auch das Personal wird dazukommen. Momentan ist es von höchster Priorität, eine gemeinsame Vorgehensweise zu besprechen.« Mit keinem Wort erwähnte sie den Mord am Generaloberst oder den angeblichen Mordversuch an Frau Zuckerberg.

Schon setzte Fräulein Schönwald zu einer Frage an. »Was gedenken Sie –«

Aber Frau Schwarz würgte sie mit einer ungeduldigen Handbewegung ab. »Bitte nicht jetzt«, sagte sie ungehalten. »Einige von uns wollen das Abendessen genießen. Anschließend haben wir genug Zeit, alles zu besprechen.«

»Pah, als ob irgendjemand Appetit hätte«, murrte Fräulein Schönwald. »Wir sind hier eingesperrt. Jederzeit kann der Mörder wieder zuschlagen. Wer weiß, wer das nächste Opfer sein wird. Vielleicht lauert er bereits im Salon in einer Ecke und wartet darauf, Sie oder mich zu erwürgen.« Ihre Stimme klang gefährlich hysterisch.

Doch Frau Schwarz ignorierte sie, setzte sich und schaute demonstrativ auf die Suppenschüssel vor sich.

Nur zu gern hätte Anton ihr für die letzten Worte applaudiert. Natürlich wollte er das Essen genießen. Die Paprikaschaumsuppe duftete so köstlich, dass er sich dieses kulinarische Vergnügen nur ungern mit einem schlechten Gewissen verderben ließ. Denn im Unterschied zu den anderen wusste er genau, wo sich der große unbekannte Angreifer befand.

Auch Josefa von Rauch hatte ihren Appetit wiedergefunden. Wo auch immer er sich gestern Abend versteckt hatte, heute aß sie mit großer Begeisterung.

»Der Koch ist ein Genie«, schwärmte Anton neben ihr.

»In der Tat. Schade, dass Johann es nicht mehr genießen kann.«

»Ich hatte nicht den Eindruck, dass Ihr Mann besonders viel von Josef Maleks Küche hielt«, mischte sich Ernestine ein. Sie hatte ihre Suppe bereits aufgegessen und die leere Schüssel weggeschoben. Neugierig musterte sie Josefa von Rauch.

»Sie dürfen nicht glauben, dass Johann immer so gewesen ist. Bevor der Alkohol sein bester Freund geworden war, liebte er das gute Essen.« Josefa von Rauch sprach ohne Sentimentalität oder Wehmut in der Stimme. Ihre Gelassenheit hatte etwas Beängstigendes.

»Haben Sie Beruhigungstabletten genommen?«, wollte Anton wissen.

Sie nickte und sah ihn direkt an. Ihre Pupillen waren leicht geweitet, aber längst nicht so groß, wie Anton erwartet hätte. Vielleicht nahm sie weitaus weniger Medikamente, als sie vorgab. Als der nächste Gang folgte, schwieg sie, und auf Ernestines Fragen antwortete sie nur noch einsilbig. Es war offensichtlich, dass sie keine weitere Konversation wünschte.

Der Hauptspeise folgte das Dessert, und als Anton auch den letzten Rest seines warmen Schokoladenküchleins mit flüssigem Kern gegessen hatte, sah er dem Kellner wehmütig nach, der seinen sauber geschleckten Teller wegtrug.

»Anton, Sie müssen jetzt einen guten Schauspieler abgeben und dürfen sich nichts anmerken lassen«, warnte Ernestine ihn leise, als sie aufstand und sich bei ihm unterhakte.

»Ich bin ein lausiger Lügner.«

»Ich weiß«, seufzte Ernestine. »Aus diesem Grund müssen Sie wachsam sein und gut aufpassen. Ich werde mich neben Sie setzen und Sie notfalls mit einem sanften Schubs daran erinnern, Ihren Gesichtsausdruck neutral zu halten.«

Mittlerweile kannte Anton Ernestines Schubser. Er hielt sich prophylaktisch die Seite, nahm aber dankbar neben ihr auf dem Sofa Platz.

Es dauerte eine Weile, bis alle sich im Salon einfanden. Frau Zuckerberg hatte sich geweigert, ihr Zimmer zu verlassen. Sie hatte nicht mit den anderen im Speisesaal gegessen, sondern ihr Abendessen auf ihrem Zimmer im Bett eingenommen. Ihre Nerven seien zerrüttet, und sie fühle sich schwach, ließ sie über ihre Tochter Clara ausrichten.

»Das können wir alle nur zu gut verstehen«, sagte Frau Schwarz mitfühlend. »Wobei es schade ist, denn es wäre hilfreich gewesen, wenn Frau Zuckerberg uns noch einmal eine Beschreibung des Mannes gegeben hätte, der versucht hat, sie zu erwürgen.«

»Wir müssen den Mann finden. Sicher ist er noch irgendwo

im Hotel!«, polterte Fritz Zuckerberg. »Wenn wir ihn nicht erwischen, erwürgt er heute Nacht vielleicht Sie oder Sie.« Er zeigte mit dramatischer Miene zuerst auf Fräulein Schönwald, dann auf Frau Schwarz. Beide sogen lautstark die Luft ein.

»Vater, lass das«, sagte Clara Zuckerberg ärgerlich. »Mit diesen Worten trägst du nur dazu bei, dass alle noch mehr Angst bekommen.«

»Die Angst ist berechtigt«, antwortete er aufgebracht. »Ein Unbekannter hat versucht, deine Mutter zu erwürgen.«

Jemand schnappte nach Luft. Franziska Schöller hielt sich die Hand vor den Mund.

»Clara, dein Vater hat recht. Wir müssen das Hotel durchsuchen. Das Haus besteht aus unzähligen Gängen und unbenutzten Räumen, in denen sich mit Leichtigkeit jemand verstecken kann«, mischte sich Ernst Schwarz ein.

Falls Herr Zuckerberg und Frau Schwarz darüber überrascht waren, dass ihre Kinder sich duzten, so zeigten sie es nicht. Wie bei allen anderen auch waren ihre Gedanken beim großen Unbekannten.

Anton nahm Ernestines warnenden Gesichtsausdruck wahr. Er hielt weiter seine Hand schützend gegen die Rippen. Offenbar sah er nicht betroffen genug aus. Aber wie sollte er Angst vortäuschen, wenn er doch genau wusste, dass er selbst die ganze Aufregung ausgelöst hatte?

»Wann hört dieser schlimme Schneesturm auf, damit dieser Alptraum ein Ende hat?«, wimmerte Fräulein Schönwald.

Frau Schwarz warf ihr einen vorwurfsvollen Blick zu. »Das Jammern bringt uns nicht weiter«, sagte sie streng. »Wer würde sich freiwillig dazu bereit erklären, das Hotel abzusuchen?«

Ihr Sohn meldete sich.

»Hat jemand eine Waffe dabei?«, fragte Franz Haberl.

»Natürlich nicht!«, empörte sich Fritz Zuckerberg.

Professor Haberl sah fragend zu Oberleutnant Staudinger, aber der schüttelte bedauernd den Kopf. »Ich habe nicht damit gerechnet, dass es bei einem Tangotanzkurs zu Kampfhandlungen kommen könnte.«

Anton fiel zum ersten Mal auf, wie außergewöhnlich klar

sich der Mann artikulierte. Wie ein Schauspieler im Burgtheater. Selten hatte Anton jemanden kennengelernt, der so viel Aufmerksamkeit auf seine korrekte Aussprache legte.

»Nun, ohne Waffe ist mir dieses Unterfangen zu gefährlich. Der Dachboden und der Keller müssen untersucht werden. Es gibt dort unzählige Möglichkeiten, sich zu verstecken«, sagte Haberl. Wieder einmal verschränkte er die Arme vor seiner Brust. »Wenn der Mann bewaffnet ist, schießt er uns nieder, sobald wir auch nur in seiner Nähe sind.« Seine spärlichen, dünnen Haare, die er sorgfältig über seine Glatze gelegt hatte, waren verrutscht und hingen nun seitlich auf seine Schulter. Die Frisur verlieh ihm Ähnlichkeit mit Quasimodo aus Victor Hugos Roman »Der Glöckner von Notre Dame«.

Frau Schwarz wurde blass, sie sah ihren Sohn ängstlich an.

Aber der sagte beruhigend: »Wenn er tatsächlich eine Waffe besitzt, hätte er den Generaloberst und Frau Zuckerberg erschießen können und hätte sich nicht mit Gift abmühen müssen. Vom Würgeversuch ganz zu schweigen.«

»Ich gehe trotzdem nicht. Es ist zu gefährlich«, sagte Franz Haberl.

Er erinnerte Anton an ein trotzendes Kleinkind.

»Nun, dann begleite ich dich, Ernst«, erklärte Clara Zuckerberg.

»Ausgeschlossen!«, rief Zuckerberg mit tiefer Stimme. Sein Gesicht hatte sich nun verfinstert. Er musterte sowohl seine Tochter als auch Ernst Schwarz mit düsterer Miene. Offenbar hatte er nun bemerkt, dass die beiden sich mit dem Vornamen ansprachen.

»Ach, Vater, mach dich nicht lächerlich! Was soll denn schon passieren?«

»Fräulein Zuckerberg, Ihr Vater hat völlig recht. Wir Frauen sollten hierbleiben. Als Veranstalterin fühle ich mich für die Sicherheit aller mitverantwortlich. Gegen einen großen, starken Mörder können wir Frauen wenig ausrichten«, sagte Frau Schwarz.

»Wir haben im Krieg Spitäler geleitet, die Kranken versorgt, als Tischlerinnen und Fleischerinnen gearbeitet. Wir können

Straßenbahnen fahren und Druckermaschinen reparieren, warum sollten wir keinen Mörder überwältigen können?«, mischte sich Ernestine ärgerlich ein.

»Ich bin ganz Ihrer Meinung, Fräulein Kirsch. Aber wir sollten Frau Schwarz' Bitte berücksichtigen, schließlich hat sie dieses Wochenende organisiert. Akzeptieren wir doch ihre Bitte«, sagte Franziska Schöller.

Clara Zuckerberg hob ergeben die Schultern.

»Ich werde Sie begleiten, Herr Schwarz«, bot sich Dr. Schöller an. Sein Blick wanderte zu Anton. »Herr Böck, kommen Sie auch mit? Sie wirken ruhig, besonnen und weniger aufgeregt als alle anderen. Genau die richtige Mischung für eine kleine Expedition durchs Hotel.«

Anton lief rot an. Er fühlte sich ertappt. Sollte er jetzt Angst vortäuschen? Unmöglich, das würde nicht funktionieren. »Natürlich komme ich mit, wenn Sie das wünschen«, sagte er.

»Fein!« Frau Schwarz erhob sich und sah sich suchend um. Herr Sebastian saß in der hintersten Reihe, aber Frau Schwarz fand ihn. »Sie kommen natürlich auch mit, schließlich kennen Sie das Hotel am besten«, bestimmte sie.

Der Angesprochene zog den Kopf ein, seiner Körperhaltung war zu entnehmen, dass er den Befehl gern verweigert hätte. Aber er konnte nicht, schließlich stand sein Arbeitsplatz auf dem Spiel. Ergeben nickte er.

»I kann Ihna an Nudelwalker mitgebn«, meldete sich Josef Malek zu Wort.

Überraschte Blicke richteten sich auf den Mann in der Schürze.

Er zuckte entschuldigend mit den Schultern. »So a Nudelwalker is a wunderbare Waffe. Wer ihn übern Schädel zogn kriegt, steht so schnell net wieder auf, des können S' ma glaubn.«

»Das ist eine hervorragende Idee«, stimmte ihm Frau Schwarz zu. »Laufen Sie bitte gleich in die Küche und holen Sie vier davon.«

»I hab aber nur zwa«, sagte Malek.

»Na, dann holen Sie eben zwei!« Genervt verdrehte Josefa von Rauch die Augen.

Während Malek sich gemeinsam mit der Küchenhilfe auf den Weg in die Küche machte, wünschte sich Anton an diesem Tag zum dritten Mal, dass er aufwachen und feststellen könnte, dass das alles bloß ein merkwürdiger Traum gewesen war. Aber die Menschen neben ihm und der Raum, in dem er saß, waren real und er so wach, wie man nach einem fünfgängigen Menü eben sein konnte.

Wenig später drückte ihm Malek einen schweren Nudelwalker aus hellem Holz in die Hand und meinte zuversichtlich: »Der ist bessa als a jeder Schlagstock, vertraun S' ma!« Der Koch roch immer noch nach Backhendelstreifen. Anton schnupperte ihm wehmütig nach.

»Auf geht's«, sagte Dr. Schöller und stand vom Sofa auf. Ernst Schwarz folgte ihm. Er war mit dem anderen Nudelwalker bewaffnet. Herr Sebastian und Anton fügten sich in ihr Schicksal. Die vier verließen den Salon wie amerikanische Helden auf dem Weg in den Wilden Westen auf der Suche nach einem Gesetzlosen.

Anton warf Ernestine einen vorwurfsvollen Blick zu. Aber im Unterschied zu ihm selbst war an ihr eine großartige Schauspielerin verloren gegangen. Ernestine beherrschte ihre Rolle perfekt. Mit angstgeweiteten Augen saß sie leicht zitternd neben Clara Zuckerberg. Den Schalk in ihren hellblauen Augen erkannte nur Anton. Er atmete tief durch. Wenn er dieses Wochenende überstand, hatte er so viele gruselige Gute-Nacht-Geschichten für Rosa, dass es für ein ganzes Leben reichte.

FÜNFZEHN

Herr Sebastian holte aus einer Abstellkammer neben der Rezeption tragbare Laternen. Mit einem Streichholz entzündete er die Kerzen darin und reichte jedem eine davon.

»Wofür brauchen wir die?«, wollte Ernst Schwarz wissen. Er schien ebenso wenig Angst zu haben wie Anton. Vielleicht war die Suche für ihn eine Art Zeitreise in seine eigene Kindheit, in der er mit Freunden alte Dachböden und Keller inspiziert hatte. Möglich, dass Anton es sich bloß einbildete, aber er glaubte, im Gesicht des Juristen das Kind zu erkennen, das er vor dem Krieg vielleicht gewesen war. Die Gespenster, vor denen er sich fürchtete, waren mit Nudelwalker und Licht nicht zu bekämpfen. Sie saßen in seinem Kopf und hatten mit Dunkelheit und Spinnweben nichts zu tun.

»Im Keller is stockfinster, da gibt's kein Licht«, erklärte Herr Sebastian mit zusammengepressten Lippen. Auch er sah jung aus, was er ja tatsächlich auch war. Aber im Unterschied zu Ernst Schwarz leuchtete die Angst förmlich aus seinen Augen. Wie gern hätte Anton ihn beruhigt und ihm erklärt, dass es keinen Grund zur Furcht vor einem großen Unbekannten gab. Aber er konnte ja schlecht sagen, dass der Mann, den sie suchten, in Wirklichkeit er selbst war. Anton schwieg. Er hielt sich an seinem Nudelwalker fest und folgte den anderen die Stufen hinab.

»Sollten wir nicht zuerst in den oberen Stockwerken nachsehen?«, fragte Dr. Schöller. »Vielleicht ist eines der Zimmer belegt, ohne dass Sie oder die anderen Mitarbeiter es wissen.«

Herr Sebastian schüttelte den Kopf. »Mitzi, Gerhard und ich haben alle Zimmer im Ostflügel und im vierten Stock durchgschaut. Zuerst haben wir vorm Mittagessn gschaut und den Mörder gsucht. Dann haben wir noch einmal gschaut, als wir ein Zimmer für die Witwe hergerichtet haben, eins, das wir halbwegs schnell warm machen können.«

Nur zu gut konnte sich Anton an diesen Zimmertausch erinnern.

»Wir sind auch im vierten Stock gwesen. Alle Zimmer dort sind leer. Ich kann das mit absoluter Sicherheit sagn.«

Während Anton wusste, dass es wirklich so war, schienen jetzt auch Ernst Schwarz und Dr. Schöller dem jungen Mann zu glauben.

»Nun, dann gehen wir in den Keller«, forderte Ernst Schwarz unternehmungslustig.

Anton bildete das Schlusslicht und musste sich auf den Weg, der vor ihm lag, konzentrieren. Die kleine Gruppe stieg eine unregelmäßige Erdtreppe hinab in den Keller. Es war kalt und roch modrig nach Pilzen und verfaulendem Holz, aber auch nach Essig, Erdäpfeln und Zwiebeln.

»Jetzt samma im Vorratskeller«, sagte Herr Sebastian. »Hier wird alles glagert, was länger als a paar Wochen halten soll.«

Im Schein der flackernden Laternen tauchten Regale mit eingelegten Gurken, Paprika und Paradeisern auf. Gläser gefüllt mit oranger Marillen- und roter Himbeermarmelade reihten sich neben Schwammerln in Oliven- und Knoblauch in Sonnenblumenöl. Von der Decke baumelten riesige Parmaschinken und dicke ungarische Salamistangen. Obwohl Anton wirklich satt war, zog sich sein Mund mit Wasser zusammen.

»Jetzt komma in'n Weinkeller!«

Anton wähnte sich im Paradies, bloß durfte er all die Köstlichkeiten, die sich um ihn herum auftürmten, nicht probieren.

Rechts und links von ihnen lagerten riesige Weinfässer, in denen edle, wertvolle Tropfen reiften.

Anton, der guten Wein schätzte, las auf den blank polierten Messingschildern die Namen von Winzern, die er bisher nur aus der Presse kannte. Eine kleine Maus oder eine Ratte flitzte über eines der Fässer. Dr. Schöller und Ernst Schwarz machten gleichzeitig einen Schritt zurück, aber Anton war derlei Getier gewöhnt. Auch im Keller seiner Apotheke gab es zu seinem Leidwesen Mäuse. Heide rückte den kleinen Tieren mit Fallen auf den Leib. Rattengift lehnte sie genauso strikt ab wie er selbst. Spinnweben hingen von der Decke. Erstaunlich, wie Insekten auch unter unwirtlichsten Bedingungen überleben konnten. Herr Sebastian lief direkt durch ein riesiges Netz und blieb gelassen. Anscheinend waren es nicht die Insekten und kleinen Pelztiere, die er fürchtete, sondern der unbekannte Mörder, der in Frau Zuckerbergs Zimmer eingedrungen war. Mit jedem Schritt, den Anton in die feuchtkalte Dunkelheit setzte, wuchs sein schlechtes Gewissen. Wie konnte er einen jungen Menschen in Angst und Schrecken versetzen? Der Keller war im Vergleich zu dem riesigen, modernen Hotel alt und primitiv. Nie hatte jemand versucht, die Wände mit Mauern zu stützen oder Elektrizität in die niedrigen, gewölbten Gänge zu leiten. Der Unterbau eines der vornehmsten Hotels des Landes war ein einfacher Erdkeller, wie er in jedem Bauernhof zu finden war.

Anton setzte einen Fuß vor den anderen und folgte seinen Begleitern Schritt für Schritt. Er war ganz und gar in seine eigenen Überlegungen versunken, sodass er den unterdrückten Schrei erst mit Verspätung wahrnahm.

»Hier liegt etwas!« Die Stimme gehörte Dr. Schöller.

Anton wurde nicht nervös. Warum auch?

»Was denn?«, fragte Ernst Schwarz. Er hob seinen Nudelwalker hoch über den Kopf.

Nur zu gern hätte Anton seine Hand beruhigend auf die Schulter des jungen Juristen gelegt.

»Da Mörder hat Spurn hinterlassn!« Herrn Sebastians Stimme überschlug sich förmlich, und Anton seufzte gelangweilt. Das alles war ein böses Schauspiel. Er sollte längst aus dem billigen Stück aussteigen. Die Frage war bloß, wie.

»Herr Schwarz, kommen Sie mit Ihrer Laterne näher. Wir brauchen mehr Licht«, forderte Dr. Schöller.

Seine Stimme klang aufgeregt. Anscheinend hatte er wirklich irgendetwas gefunden. Eine ganze Familie toter Mäuse?

»Das muss der Umhang des Mörders sein!«

Mit genügend Phantasie konnte jedes dunkle Stoffstück, jede alte Decke, vielleicht sogar ein Erdäpfelsack zum Mantel des Mörders werden. Anton fiel eine Geschichte in der Kronenzeitung ein. Angeblich hatte jemand die abgehackte Hand eines Kindes gefunden, das man auf grausame Weise gefoltert hatte. In Wirklichkeit entpuppte sich die Hand als abgenagte Hühnerklaue.

»Jessas, Maria und Josef!«, stöhnte Herr Sebastian und ließ vor Schreck seine Laterne fallen. Die Flamme der Kerze flackerte wild, schlug gegen die Glasscheibe und erlosch.

»Hier liegen ein schwarzer Mantel, riesige Stiefel und eine halb volle Flasche mit Gift!«

»Wie bitte?« Nun überschlug sich auch Antons Stimme. Er hatte das Gefühl, jemand erlaubte sich einen schlechten Scherz mit ihm. Mit dem Nudelwalker in der Hand trat er näher an den Fundort heran. Was seine Augen erblickten, wurde von seinem Verstand nur teilweise erfasst. Am festgetretenen, kalten Erdboden lagen ein alter schwarzer Militärmantel, große, ausgetretene Militärstiefel, eine Flasche, auf deren Etikett deutlich ein Totenkopf zu sehen war, und schwarze Handschuhe. Wer hatte die Kleidungsstücke hier abgelegt?

Anton schnappte nach Luft. Er machte einen Schritt rückwärts und prallte gegen ein hohes Regal, das ins Wanken geriet. Etwas löste sich aus dem obersten Fach. Ein mittelgroßer Tontopf, in dem Honig gelagert wurde. Der Topf rutschte über das Holzbrett und fiel direkt auf Antons Hinterkopf. Ein stechender Schmerz durchfuhr ihn, breitete sich über den Kopf auf den ganzen Körper aus. Warmes Blut, gemischt mit Honig, lief in seinen Hemdkragen. Er roch den betörenden Geruch dunklen Waldhonigs, dann verlor er langsam das Bewusstsein. Samtiges Schwarz umhüllte ihn. Die Stimmen der Männer neben ihm wurden leiser und traten in die Ferne. In seinen Ohren surrte es, die Haut in seinem Gesicht wurde eisig kalt, und er tauchte in einen erlösenden Schlaf.

SECHZEHN

Ernestine saß nun wieder neben Clara Zuckerberg, die sich die Zeit damit vertrieb, die Perlen ihrer langen Kette immer wieder abzuzählen. Ihr Vater unterhielt sich mit Frau Schwarz und Professor Haberl.

Ernestine war froh, den Platz neben ihm endlich wieder los zu sein, den sie eben noch innegehabt hatte. Das Gespräch mit dem Chemieprofessor war zwar aufschlussreich, aber furchtbar anstrengend gewesen. Selten zuvor war sie einem dermaßen selbstverliebten Menschen begegnet.

Nun versuchte sie, ein Gespräch mit Clara Zuckerberg in Gang zu bringen. »Sie scheinen nicht immer die Meinung Ihres Vaters zu teilen.« Ernestine beugte sich vertraulich zu ihr.

»Wer tut das schon?«, sagte Clara Zuckerberg. Sie sah zu ihrem Vater, der ihr im Moment aber keine Beachtung schenkte. Nach einer kurzen Pause fügte Clara Zuckerberg hinzu: »Aber Sie haben recht. Mein Vater und ich sehen die Welt auf unterschiedliche Weise.«

Ernestine lagen tausend Fragen auf der Zunge, aber sie hielt sich zurück, in der Hoffnung, dass die junge Frau von sich aus sprechen würde.

Schon rückte sie näher an Ernestine heran und senkte ihre Stimme. »Ich will Lehrerin werden, genau wie Sie«, gestand sie und strahlte Ernestine aus ihren dunkelbraunen Augen voller Begeisterung an.

»Das freut mich«, sagte Ernestine ehrlich. »Sie werden sicher eine wunderbare Pädagogin.«

»Wenn mein Vater davon erfährt, platzt er vor Wut. Seit meine Mutter gesundheitliche Probleme hat, liegen auch seine Nerven blank.« Während Clara Zuckerberg sprach, sah sie immer wieder zu ihrem Vater. Offenbar wollte sie nicht, dass er dieses Gespräch mithörte.

»Nun, Lehrerin ist ein angesehener Beruf. Ich wüsste nicht, was einen Vater daran wütend machen sollte«, sagte Ernestine.

»Es ist nicht das einzige Geheimnis, das ich vor meinem Vater habe.«

Die Geduld, die Ernestine nach außen hin zeigte, entsprach in keiner Weise ihrem tatsächlichen Empfinden. Aber sie wollte Clara Zuckerberg nicht drängen.

»Ich bin heimliches Mitglied der Sozialdemokraten, genau wie Ernst.« Clara Zuckerberg hielt die Hand vor den Mund, während sie sprach.

Das war eine überraschende Nachricht. Die Tochter eines Industriellen und der Sohn einer Bankierswitwe waren beide fasziniert von den Ideen der Arbeiterpartei. Natürlich waren sie nicht die Einzigen, denen es so erging. Viele junge Menschen aus bürgerlichen Familien mit hoher Bildung sympathisierten mit den gesellschaftsverändernden Ideen der Linken. Sie hatten gesehen, wohin die Kluft zwischen Arm und Reich geführt hatte, und sie wollten Veränderungen und eine gerechtere Gesellschaft, in der auch die Religion nicht mehr einen derart wichtigen Stellenwert hatte. Viele der jungen Menschen stammten aus jüdischen Familien. Ernestine hätte aber weder dem jungen Ernst Schwarz noch Clara Zuckerberg eine derart rebellische Haltung gegenüber den Eltern zugetraut.

Beeindruckt legte sie ihre Hand auf den Unterarm der jungen Frau. »Das ist wunderbar. Ich bin auch Mitglied. Die schreckliche Armut in diesem Land kann nur bekämpft werden, indem alle Kinder Zugang zu Bildung haben.«

Clara Zuckerberg nickte lächelnd. »Ich weiß!«

»Kannten Sie Herrn Schwarz schon vor diesem Wochenende?«

Clara Zuckerberg errötete. Schüchtern sagte sie: »Ja. Wir sind uns bei mehreren Versammlungen begegnet, haben aber lange Zeit nur belanglose Worte gewechselt.« Sie schwieg und betrachtete eingehend die Perlen ihrer Kette. Dann fügte sie hinzu: »Wobei ich zugeben muss, dass wir beide großes Interesse aneinander haben. Ernst ist mir gleich bei unserer ersten Begegnung aufgefallen.«

Ernestine lächelte wissend. »Er hat ungewöhnlich dunkelgraue Augen.«

Clara Zuckerberg seufzte. »Sie sind unergründlich, tief und traurig zugleich.« Das Rot ihrer Wangen wurde noch dunkler. »Wir wussten nicht, dass wir uns an diesem Wochenende begegnen werden. Es war eine große Überraschung für uns beide.«

»Ich nehme an, eine angenehme.«

»Oh ja!«

Ihre Aufmerksamkeit wurde abgelenkt, Franz Haberl und Fritz Zuckerberg diskutierten lautstark über eine chemische Reaktion, während Frau Schwarz gelangweilt von einem zum anderen sah. Keiner der drei schenkte ihnen Beachtung.

»Weiß Ihre Mutter von Ihren Plänen?«, fragte Ernestine.

»Um Himmels willen, nein. Es würde sie zu sehr aufregen«, sagte Clara Zuckerberg. »Seit dem Krieg leidet sie an einem schlimmen Nervenleiden. Mein Bruder verstarb in den letzten Kriegstagen in einer der Schlachten, in denen buntgeschossen wurde. Sie wissen, was ich meine. Giftgasgranaten mit unterschiedlichen Substanzen. Die Soldaten waren hilflos und starben zu Tausenden. Sein Tod hat uns alle getroffen, wenn auch auf unterschiedliche Weise.«

Ernestine verstand nicht, was Clara Zuckerberg meinte. Konnte es auf den Tod eines Familienmitglieds eine andere Reaktion als Trauer geben? Verständnislos wartete sie auf weitere Erklärungen.

»Mein Vater hatte gehofft, dass Georg eines Tages das Familienunternehmen übernehmen wird. Jetzt setzt er alle Hoffnung in mich, aber er weiß, dass ich keinerlei Interesse habe. Meine Mutter leidet seit Georgs Tod an Depressionen. Ich war entsetzt und wollte es lange Zeit nicht glauben, dass ich meinen Bruder nie wiedersehen werde. Aber irgendwann habe ich seinen sinnlosen Tod akzeptiert. So traurig die Tatsache auch ist, ich werde nie wieder mit ihm lachen oder streiten.« Ihre Worte wurden leise. »Jetzt will ich meine Eltern nicht enttäuschen, spüre aber, dass ich meinen eigenen Weg gehen muss. Können Sie das verstehen?«

»Nur zu gut, meine Liebe!«, beteuerte Ernestine. Ihre Hand lag immer noch auf dem Unterarm der jungen Frau. »Der Krieg hat so viel Leid hinterlassen. Es wird noch Jahre dauern, bis die Wunden verheilt sind. Bis dahin werden auch Ihre Eltern gelernt haben, mit dem Verlust zu leben. Eines Tages werden sie auch akzeptieren, dass ihre Tochter ihr eigenes Leben führen will.«

»In unserer Familie werden die Wunden niemals heilen«, sagte Clara Zuckerberg traurig, aber bestimmt. »Sie sind zu tief.«

»Sagen Sie so etwas nicht, die Zeit heilt alle Wunden!« Ernestine versuchte, zu trösten. Doch dann begriff sie mit einem Schlag, was Clara Zuckerbergs Bemerkung bedeutete.

»Sie sagten, dass Ihr Bruder an den Folgen verschiedener Giftgasgranaten starb?«, fragte sie betroffen.

Clara Zuckerberg nickte traurig.

Franz Haberl hatte Ernestine vor wenigen Augenblicken, bevor sie sich mit Clara Zuckerberg unterhalten hatte, bestätigt, dass Fritz Zuckerberg mit der Produktion von Giftgasgranaten reich geworden war. Er hatte das deshalb so stolz erklärt, weil er selbst an der Forschung beteiligt gewesen war. Die beiden hatten Waffen produziert, die Zuckerbergs eigenen Sohn umgebracht hatten. Kein Wunder, dass seine Frau an Depressionen litt. Vielleicht hatte Clara Zuckerberg recht, es war durchaus möglich, dass diese Wunde niemals verheilen würde.

»Sie müssen trotzdem Ihren Eltern von Ihren Plänen erzählen«, sagte Ernestine mit rauer Stimme. Ein Frosch saß in ihrem Hals. »Besser, die beiden erfahren es von Ihnen als von jemand anderem.«

»Ich weiß. Eigentlich wollte ich dieses Wochenende dazu nutzen. Ich dachte, wenn ich ihnen den Gefallen tue und an dem Tanzkurs teilnehme, sind sie vielleicht milder gestimmt. Im Zug war ich noch voller Zuversicht und guter Dinge. Aber jetzt passiert eine Schrecklichkeit nach der anderen, und ich finde einfach keine passende Gelegenheit für die Wahrheit.«

»Es werden noch andere Wochenenden kommen«, tröstete Ernestine. Gerade als sie zu weiteren Worten ansetzen wollte, hörte sie Ernst Schwarz' Stimme.

»Bitte machen Sie das Sofa frei, wir müssen Herrn Böck ablegen. Er ist bewusstlos, er hat sich verletzt.«

Erschrocken sprang Ernestine auf. Mit einem Mal waren Clara Zuckerberg und ihre Probleme vergessen.

SIEBZEHN

Aufgeregtes Stimmengewirr und Ernestines Hände, die gegen seine Wangen tätschelten, holten Anton in die Wirklichkeit zurück. Es dauerte einen Moment, bis er sich wieder zurechtfand. Anton hatte das Bewusstsein verloren, das war ihm schon seit Jahren nicht mehr passiert. Er war im Keller gewesen. Aber da war er nun nicht mehr. Jetzt lag er auf einer gepolsterten Chaiselongue, die sich direkt neben dem knisternden Kamin im Salon befand. Ernestine saß neben ihm und hielt seine Hand. Dagegen gab es nichts einzuwenden.

»Anton, was machen Sie bloß für Sachen?«

Er wollte sich aufsetzen, aber hinter seiner Stirn brummte es. Der stechende Schmerz im Hinterkopf kehrte zurück.

»Bleiben Sie um Himmels willen liegen«, hörte er Dr. Schöller sagen. Der Doktor beugte sich mit einer der Laternen, mit denen sie gerade noch den Keller inspiziert hatten, über sein Gesicht und leuchtete mit der Kerzenflamme in seine Augen. Sofort schloss Anton sie wieder.

»Herr Böck, Ihre Pupillen sind geweitet. Ich fürchte, Sie haben eine leichte Gehirnerschütterung«, diagnostizierte Dr. Schöller. Das erklärte die Schmerzen und das dumpfe Gefühl hinter der Stirn.

»Außerdem haben Sie eine Platzwunde am Hinterkopf, die ich unbedingt nähen muss. Zum Glück habe ich immer meinen Arztkoffer mit dabei. Seit Jahren reise ich nicht ohne das notwendigste Verbandsmaterial. Der Koffer ist in meinem Zimmer.«

Antons Schmerzen im Kopf waren zu groß, als dass er darüber nachdenken konnte, ob Nähzeug in einen Erste-Hilfe-Kasten gehörte. Aber ein Arzt war wohl besser ausgestattet als ein einfacher Sanitäter.

»Tut das nicht furchtbar weh?«, fragte Ernestine mitfühlend.

»Angenehm ist es nicht. Aber sehen Sie sich die Wunde an. Wenn wir sie so lassen, wächst sie niemals zusammen.«

Ernestine beugte sich nun ebenfalls über Antons Kopf. Der

wohlbekannte Geruch nach Pfefferminz, Rosenöl und Veilchen drang in seine Nase und vermittelte ihm das Gefühl von Sicherheit. Unter anderen Umständen hätte er dieser Situation durchaus etwas Reizvolles abgewinnen können.

»Besser wir bringen das Nähen der Wunde rasch hinter uns«, erklärte Dr. Schöller. »Danach sollten Sie sich dringend ausruhen. Wenn Sie wollen, kann ich Ihnen etwas gegen die Schmerzen geben.«

»Mal sehen«, brummte Anton. Er war kein Freund von Schmerzmitteln. Das letzte Mal, dass er eines genommen hatte, war 1917 gewesen, als ein Granatsplitter neben seiner linken Kniescheibe Sehnen und Bänder durchdrungen hatte.

Hinter sich hörte er die anderen Gäste über den Fund im Keller reden.

»Der Mantel und die Stiefel können nur bedeuten, dass ein Fremder im Hotel ist. Er kann sich überall verstecken«, sagte Alma Schönwald. »Ich will keine Minute länger hierbleiben. Wann hört dieser verdammte Schneesturm endlich auf? Es ist zum Verrücktwerden.«

Mit ihren Worten kehrte die Erinnerung zurück. Anton hatte im Keller Gegenstände gefunden, die es eigentlich nicht geben durfte, schließlich war er der Mann gewesen, vor dem sich Frau Zuckerberg gefürchtet hatte. Der Schmerz in seinem Kopf wurde pochend.

»Vielleicht lauert er uns schon irgendwo auf. Der Mann ist verrückt. Ein Irrer, der alle töten will«, jammerte Professor Haberl.

»Sollen wir es wagen und uns nach Gloggnitz aufmachen?«, fragte Franziska Schöller.

»Jetzt im Dunkeln? Das wäre glatter Wahnsinn«, antwortete ihr Bruder.

»Wir dürfen jetzt nicht die Nerven verlieren«, sagte Clara Zuckerberg. Aber auch ihre Stimme hatte in der letzten Stunde an Zuversicht eingebüßt.

»Ich will nach Hause«, schluchzte das Dienstmädchen Mitzi, das heute Morgen den toten Generaloberst gefunden hatte. Sie hielt sich beide Hände vors Gesicht und weinte hemmungslos.

»Reißen Sie sich zusammen«, forderte Frau Schwarz ungehalten. »Wir müssen davon ausgehen, dass sich außer uns noch jemand im Hotel befindet. Es wäre in unser aller Interesse, wenn wir diesen Jemand finden würden.«

»Was haben Sie vor?«, fragte Franz Haberl. »Wollen Sie noch einmal einen Suchtrupp durchs Hotel schicken? Der Gebäudekomplex ist riesig. Es gibt unzählige Lüftungsschächte, Besenkammerln, ungenutzte Unterschlüpfe auf dem Dachboden und stillgelegte Räume. Der Mörder kann überall sein und mit uns ein böses Versteckspiel treiben. Kaum sehen wir auf dem Dachboden nach, entkommt er über einen Lüftungsschacht in den Keller.« Schweißperlen hatten sich auf seiner Stirn gebildet. Er wischte sie mit einem weißen Stofftaschentuch weg.

»Ich denke, dass der Vorschlag schon am Nachmittag gemacht wurde. Aber ich bin davon überzeugt, dass es das Vernünftigste wäre, wenn wir uns nur noch zu zweit durchs Hotel bewegen. Sollte wirklich jemand vorhaben, uns zu töten, würde es ihm schwerer fallen, zwei Menschen zu überwältigen«, schlug Ernst Schwarz vor. »Morgen früh hat der Schneesturm sich vielleicht gelegt, und die Polizei kann die ganze Angelegenheit aufklären. Wenn ich ehrlich bin, habe ich keine Lust, ein weiteres Mal durch den unbeleuchteten Keller zu streifen.«

»Der Mörder kann immer noch einer von uns sein«, gab Franz Haberl zu bedenken. »Wer sagt, dass nicht einer von uns den Mantel, die Stiefel und die Handschuhe in den Keller gelegt hat? Herr Böck und Fräulein Kirsch waren die Ersten, die in Frau Zuckerbergs Zimmer gekommen sind. Ist Ihnen irgendetwas aufgefallen?«

Anton lag immer noch ruhig auf der Chaiselongue. Zum Glück war ihm übel, und er war blass. Ansonsten wäre er jetzt verräterisch rot angelaufen.

Ernestine blieb wie immer ruhig. »Mir ist nichts aufgefallen. Vor allem habe ich keinen großen Unbekannten gesehen. Aber ich halte den Vorschlag von Herrn Schwarz für eine sehr gute Idee.

»Was machen wir mit dem Mantel, der Giftflasche, den Handschuhen und den Stiefeln?«

»Ich kann alles im Hotelsafe einsperren«, erklärte Herr Sebastian. »Das Glaserl mit den Giftresten ist schon dort.«

»Sehr gut!« Frau Schwarz war bemüht, die Kontrolle über die außergewöhnliche Situation zu bewahren.

In dem Moment stand Carmen Morales von ihrem Sofa auf.

»Wo wollen Sie hin?«, fragte Frau Schwarz irritiert.

»Ich muss auf die Toilette.« Carmen Morales' Stimme klang gepresst, und trotz seiner Kopfschmerzen richtete Anton sich auf, um die Frau anzusehen. Sie war ungewöhnlich blass, verkrampfte ihren Unterkiefer und stemmte ihre rechte Hand in den Rücken.

»Geht es Ihnen gut?«, fragte Alma Schönwald besorgt.

»Alles bestens. Danke.« Carmen Morales rang sich ein Lächeln ab, das jedoch ihre Augen nicht erreichte. »Ich habe bloß das Abendessen nicht so gut vertragen. Ich bin es nicht gewohnt, so spät noch so schwer zu essen.«

»Ich dachte immer, dass man in wärmeren Ländern erst viel später mit dem Abendessen beginnt«, überlegte Fräulein Schönwald. »Soll ich Sie zur Toilette begleiten?«

Eine Spur zu schnell winkte Carmen Morales ab. »Nicht notwendig.«

»Frau Morales. Wir haben gerade beschlossen, dass sich niemand mehr allein in diesem Hotel bewegen sollte. Ich muss Sie bitten, sich begleiten zu lassen.« Frau Schwarz richtete sich auf und sah sich hilfesuchend im Raum um. Ein zustimmendes Raunen bestätigte ihre Worte.

»Frederico?«

»Frau Morales, machen Sie sich nicht lächerlich. Sie müssen auf die Toilette. Sie glauben doch nicht, dass Gonzales Sie dorthin begleiten kann. Frau Schönwald oder ich selbst können das übernehmen«, sagte Frau Schwarz gereizt.

»Herr Gonzales bringt mich auf mein Zimmer«, sagte Carmen Morales. »Da ich nicht annehme, dass heute noch eine Tanzstunde gewünscht ist, werde ich mich zurückziehen. Auf diese Weise kann ich meinem verstimmten Magen ein bisschen Erholung verschaffen.«

Niemand schien etwas erwidern zu wollen.

»Ich für meinen Teil habe auch genug für heute«, erklärte Zuckerberg. »Muss noch jemand in den dritten Stock?«

»Ich komme mit Ihnen«, sagte Professor Haberl schnell. Der kleine Mann konnte es kaum erwarten, den Salon zu verlassen. »Außerdem hätte ich gern den Ersatzschlüssel für mein Zimmer«, sagte er in Herrn Sebastians Richtung.

»Ich … äh … das kann ich nicht …«, stammelte der junge Mann.

»Was heißt, Sie können nicht? Wer garantiert mir, dass der Mörder sich heute Nacht nicht den Ersatzschlüssel holt und mich kaltblütig im Schlaf erdrosselt?«

»Neben den Ersatzschlüsseln gibt's auch einen Generalschlüssel. Ich versicher Ihnen, dass alle sicher verwahrt werden.«

»Pah!«, schnaufte Fräulein Schönwald verächtlich. »Was ist in diesem Hotel schon sicher?«

Zustimmendes Murmeln war zu vernehmen.

Auch der Oberleutnant und die Geschwister Schöller stimmten leise zu.

»Sperren Sie doch einfach ab, drehen Sie den Schlüssel zur Seite und lassen ihn stecken«, mischte sich Ernestine ein. Sie war wie immer praktisch veranlagt.

»Jeder, der sich mit einfachen Schlössern auskennt, weiß, dass man den Schlüssel mit einem Widerhaken drehen und aus dem Schloss stoßen kann«, gab Franz Haberl zu bedenken.

»Nun, ich wusste das nicht«, gab Ernestine zu.

»Man muss schon ein geübter Einbrecher sein, um dieses Kunstwerk zusammenzubringen«, sagte Dr. Schöller. »Mir für meinen Teil reicht dieser Schutz.«

Franz Haberl schien einen Augenblick zu überlegen. Er zögerte, doch schließlich zuckte er ergeben mit den Schultern. »Wie Sie meinen«, sagte er. »Ich schiebe trotzdem zur Sicherheit noch einen Lehnstuhl vor die Tür.«

Er schaute Fritz Zuckerberg vorwurfsvoll hinterher, der schon auf dem Weg zum Aufzug war. Mit kleinen, zappelnden Schritten lief er ihm hinterher. »Warten Sie auf mich!«

Carmen Morales hakte sich bei ihrem Tanzpartner unter. Ihre Bewegungen waren heute längst nicht so geschmeidig wie gestern. Aber sie hielt sich gerade, trotz der erschreckend hellen Gesichtsfarbe. Als die Tanzlehrer den Raum verließen, schlossen sich auch die beiden Musiker an.

»*Buenas noches!*«

»Ihnen auch eine gute Nacht, und erholen Sie sich wieder«, sagte Ernestine zu Carmen Morales, dann wandte sie sich an Dr. Schöller. »Ich hoffe, die arme Frau wird nicht ernsthaft krank.«

Der Arzt legte den Kopf sorgenvoll schief. »Ich fürchte, das ist sie längst.«

»Wie meinen Sie das?«

»Wenn sie sich unbeobachtet fühlt, verzerrt sich ihr Gesicht im Schmerz. Sie ist bloß zu stolz, Schwäche zu zeigen. Außerdem nimmt sie Schmerzmittel.«

»Woher wollen Sie das wissen?«, fragte Ernestine betroffen.

»Ich habe gesehen, wie sie Morphiumkugeln geschluckt hat.«

»Wie bitte?« Ernestine räusperte sich aufgeregt. »Worunter leidet die Frau?«

»Ich habe nicht die geringste Ahnung«, erwiderte Dr. Schöller ehrlich. »Natürlich habe ich Frau Morales nicht darauf angesprochen. Wenn ein Kranker über seine Leiden sprechen will, dann tut er das. Carmen Morales scheint nicht zu diesen Menschen zu gehören.«

Anton gefiel die Antwort. Er lag mit geschlossenen Augen auf der Chaiselongue und lauschte der Unterhaltung. Leider änderten die Gespräche nichts an der Tatsache, dass Dr. Schöller gleich mit Nadel und Faden an seinem Hinterkopf herumhantieren würde.

»Und nun zu Ihnen, Herr Böck!« Schon schnalzte der Doktor mit der Zunge. »Wo soll ich Ihre Wunde nähen? Hier? Oder ziehen Sie etwas Diskretion vor?«

»Ich bin für Diskretion«, stöhnte Anton. Hoffentlich hörte man die Angst in seiner Stimme nicht. Anton hasste Spritzen und Nadeln, vor allem dann, wenn sie sich durch sein Fleisch bohrten.

»Gut, dann gehen wir auf Ihr Zimmer. Zuvor hole ich noch meinen Arztkoffer.«

»Soll ich mitkommen?«, fragte Franziska Schöller.

»Ja, bitte.«

»Ich komme auch mit«, sagte Ernestine bestimmt. Sie ergriff Antons Hand und machte deutlich, dass sie ihn nicht alleinlassen würde. Die Geste hatte etwas Tröstliches.

ACHTZEHN

Eine halbe Stunde später lag Anton mit einem turbanähnlichen weißen Verband in seinem Bett und sank in einen Halbschlaf. Sein Hinterkopf fühlte sich dumpf an. Der stechende Schmerz war einem Brummen gewichen, das von seinem eigenen Pulsschlag bestimmt wurde. Er hörte, was die Menschen, die neben ihm standen, sprachen, aber er war zu erschöpft, um sich daran zu beteiligen.

Dr. Schöller äußerte sich zufrieden über die Naht, die er Anton verpasst hatte. »In ein paar Wochen wird man kaum noch etwas sehen. Es gibt ja Chirurgen, die ihre Patienten völlig kahl scheren. Aber ich halte nichts davon. Im Krieg habe ich unzählige Verletzungen am Kopf behandelt und nie die Haare abrasiert. Es ist schlicht nicht notwendig.«

Er kramte in seinem Arztkoffer nach Schmerztabletten. »Ich fürchte, die habe ich in meinem Zimmer vergessen. Ich muss sie herausgenommen haben, als ich Frau Zuckerberg untersucht habe.«

Anton hörte die Metallschnallen des Koffers zuschnappen.

»Ich bin gleich wieder da.«

Entgegen der Abmachung, nur noch zu zweit durchs Hotel zu laufen, ging er allein in sein Zimmer. Franziska Schöller blieb bei Ernestine und Anton. Sie half Ernestine, die Blutflecken aus Antons Sakko zu waschen.

»Wenn man sie gleich mit kaltem Wasser entfernt, bleiben hinterher keine Spuren«, erklärte sie. Wasser plätscherte. Die beiden Frauen befanden sich im Badezimmer.

Anton war erstaunt, wie viel er von seiner Umwelt mitbekam, obwohl er seine Augen geschlossen hatte. Wenn man nichts sehen konnte, arbeiteten die anderen Sinne auf Hochtouren. Die beiden Frauen sprachen über Blutflecken und Waschmittel.

Die Unterhaltung plätscherte unaufgeregt dahin, bis Ernestine völlig unerwartet eine brisante Frage stellte: »Ich weiß, dass Sie ein Verhältnis mit Generaloberst von Rauch hatten.«

Mit einem Mal wurde Anton aus seinem angenehmen Dämmerzustand zurück in die Wirklichkeit gerissen. Hätte Ernestine mit ihrer Frage nicht noch warten können? Kurz machte er die Augen auf, blinzelte und schloss sie schnell wieder. Das Zimmer drehte sich, und die Wände schwankten bedrohlich.

Im Badezimmer hörte er sein Sakko ins Waschbecken klatschen.

Franziska Schöller schnappte nach Luft. »Woher … wie kommen Sie auf diese Idee?« Sie klang wie ein Kind, das beim Stehlen von Süßigkeiten ertappt worden war. Verlegen, aber nicht leugnend.

»Ich habe einen Streit zwischen dem Generaloberst und seiner Frau mit angehört. Darin fiel Ihr Name«, log Ernestine.

Anton wusste, dass sie dabei nicht rot wurde. Mittlerweile kannte er Ernestine gut genug, um über ihre Fähigkeiten als Lügnerin Bescheid zu wissen.

»Es wundert mich, dass Frau von Rauch Details kannte, schließlich liegt die Angelegenheit einige Jahre zurück. Genau genommen fünf«, sagte Fräulein Schöller.

Ernestine ließ nicht locker. »Sie erwarteten ein Kind vom Generaloberst.«

Eine Pause entstand. Anton konnte erneut das Plätschern von Wasser vernehmen. Eine der Frauen schrubbte mit Seife oder einer Bürste an seinem Sakko. Der Heftigkeit der Geräusche nach zu urteilen, waren die Flecken hartnäckig oder die Putzende sehr erregt. Anton fürchtete um sein neues, teures Kleidungsstück.

»Ich habe das Kind nie bekommen. Ich hoffe, Ihre Neugier ist damit gestillt«, sagte Franziska Schöller deutlich verärgert.

Aber sie unterschätzte Ernestine. »Sie hatten eine Affäre mit ihm, und obwohl Sie von ihm schwanger wurden, war er nicht bereit, Sie zu heiraten.« Ernestine machte eine dramatische Pause, bevor sie weitersprach. »Heute Morgen wurde von Rauch tot aufgefunden.«

Fräulein Schöller lachte humorlos auf. »Sie denken, ich hätte Johann ermordet?«

Es war das zweite Mal, dass jemand vom Ermordeten sprach und seinen Vornamen benutzte.

»Sie hatten ein Motiv.«

»Ein Kind ist kein Motiv für einen Mord.«

»Ein ungewolltes Kind sehr wohl.«

Erneut entstand eine Pause, in der nur das Rauschen des Wassers zu hören war.

»Ich habe das Kind nicht freiwillig verloren.« Franziska Schöller presste die Worte aus zusammengekniffenen Lippen.

Anton konnte ihr Gesicht vor seinem inneren Auge sehen.

»Aber Sie haben recht. Johann hätte sich nicht zu unserem Kind bekannt, und ich konnte ihm diese Entscheidung nicht verzeihen und werde sie ihm auch nie verzeihen. Er war feige, und er hing an seiner Frau, auch wenn er das nicht zeigte. Er war ihr regelrecht verfallen.«

»Wie kam es zu dieser Affäre?«, wollte Ernestine wissen. »Sie sind eine kluge, hübsche Frau, die noch dazu wohlhabend und intelligent ist.«

Franziska Schöller lachte erneut auf, diesmal klang es etwas fröhlicher. »Sie meinen, ich hätte einen Mann wie Johann nicht nötig gehabt?«

Ernestine antwortete nicht, aber Anton konnte sich vorstellen, wie sie die Nase krauszog.

»Johann war nicht immer der polternde Trinker gewesen, den er gestern zum Besten gab. Der Krieg hat ihn in ein Monster verwandelt wie so viele andere Männer auch. Außerdem ist er abhängig geworden. Er konnte ohne Alkohol nicht mehr leben.«

»Ich dachte, er hätte bloß einen Monat an der Front gedient«, sagte Ernestine.

»Ein Monat kann reichen, um einen Menschen zu verändern und sein Leben zu zerstören. Vor allem dann, wenn man für den Tod des eigenen Bruders verantwortlich ist.«

Beide Frauen schwiegen.

Nur zu gern hätte Anton Fräulein Schöller zugestimmt, aber er lag auf seinem Bett.

»Die Tatsache, dass Sie seine Geliebte waren, macht Sie leider zu einer Verdächtigen.«

»Ich bin nicht die Einzige mit einem Motiv«, antwortete Franziska Schöller. »Aber ich bin sicher, das wissen Sie bereits. Sie stecken ihre neugierige Nase ja fleißig in alle Drecksgeschichten, die die Anwesenden zu bieten haben. Und wenn ich mir die Gästeliste ansehe, nehme ich an, dass es reichlich davon gibt.«

»Hmm«, kam es von Ernestine. »Falls Sie mich beleidigen wollen, gelingt Ihnen das nicht, denn es geht nicht um ein Kavaliersdelikt, sondern um kaltblütigen Mord.«

»Himmelherrgott noch mal, das weiß ich!«, schrie Franziska Schöller nun ungehalten. »Aber wenn Sie schon alles wissen wollen, dann fühlen Sie doch mal Oberleutnant Staudinger auf den Zahn. Sie werden sich wundern, was Sie dabei herausfinden.«

Für einen Moment vergaß Anton seine Schmerzen im Kopf.

»Haben Sie Kenntnis von etwas, das Sie mir erzählen wollen?«

»Johann hat den armen Oberleutnant erpresst.«

Warum überraschte diese Neuigkeit Anton nicht? Es schien, als wäre es von Rauchs Lieblingsbeschäftigung gewesen, andere zu erpressen.

Ernestine hustete. »Wissen Sie, womit er ihn erpresst hat?«

»Staudinger hat gegen Ende des Krieges viel Geld verdient, indem er die Lebensmittel, die eigentlich für die Soldaten gedacht waren, an feindliche Zivilisten verkauft hat. Johann wusste davon, jemand hat ihm die Information zukommen lassen. Zuerst wollte er mitverdienen, aber die Sache war ihm schließlich zu gefährlich, und so entschied er sich für die Erpressung. Auch ein Weg, Geld zu machen.« Franziska Schöller klang bitter.

»Hat er Ihnen das freiwillig verraten?«, wollte Ernestine wissen.

Wieder lachte sie, diesmal jedoch klang es unecht und erzwungen. »Nein«, gab sie ehrlich zu. »Er hat es erzählt, nachdem er eine ganze Flasche hochprozentigen Schnaps getrunken hatte. Vor fünf Jahren hat er den Alkohol noch nicht so gut vertragen wie heute. Aber die Gespenster des Krieges wurde er ohne die selbst gewählte Medizin schon damals nicht los.«

»Es tut mir leid, dass Sie Ihr Kind verloren haben«, sagte Ernestine ernst.

»Mir auch!«

Wieder schwiegen beide.

»Das Sakko ist jetzt sauber. Besser wird es nicht mehr.«

»Ich kann keine Flecken mehr sehen«, meinte Ernestine.

»Ich würde Sie bitten, meinem Bruder Hubert nichts von dieser Unterhaltung zu erzählen. Er kennt einen Teil der Geschichte, aber nicht alles. Hubert konnte Johann nie ausstehen. Auch damals nicht, als Johann noch menschlicher war. Mein Bruder hat von den Erpressungen keine Ahnung. Es würde seine Meinung über Johann noch weiter verschlimmern und schlussendlich mir auf den Kopf fallen. Es vergeht kein Tag, an dem er mir keine Vorhaltungen wegen der unglücklichen Affäre macht.«

So als hätte er gehört, dass eben sein Name gefallen war, öffnete Dr. Schöller die Zimmertür. Er trat ein, und das Gespräch endete abrupt. »Es tut mir sehr leid, aber ich muss die Schlaftabletten bei Frau Zuckerberg im Zimmer gelassen haben. Ich habe geklopft, aber die Frau antwortet nicht. Wahrscheinlich schläft sie tief und fest.« Der Doktor trat an Antons Bett. »Wie ich sehe, schläft unser Patient auch ohne Tabletten«, fügte er deutlich leiser hinzu.

»Nein, ich bin munter.« Vorsichtig öffnete Anton ein Auge. Die Bilder verschwammen nun nicht mehr.

»Wie fühlen Sie sich?«, fragte Dr. Schöller.

»Wie nach einer Schlägerei.«

Ernestine und Franziska Schöller kamen aus dem Bad zurück ins Zimmer.

»Anton, woher wollen Sie wissen, wie man sich nach einer Schlägerei fühlt? Sie sind doch kein Raufbold«, tadelte ihn Ernestine.

»Das nicht, aber ich weiß, wie es einem geht, wenn man einen Schlag auf den Kopf bekommt, dabei stürzt, sich die rechte Schulter anhaut und auf dem eigenen Handgelenk landet.«

Dr. Schöller grinste zufrieden. »Ich sehe, es geht Ihnen wieder besser«, sagte er. »Sie haben auch wieder Farbe im Gesicht.« In der Hand hielt er ein Röhrchen mit Pillen. »Die sind gegen die Schmerzen. Falls sie zu groß werden, legen Sie eine Pille unter die Zunge und lassen Sie sie langsam zergehen.«

»Morphium?«, fragte Anton angewidert.

»In sehr schwacher Dosierung. Leider habe ich nichts anderes mit.«

Widerwillig nahm Anton das Röhrchen entgegen. Er wusste, dass er die Pillen nicht nehmen würde. Lieber mutete er seinem Kopf eine Nacht lang Schmerzen zu. Zu Hause hätte er einen Auszug aus Baldrian und Melisse getrunken.

»Falls die Schmerzen nachts schlimmer werden sollten, müssen Sie Fräulein Kirsch bitten, mich zu holen. Das verstößt zwar gegen die Regeln und ist vielleicht nicht ungefährlich, aber ich fürchte, eine andere Lösung gibt es nicht.«

»Ich fühle mich momentan ganz gut und denke, dass ich die Nacht unbeschadet überstehen werde«, sagte Anton. Er würde Ernestine ganz sicher nicht allein durchs Hotel schicken, nur weil er Kopfschmerzen hatte.

»Dann wünsche ich Ihnen einen erholsamen Schlaf. Bis morgen früh«, verabschiedete sich Dr. Schöller und verließ mit seiner Schwester das Zimmer.

Ernestine blieb. Sie hängte Antons Sakko auf einem Kleiderbügel zum Trocknen auf und setzte sich zu ihm ans Bett. »Sie sehen wirklich wieder besser aus«, sagte sie erleichtert, ergriff Antons Hand und tätschelte sie zärtlich. »Fühlen Sie sich kräftig genug, mir von dem seltsamen Fund im Keller zu erzählen?«

»Da gibt es nicht viel zu erzählen«, sagte Anton. »Ich habe keine Ahnung, von wem die Kleidungsstücke stammen. Wir beide wissen, dass sie definitiv nicht dem angeblichen Angreifer von Frau Zuckerberg gehörten, denn dieser Mann war ich. Also versucht irgendjemand, die Aufmerksamkeit von sich selbst abzulenken und alle in die Irre zu führen.«

»Ach, Anton. Es ist alles so verwirrend und aufregend zugleich.« Zu Antons Bedauern ließ Ernestine seine Hand wieder los. »Während Sie im Keller waren, habe ich mich unter anderem mit Professor Haberl unterhalten. Er ist ein äußerst unangenehmer und eingebildeter Wissenschaftler. Er hat mir nicht nur gesagt, dass es theoretisch möglich war, chemische Waffen in Farbfabriken herzustellen, sondern mir klipp und klar bestätigt, dass Fritz Zuckerberg chemische Waffen produziert hat, und zwar unter seiner wissenschaftlichen Leitung. Professor Haberl war maßgeblich an der Weiterentwicklung der, wie Sie zuvor gesagt haben, Blaukreuzgranaten beteiligt.«

»Und damit brüstet er sich?«, fragte Anton angewidert. Der Mann war ihm von Anfang an unsympathisch gewesen. Jetzt wusste er, warum.

»Ja, er ist sogar stolz darauf, und raten Sie, wer seine Forschungen finanziert hat.«

»Von Rauch?«

»Nein, Anton. Ihr Kopf ist tatsächlich in Mitleidenschaft geraten. Denken Sie doch mal nach. Wer verfügte über ausreichend Geld?«

Etwas beleidigt verzog Anton den Mund, dann versuchte er es noch einmal. »Frau Schwarz?«

Ernestine nickte. »Ja, unsere großzügige Wohltäterin hat in die Forschung heimtückischer Waffen investiert und ebenfalls kräftig daran verdient.«

»Eine wirklich feine Gesellschaft, in die Sie mich da geführt haben«, sagte Anton.

»Ich frage mich, was uns noch erwartet.«

»Nun, im Moment hoffe ich auf eine ordentliche Portion Schlaf«, sagte Anton.

Ernestines Blick fiel auf das Röhrchen Schmerztabletten auf Antons Nachtkastchen. »Die werden Sie doch nicht nehmen, oder?«, fragte sie besorgt.

»Nein, keine Angst. Ich werde mich nicht in einen Zustand der Bewusstlosigkeit begeben. Auch wenn es durchaus verlockend wäre.«

»Dann wünsche ich Ihnen eine gute Nacht.«

Ernestine beugte sich über ihn und tat etwas, von dem Anton hinterher nicht mehr wusste, ob es bloß seiner Phantasie entsprungen war. Sie hauchte ihm mit ihrem Pfefferminzatem einen sanften Kuss auf die Stirn. Anton war so verblüfft, dass er nichts sagen konnte und ihr einfach nur nachstarrte, als sie zur Verbindungstür ging und dahinter verschwand.

NEUNZEHN

Trotz Schmerzen und Verband fiel Anton in einen tiefen, traumlosen Schlaf, der jedoch bald jäh unterbrochen wurde. Ein explosionsartiges Geräusch weckte ihn auf. Ruckartig setzte er sich auf und bereute die schnelle Bewegung sofort. Ein Stechen in seinem Hinterkopf erinnerte ihn an seine Verletzung.

Noch bevor er sich wieder hinlegen konnte, wurde die Verbindungstür aufgerissen. Ernestine trat ein. Ihre grauen Locken waren unfrisiert und standen noch ungeordneter als sonst von ihrem Kopf ab. Sie trug einen bodenlangen fliederfarbenen Bademantel und hielt eine Laterne mit einer Kerze in der Hand, deren Licht so aufgeregt flackerte, wie sie selbst zu sein schien.

»Haben Sie das gehört?«, fragte sie entsetzt. »Irgendwo ist etwas explodiert. Der Strom, der am Nachmittag wieder funktioniert hat, ist jetzt vollständig ausgefallen.«

»Nun, beim Schlafen benötigen wir zum Glück kein Licht.«

»Anton, wir müssen nachsehen, was passiert ist.«

»Müssen wir das?«

»Ja, natürlich. Kommen Sie. Wo haben Sie Ihren Morgenmantel?« Ernestine sah sich suchend um.

»Den habe ich nicht mit. Ich habe nicht damit gerechnet, dass ich mitten in der Nacht durchs Hotel spazieren muss.«

»Dann nehmen Sie Ihre Wollweste, sonst erkälten Sie sich noch.« Ernestine ging zu den Kleiderhaken neben der Tür und holte Antons dunkelbraune Wollweste, deren Ellbogen so abgewetzt waren, dass er sie vom Schneidermeister mit Lederflecken hatte stopfen lassen. »Bitte sehr.«

Ergeben schlüpfte Anton in die Weste. Heide hatte das gute Stück schon letzten Winter zur Altkleidersammlung für Bedürftige geben wollen. Auch wenn Anton bei Weitem nicht so reich war wie die anderen Teilnehmer des Tanzkurses, so konnte er sich eine Weste kaufen, wenn es notwendig war. Aber er sah noch lange keine Notwendigkeit, sich von seinem Lieblingsstück zu trennen. Zu viele wunderschöne Erinnerungen waren mit diesem Kleidungsstück verbunden. Zum Glück hatte Anton die Weste in letzter Sekunde vor der Kleiderspende retten können.

Nun folgte er Ernestine auf den Gang. Sie waren nicht die Einzigen, die von dem Lärm geweckt worden waren. Dr. Schöller und seine Schwester kamen vom oberen Stockwerk herunter, ebenso Fritz Zuckerberg und seine Tochter Clara.

»Der Lärm kam von unten«, erklärte Dr. Schöller.

Auch er trug eine Laterne vor sich her. Fritz Zuckerbergs imposanter Schnurrbart war von einer dunklen Schlafmaske bedeckt, mit der andere Leute ihre Augen verdunkelten. Er hielt bloß eine Kerze in der Hand. Wachs tropfte auf seinen Daumen, und er fluchte. Trotzdem ging er voraus, und alle anderen folgten ihm.

Rauch und Qualm drangen aus dem Zimmer am Ende des Gangs.

»Es brennt!«, rief Frau Schwarz schrill.

Sie und ihr Sohn hatten ebenfalls ihre Zimmer verlassen. Franziska Schöller stieß einen entsetzten Schrei aus. Im Nu kamen auch Alma Schönwald, Professor Haberl und Staudinger dazu. Der Oberleutnant wankte, er roch nach Wein. Die drei waren in der Bar hängen geblieben und hatten sich ein paar Gläschen vom Grünen Veltliner aus Klosterneuburg genehmigt.

»Das ist mein Zimmer«, lallte er und drängte sich nach vorne. Er trug eine Galauniform. Anton war die Kleidung zuvor nicht aufgefallen. Trotz des Schwipses war die Frisur des Oberleutnants penibel gekämmt und seine Uniform faltenfrei. Etwas umständlich holte er mit der linken Hand den Zimmerschlüssel aus seiner Hosentasche hervor und versuchte, ins Schlüsselloch zu treffen, jedoch ohne Erfolg.

»Lassen Sie mich das machen«, forderte Fritz Zuckerberg. Ungeduldig riss er ihm den Schlüssel aus der Hand.

Staudinger protestierte nicht. Mit einem einzigen Ruck war die Tür geöffnet. Beißender Rauch in dunklen Schwaden schlug ihnen entgegen und breitete sich augenblicklich im Gang aus. Es stank nach alten, brennenden Putzfetzen und nach scharfem Lösungsmittel. Flammen waren keine zu sehen. Staudinger hielt sich die Hand schützend vors Gesicht und machte einen Schritt in den Raum.

»Ich glaube, der Ofen ist explodiert!«, schrie Zuckerberg hustend. »Es brennt. Das Feuer ist noch ganz klein. Rasch, wir brauchen Wasser!« Zuckerberg versuchte, einen Schritt ins Zimmer zu machen, um ins Bad zu gelangen, aber der Rauch hinderte ihn am Atmen. Er hustete laut und beugte sich vornüber, sodass es aussah, als müsste er sich übergeben.

»Da … kommen wir … nicht rein. Wir müssen das Feuer von außen löschen.« Seine Worte wurden immer wieder von heftigen Reizhustenattacken unterbrochen.

Alle riefen aufgeregt durcheinander. Ein Stimmengewirr entstand, in dem niemand mehr hörte, was der andere sagte.

Herr Sebastian, der aus dem Erdgeschoß angerannt kam und völlig außer Atem war, schnaufte. Er drehte sich einmal um die eigene Achse und starrte dann entsetzt in den Rauch, offenbar unfähig, zu handeln.

»Wo ist der Wasserschlauch?«, wollte Franz Haberl wissen. »Auf jedem Stockwerk müssen sich ein Wasseranschluss und ein Schlauch befinden.«

Herr Sebastian erwachte wieder aus seiner kurzen Starre. Fast hysterisch schüttelte er den Kopf. »Der Wasseranschluss fürn Schlauch im ersten Stock wird erst nächste Woche repariert. Der Installateur hätt vorgestern kommen sollen, aber der ist krank wordn. Liegt im Bett mit Fieber. Deshalb funktioniert der Anschluss nicht.«

»Wie bitte?« Frau Schwarz' Stimme überschlug sich. »Das alles kann nur ein böser Scherz sein. Dieses Wochenende ist eine einzige Zumutung.«

»Was machen wir jetzt?« Haberl sah aus, als wollte er weglaufen, aber Ernestine hielt ihn am Ärmel seines gestreiften Pyjamas zurück.

»Wir müssen alle mithelfen. Wir brauchen Wasser«, sagte sie überraschend ruhig.

Nun humpelte Josef Malek den Gang entlang. Er machte ein finsteres Gesicht. »Braucht ma einmal den verdammtn Aufzug, dann ist er besetzt«, knurrte er finster.

»Was ist denn mit Ihrem Fuß passiert?«, wollte Anton wissen.

»A Kochtopf is miar aus der Hand grutscht und direkt auf die große Zechen gfalln, es tuat verdammt weh!«

»Das tut mir sehr leid«, sagte Anton.

Nun waren auch die beiden argentinischen Musiker und Frederico Gonzales gekommen. Die drei Männer sahen sich verängstigt und verwirrt zugleich um.

»Esta encendido!«, sagte einer der Musiker.

»Necesitamos cubos! Eimer wir brauchen!«, rief Gonzales.

Herr Sebastian reagierte nun schnell. Flink lief er auf eine Besenkammer unter der Treppe zu und holte Eimer, die er verteilte. Unterdessen stürmte das Dienstmädchen ins Erdgeschoß. Sie kehrte mit der Küchenhilfe und weiteren Eimern zurück.

»Wenn wir eine Kette bilden, können wir das Feuer vielleicht löschen«, sagte Ernestine bestimmt.

Woher nahm sie ihre Ruhe? Anton zitterte vor Nervosität und Kälte, was vielleicht auch mit seiner Kopfverletzung zu tun hatte. Denn eigentlich neigte er nicht zu Hysterie.

Ernestine war wieder in die Rolle der Lehrerin geschlüpft, der niemand widersprach. Sie forderte alle zur Mithilfe auf, so als wären sie ihre Schüler. Aus Haberls Zimmer, das gleich neben dem von Staudinger lag, wurde das Wasser geholt und von einem zum anderen weitergereicht. Herr Sebastian, der Koch Josef Malek und Fritz Zuckerberg standen mit nassen Tüchern vorm Gesicht im verrauchten Zimmer. Die drei schütteten die vollen Eimer, die ihnen gereicht wurden, ins Feuer, während Staudinger selbst benommen an der Wand lehnte und die Männer beobachtete. Seine glasigen Augen verfolgten das Geschehen unbeteiligt. Es zischte und qualmte noch mehr. Fritz Zuckerberg hustete und keuchte, während Malek ununterbrochen auf Französisch schimpfte.

Anton stand etwas abseits. Wegen seiner frisch genähten Wunde wollte er die vollen Wassereimer nicht heben. Er hatte Angst, die Naht könnte wegen der Anstrengung wieder aufplatzen. Auch er verspürte ein Kratzen in den Lungen. Er riss ein Fenster im Gang auf und wurde sofort von einem heftigen Windstoß zur Seite gerissen. Eine volle Ladung Schnee wehte ihm ins Gesicht. Aber ein Teil des Qualms verflüchtigte sich, während das Feuer durch die frische Luft neue Energie bekam.

»Machen Sie um Himmels willen das Fenster wieder zu!«, schrie Franz Haberl ungehalten.

»Nein, es geht schon«, antworte Zuckerberg. »Wir haben es gleich unter Kontrolle. Das Feuer ist nicht groß, es ist bloß der verdammte Rauch!«

»In der Besenkammer im dritten Stock sind noch mehr Eimer«, rief Herr Sebastian.

Anton konnte seine Stimme ob des Lärms kaum verstehen. Der Sturm, der rund um das Hotel tobte, war wegen des offenen Fensters nun in seiner ganzen Heftigkeit zu hören. Anton ergriff eine der Lampen, die jemand am Boden abgestellt hatte. Die Flamme darin tanzte wild hin und her und drohte zu erlöschen. So schnell er sich mit seiner Verletzung bewegen konnte, machte er sich auf den Weg ins obere Stockwerk, um weitere Eimer zu holen. Als er an Frau Zuckerbergs Zimmer vorbeilief, sah er, dass Licht aus dem Spalt zwischen Tür und Boden drang. Die Frau war also wach. Warum sah sie nicht nach, was passiert war? Zweifelsohne musste sie den Lärm hören, der vom unteren Stockwerk zu ihr drang. Auch Carmen Morales war nicht erschienen. Anton blieb keine Zeit, darüber nachzudenken. Er hatte die Besenkammer erreicht und nun Mühe, die Tür aufzubekommen. Die Klinke hing fest. Nur mit Gewalt konnte er sie herunterdrücken und mit einem kräftigen Ruck aufreißen. Beinahe wäre er nach hinten gefallen. Im letzten Moment konnte er sein Gleichgewicht halten. Er klammerte sich zitternd an der Klinke fest. Zum Glück standen die Eimer gleich neben der Tür. Er schnappte sie und lief damit zurück.

Als er wieder zum Unglücksort kam, war die Stimmung deutlich ruhiger. Frau Schwarz saß auf einem Sofa und massierte sich die Schläfen. Sie trug einen seidenen Morgenmantel, dessen Stoff Rußflecken abbekommen hatte. Ihr Sohn stand ganz nah bei Clara Zuckerberg. Hatte er ihre Hand ergriffen? Anton konnte es im Halbdunkel nicht erkennen.

»Der Brand ist gelöscht.« Dr. Schöller wirkte erleichtert.

»Zum Glück hatten weder die Vorhänge noch der Teppich

Feuer gefasst. Die Flammen schlugen kaum aus dem Ofen. Merkwürdigerweise waren der Qualm und der Rauch, die bei der Explosion entstanden waren, ungewöhnlich dicht und beißend. Der Schaden ist lang nicht so groß, wie wir befürchtet haben.«

»Wie konnte es zu der Explosion kommen?« Anton stellte die Eimer neben sich ab. Ihm war ein bisschen schwindelig, und er nahm neben Frau Schwarz auf dem Sofa Platz.

»Wenn Sie mich fragen, war irgendein Lösungsmittel im Spiel. Es riecht nach Ethanol oder Spiritus. Wenn Sie einverstanden sind, werde ich mir den Ofen ansehen«, sagte Franz Haberl. Niemand hatte Einwände, und so drängte sich der kleine Mann im Pyjama an Oberleutnant Staudinger, Josef Malek und Herrn Sebastian vorbei. Auch er hielt sich ein nasses Taschentuch vor den Mund, hustete aber trotzdem.

Für einen kurzen Augenblick sah Anton junge Soldaten, die im Krieg jämmerlich erstickt waren, weil man sie mit Giftgasgranaten beschossen hatte. Granaten, an deren Entwicklung Wissenschaftler wie Professor Haberl und an deren Herstellung Unternehmer wie Fritz Zuckerberg beteiligt gewesen waren. Aber das Bild verschwand so schnell, wie es aufgetaucht war.

»Das ist das schrecklichste Wochenende meines Lebens«, jammerte Frau Schwarz neben ihm. »Wenn ich gewusst hätte, was mich hier erwartet, nie im Leben hätte ich den Tanzkurs organisiert. Ich wollte mich engagieren und etwas Gutes tun, und das ist der Lohn.« Sie zerfloss förmlich im Selbstmitleid. Ihr Haar war zu einem losen Zopf geflochten. Sie sah müde aus, dunkle Ringe lagen unter ihren Augen.

Es war ein seltener Anblick, und Anton war sich sicher, dass sie morgen früh ihre gewohnte Haltung wiedergefunden haben würde.

Eine Sturmböe peitschte Schnee und Eis in den Gang. Der offene Fensterflügel fiel mit einem lauten Krachen zu. Die Fensterscheibe klirrte, hielt aber stand.

»Mein Morgenmantel stinkt entsetzlich«, sagte Frau Schwarz. Sie hielt ihren Unterarm gegen ihre Nase und rümpfte sie. »Es wird Tage dauern, bis der Gestank wieder weg ist.«

Ihr Jammern begann Anton zu nerven. Er selbst hatte furchtbare Kopfschmerzen und wollte zurück ins Bett. Sein Blick fiel auf Frau von Rauch, die ebenfalls gekommen war, um mitzuhelfen. In ihrem kimonoähnlichen Umhang aus geblümter Seide erinnerte sie ihn an eine Filmdiva. Sie hielt die Arme vor der Brust verschränkt und zitterte ob der Kälte, die wegen des offenen Fensters entstanden war. Im Gegensatz zu den anderen wirkte sie äußerst gefasst. Ihre Nerven waren offenbar so robust wie Stahldrahtseile.

Als Anton sich erheben wollte, kam Franz Haberl zurück in den Gang.

»Ich habe es geahnt«, erklärte er wichtig. »Im Ofen haben sich hoch entzündliche Stoffe befunden. Es grenzt an ein Wunder, dass das Ding nicht schon vor Stunden in die Luft geflogen ist und nicht das halbe Stockwerk mitgerissen hat. Die Sache hätte viel schlimmer ausgehen können. Es war reines Glück, dass es zu keinem großen Brand gekommen ist.«

Alle Augen richteten sich auf Mitzi, das Stubenmädchen, das vor Stunden den Ofen entzündet hatte. Mit aufgelöstem Haar und Schmutzspuren im Gesicht stand sie zwischen Ernestine und einem der beiden argentinischen Musiker. Ihre weiße Schürze wies dunkle Rußflecken auf.

»I hab nix in den Ofen tan, was net reinghört. I schwör's bei der Heiligen Jungfrau Maria, Muttergottes!«, sagte sie schnell, machte ein Kreuzzeichen auf der Brust und hob dann die rechte Hand zum Schwur. Dabei sah sie sich hilfesuchend nach ihrem Kollegen Herrn Sebastian um.

Beruhigend legte Ernestine ihr die Hand auf die Schulter. »Niemand hat das behauptet, meine Liebe.«

»Jemand wollte … wollte mich umbringen«, lallte der betrunkene Staudinger und rülpste. Sein glatt rasiertes Kinn sank auf seine Brust.

»Wenn wir kein letztes Gläschen Weißwein in der Bar getrunken hätten, wärst du jetzt tot, lieber Gustav«, ergänzte Fräulein Schönwald. Sie war deutlich nüchterner. Entweder vertrug sie mehr Alkohol, oder sie hatte weniger zu sich genommen.

Trotz der schlechten Lichtverhältnisse konnte man sehen, dass jede Farbe aus ihrem Gesicht gewichen war. Tiefe Falten zogen sich über ihre Stirn, sie schien in der letzten Stunde um weitere Jahre gealtert zu sein. Ihre Hände zitterten. »Ich werde dieses Hotel auf der Stelle verlassen.«

»Ich werde es verklagen«, sagte Frau Schwarz.

Fritz Zuckerberg lachte auf. »Mein liebes Fräulein Schönwald, dass Sie gehen wollen, haben Sie heute schon einige Male angekündigt. Wir alle würden auf der Stelle aufbrechen, wenn es ginge. Aber es ist eben nicht möglich. Wir sind eingeschneit, und zwar richtig.«

»Wo kann dieser verrückte Mörder sich versteckt haben? Er hält uns zum Narren. Wenn wir weiter tatenlos herumsitzen, bringt er einen nach dem anderen um.« Jetzt klang Alma Schönwald leicht hysterisch.

»Ich habe nicht den Eindruck, dass wir tatenlos herumsitzen«, mischte sich Ernst Schwarz ein.

Nun meldete sich auch Ernestine wieder zu Wort, seit Antons Rückkehr aus der Besenkammer war sie ungewöhnlich wortkarg gewesen. »Es ist spät«, begann sie. »Heute Nacht werden wir nichts mehr ausrichten. Am besten, wir gehen alle wieder in unsere Betten und sehen morgen früh weiter. Bei Tageslicht sieht alles besser aus, vielleicht können wir den Stromkreis wieder in Schwung bringen. Vor dem Schlafengehen hat er doch funktioniert.«

»Ja, das stimmt«, nickte Herr Sebastian. »Leider ist der Haustechniker dieses Wochenende nicht da.«

»Warum überrascht uns das nicht?«, fragte Frau Schwarz bitter.

»Ich halte Fräulein Kirschs Idee für hervorragend«, sagte Ernst Schwarz. Auch er sah müde aus. »Lassen Sie uns alle zu Bett gehen.«

»Wo soll Gustav denn schlafen?«, fragte Fräulein Schönwald besorgt. »Auch wenn die Einrichtung vom Feuer nicht zerstört ist, kann er unmöglich in diesem verrauchten Zimmer übernachten.«

»Wir werden rasch ein Zimmer im vierten Stock herrichten«, beeilte sich Herr Sebastian zu sagen.

»Aber die Zimmer sind doch alle –« Das Stubenmädchen wollte etwas erwidern, aber Herr Sebastian bedeutete ihr mit einer Handbewegung und einem Kopfnicken, zu schweigen.

»Wir werdn heiße Ziegelsteine ins kalte Bett legen. Das wärmt. Das hat meine Mutter auch immer gmacht.«

Ergeben zuckte sie mit den Schultern und gähnte. Aber an Schlaf war für sie noch lange nicht zu denken.

»Komm, Gustav, ich bringe dich hoch«, sagte Alma Schönwald. Sie schob den wankenden Staudinger vor sich her.

»He, was machen Sie denn? Ich will noch nicht schlafen. Lassen Sie mich los«, protestierte Staudinger.

Aber Fräulein Schönwald erwiderte: »Gustav, du gehst jetzt ins Bett.«

Wie ein trotzendes Kind schob Staudinger seinen kantigen Kiefer nach vorne, ließ sich aber wegführen.

Für einen Moment war es still, und alle sahen den dreien hinterher. Sicher hatte der Mann nicht begriffen, was eben passiert war. Was vielleicht ganz gut war, denn so konnte er unaufgeregt ins Bett fallen und angstfrei einschlafen.

»Dann würde ich vorschlagen, dass wir alle wieder auf unsere Zimmer gehen«, bestimmte Ernestine.

Anton wartete darauf, dass sie in die Hände klatschte und ein aufmunterndes »Hopp, hopp« anfügte. Aber sie sagte nichts mehr und wandte sich ihm zu. Fragend streckte sie ihm die Hand entgegen. Anton ergriff sie und ließ sich von ihr hochziehen. Als sie das andere Ende des Gangs erreicht hatten, schloss Ernestine das Fenster wieder. Obwohl es nur kurze Zeit offen gewesen war, hatte sich ein knöchelhoher Schneehaufen auf dem dunkelgrünen Teppich gebildet.

»Ich frage mich, wie lange dieser Sturm noch andauern wird.«

»Zurzeit ist kein Ende in Sicht«, sagte Anton.

Müde schleppte er sich die Treppen hoch, Stufe für Stufe. So fühlte es sich wohl an, wenn man neunzig war. Kurz darauf betrat er sein Zimmer. Als Ernestine ihm erneut eine gute Nacht wünschte, tat sie das leider ohne Kuss. Zum ersten Mal seit sie angekommen waren, wirkte auch sie müde.

»Bis morgen, lieber Anton.«

»Gute Nacht!«

Anton setzte sich auf sein Bett, und noch während er sich hinlegte und zudeckte, fielen ihm die Augen zu, und er sank in einen tiefen, festen, traumlosen Schlaf.

ZWANZIG

Als er am nächsten Morgen die schweren Vorhänge zur Seite schob, blickte er erneut in ein trübes weißgraues Schneetreiben. Seine Fensterscheibe war bis zur Hälfte eingeschneit. Schneeflocken und Eiskristalle schoben sich am unteren Rand zusammen. Der Himmel war wegen einer dicken Wolkendecke nicht zu sehen. Obwohl Anton wusste, dass sich mehrere Bäume vor seinem Zimmer befanden, konnte er keinen davon ausmachen. Die Sicht reichte bis zur eigenen Nasenspitze und nicht weiter. Eine Abreise war auch heute undenkbar. Ebenso die Vorstellung, dass die Polizei kommen würde.

Im Badezimmer stellte er fest, dass das elektrische Licht wieder funktionierte. Offenbar hatte Herr Sebastian es geschafft, die Stromzufuhr wieder zu aktivieren. Was auch immer er gemacht hatte, das Ergebnis war erfreulich. Anton betrachtete sein eigenes Spiegelbild. Er hatte schon besser ausgesehen. Unter dem Verband sah sein Gesicht alt und grau aus. Hatte er gestern auch so viele Falten gehabt? Bartstoppeln überzogen sein Kinn. Besser, er machte sich ans Rasieren.

Eine Viertelstunde später fühlte er sich dank einer Rasur und dem Duft des sündteuren Rasierwassers aus Paris, das Heide ihm zu Weihnachten geschenkt hatte, deutlich besser. Er schlüpfte in ein frisches Hemd. Sakko hatte er leider kein zweites dabei. Bloß den feinen Tanzanzug, aber in den wollte er sich jetzt nicht zwängen. Seine alte Wollweste war ihm ohnehin lieber.

Als er wenig später mit Ernestine zum Frühstück ging, blieb ihr Blick belustigt an den geflickten Ärmeln hängen. Aber sie sagte nichts. Ernestine wirkte frisch und erholt wie immer. Sie hakte sich fröhlich bei ihm unter. »Haben Sie auch den dumpfen Knall gehört? Es war kurz nach fünf Uhr in der Früh gewesen. Ich habe auf die Uhr gesehen.«

»Ich habe tief und fest geschlafen«, antwortete Anton. »Vielleicht hat der Sturm irgendetwas umgeworfen.«

»Es hat sich eher wie ein Geräusch angehört, das im Haus verursacht wurde.«

»Es kann ja auch im Haus etwas umgefallen sein. Vielleicht war ein Fenster offen.«

»Hm, kann sein.«

»Oder es war das Personal, das schon damit beschäftigt war, das Frühstück herzurichten.«

Ernestine zog ihre Nase kraus, offenbar überzeugten sie Antons Vorschläge nicht.

Im Speisesaal hielt sich niemand mehr an die vorgegebene Tischordnung. Ernst Schwarz saß neben Clara Zuckerberg. Die beiden unterhielten sich angeregt und wirkten vertrauter denn je. Es hätte Anton nicht überrascht, wenn Schwarz dem jungen Fräulein Zuckerberg einen Kuss auf die Wange gegeben hätte. Alma Schönwald hatte neben Carmen Morales Platz genommen. Sie winkte Ernestine und Anton zu sich.

»Bei uns ist noch Platz«, rief sie. An Frau Morales gerichtet, sagte sie: »Sie haben gestern Abend eine Menge Aufregung versäumt.«

Carmen Morales saß kerzengerade und nippte vorsichtig an ihrem Schwarztee. »Ich habe bereits davon gehört.« Trotz ihres starken Make-ups sah sie fahl aus. Die Farbe half nicht, ihre dunklen Augenringe zu verdecken.

»Geht es Ihnen wieder besser, meine Liebe?«, fragte Ernestine besorgt. Sie setzte sich neben sie.

»Es muss am Essen liegen«, meinte Carmen Morales. »Ich bin es nicht gewohnt, so viel zu essen. Wenn ich mich heute zurückhalte, wird es schon wieder.« Sie rang sich ein Lächeln ab, das jedoch gezwungen und künstlich wirkte.

»Sicher hat Herr Malek in der Küche Zwieback. Soll ich danach fragen?«

»Nicht notwendig. Eine trockene Semmel ist ganz wunderbar.«

Frederico Gonzales betrat den Raum und setzte sich an einen noch leeren Tisch. Fast erleichtert sah Carmen Morales zu ihm. Sie ergriff ihre Tasse und stand auf. »Sie entschuldigen mich bitte«, sagte sie und ging zu ihrem Tanzpartner.

»Eine sehr zurückhaltende Person, so als hätte sie etwas zu verbergen. Meinen Sie nicht?« Fräulein Schönwald schaute ihr mit zusammengekniffenen Augen nach.

»Wir dürfen nicht anfangen, uns alle gegenseitig zu verdächtigen«, sagte Ernestine. »Sonst verlieren wir alle den Verstand.«

»Oh, das tun wir doch schon längst.«

»Den Verstand verlieren?«, fragte Ernestine irritiert.

Fräulein Schönwald schüttelte den Kopf. »Nein«, sagte sie, »uns gegenseitig verdächtigen.«

»Wen verdächtigen Sie denn?«, wollte Ernestine wissen.

Alma Schönwald lugte über ihre Schulter, um sich zu vergewissern, dass niemand ihr zuhörte. Dann legte sie die Hand vor den Mund und flüsterte: »Wenn Sie mich fragen, hat Frau von Rauch ihren Mann selbst umgebracht. Sie wirkt weder sonderlich traurig noch besonders mitgenommen, und sie ist jetzt eine der reichsten Frauen des Landes.« Sie hatte schnell gesprochen, jetzt lehnte sie sich selbstzufrieden zurück und zündete sich eine ihrer Zigaretten an.

»Und wie erklären Sie sich die Mordversuche an Frau Zuckerberg und Oberleutnant Staudinger?«

Sie hob gleichgültig die Schultern. »Keine Ahnung, aber sicherlich gibt es dafür auch eine Erklärung. Frau Zuckerberg ist eine so nervöse Person. Vielleicht hat überhaupt niemand versucht, sie zu erwürgen.«

Anton musste husten. »Eine interessante Idee«, meinte er verlegen.

»Ich für meinen Teil hole mir eine Tasse Kaffee«, sagte Ernestine. »Soll ich Ihnen auch eine mitbringen?« Die Frage war an Anton gerichtet.

»Ja, gern.«

Kaum war Ernestine weg, beugte sich Alma Schönwald vertraulich zu Anton. »Glauben Sie etwa an den großen Unbekannten, der seinen Mantel im Keller liegen ließ?«

»Sie denn nicht?«, fragte Anton erstaunt.

Fräulein Schönwald lachte. »Nicht mehr. Viel eher glaube ich, dass jemand von uns den Mantel versteckt hat, um von sich abzulenken.«

Ähnliches hatte Ernestine gestern Abend gesagt. Anton, der gerade seine warme Semmel mit frischer Butter bestrichen hatte und zum Mund führte, ließ sie wieder sinken. »Wie kommen Sie auf diesen Gedanken? Gestern sind Sie noch vom Gegenteil überzeugt gewesen.«

»Kurz bevor Frau Zuckerberg überfallen wurde, saßen wir zwei gemeinsam auf dem Gang. Können Sie sich erinnern?«

»Ja, natürlich«, sagte Anton. Schweißperlen bildeten sich auf der Stirn unter seinem Verband. Hatte sie gesehen, wie er das Zimmer betreten hatte?

»Ich habe mir die schweren Stiefel angesehen, die Sie im Keller gefunden haben, und gründlich nachgedacht. Wenn der Mann die Treppe hinuntergelaufen wäre, hätten Sie ihn gehört. Wenn er hinaufgelaufen wäre, hätte ich ihn gehört.«

Anton dachte fieberhaft nach, er brauchte schnell eine gute Idee. »Er hätte in die Besenkammer unter der Stiege flüchten können.« Etwas Besseres fiel ihm im Moment nicht ein.

Aber die Erklärung wirkte. Fräulein Schönwald wurde blass. Erschrocken legte sie ihre Hand auf die von Anton. »Sie haben recht. Was für ein grauenhafter Gedanke. Während wir in Frau Zuckerbergs Zimmer waren, hockte der Mörder in der Kammer und beobachtete uns alle. Wie gruselig. Diese ganze Angelegenheit macht mich verrückt. Kaum glaube ich, eine passende Antwort gefunden zu haben, tun sich wieder neue Möglichkeiten auf. Und währenddessen lacht sich der Mörder ins Fäustchen und plant den nächsten Angriff.«

Ernestine kam zurück zum Tisch. In jeder Hand trug sie eine dampfende Tasse Kaffee. Sie räusperte sich und schaute mit hochgezogenen Augenbrauen auf Fräulein Schönwalds Hand, die immer noch auf der von Anton ruhte. Eine Spur zu schnell zog er seine weg und widmete sich verlegen seiner Semmel. Bestimmt waren seine Wangen rot. Er beugte sich tief über seinen Teller und sah nicht, wie Alma Schönwald grinste. Sie griff nach ihrer Zigarette und sog daran, aber das Feuer war ausgegangen.

»Ich hoffe, dass dieses katastrophale Wetter bald besser wird. Morgen früh sollte ich in Wien sein. Ich erwarte eine Lieferung Paillettenkleider aus Mailand.«

»Denken Sie, es könnte etwas Passendes für mich dabei sein?«, fragte Ernestine. Sie hatte die Vorstellung von einem neuen Kleid noch nicht aufgegeben.

Alma Schönwalds Augenbrauen rutschten belustigt nach oben. »Sie wollen sich ein Paillettenkleid zulegen?«

»Warum denn nicht? Sie haben sicher auch eines.«

»Natürlich habe ich eines.« Sie lachte selbstgefällig.

»Was ist daran so lustig?«, fragte Ernestine verärgert.

Anton hätte gern den Tisch gewechselt und seine Frühstückssemmel in Ruhe neben den schweigenden Musikern gegessen.

»Bitte entschuldigen Sie mich. Natürlich war es unpassend, zu lachen. Bloß weil Sie an diesem Wochenende Kleider aus dem letzten Jahrhundert tragen, heißt das noch lange nicht, dass Ihnen moderne nicht stehen würden. Sie können gern in meinen Modesalon kommen. Ich freue mich.«

Anton überlegte, ob Fräulein Schönwalds Worte eben beleidigend gewesen waren oder nicht, er kam aber zu keinem schlüssigen Ergebnis.

Unterdessen hatte Fräulein Schönwald eine neue Zigarette auf ihren Stiel gesteckt und reichte jetzt Anton eine Streichholzschachtel. »Wären Sie so freundlich?«

Nur ungern legte er seine Buttersemmel zur Seite und zündete ein Streichholz an.

»Den Termin morgen früh werden Sie nicht einhalten können«, erklärte Ernestine. Sie klang schadenfroh. Offenbar war sie zu dem Schluss gekommen, dass Alma Schönwalds Bemerkung eine Beleidigung gewesen war. »Herr Sebastian hat gesagt, dass wir heute und morgen mit keiner Wetterbesserung rechnen können, und selbst wenn es nicht mehr schneit, dauert es Stunden, bis die Straßen und Gleise der Bahn wieder freigeschaufelt sind. Ihre Kleider werden noch warten müssen.«

Fräulein Schönwald sog Tabak ein und blies kleine Rauchkringel in Antons Richtung. Der hustete. »Wo ist übrigens Gustav?«, fragte sie und sah sich suchend nach allen Seiten um.

»Sie meinen Oberleutnant Staudinger?«

»Ja, ich habe ihn heute noch nicht gesehen.«

Auch Anton wandte den Kopf und schaute sich um. Er konnte

den schneidigen Soldaten im Speisesaal nicht ausmachen. »Vielleicht schläft er noch, schließlich ist der gestrige Abend sehr aufregend gewesen«, sagte Anton.

»Das ist wahr«, stimmte ihm Fräulein Schönwald zu. »Der Mann verträgt keinen Alkohol. Er war völlig betrunken. Was durchaus Vorteile hat, denn auf diese Weise hat er nicht mitbekommen, wie knapp er dem Tod entkommen war. Wären wir nicht in der Bar hängen geblieben, vielleicht hätte Gustav Holz nachgelegt und sich selbst in die Luft gejagt. Der Wein, den Herr Sebastian kredenzt hat, war übrigens vorzüglich. Ich kann ihn nur empfehlen. Vielleicht trinken wir nach dem Abendessen ein Gläschen an der Bar?«

»Vielleicht«, wich Anton aus. Er sah Ernestines funkelnde Blicke aus den Augenwinkeln.

»Worüber haben Sie sich denn so lange an der Bar unterhalten?«, fragte Ernestine scharf.

Alma Schönwald machte eine wegwerfende Handbewegung. »Ach, es ist immer das Gleiche mit Gustav. Sobald er zu viel getrunken hat, stellt er sich die Frage, ob er überhaupt heiraten soll.«

»Ich dachte, diese Entscheidung ist bereits gefallen.«

»Ja, das ist sie auch. Aber ich glaube es erst, wenn Gustav und meine Schwester vor dem Traualtar stehen.«

»Zweifelt er denn an seiner Entscheidung?«, wollte Ernestine wissen.

»Mal zweifelt er, dann wieder Eugenia. Ich glaube, die beiden sind nicht wirklich füreinander geschaffen. Während Gustav auf das Geld meiner Schwester schielt, hofft sie auf gesellschaftlichen Aufstieg. Eine Vernunftehe, die nichts mit Liebe zu tun hat«, sagte sie gelangweilt und warf Anton einen bedeutungsvollen Blick zu.

Wieder hätte er sich gern in Luft aufgelöst.

»Haben Sie auch einen Knall gehört? So gegen fünf Uhr morgens?«, fragte Ernestine und wechselte abrupt das Thema.

Alma Schönwald richtete sich auf und beugte sich erneut vertraulich zu Ernestine. Sie legte die Zigarette achtlos auf einen Teller. »Ja, das habe ich. Aber ich war mir nicht sicher, ob ich nicht bloß schlecht geträumt hatte. Ich habe eine sehr unruhige Nacht hinter mir, in der ich immer wieder aufgewacht bin.«

»Mir ging es genauso«, sagte Ernestine aufgeregt. Vergessen waren die spitzen Bemerkungen, die die beiden Frauen eben noch ausgetauscht hatten. »Was, denken Sie, kann das Geräusch verursacht haben?«

Fräulein Schönwald zuckte mit den Schultern. »Ich habe keine Ahnung. Vielleicht ist ein harter Gegenstand auf dem Boden gelandet.«

»Oder ein Fenster ist zugefallen.«

»Es könnte auch jemand gestürzt sein.«

Während die beiden darüber nachdachten, was alles passiert sein könnte, sah sich Anton im Speisesaal um. Bis auf Oberleutnant Staudinger waren nun alle Tanzkursteilnehmer anwesend. Auch Frau Zuckerberg war wieder im Speisesaal. Ihre Augenlider waren halb geschlossen. Anscheinend hatte sie eine sehr hohe Dosis ihrer Beruhigungstabletten genommen.

»Haben wir gestern Abend abgemacht, dass jemand den Oberleutnant aus seinem Zimmer abholt? Schließlich haben wir doch beschlossen, dass niemand allein durchs Hotel gehen soll«, sagte Anton.

»Ich kann mich nicht erinnern, dass ich etwas gehört hätte. Aber ich habe mich nach dem Löschen des Brandes rasch zurückgezogen«, erklärte Fräulein Schönwald. Ihre Zigarette glühte auf dem weißen Teller weiter.

»Es gefällt mir nicht, dass der Oberleutnant noch nicht hier ist. Wir sollten nach ihm sehen«, sagte Ernestine bestimmt.

»Wollen wir beide das machen?«, fragte Alma Schönwald. Sie stand auf und sah Anton herausfordernd an.

Der spürte Ernestines Blick und verneinte höflich. »Ginge es meinem Kopf besser, würde ich keine Sekunde zögern«, log er. Sicher wurde er rot dabei.

»Ich komme mit Ihnen mit«, bot Ernestine an. Schon stand sie auf und stellte sich an Alma Schönwalds Seite. Der blieb nichts anderes übrig, als sich für das Angebot zu bedanken.

Als die beiden den Speisesaal verlassen hatten, entspannte Anton sich wieder. Ein Mordopfer, ein explodierender Ofen, eine Kopfverletzung und eine eifersüchtige Ernestine waren eine Spur zu viel Aufregung für einen Mann in seinem Alter. Langsam erhob er sich und ging zum Kuchenbüfett. Sein zerrüttetes Nervenkostüm konnte am besten mit Zucker und Fett beruhigt werden. Was eignete sich dazu besser als eine Himbeercremeschnitte?

EINUNDZWANZIG

Gerade als er den letzten Bissen verzehrt hatte und mit geschlossenen Augen dem fruchtig süßen Geschmack nachspüren wollte, kam Fräulein Schönwald die Treppe heruntergeeilt. Die Geräusche ihrer Stöckelschuhe wurden vom Teppich geschluckt. Sie hielt beide Hände vors Gesicht und schrie aufgeregt: »Gustav hat sich erschossen! Er ist tot!«

Für einen Moment war es still im Speisesaal. Das Klappern des Geschirrs und die Gespräche verstummten. Herr Sebastian, der dabei war, einen Tisch abzuräumen, ließ ein Kaffeehäferl fallen. Das klirrende Geräusch zerbrechenden Porzellans brach das Schweigen. Augenblicklich redeten alle durcheinander.

»Wie kann das sein, er hatte doch keine Waffe dabei«, rief Haberl. »Das hat er gestern ganz ausdrücklich gesagt.«

»Warum sollte ein Mann, der nächsten Monat heiraten wollte, sich umbringen? Das ist doch völlig absurd.«

»Sicher hat der Mann mit dem Umhang ihn auf dem Gewissen.«

»Der Mörder hat wieder zugeschlagen!«

»Er wird uns alle umbringen!« Frau Zuckerberg schluchzte laut.

»Beruhig dich, Mutter!«

»Reiß dich bitte zusammen, Helene!«

»Wir müssen hier weg, und zwar alle. Auf der Stelle. Warum können wir nicht gemeinsam mit einem Schlitten fahren?«

»Haben Sie schon mal zum Fenster rausgesehen?«

»Wo ist Ernestine?« Anton übertönte das Stimmengewirr.

Alma Schönwald riss den Kopf nach hinten. Ihre stark geschminkten Augen waren vor Schreck weit geöffnet. »Ich dachte, sie sei hinter mir. Ich bin einfach losgelaufen.« Tränen traten in ihre Augen, kullerten über ihre Wangen und hinterließen schwarze Rinnsale. Sie wischte mit beiden Händen über die Wangen und verschmierte die Farbe noch weiter.

»Er ist tot. Das ganze Bett ist voller Blut …« Sie zitterte und schwankte von einem Bein auf das andere.

Eine Spur zu schnell sprang Anton auf, auch er geriet ins Wanken. Was für einen lächerlichen Helfer er abgab.

»Um Himmels willen, setzen Sie sich wieder«, rief Dr. Schöller. Er lief auf Fräulein Schönwald zu, drängte Anton auf seinen Stuhl zurück und führte die Modesalonbesitzerin zu einem der Sofas am Rand des Speisesaals. Er fühlte ihren Puls, verlangte wieder einmal nach einem Glas Wasser und fächelte ihr mit einer Stoffserviette Luft zu. Schnell kehrte Farbe in ihr Gesicht zurück.

»Ich sehe nach Fräulein Kirsch«, sagte Anton. Langsamer als zuvor stand er auf.

»Bleiben Sie sitzen«, befahl Dr. Schöller.

Aber Anton dachte nicht daran, ihm zu gehorchen.

Ernst Schwarz trat zu ihm. »Ich begleite Sie.« Er wollte Anton stützen, aber der schüttelte den Kopf. So weit sollte es noch kommen. Er war ja kein Greis. Mit sechzig brauchte man noch keinen hilfsbereiten Arm. Auch nicht, wenn man eine Kopfverletzung hatte.

Gemeinsam stiegen die beiden die Treppen hoch in den vierten Stock. Antons Herz raste, was aber nicht mit der Anstrengung, sondern ganz allein mit der Sorge um Ernestine zu tun hatte.

Die Tür des einzig bewohnten Zimmers im vierten Stock stand offen. Es war deutlich kälter als in den tiefer liegenden Stockwerken. Anton zitterte. Mit raschen Schritten ging er auf die Tür zu und trat ein. Auch dieser Raum glich seinem eigenen Zimmer, bis auf die Tatsache, dass die Vorhänge dunkelblau waren und der Raum daher düsterer und kleiner wirkte.

An der Wand stand ein Bett, und darin lag der zweifelsohne tote Oberleutnant. Ernestine war über ihn gebeugt. Sie wirkte sehr gefasst und keineswegs hysterisch. Im Gegenteil, ihr Gesicht drückte pure Neugier aus.

»Ist er tot?«, fragte Ernst Schwarz. Die Frage war rein rhetorischer Natur, denn jeder konnte sehen, dass Gustav Staudinger nicht mehr am Leben war. Seine rechte Hand baumelte leblos vom Bett. Sein Kopf war unnatürlich zur Seite gedreht. Auf seiner rechten Schläfe befand sich ein dunkles Einschussloch. Das

Blut, das Fräulein Schönwald beschrieben hatte, konnte Anton nicht sehen. Vielleicht war das ihrer Phantasie entsprungen. Bloß auf dem Kopfkissen hatte sich ein dunkelroter Fleck gebildet. Staudinger hatte beide Augen weit aufgerissen. Erstaunen und Entsetzen waren gleichermaßen darin zu erkennen.

In der rechten Hand des Toten lag ein kleiner Taschenrevolver vom Kaliber 6,35. Anton kannte den Waffentyp. Er hatte den Revolver bei einer Kundin gesehen, die ihm die Schusswaffe stolz gezeigt hatte. Seit dem Tod ihres Mannes fühlte sie sich nur noch mit Revolver im Haus sicher. Anton selbst verabscheute Waffen aller Art. Seit er wusste, dass die Frau einen Revolver in ihrer harmlos aussehenden Handtasche mit sich herumtrug, fiel es ihm schwer, sich zwanglos und unvoreingenommen mit ihr zu unterhalten, wenn sie bei ihm Salben gegen ihre Hühneraugen kaufte.

Ernst Schwarz holte Anton aus seinen Überlegungen zurück. Er trat zu Ernestine, die immer noch neugierig den Toten inspizierte.

»Neben dem Revolver liegt ein Kissen mit einer Einschussstelle«, erklärte sie so sachlich, als spräche sie über das Farbmuster auf der Tagesdecke auf dem Bett.

»Vielleicht hat der Leutnant mit seinem Selbstmord niemanden wecken wollen«, antwortete Ernst Schwarz mit belegter Stimme. »Wie überaus rücksichtsvoll.« Er war blass geworden und kämpfte sichtlich um Haltung.

Anton hatte den Eindruck, er wäre am liebsten schreiend davongelaufen, so wie Fräulein Schönwald es zuvor getan hatte.

»Warum hat der Oberleutnant das gemacht?«, fragte Ernst Schwarz fassungslos. »Er hat gestern Nacht nicht so gewirkt, als würde er sterben wollen. Er ist völlig betrunken gewesen und hat kaum mitbekommen, was um ihn herum passierte.«

Ernst Schwarz wirkte erschüttert. Auf seinem Gesicht spiegelten sich Angst, Trauer und Panik. Offenbar zogen Bilder vor seinem inneren Auge vorbei, die er gern hinter sich gelassen hätte. Schweiß bildete sich auf seiner Oberlippe, er zitterte. Gerade noch rechtzeitig sprang Anton auf ihn zu, packte ihn am Oberarm und hielt ihn fest, sodass er nicht abrupt auf den Boden knallte, sondern langsam in sich zusammensackte.

»Ernestine, schnell! Bringen Sie ein Glas Wasser aus dem Bad!« Noch nie hatte Anton so viele Menschen in Ohnmacht fallen sehen wie während dieses Wochenendes. Es schien, als handelte es sich um eine ansteckende Krankheit. Er fragte sich, warum der junge Mann mitgekommen war. Er sollte sich selbst doch gut genug kennen, um zu wissen, dass er derlei Anblick nicht ertrug.

Ernestine hastete los, brachte ein Glas, das bis zum Rand mit eiskaltem Wasser gefüllt war, und kippte es dem bewusstlosen Schwarz ins Gesicht.

Der blinzelte, hustete und kam langsam wieder zu sich. »Bitte … verzeihen … Sie«, sagte er benommen. »Ich … ich … hätte es besser wissen müssen. Jedes Mal, wenn ich einen Toten sehe, passiert es …«

Hatte er eben Antons Gedanken gelesen? Etwas irritiert blinzelte Anton ihn an. »Kein Problem«, sagte er leise. »Wahrscheinlich haben Sie in den letzten Jahren zu viele Tote gesehen.«

Ernst Schwarz nickte.

»Wollen Sie sich auf das Sofa an der Wand legen?« Während Anton sprach, hielt er das Handgelenk des Mannes umfasst und fühlte den Puls. Er war stabil. Anton war beruhigt.

»Ich will hier weg«, sagte Ernst Schwarz tonlos. Vermutlich meinte er nicht nur das Zimmer, sondern das ganze Hotel.

»Das kann ich gut verstehen«, sagte Anton. »Kommen Sie, ich helfe Ihnen auf.«

Während er unter den rechten Arm von Schwarz griff, packte Ernestine links zu. Gemeinsam hievten sie ihn hoch. Die Anstrengung pumpte Blut in Antons Kopf, der sofort mit Schmerzen reagierte. Er versuchte, sie zu ignorieren. Als Ernst Schwarz stand, sah er immer noch gefährlich weiß aus.

»Sind Sie sicher, dass Sie nicht sitzen wollen?«, fragte Anton.

»Ganz sicher.«

»Sehen Sie nur, was am Badezimmerspiegel heftete«, sagte Ernestine. Sie hielt einen hellgrünen Briefpapierbogen in der Hand. Am rechten oberen Rand war das Logo des Hotels zu erkennen. Es handelte sich um jenes Briefpapier, das in jedem Hotelzimmer für die Gäste zur freien Entnahme auflag.

»Ein Abschiedsbrief?«, fragte Anton.

Statt zu antworten, las Ernestine: »Die Lasst vom Mord ist zu schwer für meine Schultern. Aber ich bereue die Tatt keinen Moment. G.S.«

»Der Mann hat zwei Rechtschreibfehler in einem Zweizeilenbrief gemacht!« Ernestine rümpfte die Nase.

»Sie müssen den Brief wieder dort hingeben, wo Sie ihn gefunden haben. Die Polizei wird nicht erfreut darüber sein, dass Sie ihn angefasst haben«, fürchtete Anton.

»Lieber Anton. Wie oft muss ich es Ihnen noch erklären? Wir befinden uns in einer Ausnahmesituation, in der noch ganz andere Dinge erlaubt wären. Es ist unser Recht, zu erfahren, was sich hier abspielt. Die Polizei kann uns überhaupt nichts krummnehmen. Wir sind in einem Hotel eingeschneit, in dem ein Mörder sein Unwesen treibt.«

»Könnten die Worte nicht bedeuten, dass Staudinger den Generaloberst umgebracht hat?«, gab Schwarz zu bedenken.

»Zumindest will jemand, dass wir das glauben.«

Ernst Schwarz runzelte die Stirn. »Wie bitte? Was meinen Sie damit?«

»Nun, ich denke bloß laut nach. Wir haben es mit einem Mordfall zu tun und sollten sorgfältig überlegen, bevor wir voreilige Schlüsse ziehen.«

Der junge Mann schüttelte den Kopf. Offenbar konnte er mit Ernestines Worten nichts anfangen. Stattdessen fragte er: »Was passiert mit dem armen Kerl?« Dabei vermied er es, den Toten anzusehen.

»Wir werden auch dieses Zimmer absperren. So wie das von Generaloberst von Rauch und das mit dem explodierten Ofen. Die Polizei wird sich darum kümmern müssen.«

Die Farbe war in Schwarz' Gesicht zurückgekehrt. Sein dunkles Haar klebte ihm von Ernestines Wasser nass in der Stirn. »Wenn Staudinger zuerst von Rauch und dann sich selbst umgebracht hat, was ist dann mit dem Mantel und den Schuhen im Keller?«

»Dieser Mantel stellt tatsächlich ein Rätsel dar«, murmelte Ernestine ratlos. »Offenbar will jemand von sich selbst ablenken.«

»Sie meinen, der Oberleutnant hat ihn hingelegt?«

»Oh nein, das glaube ich ganz und gar nicht.« Wieder einmal musste Ernestines Daumennagel herhalten. Wenn sie so weitermachte, war er bald nicht mehr vorhanden. Besorgt beobachtete Anton ihr nachdenkliches Kauen, am liebsten hätte er ihre Hand ergriffen und sie davon abgehalten.

»Den Toten lassen wir einfach so liegen?«, fragte Ernst Schwarz. »Sollten wir ihm nicht wenigstens die Augen schließen?«

»Das geht nicht mehr«, erklärte Ernestine. »Ich habe es versucht. Aber die Totenstarre hat bereits eingesetzt. Der Mann muss seit mindestens sechs Stunden tot sein.«

Anton sah sie beeindruckt an. Sie hatte sich genau gemerkt, was er ihr über das Eintreten der Totenstarre erzählt hatte.

»Er hat sich gestern Abend nicht einmal die Mühe gemacht, sich auszuziehen. Er ist mit Uniform und Schuhen ins Bett gestiegen«, bemerkte Ernestine.

»Hat man ihm die warmen Ziegelsteine gebracht?«

»Vier davon liegen im Bett.« Ernestine hatte ganze Arbeit geleistet. Während Fräulein Schönwald schreiend geflüchtet war, hatte sie das Zimmer gründlich untersucht.

»Sicher wird meine Mutter wieder alle Gäste und das Personal in den Salon zusammenbitten«, vermutete Ernst Schwarz.

»Das ist unvermeidbar«, stimmte ihm Ernestine zu.

Anton verdrehte die Augen. Er war ein geduldiger Mensch, aber langsam hatte er genug von diesem Wochenende.

Eine Stunde später saßen alle Gäste samt Hotelmitarbeitern im Salon.

»Oberleutnant Staudinger hat also den Generaloberst vergiftet und sich heute Nacht selbst gerichtet«, sagte Frau Schwarz. Ihre Stimme klang verärgert. Endlich hatte sie jemanden gefunden, dem sie die Schuld für dieses schreckliche Wochenende zuschieben konnte.

»Das heißt, die Gefahr ist vorüber«, seufzte Fritz Zuckerberg erleichtert. »Wir können uns wieder frei im Hotel bewegen und müssen keine Angst haben, von einem Unbekannten erschlagen, erdrosselt oder vergiftet zu werden.«

Den Gesichtern der Anwesenden war anzusehen, dass nicht alle seine uneingeschränkte Erleichterung teilten.

»Ich bin nicht sicher, ob wir aufatmen können, schließlich gibt es eine Menge Ungereimtheiten. Wir wissen nicht, warum Staudinger den Generaloberst umgebracht hat«, gab Ernestine zu bedenken.

»Machen Sie die Sache nicht unnötig kompliziert«, fuhr Zuckerberg sie an. »Der Mann hat ein Geständnis abgelegt. Das sollte selbst Ihnen reichen.«

Zustimmendes Gemurmel, aber auch leise Zweifel waren zu hören.

Franziska Schöller meldete sich zu Wort. »Ich denke, dass ich etwas Licht in die Sache bringen kann.«

Die Aufmerksamkeit aller war ihr gewiss. Sie errötete, offenbar war es ihr unangenehm, im Mittelpunkt zu stehen.

Sie räusperte sich verlegen und wiederholte, was sie Ernestine gestern Abend verraten hatte. »Ich weiß, dass Generaloberst von Rauch den Oberleutnant erpresst hat.« Sie erklärte die Geschichte von den gestohlenen und weiterverkauften Lebensmitteln und ergänzte sie noch, indem sie sagte: »Außerdem hat Gustav Staudinger gegen Kriegsende Waffen, allen voran Gasgranaten, an die Feinde verkauft.«

Ein entsetztes Raunen ging durch den Raum. Mit einem Schlag hatte der tote Staudinger alle Sympathiepunkte verloren.

»Das ist ja Hochverrat!«

»Entsetzlich! Ein Kriegsverbrecher und Verräter.«

»Kein Wunder, dass wir den Krieg verloren haben, mit derart korrupten Militärs.«

»Was für ein unangenehmer Mann.«

»Er kam mir von Anfang an verdächtig vor.«

Fräulein Schönwald hielt sich entsetzt die Hand vor den Mund. »Und meine Schwester hätte diesen Widerling geheiratet. Zeigen Sie mir den Abschiedsbrief.«

»Er liegt oben im Zimmer. Er ist Beweismaterial für die Polizei.«

»Was hat er geschrieben?«

»Die Last vom Mord ist zu schwer für meine Schultern. Aber ich bereue die Tat keinen Moment«, zitierte Ernst Schwarz.

»Wobei er ›Last‹ mit Doppel-s und ›Tat‹ mit Doppel-t geschrieben hat, und die Wahl des Dativs in diesem Satz ist auch nicht besonders glücklich, wenn Sie mich fragen. Rechtschreibung war offenbar nicht seine Stärke.« Ernestine schüttelte den Kopf.

»Diesen Brief hat Gustav nicht geschrieben«, sagte Alma Schönwald voller Überzeugung.

»Wie kommen Sie darauf?«

»Nie im Leben hätte er Rechtschreibfehler gemacht. So korrupt er vielleicht gewesen sein mag, seine Sprache war immer korrekt. Vor allem die geschriebene.«

»Machen Sie sich nicht lächerlich, der Mann war sternhagelvoll. Der konnte gar nichts mehr schreiben.« Fritz Zuckerberg stand auf. Sein Schnurrbart vibrierte an den eingedrehten Enden, die heute nicht ganz so prächtig waren. Anscheinend hatte der Bart letzte Nacht gelitten.

Aber Ernestine hakte nach: »Ich teile Fräulein Schönwalds Meinung. Der Brief ist nicht das einzige Rätsel, das noch offenbleibt. Was ist mit dem Mantel und den Stiefeln im Keller?«

»Was soll damit schon sein? Wahrscheinlich hat er zuerst versucht, sich selbst in die Luft zu sprengen, und als das nicht geklappt hat, griff er zum Revolver. Den Mantel und die Stiefel hat er im Keller versteckt, weil er auch meine Frau umbringen wollte. Er war ein Verrückter. Er hat Waffen an den Feind verkauft! Keine Ahnung, was in seinem kranken Kopf vorging. Aber ich will es auch gar nicht wissen. Er ist tot, und das ist gut so.«

Frau Schwarz nickte zustimmend. Auch sie wollte das Thema so rasch wie möglich vom Tisch haben und keinen Augenblick länger über Mord und mögliche weitere Gefahren nachdenken. Frau Zuckerberg, Professor Haberl und auch Josefa von Rauch schienen ihre Meinung zu teilen.

»Wenn Sie mich nicht mehr brauchn, dann geh ich jetzt wieder in die Kuchl. Das Mittagessen kocht sich net von allein«, sagte Malek. »Oder wolln S' heute erst am Nachmittag essen?«

»Natürlich nicht«, sagte Frau Schwarz rasch.

Malek setzte sich seine weiße Mütze wieder auf, die er eben

noch mit beiden Händen geknetet hatte, und stand auf. Er hinkte heute noch stärker als gestern. Die Küchenhilfe, die neben ihm saß, sprang wie sein Schatten ebenfalls auf.

»Wir essen pünktlich«, sagte Frau Schwarz. Dann wandte sie sich an Carmen Morales und Frederico Gonzales. »Denken Sie, dass wir am Nachmittag eine weitere Tanzstunde abhalten können?«

Die beiden sahen einander überrascht an, nickten dann aber.

»*Naturalmente.* Wann wollen Sie tanzen die Tango?«, fragte Gonzales und deutete eine Verbeugung an. Die letzte Nacht hatte auch an ihm Spuren hinterlassen. Er sah müde aus.

Frau Schwarz wartete die Reaktionen ihrer Gäste nicht ab. »Ich denke, dass drei Uhr ein guter Zeitpunkt ist. Bis dahin haben wir alle genügend Zeit, uns von den neuen Ereignissen zu erholen. Herr Sebastian hat mir gesagt, dass vor dem Mittagessen noch Tee serviert wird für alle, die gern hier im Salon bleiben wollen. Die Bibliothek des Hotels verfügt über eine reiche Auswahl hervorragender Bücher. Ich für meinen Teil werde mich bis zum Mittagessen auf mein Zimmer zurückziehen und entspannen. All diese Aufregungen verursachen mir Kopfschmerzen.« Sie massierte sich erneut die Schläfen, stand dann auf und ging zum Aufzug.

Auch Franz Haberl, Herr und Frau Zuckerberg und Alma Schönwald verließen den Salon. Clara Zuckerberg setzte sich zu Ernst Schwarz, dessen gesunde Gesichtsfarbe wieder zurückgekehrt war. Fräulein Schöller und ihr Bruder suchten die Bibliothek auf. Bevor sie gingen, sagte Dr. Schöller zu Anton: »Ich werde mir nach dem Mittagessen Ihre Wunde ansehen, gleich nachdem ich mich um die Zehe des Kochs gekümmert habe. Es ist erstaunlich, wie oft ich dieses Wochenende gebraucht werde. Haben Sie Schmerzen?«

»Sie halten sich im ertragbaren Rahmen.«

»Das freut mich«, sagte Dr. Schöller. Während er sprach, half Frederico Gonzales seiner Tanzpartnerin aus dem tiefen Lehnsessel.

»Ist Ihnen immer noch übel?«, fragte Dr. Schöller besorgt.

Carmen Morales winkte ab. »Nur der Magen. Ich esse heute

keine fettigen Speisen, und dann ist alles wieder bestens. Danke.« Die Frage war ihr sichtlich unangenehm. Sie wollte nicht weiter über ihr Wohlergehen sprechen und wandte sich demonstrativ vom Doktor ab. Ihr sehniger, durchtrainierter Körper wirkte heute längst nicht so kräftig wie zu Beginn des Wochenendes. Sie hakte sich bei Gonzales unter, und die beiden verließen deutlich gezeichnet von den Ereignissen der letzten Tage rasch den Salon.

Als alle außer Hörweite waren und niemand Ernestine mehr Beachtung schenkte, beugte sie sich zu Anton. »Haben Sie ein Pfefferminzbonbon?«

»Ein paar müssen noch da sein.« Anton holte die Dose aus seiner Westentasche und reichte sie Ernestine. »Höchste Zeit, dass wir wieder nach Hause fahren, die Dose ist fast leer.«

»Ich glaube nicht, dass der Oberleutnant sich selbst umgebracht hat«, flüsterte Ernestine.

»Das ist mir nicht entgangen. Aber wie kommen Sie darauf?«

»Gustav Staudinger war ein Linkshänder. Er hat alles mit der linken Hand gemacht. Sogar seine Suppe hat er mit links gelöffelt. Nie im Leben hätte er sich mit der rechten Hand erschossen.«

Anton schloss für einen Moment die Augen. Er versuchte sich an den schneidigen Militaristen zu erinnern. Ernestine hatte recht. Der Mann hatte sogar seine Zimmertür mit der linken Hand aufgesperrt. »Sie glauben, dass jemand ihn erschossen und dann die Waffe in seine Hand gedrückt hat?«

»Oder umgekehrt. Er hat ihm zuerst die Waffe in die Hand gedrückt und ihn dann erschossen. Auf diese Weise befänden sich noch kleine Pulverspuren auf Staudingers Fingern.«

»Ist das der Fall?«, fragte Anton. Zweifellos hatte Ernestine die Finger untersucht.

Sie grinste wissend. »Staudinger war ein starker Bursche. Er hätte sich gewehrt.«

»Er hatte so viel Weißwein intus, dass er nicht einmal eine Militärkapelle neben seinem Bett gehört hätte.«

»Nun, er war beeinträchtigt, das stimmt.«

»Er war sternhagelvoll!«

Sie wurden vom klappernden Geräusch aneinanderschlagender Tassen unterbrochen. Herrn Sebastians Kollege Gerhard, der ebenfalls ständig seine Hoteluniform gegen die eines Kellners austauschte, trug jetzt einen dunklen Anzug und schob einen goldenen Servierwagen vor sich her. Auf dem Wagen befanden sich Tassen, Teller, eine bauchige Teekanne und ein Tablett mit Konfekt, das in buntes Seidenpapier gewickelt war.

Antons Blick blieb daran hängen. »Kann es sein, dass hier Konfekt vom Demel serviert wird?«, fragte er staunend.

Ernestines Gedanken waren immer noch beim toten Staudinger. Sie schenkte dem Wagen keine Beachtung.

»Sie entschuldigen mich.« Anton hievte sich aus dem Lehnstuhl und ging zu dem Wagen. »Das ist wirklich Konfekt vom Demel«, rief er begeistert und schnappte sich zwei der kunstvoll verpackten Köstlichkeiten. Er konnte sein Glück nicht fassen. Anton liebte die Schichtnougatpralinen des ehemaligen K.-u.-k.-Hoflieferanten.

»Wie können Sie jetzt an Süßigkeiten denken?«, schnaufte Ernestine.

Anton sank wieder in den gepolsterten Lehnstuhl, wickelte eines der Konfektstücke aus und steckte es in den Mund. Es handelte sich um eine mit Eierlikör gefüllte Praline. »Hmm!« Er schloss kurz die Augen. Der Geschmack war himmlisch. Als er sie wieder öffnete, meinte er: »Sie brauchen Pfefferminzbonbons zum Denken. Ich bevorzuge Konfekt vom Demel.«

»Nun gut«, grummelte Ernestine. »Wenn Sie auf diese Weise schärfer denken können, soll es mir recht sein.«

Anton wickelte das nächste Bonbon aus. »Die hier sind die besten«, sagte er erfreut. »Schichtnougat. Einmal dunkel, einmal hell, einmal dunkel, einmal …«

»Anton, Sie sollen mir zuhören!«, forderte Ernestine etwas ungeduldig.

Anton legte ihr die Hand auf den Unterarm. »Meine Liebe, ich höre Ihnen zu«, sagte er ernst und schaute sie dabei direkt an. Für einen Moment schlug sein Herz schneller. Das Hellblau ihrer Augen strahlte wie ein wolkenloser Himmel im Mai. Er seufzte.

»Gut!« Ernestine schien beruhigt. Sie beugte sich ganz nah zu ihm und flüsterte ihm ins Ohr: »Als ich allein mit dem Toten im Zimmer war, habe ich etwas gefunden, von dem ich annehme, dass es der Mörder verloren hat.«

Anton hielt in seiner Bewegung inne und hielt das Konfektstück in kurzem Abstand zu seinem Mund. »Was haben Sie gefunden?«, fragte er neugierig. Dann erst schob er sich den Schichtnougat in den Mund.

»Ein Schmuckstück. Es lag neben dem Bett am Boden. Ich habe es in meine Rocktasche gesteckt. Aber ich will es jetzt nicht herausnehmen. Ich zeige es Ihnen später, wenn wir wieder auf dem Zimmer sind. Es ist ein Medaillon, das man aufklappen kann.«

»Sie haben es einfach an sich genommen?«, fragte Anton mit vollem Mund. Er hielt sich die Hand vor.

»Natürlich. Ich denke, dass uns das Schmuckstück zum Mörder führen wird.«

»Der Schneesturm kann nicht mehr lange dauern. Morgen oder spätestens übermorgen kommt die Polizei. Die muss die Sache aufklären. Sie hätten das Medaillon liegen lassen müssen.«

Das Konfektstück war in Antons Mund geschmolzen, zurück blieben ein herrlicher süßer Geschmack nach Vanille und Haselnuss und das Verlangen nach mehr davon.

Ernestine verdrehte die Augen. »Ach, Anton, wie oft muss ich Sie darauf hinweisen, dass wir uns in einer Ausnahmesituation befinden? Bis die Polizei kommt, schlägt der Mörder vielleicht noch einmal zu. Das müssen wir doch verhindern.«

»Wie wollen wir das tun?«

»Ich bin mir noch nicht sicher, aber es wird uns etwas einfallen. Soll ich Ihnen das Schmuckstück zeigen?«

Lieber wäre er beim Kaminfeuer sitzen geblieben, hätte eine Tasse Tee und ein paar von den Demel-Köstlichkeiten genossen. Aber er wusste, dass Ernestine das nicht zulassen würde. Deshalb verzog er leidend den Mund und stand übertrieben mühevoll auf. »Ich nehme mir bloß noch eine kleine Wegzehrung mit«, sagte er und ging noch einmal zum Servierwagen. Er suchte sich alle gelb verpackten Schichtnougatstücke heraus. Zum Glück waren die Taschen seiner alten Wollweste ausgebeult und groß.

»Anton, das ist maßlos«, tadelte Ernestine.

Er zuckte entschuldigend mit den Schultern. »Es ist eine Art Medizin, Zucker und Fett beruhigen die Nerven. Dafür verzichte ich aufs Morphium. Jedem seine Droge.«

»Tun sie das?«

»Auf jeden Fall!«

ZWEIUNDZWANZIG

Wenig später saßen sie in Ernestines Zimmer. Das Zimmermädchen hatte das Bett bereits ordentlich gemacht, Ernestines rosa geblümtes Nachthemd sauber zusammengefaltet, auf die glatt gestrichene Tagesdecke gelegt und den Ofen mit frischem Holz bestückt.

Anton saß neben dem Schwedenofen, der behaglich knisterte. Obwohl sie erst zwei Tage hier wohnten, hatte der Raum bereits Ernestines ganz persönlichen Geruch angenommen. Eine Mischung aus Rosenöl, Veilchen, Zitrone und natürlich Pfefferminz.

»Hier ist es«, sagte Ernestine und holte aus ihrer Rocktasche ein goldenes Medaillon hervor, das an einer feinen goldenen Kette hing. Sie ließ es in Antons ausgestreckte Hand gleiten. Das Schmuckstück war so abgegriffen, dass man das feine Blütenmuster, das darin eingraviert war, kaum noch sehen konnte. Die Rückseite des Medaillons war dunkel, was darauf schließen ließ, dass es viel getragen worden war. Seitlich hielt ein filigraner Klappverschluss die beiden Schmuckhälften zusammen.

Vorsichtig öffnete Anton ihn und klappte das Medaillon auseinander. In jeder Schmuckhälfte befand sich ein kleines sepiafarbenes Foto. Rechts lachten zwei kleine Jungen ihn an. Einer hatte dunkles Haar, der kleinere von beiden hatte einen wilden Lockenkopf. Für das Foto hatte man sie in ihre Festtagskleidung gesteckt, sie trugen kurze Hosen und ordentlich gebügelte karierte Hemden. Trotz der unnatürlichen Situation – sie posierten vor einer furchtbar kitschigen Landschaftstapete – leuchtete die pure Lebensfreude aus ihren großen, glänzenden Augen. Anton zweifelte nicht daran, dass sie sich nach dem Fototermin wieder ihren kleinen Abenteuern gewidmet hatten. In der linken Hälfte des Schmuckstücks war das Porträt eines Mannes. Auch er hatte blonde Locken wie der kleine Junge, aber im Unterschied zu dem Kind waren seine kurz geschnitten. Er hatte sanfte Augen und weiche Gesichtszüge, die denen der Kinder glichen. Sicher war er der Vater der Buben.

»Wem kann die Kette gehören?«, fragte Anton. Er gab Ernestine das Schmuckstück zurück, die es ebenfalls intensiv betrachtete.

»Ich nehme an, einer Frau«, sagte sie. »Ich kenne keinen Mann, der so eine Kette tragen würde. Das Blütenmuster ist zu weiblich.«

Anton stimmte ihr zu. In Gedanken ging er alle weiblichen Personen durch: Alma Schönwald, Frau Schwarz, Franziska Schöller, Frau Zuckerberg und ihre Tochter Clara.

»Wie alt, glauben Sie, ist Clara Zuckerberg?«, fragte Anton.

Ernestine überlegte, dabei steckte sie erneut ihren Daumennagel in den Mund.

Diesmal konnte Anton sich nicht zurückhalten. »Liebe Ernestine, bitte verschonen Sie Ihren Daumennagel, Sie werden ihn noch brauchen.«

Ernestines Wangen färbten sich dunkelrot. Rasch nahm sie den Daumen aus dem Mund und legte ihn in den Schoß. Es fiel ihr sichtlich schwer, sich auf das Gespräch zu konzentrieren. Aber dann nahm sie den Faden wieder auf und antwortete: »Zwischen zwanzig und dreißig ist alles möglich. Sie gehört zu jenen Frauen, deren Alter schwierig zu bestimmen ist.«

»Genau wie bei Ihnen, liebe Ernestine.«

Wieder errötete Ernestine. Anton fand, dass ihr die dunklen Wangen gut standen.

Sie räusperte sich verlegen und sagte: »Wir dürfen uns nicht in die Irre führen lassen. Nur weil eine Sache eindeutig aussieht, heißt das noch lange nicht, dass sie auch eindeutig ist. Was ich damit sagen will: Ein Schmuckstück, das aussieht, als gehörte es einer Frau, kann auch im Besitz eines Mannes gewesen sein.«

»Ein Witwer, der das Schmuckstück seiner Frau trägt?«

»Zum Beispiel«, pflichtete ihm Ernestine bei. »Aber genauso gut kann es ein Bruder, ein Vater oder ein guter Freund sein.«

»Wenn es im Besitz eines Ehemanns war, würde es bedeuten, dass der Mann das Bild des Liebhabers seiner Frau mit sich trägt. Denn das Bild im Medaillon gleicht niemandem in diesem Hotel. Ich erkenne auch keinen vom Personal.«

»Hmmm …« Ernestines Daumennagel wurde erneut bearbeitet.

Anton räusperte sich, und sie ließ ihn rasch wieder in den Schoß sinken.

»Die Lösung ist vielleicht ganz einfach, wir sind nur zu verblendet, um sie zu sehen. Nun, im Moment fühle ich mich nicht wirklich geblendet. Der Strom funktioniert zwar wieder, aber ich habe den Eindruck, dass nur ein Teil der Lampen in Betrieb ist.«

»Sie haben recht«, stimmte ihm Ernestine zu. »Es ist düsterer geworden. Aber das kann auch an der unerfreulichen Situation liegen. Außerdem wird dieser ewig anhaltende Schneesturm immer dichter. Ein Teil der Fenster ist schon völlig zugeschneit. Ich frage mich, wann wir die Sonne wieder zu Gesicht bekommen und wie wir den Mörder aus seinem Versteck locken können.«

Eine Zeit lang schwiegen beide. Anton holte zwei seiner kostbaren Konfektstücke aus seiner Westentasche und reichte eines davon Ernestine. Zu seiner Überraschung nahm sie es, packte es aus und steckte den Schichtnougat in den Mund. Genussvoll schob sie das Konfekt mit der Zunge hin und her.

»Und?«, fragte Anton.

»Falls Sie den Nougat meinen, der ist köstlich. Aber er lenkt mich vom Denken ab. Viel zu schwer und weich. Pfefferminz ist frisch und spült die Gedankengänge durch.«

»Wollen Sie ein Bonbon?« Schon griff Anton in seine Westentasche. Aber Ernestine winkte dankend ab.

»Wir können den Mörder auf zwei Wegen aus seinem Versteck locken«, sagte sie.

»Tatsächlich?«

»Ja. Wir haben sein Schmuckstück. Sicher will er oder sie es wiederhaben und wird den Ort des Verbrechens erneut aufsuchen, um es sich zurückzuholen.«

Anton zog die Augenbrauchen zusammen. Er versuchte, ruhig zu bleiben. »Verstehe ich Sie richtig? Sie wollen im eiskalten Zimmer von Oberleutnant Staudinger gemeinsam mit der nicht gerade freundlich aussehenden Leiche warten, bis der Mörder kommt, und ihn dann überwältigen? Womit denn? Mit einer leeren Dose Pfefferminzbonbons?«

»Anton, bitte machen Sie sich nicht über mich lustig. Ich denke ernsthaft nach.«

Anton verkniff sich eine Antwort.

»Natürlich können wir auch überlegter vorgehen.«

»Ach ja?«

»Wenn wir uns alle am Nachmittag zur Tangostunde treffen, zeige ich das Schmuckstück herum und behaupte, ich hätte es auf dem Gang gefunden. Vielleicht verrät sich der Mörder gleich, was ich aber nicht glaube. Viel wahrscheinlicher ist, dass er abwartet und mich erst nachts aufsucht, um an die Kette samt Anhänger zu kommen.«

Anton schnappte nach Luft. »Sie wollen den Mörder zu sich einladen? Liebste Ernestine, Sie brauchen dringend Pfefferminz, um Ihre Gedanken zu ordnen. Und zwar eine ganze Wagenladung voll! Momentan scheint alles in Ihrem Kopf durcheinandergeraten zu sein.«

»Ach, Anton. So hören Sie mir doch zu.« Ernestine machte eine ungeduldige Handbewegung. »Unsere Zimmer verfügen über eine Verbindungstür, die wir offen lassen können. Falls ich bedroht werde, kommen Sie mir zu Hilfe.«

»Womit denn?«, schrie Anton nun ungewollt laut. Er hatte tatsächlich Angst, Ernestine habe den Verstand verloren.

»Mit einem Schürhaken«, sagte sie, als wäre es das Selbstverständlichste der Welt, sich damit zu verteidigen. Beherzt griff sie nach dem eisernen Werkzeug, das neben dem Schwedenofen lag.

»Ich bin sechzig, und ich darf Sie daran erinnern, dass ich eine Kopfverletzung habe«, protestierte Anton. »Ich habe noch nie einen Menschen mit einem Schürhaken geschlagen und will es auch heute Nacht nicht machen.«

»Sie sollen auch niemandem den Kopf einschlagen, bloß damit drohen, wenn es notwendig werden sollte.«

»Ernestine, wie Sie selbst wiederholt festgestellt haben, geht es hier nicht um ein harmloses Abenteuer. Wir haben es mit einem kaltblütigen Mörder zu tun. Wer zwei Menschen getötet hat, schreckt auch vor einem dritten Mord nicht zurück. Ich fühle mich nicht in der Lage, Sie ausreichend beschützen zu können.«

Ernestine machte einen Schritt auf ihn zu. Mit ihrer rechten

Hand streichelte sie über seine Wange, zum Glück war sie frisch rasiert. »Natürlich können Sie das, tief in Ihrem Inneren sind Sie ein Held.«

Anton seufzte. Ernestine hatte ihn nun schon zum zweiten Mal so genannt. Gut, dass er saß, denn seine Knie wurden weich. Nur zu gern hätte er eine weitere süße Köstlichkeit aus seiner Tasche gezogen. Aber ganz offenbar vertrug er so viel Zucker nicht. Wie sonst war es zu erklären, dass er Ernestine den verrückten Plan nicht ausredete?

DREIUNDZWANZIG

Nach dem Mittagessen gingen Anton und Ernestine in die Bibliothek. Es war ein kleiner Raum, der direkt an den Salon angrenzte. An den Wänden standen volle Bücherregale, die bis zur Decke reichten. Es roch nach altem Papier und Staub. In einer Ecke befand sich ein alter Holzglobus, über den sich jedes Museum gefreut hätte. Er musste aus dem 17. Jahrhundert stammen, denn Neuseeland befand sich noch nicht darauf. Leselampen mit grünen Lampenschirmen auf goldenen Messingständern erinnerten an die ehrwürdigen Gebäude der Hauptbibliothek am Heldenplatz in Wien.

Während Ernestine nach passender Lektüre suchte, machte Anton es sich neben Ernst Schwarz auf einem Sofa bequem. Der junge Mann las in einem Magazin über Dampflokomotiven. Er hielt seine Arme gestreckt, sodass sich die Zeitschrift auf Armeslänge von seinen Augen entfernt befand. Zuvor hatte Dr. Schöller Antons Verletzung untersucht und neu verbunden. Er war sehr zufrieden mit der Wundheilung gewesen. »Wie die eines jungen Burschen«, hatte er gelacht. Nun gut, wenn schon seine Gelenke alt waren und schmerzten, so funktionierte wenigstens seine Wundheilung noch wie früher. Anton war durchaus zufrieden mit sich.

Ihm gegenüber saß Clara Zuckerberg. Sie war in ein Buch vertieft, dessen Titel Anton nicht erkennen konnte. Immer wieder unterbrach die junge Frau ihre Lektüre und blinzelte über den Buchrand zu Ernst Schwarz. Als sie umblätterte, glitt ihr Lesezeichen aus dem Buch. Es war ein glatt gestrichenes gelbes Seidenpapier. Anton erkannte gleich die Verpackung seines geliebten Schichtnougats. Offenbar hatte auch Fräulein Zuckerberg eine Schwäche dafür. Als sie sich danach bückte, konnte Anton auch den Autor und den Titel des Buches sehen. Italo Svevo, »La novella …« Weiter kam er nicht.

»Entschuldigung, wie heißt das Buch, das Sie gerade lesen?«

»›La novella del buon vecchio e della bella fanciulla‹. Der alte Herr und das schöne Mädchen«, antwortete sie.

Angestrengt dachte Anton nach. Er hatte den Namen des Autors schon einmal gelesen, aber wo nur? Schließlich fiel es ihm wieder ein. Es war im Kulturteil der Kronenzeitung gewesen. Der Journalist hatte einen Artikel über den italienischen Autor verfasst, der in seinen Romanen über Helden schrieb, die am wirklichen Leben scheiterten. Obwohl der Autor selbst perfekt Deutsch gesprochen hatte, waren seine Romane bis jetzt nicht übersetzt worden.

»Sie verstehen Italienisch?«, fragte Anton überrascht.

»Na ja, verstehen ist übertrieben. Ich versuche seit Jahren, die Sprache zu erlernen. Ich finde sie wunderschön. Aber es ist schwierig, wenn man sich nicht mit Menschen unterhalten kann.«

Anton lächelte wissend. Er selbst liebte den melodischen Klang der Sprache und hatte sich immer wieder vorgenommen, Italienisch zu lernen. Aber es hatte sich nie eine Gelegenheit dazu ergeben und so hatte er sich zeit seines Lebens mit seinem Lateinwissen zufriedengeben müssen.

Ernestine kam zu ihnen und nahm ebenfalls neben Ernst Schwarz Platz. Sie hatte eine Geschichtensammlung von James Joyce gefunden.

»Ich habe gehört, dass Italo Svevo nach dem Krieg mit der Übersetzung von Sigmund Freuds Traumdeutung begonnen hat. Außerdem soll er ein enger Freund von Joyce gewesen sein.« Sie hielt Clara Zuckerberg ihr Buch entgegen.

Die sagte verlegen: »Leider weiß ich nichts über den Autor. Frau Morales hat mir das Buch geliehen. Ich habe gesehen, wie sie nach dem Mittagessen darin gelesen hat. Leider habe ich jetzt ihr Lesezeichen fallen lassen und weiß nicht mehr, wo ich es hineinstecken soll.«

»Sicher findet sie die Stelle wieder«, beruhigte Anton sie.

Fritz Zuckerberg betrat die Bibliothek. Sein mächtiger Schnurrbart war wieder perfekt gedreht wie eh und je. Offenbar hatte er vor dem Mittagessen eine Stunde im Badezimmer verbracht. »Clara, deine Mutter benötigt deine Hilfe, würdest du bitte kommen?«, sagte er ungewöhnlich streng.

»Ach, Vater, was kann sie denn wollen, was du nicht auch erledigen kannst?« Clara Zuckerberg verdrehte die Augen.

»Ich habe nicht vor, mit dir zu debattieren.«

Einen Moment lang schien die Tochter zu überlegen, ob sie nachgeben sollte. Anton hätte schwören können, dass es Ernst Schwarz' Anwesenheit zu verdanken war, dass sie nicht protestierte. Seufzend erhob sie sich. »Ich bin gleich wieder da«, sagte sie in dessen Richtung.

Ernst Schwarz lächelte verständnisvoll. Sein Blick folgte ihr, und wie immer lag mehr als nur Interesse darin.

»Ich wusste gar nicht, dass Frau Morales auch Italienisch spricht. Ich beneide sie um diese Fähigkeit. Ist es nicht wunderbar, wenn man sich mit vielen Menschen in unterschiedlichen Sprachen unterhalten kann? Ich wünschte, ich wäre auch in der Lage dazu«, seufzte Ernestine.

»Ich bin nicht sicher, ob Frau Morales die Besitzerin des Buches ist«, meinte Ernst Schwarz.

»Warum zweifeln Sie daran?«, wollte Ernestine wissen.

»Ich habe Ihnen doch schon erklärt, dass ich extrem weitsichtig bin. Der Name Francesca Bartolotti stand in winzig kleinen Buchstaben auf dem Buchdeckel.«

Also hatte auch er immer wieder über den Rand seines Magazins geschaut und Clara Zuckerberg beobachtet, dachte Anton.

»Ein schöner Name«, sagte Ernestine nachdenklich. Dann widmete sie sich der Geschichtensammlung von James Joyce, während Anton die Augen schloss und ein Nickerchen machte, aus dem er aber schnell wieder geweckt wurde.

»Die Tanzstunde beginnt gleich!« Fräulein Schönwald hatte die Bibliothek betreten und klatschte unternehmungslustig in die Hände. Sie ging direkt auf Anton zu und streckte ihm ihre Hand entgegen. »Heute würde ich gern mit Ihnen die Stunde beginnen.«

Anton schoss Blut in beide Wangen. Verlegen sah er zu Ernestine, die ganz und gar nicht einverstanden wirkte.

»Es … es … tut mir furchtbar leid«, stotterte er. »Aber wegen meiner Kopfverletzung muss ich heute pausieren.«

Ernestine verzog den Mund und grinste ihn wissend an. Ermahnend hob sie den Zeigefinger ihrer rechten Hand und streckte ihn ihm entgegen.

Eine Spur zu schnell schüttelte er den Kopf. Wie oft musste er noch schütteln, bis er sich merken würde, dass diese Bewegung schmerzhaft war?

»Nein«, versicherte er. »Ich kann wirklich noch nicht tanzen.« Er sah Fräulein Schönwald mit einer Miene an, von der er hoffte, dass genug Bedauern darin lag, um sie zu überzeugen.

»Wie schade!«, seufzte Alma Schönwald. Die Enttäuschung in ihrer Stimme war echt. »Dann müssen wir heute wohl auf den besten Tänzer dieses Wochenendes verzichten. Wir haben einen deutlichen Damenüberschuss.«

Die beiden Tanzlehrer durchquerten den Raum. Gonzales hatte ihre letzten Worte gehört und blieb stehen. »In die Tango man kann auch *bailare* mit gleichem Geschlecht. Das ist keine Problem.«

Alma Schönwald sah entsetzt drein. »Ich soll mit einer Frau tanzen?«

»Warum denn nicht?«, meinte Ernestine. »Das macht sicher Spaß. Wenn Sie wollen, stelle ich mich als Ihre Tanzpartnerin zur Verfügung.«

Die Farbe wich aus Fräulein Schönwalds stark geschminkten Wangen. Anton war gespannt, wie sie sich aus der Sache winden würde. Aber sie setzte ein etwas verkrampft wirkendes Lächeln auf, das wohl ihr Einverständnis signalisieren sollte. Den Tanzlehrer fragte sie: »Ich nehme an, wir wechseln wieder die Partner?«

»Naturalmente!«

Die Erleichterung in Fräulein Schönwalds Gesichtszügen sprach Bände. Anton war froh, dass Ernestine es nicht sehen konnte. Sie war bereits aufgestanden und strich ihr Kleid glatt.

»Dann wollen wir«, sagte Ernestine voller Vorfreude.

Anton lehnte sich erleichtert zurück. Im Augenblick fand er seine Kopfverletzung ganz und gar nicht störend.

Als er allein war, holte er das letzte Konfektstück aus seiner Westentasche und steckte es in den Mund. Für die nächsten zwei Stunden war seine Welt in Ordnung.

Das Holz im Kamin war verbrannt. Orangerote Glut sorgte für angenehme Restwärme. Die Standuhr neben dem alten Globus schlug fünf Mal. Anton wachte langsam aus seinem Nachmittagsschlaf auf. Sein Mund war trocken, und er hatte Durst. Anton war allein in der Bibliothek. Draußen tobte immer noch der Schneesturm. Die Fensterscheiben vibrierten. Er konnte sich nicht daran erinnern, jemals so lange in einem Haus eingeschneit gewesen zu sein. Eigentlich war er noch nie eingeschneit gewesen. Klirrende Kälte und beißende Schneestürme waren ihm bekannt, aber ein lang anhaltendes Winterunwetter wie dieses war neu für ihn.

Er streckte sich und sah sich dann um. Es war finster im Raum. Etwas Licht drang aus dem Salon nebenan zu ihm. Mit steifen Gelenken hievte er sich umständlich aus dem Lehnstuhl und ging in den Salon. Hier stand ein Servierwagen mit kaltem Tee, Wasser und Saft. Anton goss sich ein Glas Wasser ein und leerte es in einem Zug. Sofort fühlte er sich erfrischt. Wie lange würden die anderen noch tanzen? Sollte er in den Tanzsaal schauen oder lieber in der Bibliothek nach einem spannenden Buch suchen?

Gerade als er sich für den Tanzsaal entschieden hatte, hörte er Stimmen, die sich über den Gang dem Salon näherten. Kurz darauf betrat Ernestine den Raum. Ihre Wangen glühten, und ihre hellblauen Augen strahlten vor Aufregung.

»Ich sehe, die Tanzstunde hat Ihnen Spaß gemacht«, sagte Anton. Er hatte nicht vorwurfsvoll klingen wollen, aber irgendwo kränkte es ihn, dass Ernestine auch ohne ihn so viel Spaß hatte.

»Die Tanzerei war haarsträubend«, sagte Ernestine mit einer wegwerfenden Handbewegung. »Aber ich habe es *getan*.«

Anton stand auf der Leitung. Er hatte keine Ahnung, was Ernestine meinen konnte. »Was haben Sie getan?«, fragte er irritiert.

In dem Moment betraten Dr. Schöller und seine Schwester den Salon. Ernestine ergriff Antons Oberarm und zog ihn zurück in die dunkle Bibliothek.

Sie stellte sich auf die Zehenspitzen und flüsterte Anton ins Ohr: »Ich habe Herrn Sebastian gebeten, das Schmuckstück beim Abendessen herzuzeigen und zu fragen, wem es gehört.«

»Und was machen Sie, wenn sich jemand meldet?«

»Dann überlegen wir gemeinsam, wie wahrscheinlich es ist, dass es sich dabei um den Mörder handelt. Aber ich glaube nicht, dass sich jemand melden wird. Viel wahrscheinlicher ist, dass der

Mörder wartet, bis ich allein in meinem Zimmer bin, um sich dann sein Eigentum wiederzuholen. Außerdem hat Herr Sebastian mir gebeichtet, dass seit gestern einer der Generalschlüssel fehlt.«

»Ein Schlüssel, der alle Zimmer im Hotel sperrt?«

Ernestine nickte.

»Dann ist es noch verrückter –« Weiter kam er nicht.

Frau Schwarz betrat die Bibliothek und erklärte: »Der Koch bittet, dass wir heute etwas früher mit dem Abendessen beginnen, denn er hat sechs Gänge vorbereitet. Außerdem plant er eine flambierte Nachspeise, die er an jedem Tisch extra zubereiten muss. Die ganze Angelegenheit wird mindestens zwei Stunden in Anspruch nehmen.«

Gegen ein langes, ausgiebiges Abendessen hatte Anton nichts einzuwenden. Am besten, es würde die ganze Nacht andauern, damit Ernestine ihren aberwitzigen Plan nicht in die Tat umsetzen konnte.

»Dann muss ich rasch auf mein Zimmer, um mich frisch zu machen«, sagte Ernestine, und schon war sie weg.

Eine Stunde später saßen alle im hell erleuchteten Speisesaal. Anton hatte die vollen Vorratskeller gesehen, dennoch fragte er sich, wie lange das Hotel noch über genügend Vorräte, Kerzen und Brennholz verfügte. Bisher schien es keinerlei Mangel an irgendeinem der Luxusgüter zu geben.

Die Reste der Vorspeise, ein dünn gerollter Lachscremestrudel auf Vogerlsalat, wurde abgeräumt, als Herr Sebastian sich in die Mitte des Saales stellte, mit einem Löffel an ein Glas schlug und um Aufmerksamkeit bat. Der junge Mann war es nicht gewohnt, vor so vielen Menschen zu reden. Er wirkte nervös. Auf seiner Stirn hatten sich Schweißtropfen gebildet, seine Stimme klang krächzend. Er räusperte sich. »Fräulein Kirsch hat am Nachmittag ein Schmuckstück auf dem Gang im zweiten Stock gefunden. Sie hat mich darum gebeten, Sie alle zu fragen, wem es ghört.« Er hielt die Kette, an der das goldene Medaillon baumelte, in die Höhe.

Die Blicke aller waren auf ihn gerichtet. Ein leises Gemurmel ging durch den Saal, einige verneinten seine Frage kopfschüttelnd.

»Darf ich das Schmuckstück sehen?«, fragte Frau Schwarz. Sie stand auf und ging auf Herrn Sebastian zu. Sichtlich froh darüber, nicht mehr allein im Mittelpunkt zu stehen, reichte er ihr die Kette.

Frau Schwarz wog das Schmuckstück in der Hand, dann öffnete sie das Medaillon. Sie zog die schmal gezupften Augenbrauen hoch.

»Ich habe diese Menschen noch nie zuvor gesehen«, sagte sie. »Das Schmuckstück ist nicht besonders wertvoll. Ein Anhänger, den man bei jedem Juwelier kaufen kann.« Mit geringschätzigem Blick gab sie die Kette zurück an Herrn Sebastian.

Der schien nicht zu wissen, was er damit anfangen sollte. Hilfesuchend wandte er sich an Ernestine. Die sah sich aufmerksam im Saal um, aber niemand reagierte auf den Fund. Dann schob sie ihren Stuhl zurück, erhob sich und ging auf ihn zu. »Nun, wenn die Kette keinem gehört, dann nehme ich sie wieder an mich. Vielleicht hat sie ein Gast, der vor uns hier war, verloren.«

Anton räusperte sich kaum hörbar. Wäre es in diesem Fall nicht besser, Herr Sebastian würde die Kette verwahren? Aber außer ihm schien sich niemand über das nicht besonders wertvolle Schmuckstück Gedanken zu machen, und er biss sich auf die Zunge, um seine Gedanken für sich zu behalten.

Ernestine ließ die Kette in ihre Rocktasche gleiten und kehrte zurück zum Tisch. Die Gespräche, die eben unterbrochen worden waren, wurden wieder fortgesetzt.

Anton und Ernestine saßen mit der Familie Zuckerberg und Franz Haberl am Tisch. Haberl hielt einen Vortrag über die Herstellung künstlicher Aminosäuren, dem außer Anton niemand folgen konnte, doch der war so aufgeregt ob der Tatsache, dass Ernestine gerade den Mörder zu sich gelockt hatte, dass er nur mit einem Ohr zuhörte.

Wegen der wachsenden Nervosität konnte er auch das Abendessen, das besser war als alles, was er je zu sich genommen hatte, nicht gebührend genießen. Er staunte zwar über die hohe blaue Stichflamme, mit der Josef Malek den Karamellpudding vor seinen Augen flambierte, und er freute sich über die honiggoldene knusprige Schicht, die die Flamme auf dem Pudding hinterlassen hatte, aber er war so abgelenkt, dass er hinterher nicht mehr sagen konnte, wie Malek es fertiggebracht hatte, dass die Masse weder verbrannte noch ein unangenehmer Geschmack nach scharfem Alkohol wahrzunehmen war.

Das Abendessen zog sich schier endlos in die Länge. Als sich die ersten Gäste erhoben, um im Salon noch ein Glas Portwein oder Sherry zu trinken, waren Antons Nerven zum Zerreißen gespannt. Er sprang beinahe von seinem Platz auf und drängte Ernestine, mit ihm zu kommen.

»Aber Anton, Sie werden doch noch nicht schlafen wollen«, sagte sie unbekümmert.

Ganz offenbar unterschätzte sie die Gefahr, in die sie sich gebracht hatte. Am liebsten hätte Anton sie wachgerüttelt.

»Lassen Sie uns doch noch ein Gläschen Rotwein trinken. Das hilft beim Verdauen und sorgt für einen tiefen Schlaf.«

»Ich glaube nicht, dass wir heute schlafen sollten«, flüsterte Anton so leise, dass nur Ernestine ihn hören konnte. Sie kicherte. Er fing an, sich ernsthaft um ihren Verstand zu sorgen. Aber er konnte sie nun nicht allein lassen und folgte ihr in die Bar. Dort tranken sie mit Dr. Schöller und seiner Schwester ein Glas Rotwein und verließen die Bar erst, als es kurz vor elf war.

»Jetzt bin ich wirklich müde«, sagte Ernestine laut, sodass alle sie hören konnten, gähnte und streckte sich. Sie inszenierte ihren Abgang wie eine Schauspielerin. Wäre die Lage nicht so ernst gewesen, hätte Anton ihr applaudiert.

»Ich wünsche Ihnen eine gute Nacht«, sagte Franz Haberl. Auch Clara Zuckerberg und Ernst Schwarz winkten.

Als sie außer Hörweite waren, sagte Ernestine aufgeregt: »Ich kann Ihnen nicht sagen, wie neugierig ich bin. Seit dem frühen Nachmittag habe ich zwar einen Verdacht, wer mich bald besuchen kommen wird, aber ich bin mir nicht sicher.«

»Sie wissen, wer der Mörder ist?«, stieß Anton verblüfft hervor.

»Sie hören mir nicht zu, lieber Anton«, verbesserte Ernestine ihn. »Ich habe einen Verdacht. Aber ich bin davon überzeugt, dass wir in wenigen Stunden Gewissheit haben.«

»Wollen Sie mir Ihren Verdacht verraten?«

»Nein!«

Beleidigt zog Anton den Kopf ein, aber Ernestine legte ihm versöhnlich die Hand auf den Unterarm. »Ich will mich nicht lächerlich machen. Vielleicht ist mein Gedanke völlig absurd. Dann halten Sie mich hinterher für eine verrückte, kleine Person.«

»Nun, ich …«, Anton räusperte sich, »ich muss zugeben, dass ich das, was Sie vorhaben, für eine völlig verrückte Idee halte, und Sie sind zweifelsohne anders als alle anderen Frauen, die ich kenne. Aber Sie sind ganz sicher nicht verrückt.«

»Das ist lieb von Ihnen«, sagte Ernestine. Wieder streichelte sie über Antons Wange, die nun nicht mehr ganz so glatt war wie noch heute Morgen. »Aber jetzt wollen wir uns einen Plan zurechtlegen«, sagte sie entschieden. Mit energischen Schritten durchquerte sie ihr Zimmer, rückte den Lehnstuhl neben dem Schwedenofen so, dass sie mit dem Rücken zur Tür saß.

»Wollen Sie den Mörder denn nicht sehen?«, fragte Anton verwirrt.

»Den werde ich sehen«, grinste Ernestine. Sie holte aus dem Badezimmer einen Schminkspiegel und positionierte ihn so auf dem Tisch neben dem Lehnstuhl, dass sie die Tür im Blickfeld hatte. »Diesen Trick habe ich in einem Kriminalroman gelesen«, sagte sie.

»Auf diese Weise fühlt sich der Mörder sicher und kommt herein, ohne mich gleich anzugreifen. Er will mich ja nicht töten, sondern bloß sein Schmuckstück zurückhaben.«

Anton seufzte verzweifelt. »Aber er wird vor einem weiteren Mord nicht zurückschrecken, wenn er sich selbst in Gefahr befindet.« Ihm wurde plötzlich furchtbar übel. Das ganze köstliche Abendessen rebellierte in seinem Magen. »Ernestine, der Plan ist nicht nur gefährlich, sondern geradezu fahrlässig. Am besten, wir verbarrikadieren die Zimmertür und passen auf, dass niemand hereinkommt.«

»Haben Sie eine bessere Idee, den Mörder anzulocken?«

»Ich habe Ihnen schon wiederholt erklärt, dass ich gar nichts davon halte, den Mord ohne Hilfe der Polizei aufzuklären.«

»Ach, Anton. Es wird schon nichts passieren. Sie sitzen ja mit einem Schürhaken in der Hand im Nebenzimmer. Wir lassen die Tür offen stehen, und ich selbst habe auch einen Schürhaken. Da der Sessel jetzt schräg zur Tür steht, kann ich ihn problemlos in der Hand halten, ohne dass der Mörder ihn sieht. Sie müssen zugeben, dass alles gut überlegt ist.«

Anton schüttelte resignierend den Kopf, diesmal aber ganz vorsichtig, sodass seine Wunde nicht erneut zu pochen begann. Er wusste, dass jeder Einwand zwecklos war. Ernestine würde ihr Vorhaben durchziehen, mit ihm oder ohne ihn. Es war also besser, sie zumindest mit einem Schürhaken zu beschützen.

»Ich stelle meinen Stuhl ganz dicht an die Tür«, sagte er und ging in sein Zimmer. Das Stubenmädchen hatte das kleine Tischchen mit der Obstschüssel neu gefüllt. Statt der Früchte befanden sich jetzt eine Kanne mit dampfendem Kakao und frische Zimtkekse darauf.

»Wie aufmerksam«, sagte Anton. »Haben Sie auch Kakao bekommen?«

»Nein, ich habe Tee. Der wird mich hoffentlich wachhalten. Was wir beide auf keinen Fall dürfen, ist einschlafen.«

»Wie soll ich bei der Nervosität einschlafen?«

Ernestine lächelte zufrieden. »Kommen Sie, wir rücken auch Ihren Stuhl zurecht.«

Gemeinsam trugen sie den Lehnstuhl zur Verbindungstür, ließen diese einen Spaltbreit offen und holten dann auch das Tischchen mit dem Kakao.

»Wir müssen Ihr Licht abdrehen«, sagte Ernestine. »Man würde es durch den Spalt sehen.«

»Wenn Sie meinen.« Lieber hätte Anton in einem beleuchteten Zimmer gesessen, aber er sah ein, dass Ernestine recht hatte.

»Ich selbst werde nur die Stehlampe neben dem Lehnstuhl aufgedreht lassen. Wie spät ist es jetzt?«

Anton holte seine Taschenuhr hervor und klappte sie auf. »Kurz vor Mitternacht.«

»Dann werden auch die anderen bald auf ihre Zimmer gehen. Sicher kommt unser Mörder erst, wenn alle tief und fest schlafen.«

»Ich wünschte, wir hätten diese Nacht schon hinter uns«, seufzte Anton.

»Sind Sie denn gar nicht gespannt, wer der Mörder ist?«

»Meine Neugier ist deutlich kleiner als meine Angst«, gab Anton zu.

Ernestine ergriff seine Hände und drückte sie. Im Gegensatz zu seinen eigenen waren ihre Hände warm. Sie strahlten Zuversicht aus. Woher nahm sie die bloß?

»Wir nehmen jetzt unsere Positionen ein, dann kann gar nichts passieren«, sagte sie.

Nur zu gern hätte Anton ihren Optimismus geteilt.

VIERUNDZWANZIG

Leider war der Platz hinter der Tür nicht so kuschelig warm wie der neben dem behaglichen Schwedenofen. Anton holte sich eine Wolldecke und legte sie über seine Schultern. Außerdem goss er sich eine Tasse heiße Schokolade ein. Das Getränk schmeckte etwas bitter. Neben dem Kakaoaroma und dem Duft von Vanille mischte sich noch ein weiterer Geschmack dazu. Er war ihm durchaus vertraut, aber er konnte ihn im Moment nicht zuordnen. Er war zu aufgeregt. Mit klopfendem Herzen und rasendem Puls saß er auf dem vorderen Teil des Lehnstuhls und schaute durch den Spalt zu Ernestine. Sie hatte es sich bequem gemacht und sich entspannt zurückgelehnt. Anton fragte sich, warum sie nicht ängstlich war wie er selbst. In einer Hand hielt sie das Buch von James Joyce, das sie aus der Bibliothek geliehen hatte, die andere Hand ruhte auf dem Schürhaken. Anton hielt seinen ebenfalls einsatzbereit umklammert.

Vielleicht lag es an der Decke, vielleicht am dunklen Zimmer, in dem er saß. Auf einmal wurde er furchtbar müde. Er gähnte. Eine lähmende Trägheit schlich sich in seinen Körper. Seine Augenlider fühlten sich schwer wie Blei an. Er musste sich zwingen, sie nicht zu schließen. Wenn seine Aufmerksamkeit eine Sekunde lang nachließ, fielen sie zu, und er musste sie wieder aufreißen. Was war nur los mit ihm? Er wusste doch, was auf dem Spiel stand. Er konnte sich jetzt kein Nickerchen leisten. Aber sosehr er sich auch bemühte, er wurde immer müder. Vom Tischchen neben ihm wehte ihm eine Duftwolke Kakao entgegen. Mit einem Mal traf ihn die Erkenntnis wie ein Faustschlag ins Gesicht. Jemand hatte den Kakao mit Barbitursäure versetzt. Ein Schlafmittel, das aus Harnstoff und Molansäure hergestellt wurde. Adolph von Baeyer hatte es 1864 erfunden. Bereits in zehnfacher Überdosis konnte es zu schweren Vergiftungserscheinungen führen. Tiefe Bewusstlosigkeit, Schocksyndrom, Versagen von Lungen- und Nierenfunktion. Wäre Anton nicht zu müde gewesen, hätte er sich selbst ob seiner Dummheit geohrfeigt. Er war Apotheker, er hätte den bitteren Geschmack gleich richtig einordnen müssen. Er wollte sich aufrichten und Ernestine warnen, aber er konnte nicht mehr. Die Dunkelheit in seinem Zimmer wurde immer dichter, die Geräusche des Windes schwächten ab und drangen in weite Ferne. Obwohl er tief im Lehnstuhl saß, wurde ihm schwindelig. Der Stuhl drehte sich samt ihm darin. Er spürte, wie der Schürhaken aus seiner Hand glitt und mit einem dumpfen Geräusch auf dem weichen Perserteppich landete, aber er konnte sich nicht mehr danach bücken. Er konnte gar nichts mehr tun außer schlafen.

FÜNFUNDZWANZIG

Ernestine hörte ein dumpfes Geräusch aus Antons Zimmer. Sie konnte es nicht zuordnen und wollte auch nicht fragen, was passiert war. Wenn Anton Hilfe brauchte, würde er sich melden. Nach außen hin wirkte sie ruhig, aber innerlich war sie nervös. Jeden Moment konnte der Mörder oder die Mörderin in ihr Zimmer kommen. Sie hatte abgesperrt. Sollte sie kurz einnicken, würde das Geräusch des Schlosses sie wieder wecken.

Die Kurzgeschichtensammlung in ihrem Schoß war interessant, aber trotz der bildhaften Sprache fand sie nicht in die Texte. Egal, wie oft sie einen Absatz las, die Worte erhielten keinen Sinn. Ihre Gedanken waren bei der Person, die sie heute besuchen würde. Denn dass sich der Besitzer des Schmuckstücks sein Eigentum wiederholte, davon war sie überzeugt. Ebenso wie sie sicher war, dass diese Person zwei Menschen getötet hatte.

Die Glasscheibe vibrierte. Ernestine zuckte zusammen. Es war der Sturm, der mit einer heftigen Böe dagegenpeitschte. Erleichtert, dass es nur der Wind war, atmete sie durch. Ihr Herz schlug schneller als gewöhnlich. Hoffentlich ließ sie der Mörder nicht allzu lange warten. Sie klappte das Buch zu und legte es zur Teekanne auf den Tisch neben sich. Sollte sie aufstehen und nach Anton sehen? Seine Stimme zu hören, würde sie vielleicht beruhigen. Aber gerade als sie sich aus dem Lehnstuhl hieven wollte, wurde ein Schlüssel in das Schlüsselloch ihrer Tür gesteckt. Langsam und beinahe geräuschlos drehte er sich im Schloss. Ernestine starrte in den Spiegel auf ihrem Tischchen. Vor Aufregung hielt sie den Atem an. In Zeitlupe öffnete sich die Tür, und eine Frau trat ein. Sie schloss die Tür hinter sich und näherte sich Ernestine. In ihrer rechten Hand hielt sie einen Revolver.

»Guten Abend, Frau Bartolotti!«

Der Moment der Überraschung war gelungen. Die Frau ließ beinahe den Revolver fallen.

Ernestine drehte sich zu ihr. Sie selbst hielt den Schürhaken fest, der angesichts der Schusswaffe lächerlich wirkte. Eigentlich sollte jetzt Anton kommen, aber er rührte sich nicht.

»Sie heißen doch Bartolotti?«

Carmen Morales alias Francesca Bartolotti hatte sich wieder unter Kontrolle.

Die Zeit, die Ernestine hätte nutzen können, um ihr die Waffe aus der Hand zu schlagen, war vorbei. Ernestine war zu langsam gewesen.

Francesca Bartolotti streckte ihr den Revolver mit ausgestrecktem Arm entgegen. »Setzen Sie sich wieder hin, Fräulein Kirsch, und legen Sie den Schürhaken weg! Es war das Buch, nicht wahr? Das, was sich Fräulein Zuckerberg geliehen hat. Mein Name stand darauf. Ich hätte wissen müssen, dass mich dieses kleine Detail verrät.«

Francesca Bartolotti sprach mit stärkerem Akzent als sonst. Sie wartete, bis Ernestine saß und der Haken am Boden lag. Dann trat sie näher und nahm gegenüber von ihr auf dem anderen Lehnstuhl Platz. Die Waffe hielt sie weiter auf Ernestine gerichtet. Ihr Blick fiel auf die Teekanne zwischen ihnen.

»Schade, dass Sie nichts getrunken haben«, sagte sie. »Sie hätten uns beiden viel erspart.«

»Wollten Sie mich vergiften?«, fragte Ernestine. Damit hatte sie nicht gerechnet.

Francesca Bartolotti schüttelte müde den Kopf. Ihr Gesicht war ungeschminkt, die dunklen Ringe unter ihren Augen sahen aus, als hätte jemand sie mit einem Kohlestift gemalt. Sie wirkte um Jahre gealtert. »Nein, ich wollte bloß, dass Sie schlafen, so wie Ihr Freund, der nette Apotheker.«

Das war also der Grund, warum Anton ihr nicht zu Hilfe eilte. Er schlief im Nebenzimmer. Nun, mit ihm konnte sie nicht mehr rechnen. Schade. Sie würde dieses Schauspiel allein über die Bühne bringen müssen.

Ernestine griff in ihre Rocktasche und holte das Medaillon hervor. Sie hielt das Schmuckstück in ihrer rechten Hand. Mit der linken öffnete sie vorsichtig den Anhänger. »Zwei hübsche Jungs. Sie sehen ihrem Vater sehr ähnlich.«

Geräuschvoll sog Francesca Bartolotti die Luft ein. Sie streckte ihre linke Hand aus, mit der rechten zielte sie immer noch auf Ernestine. Beide Hände zitterten. Für einen kurzen Moment fürchtete Ernestine, die Frau könnte die Kontrolle über ihre Finger verlieren und unbeabsichtigt einen Schuss auslösen.

»Bitte geben Sie mir den Anhänger, er gehört mir!«, sagte Francesca Bartolotti. Auch ihre Stimme zitterte. Ihre Augen glänzten, Tränen waren darin zu sehen.

Ernestine hatte sich eine Mörderin immer anders vorgestellt. »Sind das Ihre Kinder?«, fragte sie sanft. Dann legte sie das Medaillon in die zitternde Hand der Tanzlehrerin.

»Ja«, hauchte sie so leise, dass es Ernestine schwerfiel, sie zu verstehen. »Mario und Francesco. Zwei wunderbare Kinder voller Lebensfreude und Energie. Sie waren mein Leben, *mia vida, mia amore.*«

Sie schniefte. Mit dem Rücken der Hand, in der sie das Medaillon hielt, wischte sie sich über die laufende Nase. Eine nasse Spur blieb auf ihrem dunklen Kleid zurück.

»Waren?«, fragte Ernestine vorsichtig.

Die traurigen Gesichtszüge der Frau verhärteten sich. Während sie sprach, starrte sie auf das dunkle, verschlossene Fenster, auf dessen Außenseite der Schnee festgefroren war. Ernestine hatte vergessen, die Vorhänge zuzuziehen.

»Francesco wurde von einer Giftgasgranate zerfetzt, sein Bruder Mario erstickte jämmerlich, als er ihm zu Hilfe eilen wollte. Die beiden spielten am Fluss hinter unserem Haus. Ein idyllischer, friedlicher Platz. Als ich sie fand, waren sie beide tot. Das von blonden Locken umrahmte Gesicht von Francesco eine einzige blutende Wunde, das von Mario vor Schmerz verzerrt. Der wunderschöne Platz für immer besudelt.«

Es kostete sie sichtlich Mühe, Haltung zu bewahren und nicht zusammenzubrechen. Die Bilder, die ihre eigenen Worte in ihr auslösten, drohten sie zu überwältigen.

Ernestine konnte die tiefe Trauer, die von ihr ausging, fast körperlich spüren. Sie schwieg betroffen.

Francesca Bartolotti fuhr fort: »Ich werde diese Bilder nie vergessen, sie haben sich tief in meine Seele gebrannt. Die beiden wollten einen Staudamm am Fluss bauen. Ich habe es ihnen verboten. Aber es war ein wunderschöner Spätsommertag. Kein Kind wäre in der dunklen Stube geblieben. Das viele Blut, das zerfetzte Gesicht, die angstgeweiteten Augen. Sicher hat Mario nach mir gerufen. Ich habe ihn nicht gehört. Meine Kinder sind allein gestorben ohne meine tröstenden Arme …« Ihre Stimme brach ab.

Eine Weile schwiegen beide. Nur der Sturm bildete eine unwirkliche Geräuschkulisse.

Schließlich brach Ernestine betroffen das Schweigen. »Das ist fürchterlich und das Schlimmste, was einer Mutter passieren kann«, sagte sie mit belegter Stimme. Für einen Moment vergaß sie, dass Francesca Bartolotti gerade ihren Revolver auf sie gerichtet hielt. Die Geschichte war so traurig, dass sie nicht anders konnte, als Mitleid zu empfinden.

»Ja, es ist das Schlimmste, und zuerst habe ich gedacht, dass ich selbst sterben muss. Aber Gott war nicht gnädig und ließ mich weiterleben. Also wartete ich auf meinen Mann, um mit ihm das Leid zu teilen. Aber er kam nicht zurück, er starb in der Schlacht, in der zum ersten Mal buntgeschossen wurde. Verschiedene Giftgasgranaten. Er war nicht ausreichend geschützt. Mein Bruder und mein Vater starben ebenfalls in der zwölften Isonzoschlacht. Eine Schlacht, in der mit ungleichen Waffen gefochten wurde.«

»Der Krieg hat zwei Millionen junger Menschen das Leben gekostet«, sagte Ernestine traurig. Auch sie hatte ihren Bruder verloren.

»Ich weiß. Aber meine Kinder sind nicht in einer dieser sinnlosen Schlachten gefallen. Sie mussten sterben, weil ein korrupter, geldgieriger Oberleutnant nicht genug bekommen konnte. Schlimm, dass er den Soldaten seiner Armee das Essen gestohlen und weiterverkauft hat. Aber er hat auch mit Waffen gehandelt, die er nur notdürftig versteckt hat. Francesco ist beim Spielen darüber gestolpert. Staudinger war der Mörder meiner Kinder. Der Mann wusste genau über die Risiken Bescheid. Aber die Zivilisten waren ihm egal. Er wollte bloß Geld und noch mehr Geld.« Ihre Augen waren nun voller Hass.

»Und weil sich nach dem Zerfall der Monarchie niemand um

einen korrupten Oberleutnant kümmerte, haben Sie selbst Hand angelegt und ihn umgebracht«, ergänzte Ernestine.

Francesca Bartolotti lachte verzweifelt. »Glauben Sie mir, ich habe es zuerst mit anderen Methoden versucht. Ich habe dem zuständigen Generaloberst Informationen zukommen lassen, in der Hoffnung, dass Staudinger der Prozess gemacht wird. Aber statt den Mann anzuzeigen, hat von Rauch selbst daraus Profit geschlagen und Staudinger erpresst.«

»Aus diesem Grund haben Sie auch von Rauch getötet.«

Nun schüttelte Francesca Bartolotti entschieden den Kopf. »Nein, das war ein Versehen. Das vergiftete Glas war für Staudinger gedacht. Es war Zufall, dass von Rauch es getrunken hat. Aber ich muss zugeben, dass ich dem Mann keine Träne nachweine. Es hat keinen guten Menschen getroffen. Sein Tod ist für niemanden ein Verlust. Selbst seine Frau scheint erleichtert zu sein.«

Sie machte eine kurze Pause, bevor sie weitersprach. »Nur der Tod weniger Tanzkursteilnehmer wäre bedauerlich gewesen. Fast alle haben sich die Finger im Krieg schmutzig gemacht. Sie und Herr Böck sind Ausnahmen. Vielleicht auch Clara Zuckerberg, die die dreckigen Geschäfte ihres Vaters verabscheut.«

Ernestine lief ein Schauer über den Rücken. Auch wenn sie der Logik der Mörderin folgen konnte, war der Gedanke erschreckend, dass die Frau in vollem Bewusstsein das Risiko eingegangen war, dass auch andere hätten sterben können. Sie hatte sich über das Gesetz gestellt und eiskalt über Leben und Tod bestimmt. Sie hatte Gott gespielt.

»Werden Sie mich jetzt auch umbringen?«, fragte Ernestine. Sie starrte auf den Revolver. Zu ihrer eigenen großen Überraschung fühlte sie sich ruhig. Sie atmete gleichmäßig, und ihr Herz schlug nur eine Spur schneller als gewöhnlich. Sie war jetzt weniger aufgeregt als noch vor einer Stunde.

Francesca Bartolotti sah zuerst die Waffe, dann Ernestine an. »Wenn ich es nicht tue, werden Sie mich morgen, wenn der Sturm sich gelegt hat, an die Polizei ausliefern.«

»Das ist meine Pflicht«, sagte Ernestine ernst.

»Ich weiß.« Francesca Bartolotti richtete den Lauf der Waffe nun direkt auf Ernestines Gesicht. Ihr Zeigefinger lag auf dem Abzug.

Ernestine hatte in einem Buch gelesen, dass ein Sterbender in seinen letzten Minuten sein ganzes Leben noch einmal an sich vorbeiziehen sieht. Ob ihr das gleich widerfahren würde? Gab es noch irgendetwas, das sie retten konnte? Es wollte ihr nichts einfallen. Sie saß relativ bequem in einem gepolsterten Lehnstuhl, im Nebenzimmer schlief Anton tief und fest. Der Schürhaken lag am Boden. Sie hatte fast sechzig Jahre lang ein gutes Leben führen können. Eigentlich gab es keinen Grund, unzufrieden zu sein. Wenn da nicht Anton und seine Familie gewesen wären, drei wundervolle Menschen, mit denen sie gern noch mehr Zeit verbracht hätte. Leider gab es niemanden, dem sie nun die Schuld geben konnte. Es war allein ihrer eigenen Dummheit zuzuschreiben, dass sie in dieser ausweglosen Situation war.

Sie könnte versuchen, die Mörderin weiterhin zu unterhalten. Solange sie redete, würde sie nicht schießen, und gewonnene Zeit bedeutete vielleicht auch die Chance auf Rettung. Schon öffnete sie den Mund, um Francesca Bartolotti weitere Fragen zu stellen, als diese ihre Waffe sinken ließ und müde auf den Tisch legte.

»Natürlich bringe ich Sie nicht um«, sagte sie. »Sie haben nichts mit dem Tod meiner Kinder zu tun, und mein eigenes Leben ist seit ihrem Tod nichts mehr wert.«

Ihre Worte purzelten durch Ernestines Gedanken. Es dauerte eine Weile, bis sie ihren Sinn erfasste. Sie würde nicht sterben, sie musste sich nicht von Anton und der Welt verabschieden. Zumindest nicht jetzt.

»Der Wunsch nach Rache hat mich am Leben gehalten. Kurz vor meinem Ziel hat es so ausgesehen, als bliebe mir nicht mehr genügend Zeit. Aber ich habe es geschafft. Frau Schwarz hat mir mit der Organisation dieses Tanzwochenendes unbewusst geholfen.« Francesca Bartolotti verzog den Mund zu einem verkrampften Lächeln, das jedoch ihre Augen nicht erreichte. »Ich kann jetzt gehen.«

Ernestine starrte angstvoll auf den Revolver.

»Keine Angst, ich puste mir nicht vor Ihren Augen das Hirn aus dem Kopf. Das ist nicht notwendig. Ich bin krank. Hinter meiner Stirn wächst ein Tumor, den man nicht entfernen kann. Vielleicht habe ich noch einen Monat, ein Jahr, vielleicht nur eine Woche. Meine Zeit ist begrenzt, und so langsam, wie die Mühlen des Gesetzes in diesem Land arbeiten, werde ich den Prozess nicht mehr erleben, den man mir machen wird.«

»Das Morphium …«, sagte Ernestine. »Sie haben nichts Schlechtes gegessen.«

»Natürlich nicht. Kurz dachte ich, meine Lüge würde auffliegen, weil ich, so wie Herr Böck, dem Schichtnougat nicht widerstehen konnte. Wäre mir tatsächlich übel gewesen, hätte ich die Schokolade nicht gegessen. Aber niemand hat bemerkt, dass ich Unmengen davon gegessen habe.«

»Wie sind Sie nach Argentinien gekommen?«, wollte Ernestine wissen. Einige Puzzlesteinchen fehlten ihr noch.

»Sie sind voller Neugier.«

»Eines meiner Laster.« Entschuldigend hob Ernestine die Schultern. »Wahrscheinlich mein größtes.«

Francesca Bartolotti lächelte und nun kam es auch bei ihren Augen an. Sie hatte ein sympathisches Lächeln. Sicher war sie früher nicht nur eine gut aussehende, sondern auch eine warmherzige Frau gewesen. Was für eine wunderbare Kombination.

»Nachdem ich alle verloren hatte, die ich liebte, wollte ich einfach nur weg. Die Wiese hinter unserem Hof war zu einem Ort der Zerstörung für mich geworden. Jedes Mal, wenn ich sie überquerte, litt ich Höllenqualen. Ich verkaufte den Grund und alles, was dazugehörte. Mein Nachbar war ein gerechter Mann, der aus meinem Leid keinen Gewinn schlagen wollte. Er zahlte einen guten Preis und ich ging nach Spanien. Ich nahm einen neuen Namen und eine neue Identität an. Es war ein Leichtes, die Sprache zu erlernen, sie ist meiner Muttersprache sehr ähnlich. Aber viel schwieriger war es, mit dem Leid zu leben. Allein der Wunsch nach Rache hielt mich aufrecht. Ich hatte vor, eines Tages zurückzukehren. Aber zuvor landete ich in Andalusien, dort lernte ich Frederico kennen. Er war Tanzlehrer mit einem Problem. Er liebt Männer. Nach einem unschönen

Skandal brauchte er eine Frau, um glaubhaft zu vermitteln, dass er nicht homosexuell ist. Ich war talentiert, und so wurde ich seine Tanzpartnerin. Der Tanz half mir, nicht jede Minute des Tages an meine toten Kinder zu denken. Solange die Musik spielte, hatte ich ihre lachenden Gesichter im Kopf und nicht ihre entstellten, zerfetzten Körper.«

»Kann man in Spanien den Tango erlernen?«, fragte Ernestine.

»Ja, natürlich. Es gibt Argentinier, die einst Spanien verlassen haben und nun in die alte Heimat zurückkehren. Wir erlernten den Tanz und gaben uns als Argentinier aus.«

»Herr Gonzales ist gar kein Argentinier?« Nun war Ernestine verblüfft.

»Ein waschechter Andalusier. Wir waren beide noch nie in Buenos Aires und haben noch nie eine echte Milonga getanzt. Aber der Flamenco ist vor Jahren aus der Mode gekommen. Zuerst haben wir es mit Walzer versucht, der hat durchaus seinen Reiz, aber seit dem Krieg mag den auch niemand mehr. Der Tanz ist zu sehr mit Wien und der einstigen Donaumonarchie verbunden. Also haben wir uns auf den Tango gestürzt und uns als Argentinier ausgegeben.«

Ernestines Augen wurden schmal, sie richtete ihren Zeigefinger auf Francesca Bartolotti. »Dann können Sie das wahre Tangotalent Ihrer Schüler vielleicht gar nicht richtig einschätzen.«

»Was … warum?« Kurz verschlug es Francesca Bartolotti die Sprache. Doch dann lachte sie und klang dabei wirklich amüsiert. Sie hatte ein helles, klares Lachen, das ansteckend wirkte. »Liebes Fräulein Kirsch. Sie sind eine scharfsinnige, kluge Frau. Aber glauben Sie mir, das Tangotanzen sollten Sie bleiben lassen. Das liegt Ihnen nicht.«

»Schade, das ist wirklich schade!« Beleidigt kaute Ernestine auf ihrer Unterlippe.

Nun öffnete Francesca Bartolotti den Verschluss ihrer Kette und legte das Schmuckstück um ihren Hals. Das Medaillon steckte sie unter ihr Kleid. Dann stand sie auf, ergriff den Revolver und steckte ihn in ihre Rocktasche. »Ich wünsche Ihnen noch eine gute Nacht, Fräulein Kirsch. Wenn wir dem jungen Herrn Sebastian Glauben schenken, der die Gegend und das Wetter hier kennt, dann wird sich morgen der Sturm legen und die Polizei zu uns durchdringen. Ich werde mich stellen und die Morde gestehen.«

»Ein paar Fragen noch.« Ernestine wollte auch noch die letzten Steinchen auf ihre Plätze legen.

»Ja?«

»Haben Sie den Mantel und die schweren Militärstiefel im Keller versteckt?«

»Ja, die Sachen lagen auf dem Dachboden. In einem der hinteren Bereiche gibt es eine ganze Ladung alter Militäruniformen. Keine Ahnung, wer die dort zurückgelassen hat. Ich dachte, dass es alle ganz herrlich verwirren würde, wenn die Kleidung im Keller gefunden wird. Aber ich habe nicht versucht, die arme Frau Zuckerberg zu erdrosseln. Das schwöre ich.«

»Ich weiß«, sagte Ernestine.

Einen Moment lang zögerte Francesca Bartolotti. Sie musterte Ernestine aus zusammengekniffenen Augen, dann lachte sie herzhaft. »Sie sind die neugierigste Person, die mir jemals begegnet ist, und Sie waren ganz bestimmt eine wunderbare Lehrerin. Haben Sie noch weitere Fragen?«

»Ja, ich würde gern wissen, wie es Ihnen gelungen ist, Frau Schwarz dazu zu überreden, Sie als Tanzlehrerin zu engagieren.«

»Das war ein leichtes Spiel. Fredericos Freund ist ein Bekannter von Frau Schwarz. Er hat ihr schon vor Jahren den Floh eines Tangotanzkurses ins Ohr gesetzt. Frederico hat ihn darum gebeten, weil er ganz versessen darauf war, für diese reiche Frau zu arbeiten. Überraschenderweise hat Frau Schwarz sich lange geziert, und ich hatte schon befürchtet, dass mein Vorhaben scheitern könnte, weil ich das Wochenende nicht mehr erlebe. Aber schlussendlich ging meine Rechnung auf.«

»Aber wie konnten Sie sicher sein, dass Frau Schwarz den Oberleutnant einlädt?«, wollte Ernestine noch wissen.

»Ich sehe, Sie kennen sich in den Kreisen der Reichsten des Landes nicht aus«, sagte Francesca Bartolotti. »Es sind immer dieselben, die zu Wohltätigkeitszwecken wie Jagden, Hunderennen, Banketten, Bällen und dergleichen eingeladen werden. Hätte sie Staudinger ausgelassen, hätte man Frau Schwarz einen weiteren Floh ins Ohr setzen müssen. Aber die Bankierswitwe war verlässlich. Sie weiß, was sich gehört, und lädt immer ihre wichtigsten Kunden ein.«

Nun war Ernestine sprachlos. Es fiel ihr auch keine weitere Frage mehr ein.

»Ich wünsche Ihnen eine gute Nacht«, sagte Francesca Bartolotti. Damit schloss sie die Tür hinter sich und verschwand auf den Flur.

SECHSUNDZWANZIG

Als Anton erwachte, war es draußen bereits taghell. Ein wolkenloser strahlend blauer Himmel blitzte durch den Spalt seiner Vorhänge. Er hatte die ganze Nacht im Lehnstuhl verbracht. Jetzt schmerzten seine Glieder, und der Kopf tat ihm weh. Jemand hatte eine zweite warme Wolldecke liebevoll über ihn gebreitet. Wahrscheinlich Ernestine. Ernestine!, schoss es ihm durch den Kopf. Sie hatte auf den Mörder gewartet. Er hatte ihr nicht helfen können. Vielleicht war sie schon tot. Aber dann hätte sie ihn nicht zudecken können. Mit einem kräftigen Ruck hievte er sich aus dem Lehnstuhl, musste sich aber gleich wieder zurückfallen lassen. Ihm wurde schwindelig. Sein Kreislauf spielte mit diesen abrupten, schnellen Bewegungen nicht mit. Vor allem nicht nach der Medikamentenmischung, die man ihm verabreicht hatte.

»Ernestine?«, rief er. Die Verbindungstür war verschlossen. Langsam lichteten sich die Nebel in seinem Kopf wieder, das Sausen in den Ohren ließ nach. Er atmete tief durch und stand erneut auf. Diesmal jedoch langsamer. Mit steifen Gliedern und einem schmerzenden Knie humpelte er zur Verbindungstür, klopfte und öffnete sie. Aber Ernestines Zimmer war leer, das Bett noch zerwühlt von der Nacht, die Vorhänge zur Seite geschoben. Zum ersten Mal seit ihrer Ankunft war der Himmel zu sehen. Der Schnee glitzerte im gleißenden Licht der Sonne, sodass Anton blinzeln musste. Verschneite Bäume bogen sich unter der weißen Pracht.

Trotz der schrecklichen Nacht fühlte Anton, wie seine Lebensgeister zurückkehrten. Allein der Anblick der Sonne ließ sein Herz höherschlagen. Vor dem Fenster zeigte sich eine märchenhaft verschneite Landschaft von ihrer schönsten Zuckerseite. Er musste Ernestine aufsuchen. Sicher saß sie schon beim Frühstück. Anton holte seine Taschenuhr hervor. Es war kurz vor zwölf Uhr. Er hatte den ganzen Vormittag verschlafen und das Frühstück versäumt. Wie jammerschade. Nun hieß es, sich rasch fertig zu machen, damit er nicht auch noch das Mittagessen verpasste.

Zu Antons großer Freude roch es auf dem Gang bereits nach paniertem Schnitzelfleisch. Doch leider musste er mit dem Essen noch warten, denn die ganze Gesellschaft hatte sich wieder einmal im Salon versammelt.

Ernestine saß mit dem Gesicht zur Tür und winkte ihm zu. Sie sah mitgenommen und müde aus. Etwas schien sie zutiefst erschüttert zu haben.

»Wie schön, dass Sie wieder munter sind«, sagte sie und rückte auf dem Sofa zur Seite, sodass er Platz nehmen konnte. »Wir warten auf das Eintreffen der Polizei.«

»Funktioniert die Telefonleitung wieder?«, fragte Anton.

»Ja, einwandfrei. Zwei Beamte sind bereits auf dem Weg. Aber es wird noch ein paar Stunden dauern, bis sie hier eintreffen. Die Wege sind verschneit und auch mit einem Schlitten nur begrenzt befahrbar. Die Pferde bleiben stecken«, erklärte Ernestine.

»Es ist ohnehin sinnlos, dass sie kommen«, sagte Frau Schwarz. »Fräulein Kirsch hat den Fall bereits aufgeklärt.«

»Ach ja?« Anton drehte sich zu Ernestine, die ihm ein freudloses Lächeln schenkte. Etwas musste passiert sein, von dem er noch nichts wusste.

»Carmen Morales oder, wie sie früher geheißen hat, Francesca Bartolotti hat sich heute Nacht das Leben genommen, sie hat eine Überdosis Morphium zu sich genommen. Sie war für die beiden Morde an Generaloberst von Rauch und Oberleutnant Staudinger verantwortlich«, platzte sie heraus. Dabei traten Tränen in ihre Augen, so als würde sie um die Mörderin trauern.

Anton kannte sich nicht mehr aus. Er war völlig verwirrt.

»Die Mörderin hat sich selbst gerichtet und der Justiz und uns Steuerzahlern einen Haufen Arbeit erspart«, ergänzte Fritz Zuckerberg trocken.

»Vater, wie kannst du so herzlos sein? Die ganze Geschichte ist sehr, sehr traurig. Hätte die Militärjustiz reagiert, hätte die Frau nicht zur Mörderin werden müssen.«

Zuckerberg drehte mit seiner rechten Hand seine Bartspitze ein und murmelte verständnislose Worte.

»Ich denke, ich brauche mehr Erklärungen«, sagte Anton.

»Mir fehlt ein großes Stück der Geschichte. Meine letzte Erinnerung gilt einem mit Schlafmittel versetzten Kakao.«

Bereitwillig wiederholte Ernestine eine etwas gekürzte Variante ihres Gesprächs mit Francesca Bartolotti.

Dass Gonzales Männer gegenüber Frauen bevorzugte, ließ sie aus. Warum sollte sie dem armen Mann das Leben noch schwerer machen? Sie verriet auch nicht, dass er in Wahrheit ein Flamencotänzer aus Andalusien war. Erstaunlich war, dass er von der tragischen Vergangenheit seiner Tanzpartnerin nicht die geringste Ahnung gehabt hatte. Offenbar machte das eigene Elend blind für die Probleme anderer. Jetzt hockte er in sich versunken auf einem Stuhl, hielt den Kopf in beiden Händen und weinte leise.

»Wer hat Frau Morales, ich meine, Frau Bartolotti gefunden?«, fragte Anton.

»Wieder Mitzi, das Stubenmädchen. Das arme Ding ist komplett außer sich. Ich fürchte, sie wird sich nach einer anderen Tätigkeit umsehen. Ich kann mir nicht vorstellen, dass sie jemals wieder ein Hotelzimmer betreten will«, sagte Ernestine.

Alma Schönwald stand auf und ging zum Fenster. Nervös zündete sie sich eine ihrer Zigaretten an. »Ich habe mir gleich gedacht, dass Gustav den Abschiedsbrief nicht geschrieben hat. Er hätte auch betrunken keine Rechtschreibfehler gemacht.«

Sie sog an ihrer Zigarette und sprach weiter, während sie kleine Rauchwölkchen ausstieß. »Was mich wohl noch einige Wochen beschäftigen wird, ist die Tatsache, dass statt Gustav genauso gut ich hätte sterben können. Schließlich stand das vergiftete Glas neben zwei nicht vergifteten einfach auf dem Tisch. Die Frau muss völlig verrückt gewesen sein.« Ihre Finger zitterten, als sie erneut die Zigarette zum Mund führte.

»Jeder hat an diesem Abend gesehen, dass Sie ausschließlich Champagner getrunken haben«, sagte Ernestine. »Frau Morales hatte nicht damit gerechnet, dass Sie nach dem Glas greifen würden.«

Frau Schwarz wirkte genervt und erleichtert zugleich. »Ich finde es entsetzlich, nun auf die Polizei warten zu müssen. Lieber würde ich das Hotel auf der Stelle verlassen. Wir haben in der Tat genug Zeit hier verbracht. Können wir nicht einfach aufbrechen und gehen?«

»Und die Bahngleise der Semmeringbahn eigenhändig freischaufeln?« Belustigt musterte Ernst Schwarz seine Mutter von der Seite. Er saß neben Clara Zuckerberg, und wenn Anton richtig beobachtet hatte, so hatte er eben noch die Hand der jungen Frau gehalten.

»Pff.« Frau Schwarz stieß lautstark Luft aus. »Dieses ganze Wochenende war eine einzige Katastrophe.«

Ihr Sohn schien ihre Meinung nicht zu teilen. Er warf Clara Zuckerberg einen eindeutig verliebten Blick zu, den sie erwiderte.

»Was ich nicht verstehe: Warum hat Frau Bartolotti den Ofen des Oberleutnants mit Spiritus vollgestopft? Sie hätte doch wissen müssen, dass sie dabei auch das Leben anderer gefährdete. Denken wir nur, was passiert wäre, wenn das Zimmermädchen nichts ahnend Holz nachgelegt hätte. Das arme Ding wäre genauso qualvoll verstorben wie Frau Bartolottis eigene Kinder, und eine weitere Mutter hätte getrauert.« Auch Franziska Schöller sah mitgenommen aus. Die Tragik der Geschichte hatte sie berührt.

»Das hätte sie nicht zugelassen. Frau Bartolotti hat uns an diesem Abend einen verdorbenen Magen vorgetäuscht und behauptet, zeitig ins Bett zu gehen. In Wirklichkeit hat sie den Ofen präpariert und auf dem Flur gewartet, dass Oberleutnant Staudinger kommt, um sich selbst beim Holznachlegen in die Luft zu sprengen. Ihr Plan ging nicht auf. Der Ofen explodierte früher, weil Gustav Staudinger mit Fräulein Schönwald den Abend in der Bar verbrachte. Als das Feuer ausbrach und wir alle aufgebracht auf den Gang stürmten, flüchtete Frau Bartolotti mit dem Aufzug. Es fiel niemandem auf, weil wir alle über die Treppe liefen. Nur Josef Malek bemerkte es, ihm ist zu Mittag ein Kochtopf auf die große Zehe gefallen, er hatte Schmerzen und wollte lieber mit dem Aufzug fahren, aber der war besetzt, weil Frau Bartolotti zurück in ihre Etage fuhr.«

»Und der Angriff auf meine Frau?«, fragte Fritz Zuckerberg. »Wer wollte Helene umbringen? War das auch Frau Morales?«

Anton wurde heiß, Blut schoss in seine Wangen, und er knetete verlegen seine Finger. Er hoffte inständig, dass Ernestine diesen Teil der Geschichte im Dunkeln lassen würde.

»Es sieht ganz so als, als hätte Ihre Frau sich den großen Unbekannten bloß eingebildet. Sie stand unter der Wirkung ihrer Schlaftabletten. Herr Böck ist der Ansicht, dass die Tabletten in hoher Dosis zu Halluzinationen führen können. Frau Bartolotti hat unsere Angst genutzt. Sie hat den Mantel und die Stiefel im Keller versteckt, um jeden Verdacht von sich selbst abzulenken. Was ihr ja auch gelungen ist.«

Erleichtert atmete Anton durch.

»Halluzinationen!«, wiederholte Zuckerberg eine Spur zu laut. »Ich habe immer gesagt, dass dieser Psychoanalytiker ein Scharlatan ist, der dich verrückter macht, als du bist!«

»Vater, bitte, dieses Thema müssen wir nicht jetzt besprechen!«, forderte Clara.

Woraufhin Zuckerberg noch wütender wurde, den Mund aufmachte, um weiter zu schimpfen, aber von Frau Schwarz gestoppt wurde. Sie war nun wieder die elegante Gastgeberin, die Grande Dame der besseren Gesellschaft. Ihr Haar war zu einem perfekten Knoten am Hinterkopf gebunden, ihr Kleid umspielte in eleganten Falten ihre Knöchel, während sie so gerade saß, als hätte jemand mit dem Lineal eine Linie gezogen. Ihre weißen Hände hielt sie im Schoß gefaltet.

»Wir haben ein sehr dramatisches Wochenende hinter uns mit zwei überraschenden Todesfällen. Unser Mitleid sollte sich auf Frau von Rauch konzentrieren, die ihren Mann durch eine tragische Verwechslung verloren hat.«

Alle Blicke richteten sich auf Josefa von Rauch, die erschrocken wirkte ob der Aufmerksamkeit, die man ihr plötzlich schenkte. In den letzten Tagen hatte sie nur bedingt den Eindruck einer trauernden Witwe vermittelt.

»Vielen Dank«, sagte sie leise und senkte den Kopf.

Anton bildete sich ein, ein kleines Lächeln auf ihren Lippen zu erkennen. Aber sie schwieg. Vielleicht war sie über den Tod ihres Mannes erleichtert, aber sie war klug genug, diese Gefühle für sich zu behalten.

»Leider müssen wir alle auf das Eintreffen der Polizei warten.

Vermutlich stellt man uns eine Menge Fragen, aber dank des beherzten Einschreitens von Fräulein Kirsch wird sich alles in einem überschaubaren zeitlichen Rahmen abspielen.«

Zum ersten Mal an diesem Wochenende lächelte Frau Schwarz Ernestine wohlwollend an. Manchmal geschahen kleine Wunder.

»Man hat mir versichert, dass wir noch heute Abend wieder nach Wien aufbrechen können und keine weitere Nacht hier verbringen müssen. Die Bahn fährt jedoch erst ab Gloggnitz.«

»Und wie kommen wir nach Gloggnitz?«, wollte Franz Haberl wissen.

»Mit dem Pferdeschlitten.«

»Brrr, das wird kalt!«

»Es steht Ihnen natürlich frei, eine weitere Nacht im Hotel zu verbringen.«

Einstimmiges Kopfschütteln war die Antwort.

»Auf keinen Fall!«

»Sicher nicht.«

»Lieber gehe ich zu Fuß«, übertrieb Fräulein Schönwald.

Frau Schwarz sah auf die Uhr, die sie an einer Kette um ihren Hals trug. »In wenigen Minuten wird das Mittagessen fertig sein. Falls sich jemand noch frisch machen will …«

Anton wollte sich nicht frisch machen, er wollte gleich in den Speisesaal. Sein Magen knurrte schon so laut, dass er Angst hatte, Ernestine neben ihm könnte ihn hören. Und tatsächlich, ihre feinen Ohren nahmen das Geräusch wahr.

»Es gibt Nudelsuppe, Wienerschnitzel und Petersielkartoffeln. Außerdem hat Herr Malek eine Überraschung als Nachspeise angekündigt.«

»Das klingt ganz wunderbar!«, sagte Anton erleichtert. Er würde Maleks Küche vermissen.

Während Anton in den Speisesaal ging, suchte Ernestine Ernst Schwarz auf. Sie zog den jungen Mann in eine ruhige Ecke und flüsterte: »Es ist nicht notwendig, dass Sie der Polizei von Ihrer Rolle im Krieg erzählen. Diese Tatsache ist für die Aufklärung der Morde völlig irrelevant, meinen Sie nicht auch?«

»Ja! Vielen Dank!«

SIEBENUNDZWANZIG

Der Zug verließ Gloggnitz mit Verspätung. Seit Stunden war die Sonne untergegangen, und draußen war es eisig kalt, während das Abteil im Zug angenehm beheizt war.

»Ist es nicht jammerschade, dass wir so wenig von der Landschaft gesehen haben?«, sagte Ernestine. »Da verbringen wir drei volle Tage am Semmering und sehen nichts.«

»Heute war das Wetter doch prächtig«, meinte Anton. »Den ganzen Tag über hat die Sonne geschienen.«

»Ja, aber was haben wir außer den tief verschneiten Bäumen vor den Fenstern gesehen? Nichts, denn wir haben auf die beiden Polizeibeamten warten müssen, und als wir endlich das Hotel verlassen durften, war es schon wieder dunkel.«

»Dafür waren die beiden von Ihnen sehr angetan und haben sich überschwänglich für Ihre Arbeit bedankt«, grinste Anton.

In Gedanken ging er die Szene noch einmal durch. Zwei völlig nervöse Provinzbeamte waren kurz nach Mittag ins Panhans gekommen. Die reiche Prominenz hatte sie eingeschüchtert, und so hatten die beiden bloß staunend zugehört, wie Ernestine ihre Geschichte vom Vormittag wiederholt hatte. Es war Frau Schwarz zu verdanken, dass die Beamten so wenige Fragen gestellt hatten und auch nicht wissen wollten, wie genau Ernestine an ihre Informationen gelangt war.

Nach einer Stunde waren alle Fragen geklärt gewesen, und die beiden Beamten hatten genügend Notizen gemacht, um einen ausführlichen Bericht zu schreiben, den alle Anwesenden in einer Woche unterschreiben sollten. Ernestine hatte ihre Aussage gleich schriftlich festgehalten und unterzeichnet.

»Hoffentlich sind die Herren nicht so beeindruckt, dass sie Sie beim nächsten Mordfall um Unterstützung bitten«, sagte Anton.

»Denken Sie, das macht die Polizei?« Das Leuchten in Ernestines Augen war nicht zu übersehen.

»Nein«, sagte Anton schnell.

»Schade«, seufzte Ernestine.

Anton wechselte das Thema. »Denken Sie, dass Ernst Schwarz und Clara Zuckerberg sich weiterhin treffen werden?«

»Ich hoffe es für die beiden. Sie sind sehr sympathische junge Leute, die die Welt ihrer Eltern nicht kritiklos übernehmen werden.«

»Aber werden die Eltern damit einverstanden sein?«

»Sowohl Frau Schwarz als auch Fritz Zuckerberg schienen durchaus erfreut über das Interesse ihrer Kinder aneinander. Das Entsetzen wird erst kommen, wenn sie erfahren, dass die beiden Mitglieder der Arbeiterpartei sind. Clara Zuckerberg will Lehrerin werden und Ernst Schwarz sein Wissen in den Dienst der Partei stellen.«

Anton pfiff durch die geschlossenen Zähne. »Erstaunlich, was Sie alles erfahren haben«, sagte er anerkennend.

»Dafür wissen Sie jetzt, wie man eine perfekte Vanillecreme herstellt.«

Anton grinste. »Ja, und ich bin schon gespannt, ob sie so schmecken wird wie die von Herrn Malek.«

Draußen zogen die ersten Lichter der Vorstädte Wiens an ihnen vorbei. Anton freute sich auf seine gemütliche Wohnung in der Kirchengasse und noch viel mehr auf Heide und Rosa. Vor der Abreise hatte er Sebastian eine ganze Packung Demel-Konfekt abgeschwatzt, über das sich Rosa freuen würde. Hoffentlich überlebte der Inhalt der rosa-weiß gestreiften Schachtel, bis sie den Südbahnhof in Wien erreichten. Anton konnte es kaum erwarten, das freudige Gesicht seiner Enkeltochter zu sehen. Es war ein aufregendes Wochenende gewesen, und er wollte von seinen Abenteuern erzählen.

Zum perfekten Glück fehlte ihm jetzt nur noch eines. »Haben Sie Lust, heute Abend ein Glas Wein mit Heide und mir zu trinken? Sicher wird auch Rosa dabei sein, wobei die natürlich keinen Wein bekommt.«

»Nichts würde ich lieber tun!«, sagte Ernestine strahlend und legte ihre Hand auf seine.

Nachwort

Der Semmeringpass – oder kurz: Semmering – ist ein Gebirgspass zwischen der Raxalpe im Norden und dem Wechselgebirge im Süden.

Heute ist der Luftkurort in eineinhalb Stunden mit dem Zug von Wien aus erreichbar. 1920 brauchte man mit der Semmeringbahn noch deutlich länger.

Seine Blütezeit erlebte der Ort gegen Ende der Monarchie. Riesige Luxushotels wie das Panhans oder das Südbahnhotel entstanden. Der Semmering galt als Treffpunkt des österreichischen Adels sowie bekannter Künstler und Wissenschaftler. Männer wie Oskar Kokoschka, Karl Kraus, Adolf Loos, Peter Altenberg, Arthur Schnitzler, Gerhart Hauptmann, Stefan Zweig und Sigmund Freud kamen regelmäßig. 1910 und 1912 stieg Kaiser Franz Joseph im Hotel Panhans ab. Sein Nachfolger Erzherzog Carl Franz Joseph (Kaiser Karl) lernte auf der Panhans-Wiese Ski fahren.

Nach dem Ersten Weltkrieg verlor der Semmering seine Klientel und somit an Bedeutung. Die großen Hotels versuchten, Gäste mit außergewöhnlichen Veranstaltungen wiederzugewinnen, was ihnen zum Teil auch gelang. Heute ist das Gebiet erneut ein beliebtes Ausflugsziel der Wiener. Besonders in den Wintermonaten wird der Semmering sehr geschätzt, da er als schneesichere Region gilt.

Ich selbst gönne mir jedes Jahr im Februar hier eine Woche Auszeit, um in Ruhe an meinen Büchern zu arbeiten. Ich habe aber noch nie im Panhans gewohnt, sondern im Biohotel Wagner, wo es den besten Frühstücksbrei der Region gibt.

Hier entstand auch die Grundidee zu diesem Roman. Beim Ausarbeiten der Figuren und der Handlung hat mein Vater mich tatkräftig unterstützt.

Die Informationen zur Isonzoschlacht und den Giftgasgranaten entsprechen den historischen Tatsachen. Alle handelnden Personen sind jedoch fiktiv und einzig und allein meiner Phantasie entsprungen. Jede Ähnlichkeit mit lebenden oder bereits verstorbenen Menschen ist purer Zufall. Selbst der Name des Hotelbesitzers ist ausgedacht und nicht der des tatsächlichen Eigentümers von 1920. Das Panhans war damals wie heute darauf bedacht, seinen Gästen jeden Komfort zu bieten. Es ist ein ehrwürdiges altes Unternehmen mit einer langen Tradition, in dem, soweit mir bekannt ist, nie ein Mord stattgefunden hat.

Ich möchte mich an dieser Stelle bei einer Reihe Menschen bedanken, die eine wichtige Rolle bei der Entstehung dieses Krimis gespielt haben. Bei meinem Vater für die vielen guten Ideen, bei meiner Agentin Franka Zastrow und bei Emons-Lektorin Stefanie Rahnfeld. Beide haben sich auf Anhieb in Anton und Ernestine verliebt. Vielen Dank. Außerdem ein großes Dankeschön an meine Lektorin Christine Derrer und Daria Gaberdan, die mich geduldig auf inhaltliche und sprachliche Fehler im Text hingewiesen haben. Und zuallerletzt einen dicken Kuss an meine Familie: meine Kinder Calvin, Flora und Ida sowie an meinen Mann Martin. Danke, dass ihr wie immer geduldig ausgeharrt habt, wenn ich stundenlang am Computer gearbeitet habe.